Anna Karenina

安娜·卡列尼娜

[俄]列夫·托尔斯泰◎著　羊清露◎译

天津出版传媒集团

天津人民出版社

图书在版编目(CIP)数据

安娜·卡列尼娜 / (俄罗斯) 列夫·托尔斯泰著;羊清露译. -- 天津:天津人民出版社,2016.9(2020.5重印)
ISBN 978-7-201-10802-5

I. ①安… II. ①列… ②羊… III. ①长篇小说—俄罗斯—近代 IV. ①I512.44

中国版本图书馆CIP数据核字(2016)第220478号

安娜·卡列尼娜

AN NA KA LIE NI NA

出　　版　天津人民出版社
出 版 人　黄　沛
地　　址　天津市和平区西康路35号康岳大厦
邮政编码　300051
邮购电话　(022)23332469
网　　址　http: //www.tjrmcbs.com
电子信箱　tjrmcbs@126.com
责任编辑　刘子伯
印　　刷　北京欣睿虹彩印刷有限公司
经　　销　新华书店
开　　本　880×1230毫米　1/32
印　　张　14.5
插　　页　16
字　　数　464千字
版次印次　2016年9月第1版　2020年5月第5次印刷
定　　价　36.80元

He vigorously embraced the pillow on the other side and buried his face in it. (P3)

After a few minutes, the platform was trembling. The train spewed steam to disperse the cold. (P20)

"No, honey, I can understand, I understand!" Anna said, and held her hand tightly. (P31)

When she was at home in front of the mirror, appreciate the beauty of the velvet belt, other things can be replaced, but the beauty of the belt can't be changed. (P43)

Red in the face, he quickly asked her to dance. However, when he was holding on her waist had just stepped out of the first quarter, the music suddenly stopped. (P46)

"Please look for the love of god!" He clenched her trembling hands in supplication. (P105)

Arrived at home, he helped her out of the car, still polite to say goodbye to her as usual and told her that he will tell her how he decided tomorrow . (P143)

The gas jet threw its full light on the bloodless, sunken face under the black hat and on the white cravat, brilliant against the beaver of the coat.

(P183)

The couple went immediately to the countryside at the end of the day's dinner. (P235)

Mihajlovic sold the painting to Vronsky, also promised to Anna to draw a portrait for her. He came at the appointed time and began to draw. (P250)

The doctor diagnosed that Kitty is uncomfortable because she is pregnant. (P258)

Half past eight, Vronsky went into the theater, the drama was just playing to the wonderful plot. (P281)

They finally found a quiet benches, this is a corner of the road located in banyan trees shade. (P296)

Left herself a person in the room, Dahlia Alexandrovna glanced around the room with the vision of housewife. (P313)

前言

列夫·尼古拉耶维奇·托尔斯泰（1828～1910），是19世纪末20世纪初俄国最伟大的文学家，也是世界文学史上最杰出的作家之一，他的文学作品在世界文学中占有重要地位。其代表作有长篇小说《战争与和平》《安娜·卡列尼娜》《复活》及自传体小说三部曲《幼年》《少年》《青年》等。他以自己一生的辛勤创作，登上了当时欧洲批判现实主义文学的高峰。他还以自己有力的笔触和卓越的艺术技巧创作了“世界文学中第一流的作品”，被公认为是全世界的文学泰斗。在世界文学的巍巍群山中，堪与莎士比亚、歌德、巴尔扎克这几座高峰比肩而立的俄国作家当首推列夫·托尔斯泰，他是一位有思想的艺术家，也是一位博学的艺术大师。他的作品展现的社会画面之广阔，蕴含的思想之丰饶，融会的艺术、语言、哲学、历史、民俗乃至自然科学等各种知识之广博，常常令人望洋兴叹。

《安娜·卡列尼娜》是列夫·托尔斯泰于1874～1877年间创作的小说，是一部既美不胜收而又博大精深的巨著，被广泛认为是写实主义小说的经典代表。作品1875年1月开始连载于《俄罗斯公报》上，一经发表便轰动了俄罗斯整个社会，引起了激烈的争论。本书通过女主人公安娜追求爱情的悲剧，和列文在农村面临危机而进行的改革与探索这两条线索，描绘了俄国从莫斯科到外省乡村广阔而丰富多彩的图景，是一部社会百科全书式的作品。作品的成功之处在于，托尔斯泰并没有简单地写一个男女私通的故事，而是通过这个故事揭示了俄国社会中妇女的地位，以及个人感情需要与社会道德之间的冲突，并由此来鞭挞它的不合理性。作者把女主人公安娜·卡列尼娜塑造成了世界文学史上最优美丰满的女性形象之一。这个资产阶级妇女解放的先锋，以自己的方式追求个性的解放和真诚的爱情，但由于制度的桎梏，她的故事只能以悲剧告终。但她以蓬勃的生命力和悲剧性的命运而扣人心弦。华丽的文风、恰到好处的张力和女主人公大胆的作风赋予这本旷世之作生命。

这部小说是新旧交替时期紧张惶恐的俄国社会的真实写照，曾被俄罗斯革命的领导人列宁称为“俄国革命的镜子”。

目录 Contents

第一部

第二部

第三部

第四部

第五部

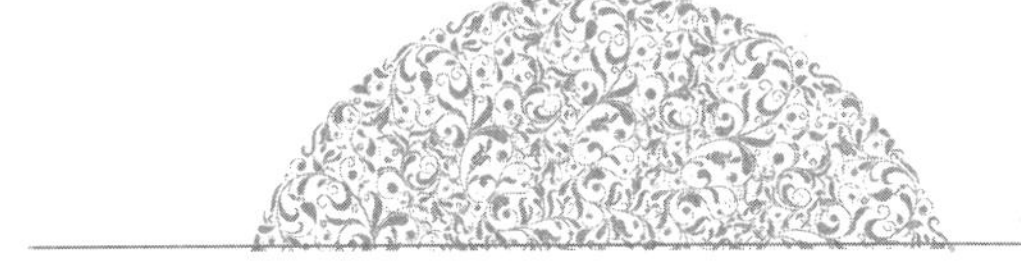

第一部

第一章

幸福的家庭都是相似的，不幸的家庭各有各的不幸。

奥勃浪斯基家里的一切都已混乱不堪：妻子发觉了丈夫跟家中从前的法籍女教师背地里的私情，她向丈夫声称，已不能再和他同居一室了。这种状态已持续了三日之久。这次，不仅仅他们夫妻两个，而且整个家庭的所有成员甚至连奴仆佣人都感到心里头无比的压抑和痛苦。他们每个人都觉得再勉强地住在一起已毫无意义。他们甚至想，即使是随便在哪家的客店里的萍水相逢的客人之间的关系比起奥勃浪斯基的家庭成员或者是奴仆之间的情意都要融洽得多。妻子囿于她的房间里不肯踏出房门半步；丈夫已经整整三天不回家了；孩子们没了管教，到处乱跑；英国女教师和女管家吵了架，且写信托付她的朋友帮她另谋新职；厨师已在昨天晚餐时走掉了；就连车夫也在要求辞工。

在吵完架的第三天，斯捷潘·阿尔卡季伊奇·奥勃浪斯基公爵——上层社会交际场都称呼为斯季瓦，跟往常一样，早晨八点钟醒来，但不是在他妻子的卧室里，而是在自己的书房里的一张鞣皮栗色的沙发上。他那肥硕的、有点笨拙的但显得很健康红润的身体，在富有弹性的沙发上努力地左右翻转——好像换个姿势要再大睡一觉似的。他紧紧地抱着睡枕，把脸依偎着枕头的一侧。突然他一下子跳起来，坐在沙发的边沿上，使劲地睁了睁那惺忪的睡眼。

“哦，哦，我这到底是怎么啦？”他一边回忆着那美妙的梦境，一边不住地问自己，“啊，这到底是怎么回事儿呀？哦，是阿拉宾在达姆斯塔特宴请？不，不是达姆斯塔特，似乎是在美国的一个别的什么地方。哦，不错呀，达姆斯塔特不正是在美国吗？噢，对，对，而且阿拉宾将在玻璃桌上请客。还有，那时在座的所有宾客都同唱《我的宝贝》。也并非只有《我的宝贝》，还有些比此更典雅更动听的曲子。连餐桌上的各种小酒器，也绝非是玻璃制品，那简直就是些女人迷人的身姿呀！”

斯捷潘·阿尔卡季伊奇细眯着快活闪光的小眼，陶醉在幸福的梦境里：“啊，真是美极了！还有更多更美妙的东西，只可惜梦醒了，以至于连大致情景都无法用语言描述出来。”这时，他觉察到一束光线透过纱窗幔射了进来，这才把脚沿着沙发边缘伸下去，去搜寻着他的拖鞋。那鞋是用优质的金黄色鞣皮制成的，上面有他妻子的针绣，是去年送给他的生日礼物。他照着他九年来的习惯，没有起床只欠了个半身，便将手伸向那床边常挂睡衣的地方。他忽然意识到，自己是在书房里，而不是睡在妻子的卧室里。顿时，愁云把笑容驱逐得一干二净，进而侵占了整个眉宇。

“唉，唉！”他叹息着，回想着与妻子发生过的一切事情，想着与妻子争吵时的每个场景细节，看到目前自己走投无路的处境和所犯下的不可饶恕的过错……这一切在他的脑际间荡来荡去。

“唉，她是不会饶恕我的！也绝对不可能饶恕我的！更为可怕的是，这一切都是我的过错所致，都怪我怨我。我就是造成整个悲剧的原因。唉，唉！”他一边自怨自艾，一边追忆着这次争吵时最沉重的场景。

最初那令人不愉快的一幕又重现于眼前：当他从剧院回来，神采飞扬，愉快而得意，手里还拿着一只准备送给妻子的梨子。但令他奇怪的是，客厅里没有看见妻子的身影，书房里也没有找到，最后才发现她在她的卧室里，手里紧捏着那封皱褶了的、暴露了一切的、倒霉可恨的信。

在他的眼里，朵丽——他妻子，是个忙碌操劳且思想简单的女人。而此刻，她坐在那里神情茫然，一动不动。那封信在她的手上，疑惑、恐惧、绝望和愤慨等种种情感交织在一起，凝聚成一股强烈的、富有穿透力的力量，直窥他心底那掩饰不住的恐慌。

“这是什么？”她指着那封信问道。

每当想起这些，让斯捷潘·阿尔卡季伊奇感到最为懊悔的并非事情本身，反倒是他面对妻子时做出的愚笨的回答。

那一刻，他有一种仿佛是干了一件丑陋至极的事而被人发现了一样的感觉，这令他狼狈不堪。面对眼前的妻子，他还没有充足的准备来应付这突如其来的局面。但他没有否认，没有恼怒，也没有极力地为自己申辩、求饶，甚至是一种索性依然我行我素的态度——随便什么时候都不比那一刻潇洒得多。他的脸孔不由自主地发生了“大脑反射”，完全不由自主地浮现出一个惯常了的、善意的、痴愚的微笑。

他不能宽恕自己，更不能宽恕自己这个不合时宜的微笑。因为朵丽一看到这个微笑就好像是肉体受到了针扎般的痛苦，忍无可忍的怒气使她在迸发出连珠炮般的伤心的话语后，就甩门冲出了房门。从此，她不愿再看见她的丈夫了。

“这都怪我那个愚笨的微笑。”斯捷潘·阿尔卡季伊奇暗中自责。

“但是怎么办，怎么办呢？”他在绝望中，不知所措。

第二章

达丽雅·亚力山德罗芙娜身着梳妆衣衫，那曾经浓密乌黑的，而现在已变得稀疏枯黄了的头发，用发针挽成一个不大的发髻，瘦削而憔悴的脸庞更加突出那双略大而带有几分惊恐的眼睛。她正站在一个敞开着的衣橱前，正从那堆乱掷的衣物当中挑选着什么东西。听到丈夫的脚步声，她停了下来，朝房门望去，俨然一副严厉而轻蔑的神情。她感到自己在害怕他，害怕马上就要和他见面。她在重复地做着三天来已经做了十多次的事情——把自己的和孩子的衣服整理好，准备带到她母亲那里去。然而她还是迟迟下不了决心。这次，又像从前一样，尽管她在说事情总不能这么拖着，她一定要想个办法来惩罚他，羞辱他，哪怕只是一次小小的报复也好，也要让他感受到他带给她的伤害有多深，也尽管她不住地告诫自己，要马上离开他，但她自己又意识到这是不可能的。这不可能，是因为她无法不把他看作自己的丈夫。她爱他，已是习惯性的，无可改变的事实。另外，她也感到，若是在自己的家里都不能很好地照料五个孩子，那要是带到了别处，情况只能会更糟糕。其实，就这三天中，最小的一个孩子就因吃了不卫生的汤肉而生了病，其余的几个昨天午饭也没怎么吃。她意识到，要走开是不可能。但是，她仍在欺骗自己，仍不停地整理东西，装出要走的样子。

一看到丈夫，她的手下意识地放进衣橱的抽屉里，装作在寻找什么东西似的。直到他走到她的身旁时，她才朝他望了一眼，原本要装出的严厉而坚决的表情，也没有掩饰住内心的困惑与痛苦。

“朵丽！”他用温柔、怯生生的声音叫着。他把头耷拉着，尽力装作一副温顺可怜的样子。但是他那依然容光焕发的姿态使她迅速地把他从头到脚打量了一番。

“呵，你倒是精神快活！”她心想，“可是我呢……他这副讨人嫌的好脾气，人人都为此而喜欢他，称赞他，但我简直恨死他这副好脾气了。”她双唇紧闭，苍白而神经质的脸孔上右颊的肌肉在不住地抽搐着。

“你想干什么？”她急速、低沉的声调，根本就不像往常的她。

“朵丽！”他的声音有点战栗地说，“安娜今天就要到来了。”

“关我什么事儿？我不见她！”她大声叫嚷。

“但是，你一定要接待一下，朵丽……”

“走开，快走开！”她并没有看他，这叫嚷声撕心裂肺，似乎是因肉体的痛苦而引起的。

当斯捷潘·阿尔卡季伊奇只想着妻子的时候还可以平静些，可以寄希望于马维特的说法——总会有办法的，也可以照旧安闲地看报纸喝咖啡。但是当他一看见她那张憔悴的、痛苦受折磨的脸，听见她顺从命运、绝望的声音时，他感觉呼吸受到严重的阻碍，像有个东西堵塞了咽喉，眼睛里也闪耀着泪光。

“我的天，我到底做了些什么事呀！朵丽，请看在上帝的份儿上，要知道……”他说不下去了，剩下的被卡在了咽喉里，痛苦异常。

她“砰”地关上了橱门，望了他一眼，眼角里放射出积蓄了几日来的愤怒。

“朵丽，让我说些什么呢？……只是——请原谅——，你想想，难道九年的生活都抵偿不了那一瞬……”

她垂下眼帘，在倾听着他会讲些什么话来，她那神态仿佛是在恳求他千万让她相信那些完全不是真的。

“一瞬间的热血冲动……”他开始说了。但她听到这句话，好像是肉体上受到了深深的刺痛，她双唇紧闭，右颊上的肌肉又在不住地抽搐着。如果不是看到她的反应，他还会继续说下去。

“走开，从我这里走开！”她尖声叫着，“不要跟我说您的肮脏、下流的行为！”

她想走开，但摇晃的两只脚使她只得抓住椅背支撑住自己。她的面孔膨胀起来，噘起嘴巴，眼睛里充满了泪水。

“朵丽！”他呜咽不止，“请看在上帝的分上，为孩子们想想，他们并没有过错呀！错的都是我，惩罚我，责怪我，让我来弥补我的过错吧！而且，只要我能够，我都会无以复加的去做！我的罪孽至深，是言语不足形容的！只是，朵丽，请求你的宽容，饶恕了我的罪过吧！”

她坐了下来。他听她沉重的呼吸声，他暗示对她爱怜。她几次都张动了嘴角的肌肉，只是什么都没有说出来。他等待着。

“斯季瓦，你想这些孩子们，只不过是想逗他们玩玩；而我却总是牵挂着他们，而现在一下子全都要害了他们。”她说着，显然这话是她三天来重复了不止一次的话。

他感激地望着她，是因为她叫他“斯季瓦”。他走过去想握住她的手，但她厌恶地避开了。

“我总是想着孩子，所以只要他们好，我什么都愿意去做。只是我也不知道怎样才能去救他们，是把他们带走呢，还是就这么让他们和一个道德败坏的、不正经的父亲在一起——对，一个不正经的父亲……你说，发生过那事后……以后，我们还能在一起吗？这可能吗？你说，这可能吗？”她重复着说，嗓音提高了八度，“在我的丈夫、孩子们的父亲，和孩子的女家庭教师之间发生过那种关系后……”

“但是怎么办呢？叫我如何补偿呢？”他可怜的声音也不知道自己到底在说些什么，头越垂越低了。

“我讨厌您，嫌弃您！”她愈嚷愈激烈了，“您的眼泪——廉价虚伪，只不过是几滴淡然无味的白开水罢了！您没有爱过我，从来都没有爱过！您没有情意，也没有人性！您让我鄙视、厌弃、陌生——对，您完全是个陌生人！”她痛苦和愤怒，说出了在她看来最可怕的字眼“陌生人”！

他望着她。在她脸上流露出的怨恨的神情使他惊愕着慌。他不懂是他的怜悯激怒了她。她看得出来，在他心里对她只有怜悯，没有爱。“不，她肯定在恨我，是不会饶恕我了。”他想。

“这太可怕啦！太可怕啦！”他说。

这时从隔壁的房间里传来了小孩的哭叫声，大概是由于跌了脚。达丽雅·亚力山德罗芙娜低耳静听，忽然间她的脸色变得柔和了起来。

她镇定了一下，像是不知自己身处何地，要做何事似的。接着，她迅速站起身来，一种母性的本能使她奔向门。

“可是她还是在爱我的孩子呀！”他注意到在孩子哭叫时她的面部表情变化，“爱我的小孩，那她又怎么可能在恨我呢？”

“朵丽，还有一句话。”他跟在她的身后补充说。

“您要是还跟着我，我就要叫仆人和孩子们！让大家都知道您的下流无耻！今天，我这就要走开，好成全您，让您和您的情妇住在这里呀！”

她“砰”的一声关上了门，走了出去。

斯捷潘·阿尔卡季伊奇叹了口气，抹了把脸上渗出的汗珠，轻轻地走出房门。“马维特说总会有办法的，可在哪儿？我看一点办法都没有。哎呀！多可怕呀！她的叫嚷是怎样的粗野疯狂。要是叫女仆人们听到了‘下流无耻’‘情妇’之类的词，那简直太可怕了。”斯捷潘·阿尔卡季伊奇一个人站了一会儿，揩了揩眼睛，叹了口气，挺起胸膛，走出了房门。

这天是礼拜五，德国钟表匠在餐厅里给钟表上发条。斯捷潘·阿尔卡季伊奇想起曾经对这位守时的、秃头顶的钟表匠开过一次玩笑说：德国人为给钟表上发条，先给自己一辈子上足了发条。斯捷潘·阿尔卡季伊奇是爱说笑话的。“或许，真的会有办法的！会有办法的！”他想，“我也这么想。”

“马维特！”他叫了声，“您和玛丽娅一块儿在休息室里给安娜·阿尔卡季耶芙娜收拾收拾。”在马维特走进屋来时他对他说。

“是的，老爷。”

斯捷潘·阿尔卡季伊奇穿上皮外套，走上台阶。

“您回不回来吃饭？”马维特送他走出门时问道。

“说不定。这是开销，你拿着，”他说着从皮夹子里抽出一张十卢布的钞票给他，“够用吗？”

“够不够？总得凑合过去的！”马维特“砰”的一声关上了车门，退回到台阶上。

这时，达丽雅·亚力山德罗芙娜哄好了孩子，由马车的咕噜声，她知道他已经走了。她又回到了她的卧室里，这里是她逃避繁杂家务的避难所。她一出卧室，就会被种种家务事所缠绕。就是刚才，在她走进儿童室的短短的一段时间里，英籍家庭女教师和乳母马特辽娜·菲利莫诺芙娜就赶紧问了她一件耽搁不得的而且只有她才能做决定的事情：孩子们出去散步时穿什么衣服？要不要给他们喝牛奶？需不需要再派人请一个新厨师来？

“嗯，别烦我了，别再来烦我啦！”她转身回到她的卧室里，坐在刚才跟丈夫谈话时的那个地方。紧握着两只瘦得戒指都不住地往下滑的手，她在回忆着与丈夫所谈过的每句话。“他走了！可我怎么跟他做个了断？”她想，“他会不会再去同她幽会？我怎么不问问他？不，和解是不可能的了。即使我们还居住在同一室里，也只是陌生人，永远都是陌生人。”她有意把这个对她来讲十分可怕的字眼重复了一遍。“可是我原本是多么的爱他哟！有多么的爱他呀！我的上帝呀！现在不还是在爱他吗？而且比以前更爱他了吗？可怕的是……”她只开始想了个头，就被马特辽娜·菲利莫诺芙娜从门缝伸进来的脑袋打断了思路。

“派人把我兄弟叫来吧！”她说，“他好歹也会烧个饭，否则，又会像昨天，孩子们到三点钟还没有吃上饭。”

“噢，好的，我这就过去吩咐。有没有去取新鲜牛奶？”

于是，达丽雅·亚力山德芙娜又操起了繁忙的家务，把她自己的痛苦忧愁都暂时地淹没在繁忙的家务当中。

与此同时，斯捷潘·阿尔卡季伊奇的朋友列文和渥伦斯基在追求着吉蒂。

第三章

吉蒂·谢尔巴茨卡雅公爵小姐妙龄十八岁。这年冬天她才进入社交界，她在交际场的成功远远地超过了她的两个姐姐，这是在意料之外又是在情理之中的事情。且不说莫斯科市舞场上的所有的青年都倾倒于她的美，而且还产生了两位正式的求婚者：列文和在他之后的渥伦斯基武官。

列文表明爱慕之意是在初冬时，他频繁的拜访引起了吉蒂父母的关注，也引发了一次严肃的商谈。公爵站在列文这边，他说列文会有光明的前途的，而公爵夫人绕开问题的实质，只借口说些吉蒂年龄还小或者就说列文没有赢得吉蒂的芳心啦等等各种理由。关键的一点就是，她认为列文不是她女儿的最佳配偶，她也不了解这个年轻人。所以，当列文走后，她总是以胜利者的口吻对丈夫说："看，我说得没错儿吧！"而当渥伦斯基出现时，她更是一个赢家的姿态，似乎他做的一切都应了她的言。吉蒂的配偶不仅是优秀的青年，而且必须是卓越超群的美男子。

在母亲看来，渥伦斯基和列文根本不能相提并论。她不喜欢列文奇怪的见解、傲世的态度和交际场上的笨拙，还有他那远离文明高雅的都市而致力于家畜和农活的粗野的生活方式。让她耿耿于怀的一件事是：他在一连六个礼拜里，频繁不断地出入于他们家，似乎在观察，在期待或是在窥探着什么，似乎是他若一旦求婚的话，这家人都会受宠若惊似的。他根本不懂得，一个未婚男子经常拜访少女的家，是应当表明来意的。而他每次来访似乎什么也没有表示就突然间走掉了。“幸亏他没有迷人的魅力使吉蒂倾心于他。”母亲暗自庆幸。

渥伦斯基的条件满足了母亲的一切愿望：他才貌皆佳、地位显赫、出身望族、前程灿烂，目光充满了男人的魅力。她想，恐怕再也不会有比他更出色的男子了。

渥伦斯基在和她相拥而舞时，已公开表明了爱慕之意，不间断地拜访，足以表明他的诚意，这是毋庸置疑的。尽管如此，她母亲仍然在激动不安中等待着。

公爵夫人自己是在三十年前，由姑母做媒嫁给公爵的。那时，他的情况大家都了如指掌，两家双方相互亲近，印象颇佳，便由姑母从中做媒，定下个好日子，由他家提出正式的求婚，她家则爽快地答应了那期待中的婚姻。所有的一切极其容易简单，至少是公爵夫人这么认为。但在她女儿们的事情上，她感觉似乎并不是那么简单和容易了。两个大女儿达丽雅和纳达丽雅出嫁的那会儿，让她惊恐受怕，忧虑操劳，让她花了多少的钱财，和丈夫发生过多少次争执呀！而现在轮到小女儿出嫁，她又同样地惊恐、忧虑，与丈夫的争执更多更厉害了。老公爵，同所有的父亲一样，极端地重视女儿的贞操和名誉，尤其是对待吉蒂的问题上，他严格得几乎不通人情。他最宠爱这个女儿，也因而常为此与夫人争论，说她影响了女儿的纯洁道义。公爵夫人在两个大女儿出嫁时也已经认识到这一点，感到公爵的话是有道理的。但是时下世风的变化，使她肩上这份责任就更加沉重了。近日来，她看到吉蒂跟她这般大年龄的人成立了个组织，听些报告，随便地和男人打交道，也独自驱车去大街上，见人也不行屈膝礼。而且，最重要的一点是，她们都坚信选择丈夫是她们自己的事情，父母的话已无关紧要。所有的年轻姑娘甚至连同上了年纪的长辈也都这么认为：“如今嫁人可跟从前大不一样了！”但是现在出嫁究竟是个什么样子的呢？公爵夫人还没有听说过。在法国——父母替女儿决定命运——已经过时了，但是在英国，由女儿自己完全做主的习俗，在俄国是完全行不通也是办不到的，在俄国，那种中间牵线搭桥的做法也遭嘲笑，认为是不合时宜的。连老公爵本人也同意这种观点。但是女儿该如何出嫁，父母如何嫁出女儿，恐怕连一个知道怎么办的人都没有。公爵夫人无论跟谁谈论这事时，总是遭到一致的攻击："哎哟，时代改了，该抛掉那些陈旧的习惯啦！如今，结婚是青年人自己的事，又不是父母的，所以他们应当让青年人自己去主张才是。"这些话对没有女儿出嫁的人来说是轻松，可是对于公爵夫人就完全不一样，她觉得，女人在跟男子的交往中，也许会发生恋爱，有可能爱上一个并不想娶她为妻的人或者说是爱上一个完全不适宜的人。尽管说青年人应当自己把握自己的命运之类的话，让公爵夫人耳濡目染过多少遍，但是她还是不相信这些。这正如不能让她相信一个五岁的孩童最好的玩具是实弹手枪一样。因而，公爵夫人对于小女儿吉蒂的婚事比起两个姐姐更放心不下了。

眼下最令她担心的是，渥沦斯基也仅仅是对女儿献献殷勤而已。而她看得出来女儿已经爱上了他。"好在他是个正派的人，他不会那么做的。"她时常在心里安慰自己道。可如今这世风，男女交往自由，是很容易让人发昏的，而一般对于男人来讲是不会把这种错误当回事的。上个礼拜，吉蒂告诉母亲她和渥伦斯基在跳玛佐卡舞的谈话，这使母亲有点安心，但她不能够放心。渥伦斯基说他们家在探亲的问题上是很尊重母亲的主张的，凡重大的事，在跟母亲商议前他是不作决定的。"现在我在等母亲从彼得堡来，等待那幸福的光环。"他对她说的。

吉蒂告诉母亲这番话时并没有什么含义。但她的母亲却在夸大地理解，她知道大家在等那个老夫人的到来，也知道她一定为他的选择而满意。使她百思不得其解的是，他竟然怕违背母亲而没有求婚，而她的心里是多么的希望这桩亲事成功，也好让她快点放下心来，不再担惊受怕的。她坚信事情也一定会如同她希望中的那样。尽管大女儿朵丽与丈夫不和令她非常难过，但她还是满心都是为小女儿的命运焦虑操心。今天列文的到来，又给她增添了新的不安。她担心女儿因曾经和列文相恋而拒绝了渥伦斯基的求婚，她怕列文的出现会让事情出现意想不到的曲折。

“他来很久了吗？”当她们回到家里时，公爵夫人问吉蒂道。

“今天刚到。妈妈。”

“我有事情对你说……”公爵夫人说，吉蒂从她严肃的神色里就能推测出她要说的话。

“妈妈”，她涨红了脸，转过身急忙说，“请您，什么也别说啦！我都知道啦！”

其实，她和她母亲的期望是一样的。只是母亲的问话使她的自尊心受到羞辱。

“我想说的只有一句话：当你一旦把心交给另一个人……”

“妈，请求您别再说啦！请您看在上帝的面上，别再谈起那种事情啦！”

“不说了，不说了，”她母亲看见了女儿眼眶里涌动的泪水，赶紧说，“不过，有一点你可得答应我，——以后有什么事都别隐瞒我呀！可以吗，亲爱的？”

“不会的，妈妈，绝对不会的，”吉蒂满脸涨红，望着母亲的脸说道，“可是我并没有什么事情可告诉您的。可是……即使我想，但也不知道该怎么说呀……”

“她这种神色是绝对没有撒谎的！”母亲心想，她看到女儿激动和可爱的样子不禁笑了。因为她知道这件事情在她可怜的小宝贝儿心里是多么的重大和重要呀！

第四章

渥伦斯基从未有过真正的家庭生活。他母亲年轻时是交际场上的名人，结婚后，尤其是父亲辞世后，她有过不少轰动社交界的风流韵事。父亲的形象在他的记忆里已模糊得几乎淡忘掉了。他是在贵族子弟军官学校接受的教育。

毕业时，他已是一位出色的军官，便立刻过起了贵族子弟的奢侈放纵的生活。虽然他有时也出没于社交场，但他的大多恋爱故事却都是发生在社交场之外的。

经过了挥霍放荡的生活，他生平第一次体会到一个天真纯洁的少女倾心于他的美妙感受。他没有想过和她的交往会有什么影响。舞场上他多半是跟她跳舞，去她们家做客时，经常谈论些无关紧要的废话，但经过他的别具匠心的改造，反而会赋予这堆废话一些特别的含义。显然他并没公开地向她承诺过什么，但依旧能感觉得到她对他更加依恋。他想到这个，心中暗喜，就越变本加厉地使她情致缠绵；他心中还没有给他的这种行为确定一个恰当的概念。其实，他的这种勾引少女而又无意和她结婚的行为也正是那些贵族公子通常所干的一种卑劣行为。他倒是觉得第一个发现了这种美妙，而他也正在充分地享受着他的发现。

假如他听到了那天晚上她父母的谈话，假如他能够替她的整个家庭想一想，尤其是，假如他知道了不娶吉蒂为妻的话，会使她有怎样的不幸……可是他什么也不知道，而且也绝对不会相信事情会这样，他绝不会相信那件给予了他无限乐趣的事情竟然会如此的沉重。尤其是，他不能去相信，他也不应当相信他会娶妻成家！

他从来都没有想过自己还需要结婚。他不仅不喜欢过家庭生活，而且“丈夫”这个角色是他无法接受的，甚至是滑稽可笑的东西。这也许是他们所处的独身社会的男子所持的观点。虽然渥伦斯基没有听到她父母的那次谈话，但那天晚上，当他走出谢尔巴茨基家的时候，他也感觉到他与吉蒂之间某种微妙的联系，到那晚已经变得明朗强烈。他也想到，必然得采取手段了，但是至于如何具体地进行什么手段，他的大脑里却是一片空白。

他从谢尔巴茨基公爵家里走出来的时候，心情轻松愉快，这来自于他整个晚上没有抽烟而产生的清新快感，和她对他的依恋。他在心中感叹事情的奇妙，妙的是，我和她并没有过什么交谈，但彼此心照不宣。尤其是今晚，她明白地向我表白，她是多么的可爱纯洁，是那么的信赖我呀！我的心灵也好像得了净化与升华，我是个有情意的人，在我的身上闪耀着许多优秀的品质啊！她那双含情脉脉的眼睛哟，似乎对我说她也非常…….

“啊，那又怎样？并没有什么！这事于她于我都没有伤害！”于是他思索着到哪里去打发这个晚上。

他思量着可去的地方：“去俱乐部玩培齐克？跟伊格纳托夫喝香槟？不，去夜总会之类的游艺城吧！在那里能找到奥勃浪斯基，有歌唱，有舞跳！不，厌啦！我就只喜欢谢尔巴茨基家，在那里有我的纯洁。我还是回家吧！”他回到求索饭店自己的房间，用过晚餐后，脱掉衣服，头刚一触到睡枕，就进入了安详的梦乡。

第五章

第二天早上十一点钟，渥伦斯基到火车站去接从彼得堡赶来的母亲。他在大台阶梯上遇见的第一个人就是奥勃浪斯基。他是来接乘坐同一班车的妹妹。

“噢，阁下！”奥勃浪斯基招呼他道，“你也接人？”

“我来接我母亲，”渥伦斯基微笑着回答着。跟所有的见到奥勃浪斯基的人一样，露出了笑容。他同他握了握手，又一同走上台阶，“她今天从彼得堡出发而来。”

“我昨天一直等了你两个钟头，你从谢尔巴茨基家里出来后到哪里去啦？”

“回家去了！”渥伦斯基说，“昨晚我从谢尔巴茨基家里出来太兴奋了，我哪儿也不想去了！”

“我识骏马凭烙印，我识少年多情郎凭眼睛。”斯捷潘·阿尔卡季伊奇在高声地朗诵着这句上次给列文朗诵过一遍的诗句。

渥伦斯基没有否认，只是微笑了。但立刻又转移了话题。

“你来接谁呀？”他问道。

“我，我来接一位漂亮的女人！”奥勃浪斯基说。

“当真吗？”

“有恶念的人是有罪的。我的妹妹安娜！”

“啊！是安娜·卡列尼娜吗？”渥伦斯基问。

“你大概认识她吧！”

“噢？好像认识，或许不认识……已记不太清了。”渥伦斯基显得有些心不在焉。但卡列尼娜这个名字使他联想起了卡列宁，一个守旧而古板的人。

“不过，阿历克赛·亚力山德罗维奇，我这位显赫有名的妹夫，你总该知道吧！甚至全世界的人都知道他呢！”

“确切地说，我仅知道他的名声和相貌。他这人，似乎很聪明，有才学，还信宗教……但这事……不太内行。”渥伦斯基改用了英文说。

“他可是个了不起的人物呢！只是略有点守旧。但确实了不起，”斯捷潘·阿尔卡季伊奇用评论的声调夸耀妹夫，“一个了不起的人物！”

“呃！那很好！”渥伦斯基微笑着说，“啊，你来到了！”他对站在车站门口的母亲的那个身材高大的女仆人说，“快到这里来！”

平日里，几乎每个人都对奥勃浪斯基有兴趣。最近渥伦斯基也和他特别亲近，这里有一个主要的原因是他和吉蒂的关系。

“哦，咱们礼拜天请那位女歌星吃晚餐，你看怎样？”他微笑地说着，挽起了奥勃浪斯基的胳膊。

“当然，我一定赴宴哟！噢，你认识了我的朋友列文啦？”斯捷潘·阿尔卡季伊奇问渥伦斯基。

“是的，但是他很快就走了。”

“他是个好人啊！”奥勃浪斯基征求他的意见似的说，“是不是？”

“我不知道，”渥伦斯基回答说，“我不知道，为什么所有的莫斯科人——当然除了眼前的这位朋友，”他插了句玩笑，接着说，“都感到别扭，他们老是故作姿态、发脾气，好像要人人知晓他们的厉害似的……”

“对，是有这么一点。”斯捷潘·阿尔卡季伊奇说着便笑了起来。

“车要到了吗？”渥伦斯基问车站的一个职员。

“车到的信号已经发出了。”职员回答。

车站上搬运夫的奔跑，警察和铁路接车员的出现和接客的人们的增多，这些说明火车已在逼近。透过寒冷的蒸汽可以看到身着羊皮短袄脚穿软底长毡靴的工人正在跨越弯曲的铁轨。从远处传来汽笛的嘟嘟声和沉重物体的移动声。

“不完全是这样的，”斯捷潘·阿尔卡季伊奇说，他急切地想把列文对吉蒂的意思告诉渥伦斯基。他接着说，“你对列文的评价是不全面的。他是个神经质的人，所以难讨别人喜欢；但是他也是个非常可爱的人，他有忠诚的性格和金子般的心。但是昨天晚上是有原因的，”斯捷潘·阿尔卡季伊奇意味深长地说，他已忘记了昨天对朋友的满心同情，而现在又对渥伦斯基也表示了同样的同情，“是的，昨晚上之所以不快乐，是有原因的！”

渥伦斯基停了脚步，立刻问道：

“怎么回事？难道他昨天向你的belle soeur求婚了？”

“或许，”斯捷潘·阿尔卡季伊奇说，“昨天我觉得是这样的。是的，要不他不开心，走得又早，那准是……他压抑了好久。我真替他难过！”

“噢，是这样呀！不过，我认为她可以挑选个更好的配偶，”渥伦斯基挺胸说着，又来回地走动着，“当然我并不了解他，”他补充一句，“是的，这是叫人痛苦的！也因此就总有些人去寻花问柳的；在那里，假如你弄不到手，只证明你钱不够，但在这儿的失败，会损失一个人的尊严的！……啊，火车到了！”

显然，火车已在远处鸣笛了。几分钟后，月台在颤动。车头喷发出的蒸汽驱散了寒气。中轮的连动杆缓慢而有节奏地循环着，司机弯着腰，满身落满了白霜。在煤水车厢后面有一条犬和运载的行李。车进了站，放慢了速度，月台震动得更厉害。客车是最后进站的，车身先抖动了一下才停住。

青年列车员不等火车停稳便吹着哨子跳下车来，那一个个性急的乘客也跟着他跳下来。有个挺胸威严地环顾四周的近卫军官；有个机灵、拎着小包的小商贩，在愉快地笑着；还有一个背着一只口袋的农民。

渥伦斯基跟奥勃浪斯基并肩站着，注视着走下车来的乘客们。他刚才听到关于吉蒂的事使他激动狂欢，他站在那里，胸膛直挺，眼睛闪亮，他感觉自己是一个胜利者。这一切是那么美好，以致使他忘记了母亲。

“渥伦斯卡娅伯爵夫人的包房在这边。”年轻的列车员来到渥伦斯基跟前说。

列车员的提醒使他想起了母亲，便想起了母亲将要与他会面。其实，他打心底里并不尊敬他的母亲，也不爱她，只是他没有表现出来。但是他依照社会的观念和他所受的教育，使自己最大限度地去顺从和尊敬母亲。然而，他表面上越是敬重她，内心越强烈地挣脱，变得越发不敬重、不热爱她了。

第六章

渥伦斯基跟随列车员走向那间包厢，他在包房门口停住了，给一位要下车的妇人让路。渥伦斯基凭他在社交界中的眼力，只瞥见了这位妇人的身姿，就断定她是属于上层社会的。他说了声抱歉，正准备走进车厢，但被一股无法抗拒的力量吸引住了——这并非因为她的美丽容貌，也并非因为她的姿态的高雅和端庄——而是因为，当她侧身经过时，她那张充满柔情的脸庞上洋溢着迷人的芳香。当他回过头想再看她一眼时，她也回头张望，在她那两扇浓密的睫毛下，闪耀着一双灰色的大眼睛，亲切地朝他望了望，好像是在辨认他是什么人一样，随即她转向了簇动的人群。在目光短短的相遇中，渥伦斯基已经发现在她那闪亮的双眸和微笑的朱唇间，悄悄掠过的一股被压抑的生气。在她的身上洋溢着旺盛的生机，时而在她的明媚的双眸中闪现，时而在她的微笑里荡漾。她在故意地掩饰住眼睛的光芒，她在故意隐藏起她青春的力量……但违背的意志在她的笑容里依稀可见。

渥伦斯基进了车厢。他母亲，一位黑眼睛、鬈头发的老妇人，她眯着眼望着儿子，薄薄的嘴唇上泛起淡淡的微笑。她站起身来，把包交给女仆，把一只布满了老人斑的手伸给了儿子，随即在他的面颊上吻了又吻。

“你收到我的电报啦？还好吗，我的孩子？”

“您一路辛苦吧！”儿子说着坐在了她的身旁。他不自主地被门外一个女人的声音吸引了过去，而且他知道这个女人就是那回头一望的贵妇人。

“我不能同意您的！”那妇人说。

“这是彼得堡市的见解吧！”

“不！这只是女人之见罢啦！”她回答。

“也好！请允许我吻吻你可爱的小手吧！”

“再见，伊凡·彼得诺维奇。您能不能帮我看看我哥哥在不在，请让他到我这里来！”那妇人说着，又回到了包房。

“您找到您哥哥了吗？”渥伦斯卡娅夫人向那妇人问道。

渥伦斯基这才明白她就是卡列宁夫人——安娜·卡列尼娜。

“哦，令兄已经来啦！”他说着站起了身，“真不应该，我没能认出您！我们相遇短促，”渥伦斯基向她鞠了个躬表示歉意，又说道，“短暂相遇，您大概就不会记起我了吧！”

“啊，不会的！”她说，“我应当认出您来，因为您母亲跟我一路上只谈您，”她说话时，流露出了那压抑不住的生气，“我还没找到我哥哥呢！”

“去找找他，阿历克赛。”老妇人对儿子说。

渥伦斯基走到月台上，喊了几声：

“奥勃浪斯基！奥勃浪斯基！请到这里来！”

安娜并没有等哥哥走过来，当她一看到他，就迈着轻盈坚定的步子向他奔去，接近了哥哥，她便伸出左手臂搂住哥哥的脖颈，一下子把他拉到跟前，对他亲了又吻。她的果敢优美的风姿使渥伦斯基大为惊异。渥伦斯基直盯着安娜一刻也没有错过，他微微一笑，连他自己也不知道这是为什么。但是，当他想起母亲的等候，便又回到了包房里。

“她真是可爱极了，您说是不是？”老妇人指的是安娜·卡列尼娜，“她丈夫让她跟我坐在一个包房里。我也很高兴。我们一路上聊天说话，也说及您，噢，我听说：你们正在恋爱着，这样很好，我亲爱的。”

“我不懂您的意思，”儿子冷淡地回答，“maman，我们走吧！”

这时候，安娜又走进车厢，她是来向伯爵夫人道别的。

“伯爵夫人，您看到了您儿子，我也找见了我哥哥，”她微微一笑说，“我们的谈话也结束了。再会夫人！”

“哦，”伯爵夫人握住她的手应了一声，又接着说，“跟您一块儿走遍天下，也永无倦意呀！您是那样的讨人喜欢，和您在一起说话开心，不说话也开心，可您别老惦念着您的儿子呀，再说啦，您也不可能一辈子不和他分开呀！”

安娜站在那里没有动，她的眼睛在微笑着。

“安娜·阿尔卡季耶芙娜，”伯爵夫人转向儿子向他解释道，“她有一个八岁的儿子，以前从来没有离开过他，所以，这次把他丢在家里，就老是放心不下。”

“是的，”她把脸转向了渥伦斯基，微笑着说，“我们一路上一直在谈儿子，她说她的，我说我的！”

“我想您一路上一定沉闷吧！”他连忙接过话，向他们投送去了一个深情的眼波。她显然不愿用这种腔调说谈，于是她又转向了伯爵夫人说道：

“非常感谢您，伯爵夫人。时间过得真快，我们不得不说再见啦！”

“再会，亲爱的！”老妇人说，“请允许我吻一吻您可爱的脸蛋儿吧！哦，亲爱的，我敢说我已经完全地爱上了您！”

不管这话是多么的陈词滥调，但安娜倒是相信了，而且打心眼里感激她。一抹红晕泛在她脸颊上，她把身子微微弯下，把脸蛋儿贴近伯爵夫人的唇边；然后又直起身子，飘浮在她唇际间的微笑和坚毅，催促他把手伸了过去。他紧握住那双纤巧柔嫩的手，她也大胆地紧握了握他的手。就在这么瞬间，好像有一种特别的东西，让他非常快乐！她走了，那轻盈的步子，那丰满而又亭亭玉立的身材。令他惊叹不已！

“她可迷人啦！”妇人对儿子说。

此刻，这也正是儿子所想到的。他脸上逗留的微笑，一直把她那优雅的身姿送入了涌动的人流中还不肯消失。他看到了她走到哥哥身旁，去挽起他的胳膊，然后兴奋地谈着什么。显然，这与渥伦斯基毫不相干的谈话，使他有阵轻微的失落感。

“哦，您好吗？”他同母亲说着同样问候。

“一切都好！亚历山大很可爱，Marie玛丽娅也越发标致了。”

于是，说她的孙儿洗礼的事时，她眉飞色舞，她说就是为了这个她去了彼得堡市后，又受到了皇室的恩宠。

“呀，拉佛连基！”渥伦斯基望着窗外说，“咱们走吧！”

陪同伯爵夫人的老管家也走进车厢，说一切准备妥当。于是伯爵夫人站起身来往外走。

“是吧！现在没什么人啦！”渥伦斯基说。

侍女拎着手提包，牵着狗，老管家和搬运夫们搬运着行李，渥伦斯基搀扶着母亲，正走出厢房门时，突然有几个人跑了过来，面色惊惶，戴着有标志色采帽子的车站站长也跑了过去。

显然是发生了不同寻常的事，离开了站台的人都又往回跑。

“什么……卧轨……被轧死啦！……什么地方……”只听人群里传来这类惊呼声。

斯捷潘·阿尔卡季伊奇挽着他妹妹，也面色惊慌地回来了，他们避开了纷扰的人群，站在包房门边。

妇人们都躲进了车厢，渥伦斯基和斯捷潘·阿尔卡季伊奇跟随人群去探听这不幸的事件。

一个什么人，不知是喝醉了酒还是由于天气严寒，把身子完全裹住了，没有听到火车的倒车声，被轧死啦!

在渥伦斯基和奥勃浪斯基回来之前，老管家已经把所探听到的事情的经过告诉了太太们。

奥勃浪斯基和渥伦斯基两个人看到了那滩血泊中的面目全非的死尸，奥勃浪斯基紧皱着眉头，难过得要死的样子。

“唉，太可怕了！安娜，要是让你看到了呀……唉，太可怕了！”他不停地叹息着。

渥伦斯基没有说话，他那英俊的脸孔是严肃和安静的。

“要是让您见了啊，伯爵夫人，”斯捷潘·阿尔卡季伊奇对老夫人说，“他妻子也在那里……唉！看到了她呀，真让你难过……她扑到那滩血泊中呀……那，是有多害人的啊！大家说，她一个人要养活他的一大家人呢！”

“能不能为她做些什么？”安娜声调低沉而又激动地说。

渥伦斯基没有说话，望了她一眼，就走出了车厢。

“我去去就来！”他走到车门口时，掉回头对他母亲说了声。

几分钟以后，斯捷潘·阿尔卡季伊奇已经和伯爵夫人在谈论那位新来的女歌星的事。伯爵夫人不住地张望门口，急躁地等他儿子回来。

“咱们走吧！”渥伦斯基说着走进来。

他们一道下车。渥伦斯基和她母亲在前面，安娜和她哥哥走在后面。在车站门口，站长追了上来。

“您交到我手里的这两百卢布，请问是给谁用的？”站长一追上就问渥伦斯基。

“给那个寡妇的，”渥伦斯基耸了耸肩，“我以为您知道该怎么办呢！”

“是您给的吗？”奥勃浪斯基在后面问道，他捏了捏妹妹的手，又补充着，“好呀，可真好，他是个好人呀！伯爵夫人，再会！”

于是，他和她妹妹站在那里，寻找他的侍女。

当他们走出车站的时候，渥伦斯基的马车已经不见了。正在出站的人还在不断地议论着刚才发生的事情。

“死得太惨了！”一个绅士模样的人走过来悲伤地描述了一句，“据说，他的身体被轧成了两段了。”

“不过，我倒认为这样的死没有什么痛苦，这只是一瞬间的事儿。”另一个持相反观点的人在评论着。

“他为什么就不想些别的办法呀？”第三个人赶过来说。

安娜坐在马车里，竭力抑制住了眼泪，颤抖的嘴唇动了动，似乎要说什么。

“您怎么了，安娜？”斯捷潘·阿尔卡季伊奇惊讶地望着妹妹。他们的马车已经驶出车站几百码路。

“不祥之兆！”安娜说。

“尽瞎说！”斯捷潘·阿尔卡季伊奇对妹妹说，“您看，您来啦，这就是最好的事情。安娜呀，你可不知道我对您寄予了我全部的希望啊！”他望着妹妹，目光里充满了无奈与期待。

“你早就认识渥伦斯基的？”她问。

“是的！而且我们都希望他会同吉蒂结婚呢！”

“噢？”安娜低声说，“好了，快谈谈事情吧！”她又说着，甩了甩头发，好像要把什么沉重的、有阻力的东西完全抖落掉似的，“看，我一接到你的信就不敢耽搁地赶来了！”

“是的，我全部的希望都寄托在您身上呀！”斯捷潘·阿尔卡季伊奇说。

“那么就全都说给我听吧！”

于是，斯捷潘·阿尔卡季伊奇便从头说起。

到了家门口，斯捷潘·阿尔卡季伊奇扶妹妹下了车，同她握了握手，又叹了口气，便驱车去了他的政府机关。

第七章

安娜进来时，朵丽正在教一个长得并不太像他父亲的小男孩读法谱。小男孩一边跟着读，一边用那胖乎乎的小手，扭动着衣服上将要脱落的扣子，想竭力地把它拽下来。她母亲几次阻止，但他的小手总忍不住再回到原处去扭弄扣子。母亲干脆把扣子扯了下来，放进自己的衣兜里。

“别乱动，格里沙。”她说着，又拿起她那编织了很久的毯子。她每次心情不好时就拿起来做这种针线，一只手在焦躁地移动着，计算着针线。尽管昨天她对丈夫说过，他妹妹来是跟她毫不相干的事，但是他正是为小姑的登门而准备了一切，现在她就是心情激动地在等待着这位妹妹的到来。

朵丽被这痛苦淹没了，她无法自拔。但是她并没有忘记小姑来的事情，她的小姑——安娜，彼得堡市一位显赫有名的贵妇人，是一位最重要人物的太太。所以，她并没有像对丈夫说的那样，不理睬这位妹妹。“再说，这事又不是安娜的错呀！”朵丽心想，“我只觉得她这样顶好不过了。而且她待我也友好亲切。”虽然她不喜欢彼得堡的那个家，和在她那整个家庭上笼罩着的虚伪气氛，“但我又怎能不接待她呢？”她想，“只求她别再来劝说我！什么劝解、教训啦，什么基督教的宽恕啦……这些东西我都听了上千遍了，全是些虚伪骗人的谎言！”这些天，朵丽只跟孩子们在一起。

她不愿谈起她的痛苦，但又不能够丢开这种痛苦去做别的事情。她想，她要把一切全都告诉安娜，这样，最起码能使她痛快一些。但是，她又想，向他的妹妹诉说自己的冤屈和痛苦，总得要听她一些现成的规劝的话语，所以她一会儿委屈，一会儿又觉得恼火。

她不时地看看表，时时刻刻都在等着这位妹妹的到来。然而也恰恰错过了客人来临的那一刻，沉浸在矛盾中的她，根本没有听见铃声。

轻轻的脚步声和女人衣衫的窸窣声，使朵丽抬头望了望门口，在她憔悴的脸上流露出的不是狂喜，而是惊讶。她赶忙站起身来，拥抱了小姑。

“怎么，您已经来到啦！”她吻着她。

“很高兴看见你，朵丽！”

“我也很高兴！”朵丽说，但她极力地想从安娜的脸上探索出，她是不是什么都知道了。“大概全都知道了。”她想，因为她从安娜的脸上察觉到了同情的表情。“来，我带您到您的房间去吧！”她向小姑说，尽可能地把这种还没有完全沾染上痛苦的时间拖延些。

“格里沙吗？哎哟！都长这么高了！”安娜说着吻了吻这个男孩，眼睛并没有离开朵丽的脸，她的脸泛起了红晕。

“噢，咱们就在这里吧！”

安娜摘下了头巾和帽子，卷曲的黑发有几绺被钩在帽子上，她摇了摇头，抖落开她的头发。

“看您红光满面，知道您是那么的幸福和健康！”朵丽几乎是嫉妒地说。

“我？……是的，”安娜说，“哦？是丹妮娅？可跟我的谢辽莎是一般大呀！”她对跑进来的小女孩说着，抱起了丹妮娅，吻了吻她，“多可爱的小姑娘呀！朵丽，快把孩子们都给我看看！”

安娜提起所有的孩子，不仅叫得出他们的名字，也记得他们的出生和性情，甚至连他们害过的病因，她都记得十分清楚。这使朵丽很感激。

“好的，看看他们吧！”她又说，“可是瓦更还在睡觉呢！”

看过了孩子们，她们又回到了客厅里的咖啡桌旁坐了下来，安娜挪动了一下桌上的托盘。

“朵丽，”安娜先开口了，“他对我说了。”

朵丽冷漠的目光，似乎是在等待着她那套表示同情的数落，但安娜没有说那样的话。

“朵丽，亲爱的！”她又说，“我并不想在你面前替他分辩，也不想用同情的话来安慰你。但是，亲爱的朵丽，我心里很难过！真的很难过！”

那两扇浓密的睫毛下的灰眼睛已涌出了泪水。她靠近了嫂嫂，用一只有力的小手，有些激动地抓住了她的手。朵丽没有把手躲开，但她脸上仍然是冷漠的表情。

“别安慰！一切都没有用了。自从那事发生后，一切都完了！”她在说。

一说完这句话，她脸上的表情变得柔和了些，安娜拿起那只干瘦的手，吻了吻，说道：

“可是，遇上到这种可怕的事情。怎么办呢？怎么做才好呢？——在这个苦恼中总也该想个办法解脱出来才是呀！”

“全都完了。再也没有什么办法了！”朵丽说，“最糟的是这群孩子就把我给束缚住了。我没有办法走开！可是又不能一块生活了，一看见他我就痛苦！”

“朵丽，他都对我说了。亲爱的，让我听你谈谈吧，把全部都对我说吧！”

朵丽望了望她，正试探她的真伪。

纯洁的同情和友爱，显然她并没有伪装。

“好吧！”她突然说，“但我要从头说起。我从小就在母亲的教育下，我不只是单纯而且愚蠢。在我什么都不懂的时候，就出嫁了；后来听人说，男人会把自己从前的恋情故事都告诉妻子，但是斯季瓦，不，”她赶紧更正自己，“斯捷潘·阿尔卡季伊奇就从来没有对我说过。所以，我一直认为我就是他生命中的唯一的女人呢。就这样过了八年，我不仅不怀疑他对我的忠实，而且我也以为那事是不可能。可是……忽然一下子……这种肮脏的事情……我完全相信自己的幸福，而突然间一下子……”朵丽忍住没有哭出声来。她继续说着，“突然间，一封信——一封写给他情妇的信呀！而且她是我们家的家庭女教师。啊！不，这太可怕啦！”她赶紧掏出了手帕捂住了脸，“而且，倘是他的一时冲动，我也理解，”她停了停又继续说，“可是他竟然在用心地欺骗我呀！而且，他一边做我的丈夫，一边和他的情妇……这太可怕啦！……您是不能想象得到的，所以您不会理解这些！”

“不，亲爱的，这我能理解，我能理解！”安娜说着，紧紧地握住了她的手。

“您以为他会理解我的痛苦吗？”朵丽说下去，“不，他正得意呢！”

“噢，这个不！”安娜打断了她说，“他真的好后悔！他也很可怜，也后悔……”

“他可怜？他会后悔？”朵丽打断了她的小姑，眼睛盯着她的面孔。

“是的，我了解他。看他的样子我没法不去可怜他。我们都是了解他的，他心肠好，可是傲气，而现在没脸见人了。还有，最感动我的是……（她能猜到最能感动的事）——有两件事情使他难过：一件是，他在孩子们面前羞愧得无地自容；另一件事，就是你，他爱你高于一切！”她赶忙阻止了意欲反驳的朵丽，“可是它让他痛苦，刺伤了您他好懊悔呀！他时常对自己说：‘啊！她是不会饶恕我了！’”

朵丽望着她的小姑，在她的话语中反思着。

“是的，我知道他的处境更可怕——有罪的往往比没罪的更痛苦，”她说，“要是他能知道所有的不幸都是由他的罪恶造成的，那叫我怎么来原谅他？发生了那种事后，还叫我怎么去做他的妻子，再跟他生活在一起呢？而现在，我之所以很痛苦正是因为我珍惜从前对他的爱……”

她忍不住抽泣了。

似乎是有意这样的。在每当她的态度变得柔和些时，也总是在说些激怒自己的事情。

“她年轻、漂亮，”她停止了呜咽，又继续说，“可是，您想想看，我的青春，我的美丽都到哪儿去了？是他和他的孩子们剥夺了我青春的容颜，我操劳伺候了他们一辈子呀！而现在我已不再年轻，也消耗尽了一切美丽……当然现在，随便一个女人都能使他着迷！他们寻欢作乐，厮混在一起，一定在议论我什么，或者干脆地，提也不提我一句！这些您能懂吗？”她怒火中烧，甚至在眼睛里也流露出了那憎恶的火焰，“今后，他再对我说些什么，还叫我如何相信？不，不会有什么了，一切都完蛋了！可那曾经是我的爱，我的安慰——一切都化为乌有。从前，我教格里莎这些孩子们读书是我的快乐，所以我宁肯劳苦受累。可是现在这不再是快乐而是痛苦的折磨呀！我为什么那么做？为什么要这些孩子们？……可怕哟！可怕我的心一横了结。现在我对他已没有了爱、没有了情意，有的只有仇恨和愤怒，我可真恨不得杀死他！”

“亲爱的，这些我都理解，可是别太折磨自己了！因为你太悲伤太激动，所以有些事情你并没有看全面。”

朵丽没有说什么。在两分钟的沉默后她才说：

“那您说怎么办呢？安娜，您帮我想想，我什么都想过了，就是没有想出一点办法呀！”

安娜也不知如何是好，但嫂嫂的每句话每个神色都已经感染了她。

“但只有一点，”安娜开口了，“我是他的妹妹，我知道他的性情，他会一下就入迷而过后又忘记得一干二净，”她说着在额前挥着她的手做了个手势，“现在他简直都不相信，也不能理解他怎么会做出那种事情。”

“不，他理解，他什么都理解！”朵丽激动地插语道，“可是……他把我给忘了，这叫我如何能宽容？”

“请让我说，当他告诉我这事的时候，我当时是真的没有想象到你的处境，我只是看到，这个家已混乱不堪。我原本是难过，但现在，和您交谈后，我的看法改变了。同为女人，我看到了你的痛苦后，你不知我心里有多么的难过！亲爱的朵丽，我完全设身处地地为你着想，我理解你的苦楚。但是，有一点只有你自己心里清楚——你心里对他还有多少爱情？能不能饶恕他，这也只有你自己知道呀！要是能够的话，就饶恕了他吧！”

“不。”朵丽只说出一个字，就被安娜止住了。她吻了吻她的手。

“其实，我比你更懂世事，”她说，“我懂得像斯季瓦这样的人对这种事的看法。你猜测他会跟他的情妇一道评论你，那不可能；这种人是把自己的妻室儿女看得很重，虽然他的行为不忠但这种女人在他们看来是被轻视的，她的风情是无法主宰他们的家庭的。他们把这种女人和自己的家庭之间明显的界线看作是无法逾越的鸿沟……虽然我并不懂得这其中的奥秘，但这往往总是事实。”

“是的，但是他已吻过她……”

“快别这么说，朵丽！斯季瓦在和你恋爱的时候，也是这样的，而且他每次在我面前说你的崇高神圣。我知道你们在一起生活得愈久，你在他心目中就愈是崇高圣洁。记得那时候他一开口就说朵丽是个不寻常的女人！我曾经笑过他。但你在他的心目中确实像一尊圣洁的女神。过去、现在都是这样的！只是这回是他一时的冲动……”

“可要是下回再冲动呢？”

“不会有的，我想……”

“是的，假如换了你，你会原谅他吗？”

“我不知道，也许……哦，不，我会原谅他的。”安娜思考了一下肯定地回答，她在内心的天平上进与退之间，作了权衡，又坚定地回答："我会的，我会的！我会跟从前一样的，就如同根本什么也没有发生过一样地完全原谅他！"

"当然！"朵丽赶紧接过话，这句不再需要考虑的话显然已在她心里思索了好久，"当然，要原谅就完完全全地原谅，要不就不能叫原谅了。哎，带我去吧，带我到你的房间去！"朵丽说着站起身来，一路上拥抱着安娜，"哦，亲爱的，您能来我很高兴呀！我这会儿好多了，好受多了！"

第八章

一整天，安娜就待在家里，在奥勃浪斯基的家里没有接见任何人，虽然有几个拜访者。整个上午，她都跟孩子们在一起。午餐前，她给哥哥捎去一张便条：慈爱的上帝保佑您——回来吃午饭吧！

这天午餐时，奥勃浪斯基回来了。在餐桌上，大家谈论的话题是一般性的。妻子跟他说了话，并且称呼他“斯季瓦”了，这是自上次吵架以来从没有过的！虽然夫妻之间仍有些隔膜，但已不再提及分手的事了。斯捷潘·阿尔卡季伊奇看得出来和解是有希望的。

午餐刚过，吉蒂来了。她也仅仅是认识安娜·阿尔卡季耶芙娜，所以心里不免有些惊恐。她不知道这位人人称道的彼得堡市上层社会的贵妇人会如何接待她，但她能明显地感觉到安娜·阿尔卡季耶芙娜很喜欢她。显然，安娜是在赞叹她的年轻美丽。吉蒂还没有坐定，就感觉到自己已经爱上了她，这跟所有的少女对年长的已婚妇女的爱慕一样。安娜不像社交界的贵妇人，也不像有八岁儿子的母亲。假如不是她那令吉蒂倾倒的严肃和忧郁的神色，单从她那轻盈的动作、文雅的仪态和时而微笑、时而洋溢着蓬勃生气的眼神看，她就像一个二十出头的女郎。吉蒂觉得，安娜是不加掩饰的单纯与热情和那崇高的、富有诗情的境界的统一体，而这种境界是吉蒂望尘莫及的。

午餐后，朵丽回到自己的房间去了。安娜迅速站起来，走向哥哥，他正在点燃一支雪茄。

“斯季瓦，”安娜一边快活地给他使眼色，一边对他说，“去吧，上帝保佑你！”

他明白了她的暗示，于是扔掉剩余的雪茄，向她的房门走去。

斯捷潘·阿尔卡季伊奇走后，安娜又回到沙发上，被孩子们团团围住。不知道是因为喜欢这个新来的姑母呢，还是因为在她的身上感受到了一种特殊的力量，在用餐时，他们就一直缠住这个姑母，寸步不离。这两个大点的孩子跟所有的孩子都一样，他们似乎在玩一种游戏：谁若是能靠姑母近些，抚摸她那纤细的手，或者吻吻她的手，哪怕是摸一摸她的衣裙的话，就算是优胜者一样。

“来，过来！宝贝儿，还照我刚才坐的那样。”安娜·阿尔卡季耶芙娜说着坐在了她原来的位子上。

于是，格里沙把脑袋转到她的手臂下，紧贴她的衣衫，好像优胜者一样，得意而幸福。

“你们的舞会准备什么时候举行呢？”她问吉蒂。

“下礼拜，而且是一场非常盛大的舞会呢。到时候总会让你开心的！”

“会有一场叫人开心的舞会？”安娜柔和的语气里显得有几分怀疑。

“不过也怪，可真有的。在皱布立谢夫家里，什么时候都是让人开心的！尼基金家的也是这样。而在梅日科夫家里的就很沉闷。难道您没有注意到这些？”

“哦，没有，亲爱的吉蒂，对我来讲，已经没有了那种让人开心的舞会，”安娜说着。她的眼睛在告诉吉蒂，她内心有一个没有向她打开房门的特殊宝藏，“对我来讲，只不过有些舞会不至于叫人厌恶而已。”

“您怎么会在舞会上感到沉闷呢？”

“我怎么不会？”安娜反问道。

安娜已经察觉出吉蒂将做出的回答。

“因为您的美丽压倒群芳！”

安娜羞红了脸，微微泛起了红晕说：

“我可从来没有过这事，即使有这事，那又对我有什么用呢？”

“您会参加这次舞会吗？”吉蒂望着她说。

“我想不一定，”丹妮娅正在想从姑母的手指上拉下那只宽松的戒指，她就对丹妮娅说，“拿去吧！”

“我真高兴您能去呀！”

“如果我一定去的话。在想到我去能使您快活时，也就可以自慰了，”她说着，“格里沙，别再乱玩头发了，它已经够乱的了！”说着用一只手整理了一绺那被拉散了的头发。

“我想，您在舞会上时该穿紫色的礼服吧？”

“为什么非得是紫色服装？”安娜微笑了，她说，“孩子们，快别闹了！古里小姐在叫你们去喝茶呢！”她打发孩子们去了餐厅。

“不过，我知道您为什么邀我参加这次舞会。因为您对这次舞会有很大的期望，所以希望大家都在场！”

“是的，可是您怎么知道的呢？”

“啊，您现在正处在妙龄时光！”安娜继续说，“人生啊，就像是在瑞士山上的云雾烟霭一般的，它会笼罩住那即将结束的少年时代。于是，人只得从那乐观明朗的世界里一步步地走向一条通道，这条通道会让你愈走愈感到狭窄、郁闷、没有生气，但是它的外在风貌也许是美丽辉煌……人，哪个没有走过这条通道呢？”

吉蒂微笑了，没有回答她的话，只是在暗想：“她究竟是如何走过这个通道呢？我不禁想知道她的全部恋情。”但吉蒂已记得她的丈夫阿历克赛·亚力克山德罗维奇是个相貌不雅的人。

“我听斯季瓦说过。祝贺你，吉蒂！”安娜接着往下说，“我在车站遇见了渥伦斯基，我也喜欢他呢！”

“啊？”吉蒂羞红了脸，她知道渥伦斯基到车站是接他母亲的。她接着问，“斯季瓦都对您说了些什么？”

“斯季瓦全都说了，我真的很高兴地祝福你呢！”安娜接着说，“昨天我同渥伦斯基的母亲一道而来，他的母亲在不停地谈起他。我看得出他是母亲的宠儿。我知道做母亲的会偏心，不过……”

“他母亲尽对您说了些什么？”

“可多呢！我看得出她是特别地偏爱他。不过，他也的确有男人的豪迈气概。比如说，他决定把他的全部家财都给了哥哥，而且他在童年时期就有过不同寻常的壮举，曾救过一个落水的妇女。一言以蔽之，一个顶天立地的男子汉！”安娜微笑着，不禁想起了在车站给那个寡妇的两百卢布。

不过她并没有提起这两百卢布的事。不知怎么回事，想起这件事总感觉它跟自己有什么联系似的，而这种联系是不该有的。所以这件事总是她心里头的一个阴影。

“她再三邀请我，”安娜并不因为那件不愉快的事而中断说话，“我也正想去看望这位老夫人。明天我就去看她！哦，斯季瓦在朵丽的房间里耽搁了这么久，但愿上帝保佑他们！”安娜转移了话题。吉蒂站起身来，她感觉好像有什么事使她心里不愉快！

“不，我是第一！不，是我……”孩子们吃完了茶，叫嚷着向姑母跑来。

“大家都是第一！”安娜笑了，她笑着跑过去迎接这群活泼可爱的孩子。

第九章

快到大人们用餐的时间，朵丽才从她房子里出来。斯捷潘·阿尔卡季伊奇没有跟着出来，兴许是从房间的另外的门出去了。

“我怕您睡楼上冷，”朵丽对安娜说，“所以我想让您搬到楼下住，这样咱们会挨得更近些。”

“噢，嫂嫂别再麻烦了。”安娜一边回答着一边极力地从朵丽的脸孔上观察事态的进展。

“您住这里吧，这儿光线要好些！”嫂嫂说。

“我告诉您吧，我睡哪儿都一个样，像个拔鼠般沉。”

“哦？这是在谈什么呢？”斯捷潘·阿尔卡季伊奇走出书房，对妻子说。

听他的声调，安娜和吉蒂知道他们已经和解了。

“我想让安娜住到楼下，可总得换个帘子，又没有人会做，我还得亲自动手做。”朵丽回答丈夫。

“他们是否真的和解了呢？”安娜听了她冷淡的语调，心里禁不住又在疑惑。

“哎，得了，朵丽！总爱找麻烦，”丈夫说，“不过，要是您坚持的话，那就请你来做吧！”

看来他们一定是和解了。

“可究竟怎么个做法呀！”朵丽应着丈夫的话，“您尽会吩咐马维特去做些他根本办不到的事情，您倒放心，而他只会把事情弄得一团糟！”朵丽嘟囔着，她嘴角又流露出那平素里习惯了的讥讽。

“和解了，完完全全地和解了！”安娜心中暗自庆幸，“感谢上帝呀！”她庆幸是因为是她让这面破碎了的婚姻镜妙手回春的。她高兴地走向朵丽，吻了她一下。

“没有的事！你总是瞧不起我和马维特！”斯捷潘·阿尔卡季伊奇含着轻微的笑意，同妻子分辩。

那个夜晚，朵丽跟往常一样，对丈夫的态度总是含着轻微的讥讽，而斯捷潘·阿尔卡季伊奇也不至于得到宽恕后而高兴得忘乎所以。

晚上九点半钟时，奥勃浪斯基的全部家庭成员都围在茶桌前，举行着庆祝和解式的家庭谈话。然而却被一件表面上看来很平常但大家都感觉到很奇异的事情给破坏了，却不知怎的。当大家谈到在彼得堡的一位共知的熟人时，安娜站起身来说，

“我这里有她的照片，”她说，“也顺便让大家看看我儿子谢辽莎的照片。”伟大的母性的光环闪耀在她的脸上。

近十点钟，平日里她正和儿子道晚安。而且在每次赴宴之前，也总是把儿子安顿好才离开，而现在她离他这么遥远，她牵挂儿子。无论大家在谈论什么，也阻挡不了她那插上了翅膀的思念，飞到儿子身边。她很想看看他的照片或是谈论关于他的一两句话，她终于找到一个机会，就赶紧站起来去取她的照片簿。当她迈着轻盈的步子，在经过通往她房间的正对着大门的楼梯时，前厅里传来了门铃声。

“这会儿是谁呢？”朵丽说。

“来接我的还早，可要是来看望哪个的又太晚。”吉蒂说。

“一定是那个送公文的！”斯捷潘·阿尔卡季伊奇几乎肯定地说。当回经楼梯的时候，一个仆人跑来报道说有客来。安娜不由得朝那里一望，那人已经站在了大厅的中央，她立刻认出了，渥伦斯基！顿时，一种满足的快乐和奇异的恐惧相互交织的情感在她的心底荡漾。只见那人站在那里，没有脱掉外套，正从口袋里掏出什么

东西。恰当她走到楼梯口的时候，那人突然抬头一望，看见了她，于是在他的脸庞上泛起了一层困惑和惊慌。她含羞地低下了头，就走了过去，听到了斯捷潘·阿尔卡季伊奇大声地喊他进去，和他那平静的、低沉的谢绝声。

当安娜回到客厅时，他已经走了。斯捷潘·阿尔卡季伊奇说，他是来询问一下明天下午请一位名人吃饭的事。

“他怎么也不进来，真有点奇怪！”斯捷潘·阿尔卡季伊奇又补上一句。

吉蒂羞红了脸。她在想，也只有她一个人才明白他为什么来而又为什么不进来：“他来，是因为他去我家了，没有见到我，所以猜想我一定在这里。而他不进来，是因为时间太晚了，而且又有安娜在。”

大家面面相觑，没有说什么，就开始观看安娜的照片簿了。

一个男人在九点半后去拜访朋友，打听关于明天请客的事情，这原本并不奇怪，但是在这里，每个人的感觉却是那样的特别和异常。安娜对这件事更觉奇怪和疑惑。

第十章

当母亲和吉蒂登上了这条灯火辉煌，阶梯上布置着鲜花，两旁侍立身着长袍的侍女的楼梯时，舞会正式拉开了帷幕。舞厅里飘扬出那如同蜂房里的均匀的、柔和的乐曲声和那飘动着的衣衫的窸窣声。她们走到楼梯口，在两旁放置着青松盆景的镜子前整理了一下头发和衣襟。这时候，一曲四弦提琴独奏的华尔兹舞曲开始了。在另一面镜子前站着一个身材瘦小的老者，他用手整理了两鬓灰白的头发，满身散发着扑鼻的法国香水味儿，在楼梯上给她们母女让路时，那恭顺的表情，显然是在惊叹素不相识的吉蒂的美貌。一个被老公爵称作莫斯科市的"公子哥儿"的青年，身着一件紧身的低领口的背心，在镜子里边整理着他那白色的领带，向她们很大幅度地鞠了个躬，又转过身来，请求吉蒂跳卡维里舞。第一曲卡维里舞，她已经答应了渥伦斯基，所以这个年轻人只能排在第二个了。另一个人是个军官，扣上了他的手套，在门口给她们让路时，边摸着稀疏的胡须，边对玫瑰色的吉蒂不住地点头赞叹。

虽然这服饰、灯光和一切鲜花等环境的布置是吉蒂别出心裁的设计，但是当她在玫瑰色的衬裙上罩着一层做工考究、色泽柔和的网纱，迈着轻盈的步子来到舞场时，仿佛周围的一切美丽辉煌都因她的出现而顿时黯然失色，仿佛美仅是属于她的，仿佛她生来就应披戴着轻纱和花边，仿佛她生来就该是在高高梳起的发髻上戴着一朵两片叶子的玫瑰花。一切的一切都是天然雕琢，无需后天的修饰。

在走进舞厅之前，母亲和父亲在入口处，想要给她整理好略卷起的裙带，她却轻轻避开。吉蒂感觉，她的美，应该是与生俱来的完美、优雅、自然而又端庄，是根本不需要整理的。

这天是吉蒂生命中最幸福的日子，而属于她的一切又都是那样的完美。她的衣服没有一处不合身，她的花心披肩也没有一点儿的下滑，她的玫瑰色的花结没有揉皱或扯落。她那淡红色的高跟皮鞋也只会使她的舞步更加轻盈温柔。浓密的假发髻高耸在脑后，全然没有痕迹；那有弹性的手套裹在她的手上，既不宽松又不改变她原来的模样，三颗纽扣都紧紧地扣着。那黑色的丝绒绕在她的脖颈上，是那么的轻柔，那么的端庄。她在家里对着镜子时，欣赏着那绒带的美，别的东西都可以更换，唯独这条带子的美丽是不可改变的。即使在今天的舞会上，吉蒂从镜子里望见自己的颈部，也不禁满意地微笑了。她那冰冷的大理石般的双臂尤其令人叹赏；她的眼睛在闪光，当她看到自己的妩媚时，微笑不禁弄弯了朱唇。她还没有走进舞厅，经过那唯有丝带、纱网和鲜花装饰的妇女们时，她们都纷纷邀请吉蒂。吉蒂并不属于这类鲜花女人，而且已经有人请她跳华尔兹舞了。几个邀请者中，最好的舞伴是位著名的舞蹈教师、舞会的泰斗——叶戈鲁希卡·科尔松斯基。他第一曲是和巴宁伯爵夫人跳的，他环顾四周，在已经开始跳舞的几对青年男女中，一眼就看上了刚走进门的吉蒂。立即迈着那舞蹈家所特有的轻快的步伐来到她面前，甚至没有商量，就一把揽住了她那纤细的腰。她在寻思着把扇子交给哪个，这时女主人伸过手来接住了扇子。

“您能准时来，该多好呀！”他抱着她的腰说，“迟到可不是个好习惯啊！”

略弯起的左手搭在他的肩上，一双淡红色的高跟皮鞋应着和谐、有节奏的旋律在光滑的拼花图案的地板上，轻快的移动着。

“跟您一起跳舞就是一种休息！”在跳华尔兹时，他对她说，“美极了，轻快，准确。”他这么说，他的几位好朋友几乎都这么说。

他的夸奖使她微笑了。她的目光越过他的肩头在环顾着整个舞场，她不是一个把舞池中所有的人的脸都溶化成仙境的初次跳舞的姑娘，她也不是会觉得这里所有人都熟悉得生厌的姑娘。她是介于这二者之间的：她兴奋又不失理性。她看到大厅的左侧的角落里，聚集着社交界的精华，他们是：胸颈低得不能再低的袒露美人的姬——科尔松斯基的妻子，有闪耀着寸草不生的秃头克里文——一个凡有上层社会的人的地方就有他的存在，也有女主人，青年们向那个地方望望，望而却步；在那里，也发现了斯季瓦，和身穿黑色天鹅绒长裙的安娜，她那美丽的身段和头饰紧紧地吸引着吉蒂；也就是在那里，她也看到了他。自从拒绝了列文以后，她就再也没有看见过他。而今天，她一眼就认出了他，甚至还察觉到他在透过人群，注视着她呢！

“再跳一曲？您不太累吧？”科尔松斯基说，微有些气喘。

“不了，谢谢您！”

“送您到哪儿去？”

“安娜·卡列尼娜来了，我想去她那里！”

“好的！”

于是，科尔松斯基用他娴熟的华尔兹舞步一直左转弯滑向人群。嘴里不停地说：“对不起，太太们，对不起，太太们。”他穿过纱网花边和丝带的群体，急剧地旋转着他的舞伴，以至于她那舞动的褶裙折成了扇形，遮住了克里文的膝部，同时也露出了她那穿着玻璃丝袜的脚踝。科尔松斯基弯下身，整理好敞开了的衬衫的胸襟后，挽着吉蒂向安娜·卡列尼娜那边去。吉蒂赶忙把衣裙从克里文膝部拉开，她羞红了脸，泛着红晕的脸向四处搜寻着安娜。安娜并没有穿紫色礼服，而是穿了一件黑色低胸的鹅绒长裙。她那雪白光滑的胸部和手臂顶端的圆圆的臂膀完全裸露着，长裙上镶嵌着威尼斯的绣针花边；在她头部，那乌黑的、没有挽假髻的头发上，一只三色相伴的紫罗兰花环在大放异采，黑白相间的花边有同样的图案；她的发式并不特别，那一绺绺鬈发，在她的额前不时出现，更增加了她的妩媚；她那雪白滑润的脖颈上，挂着一串珍珠项链。

吉蒂每天都看见安娜。她爱慕她，她时常在想象安娜穿上紫色衣裳的模样。然而此刻她那一身黑色的长裙，才使她感到从前并没有领略她全部的风姿。现在，她不得不以全新的、出乎意料的态度来欣赏她：原来，她不穿紫色衣裳她的魅力可以超过服饰。其实，那黑色的裙子在她的身上并不太引人注目，尽管它也镶嵌着华丽的花边，是因为安娜的美——纯洁美丽、热情真挚、充满生气的脸庞——这些流光溢采的美丽掩盖了那华丽的衣裳！

她站在那里，身子直挺。当吉蒂走过来时，她在跟这家的主人谈话。她的头部微微偏向他：

“不，我并不责怪别人，”显然，她是在回答着他，“虽然我不明白这事儿。”她说着，耸了耸肩，又马上转过身来，立刻浮起微笑向吉蒂肯定地点了点头，虽然轻微得几乎看不出来，但吉蒂理会了，——安娜对她迅速的一瞥，和对她全身的打量后的微笑点头，是对她的赞许。“你到这里来啦！”她向她招呼了一下。

“这个是我优秀的舞伴。”科尔松斯基说着。转向安娜深深地鞠了个躬，便对这位不曾谋面的贵妇人说：“妇人，请您跳个舞吧！跳舞会使您更加青春漂亮，”科尔松斯基说着，弯下腰做出邀请的姿势，“请吧，安娜·阿尔卡季耶芙娜！”

“你们认识？”男主人问道。

“有什么人我们不认识的，我和我妻就像一对大白狼，也没有人不认识我们，”科尔松斯基又转向安娜，“来吧，跳一曲华尔兹舞吧！”他说着又弯腰邀请。

“在今天的舞会上，我能不能不跳舞？”她问道。

“今天是非跳不可！”科尔松斯基坚决肯定。

这时候，渥伦斯基走了过来。

“既然不能不跳，”她说，“那么就开始吧！”说着她把手搭在了科尔松斯基的肩上。说话时她并没有注意到渥伦斯基的鞠躬邀请。

“为什么她不接受他的邀请？”吉蒂心想，她看到了安娜是故意不理睬渥伦斯基的鞠躬。渥伦斯基来到吉蒂跟前，提起第一场卡维里舞时没有来看她，表示了歉意。他在说的同时，注视着安娜的华尔兹舞姿。她惊异地望着他，她的目光是期望等待，她是多么的希望他能邀请她跳曲华尔兹舞呀！他红了脸，赶忙请她跳舞。然而，当他挽上她的腰刚踏出第一节时，乐曲突然中止了。吉蒂凝视着他的脸，才知道她靠他那么近。他也没有想到，她那张祈求爱情而被他毫无表情的脸深深刺伤了。几年后，吉蒂想起这件事，仍然为那痛苦的羞辱而感到伤心。

“pardon pardon！华尔兹，华尔兹舞！”科尔松斯基在大厅的另一端叫着，抓住了他最先碰到的姑娘，就跳起舞来。

第十一章

渥伦斯基和吉蒂跳完了几曲华尔兹舞后，吉蒂走到母亲身边，她还没有来得及和诺德斯顿伯爵夫人说句话，渥伦斯基又过来请她跳第一轮的卡维里舞。在跳卡维里舞时，他没有谈什么特别的话。只是，时而在描绘着科尔松斯基夫妇是一对四十岁的顽童，时而又谈到了未来的公共剧院。当他问到列文时，算是触到了她心事。其实上，吉蒂并没有对卡维里舞抱什么期望。她的期望在玛佐卡舞上，虽然他在跳卡维里舞时并没有要求她跳玛佐卡舞，但她相信他会邀请她跳玛佐卡舞的。因此，她跳动的心房在期望在等待他的这个邀请，和在跳玛佐卡舞时对那事的决定。所以她一连谢绝了五个男子的邀请。然而，在整个舞会的最后的一场卡维里舞时，他竟然没有这样要求，看来吉蒂的期望已经是一个神奇的、充满玫瑰色采的梦幻。她感到了疲惫，要求停了下来。当她在跟一个无法拒绝而又令人厌恶的青年跳最后的一场卡维里舞时，她碰巧成了渥伦斯基和安娜的Vis-a-Vis。从舞会开始，她还没有遇见安娜，而这时看见她，她又用一种全新的、出乎意料的目光在打量着她。在她身上，她看到了那自己熟悉的情场得意的兴奋神情，看到了她正陶醉在因自己的美而引起众人的倾倒的幸福之中。她懂得这种感情和它的表征，而且是从安娜身上看出来的。她又看到了她那闪耀的眼睛、浮露出的激动的笑容、轻轻地弯曲了的朱唇和雍容优雅、轻盈准确的

动作。

“是谁让她这样呢？”她问自己，“是众者还是一个人？”她纷乱的思绪已经扰乱了她与眼前的年轻人的谈话，她有些发窘。显然她的表面上服从着科尔松斯基的口令，一会绕个大圈，一会又排成个链形，然而她尽收眼底的种种神情，使她的心灵在逐渐一点一滴地缩水呀！“不，她并不想让众人倾倒，只祈求一个人的钟情。而那个难道是……他吗？”他每次和安娜说话时，他的眼睛总迸射出幸福的火花，唇角总翘起的激动的笑容。她在竭力地控制它、压制着不让这些不愉快的痕迹表露在她的脸庞。“他这是怎么样呢？”吉蒂望了他一眼，恐惧充盈了她心中。在安娜的脸上已经折射出了他的一切。吉蒂在安娜这面镜子上寻找他那平素里沉着坚定、泰然自若的表情。“哪里去了呢？”不，现在他对她说话时，他的头总是微微低垂，仿佛一种被征服的畏惧与服从的神情。而她也好像俯首跪在他的脚下，像在说，“我想着您。”但他的目光里流露出的一种她从未看见过的神色，又分明在流露自己的心情，“我想着您，也一定得照顾好我自己！”

他们谈论的只是些共同的熟人，是一场无关紧要的谈话。然而吉蒂觉得，他们的每句话都在决定着他们和她的命运。事实上，他们的确在谈论着伊凡诺维奇的法国笑话多么可笑和叶列兹卡娅小姐怎样挑选良好的配偶。但奇怪的是，就这些内容，也似乎对他们意义非常，吉蒂也明显地感觉到了这一点。在吉蒂的心中，整个舞会和整个世界，都像被罩上一层烟雾一样，模糊不清。仅仅只有她所受过的严格的教养在迫使她支持着一切：跳舞时对视，谈吐时微笑。当玛佐卡舞开始之前，人们在搬桌子时，有几对玛佐卡舞伴正从客厅走进大厅时，失望和恐惧从吉蒂的心底浮起。她一连拒绝了五个人的邀请，而现在她没有被邀请的希望了。也恰因为她在交际场如此的成功，谁会相信她还未被邀请？她想去对母亲说身体不适，但没有逃掉的勇气。她感到她那被击碎的心在一滴一滴地淌血。

她回到了客厅，颓然地瘫倒在安乐椅中，轻飘飘的裙纱如朵朵飘浮的白云，轻绕在她的胴体上。一条裸露着的、嫩白的纤细胳臂无力地低垂，被埋没在玫瑰色的皱褶裙中。另一只手紧握着扇子在急速短促地扇着她那张滚烫的脸。虽然她看起来像只停留枝头的飞蝶，正要展开她那采虹般的翅膀自由翱翔，然而现在她的心正被可怕的绝望狠狠地刺痛着。

“或许，是我误解了，或许事情不是那样？”吉蒂马上又回想到了刚刚的一幕幕。

“怎么啦，吉蒂？”诺德斯顿伯爵夫人悄悄地来到她跟前说，“这是怎么回事呀？”

吉蒂的嘴唇微微战栗，她赶紧立起身来。

“你怎么不去跳玛佐卡舞呢？”

“啊？啊？不！不！”吉蒂颤抖的声音在应付着。她的眼角上已经涌出了泪水。

“他竟然当我的面去邀请她跳玛佐卡舞，”诺德斯顿伯爵夫人似乎愤愤不平地说。她知这里的“他”和“她”分别指的是谁。“哦？他怎么不去和谢尔巴茨卡雅公爵小姐跳呢？”她又说。

“啊，不！”

除了她自己，没有一个人能了解她的处境。谁能知道她昨天刚刚拒绝了一个，也许是她所爱的人，而她之所以拒绝他，是完全因为她在信赖着另一个人。

诺德斯顿伯爵夫人来到科尔松斯基面前，叫他去邀请吉蒂。

吉蒂是第一组。她庆幸自己不用讲话，因为科尔松斯基在舞场上不停地奔走指挥着。渥伦斯基和安娜就坐在她的不远处。在远处，她远视着她们，在靠近时，她又注视着她们，而当她看他的次数愈多，她便更加坚信：她的不幸已经确定。她看到了他们在挤满了人的大厅里旁若无人的感觉，在渥伦斯基那一向泰然自若的面孔上显露出了惶惑驯顺的神色，这神色就像是一个知道自己做了错事的小狗一样的懂事、聪明。

安娜高兴时，他的脸上会浮现笑容，当她低沉时，他就立即变得严肃起来。在她的脸孔上滋生着一种不同寻常的力量，这力量在紧紧地吸引着吉蒂。吉蒂望着她：那素色的黑衣裹在她窈窕的身躯上相映生辉，那戴着手镯的白嫩修长的手臂和那围着一圈珍珠的脖颈让人情不自禁地向往，那略有松散的卷发和她那轻快优雅的舞姿也都显得那么的自然纯真和迷人，尤其是，那洋溢着青春生气的脸蛋更显露出她旺盛的生命力。在所有的这些美丽中似乎却隐藏着某种残酷的、可怕的东西。

吉蒂比以往更加欣赏安娜了，但愈是这样，她就愈痛苦。吉蒂感到自己被击垮了，这已在她的脸上流露出来。当渥伦斯基在跳玛佐卡舞时和她相遇，竟然没有认出她来。她确实变了个模样。

“多美好的夜晚呀！”他对她说，只是为了打个招呼。

“是的。”她回答。

在玛佐卡舞跳到一半时，安娜复习着科尔松斯基发明的花样，她走进圈子中央，选了两位男子，又把一位太太和吉蒂叫到她身旁。吉蒂惊恐地走向前去，安娜微笑着望着她，同她握了握手。当她注意到吉蒂用绝望和惊异的表情来应付她的邀请，她转过脸不再看她，于是她跟另一位太太快活地交谈了起来。

“是的，在她的身上确实有一种迷人的魅力！”吉蒂心中想。

安娜不想留下来吃晚饭，但主人却在挽留她。

“留下吧，安娜·阿尔卡季耶芙娜！”科尔松斯基边说着边把她露出的手臂夹到自己的燕尾服的袖子下，“我这儿还有好多科吉隆舞的新奇跳法呢！美极了！”

说着，他慢慢地向前移动，想极力留住她。男主人也投来了赞许的目光。

“不了，我不能留下了！”安娜微笑着答道，虽然她在微笑，科尔松斯基和男主人从她坚定的回答中知道，看来是留不住了。

“不了！说真的，我在莫斯科这个舞会上跳的舞，比我在彼得堡市整个冬天跳的还多呢！”她说着，不时地望望站在她身旁的渥伦斯基，“我动身前要休息一下！”

“那么您确定一定要走吗？”渥伦斯基问。

“是的！我想是的。”她回答着，似乎有点惊讶他大胆的询问。但当她望着他时，她那抑制不住的微笑和火热的热情顿时滚烫了她周身的血液。

安娜·阿尔卡季耶芙娜没有留下来用餐，便离开了。

第十二章

“是的，我身上是有些讨人嫌的东西。”当列文从谢尔巴茨基家出来，去他哥哥家的路上时，心里想，“我不与众聚合，他们说我是傲慢。其实，我并不傲慢。如果是傲慢，怎么会落到今晚如此可怕的境地？”他想着渥伦斯基那得意幸福的神情，“恐怕他在什么时候也不会像我今天这个模样。对，她应该挑选他，一定该是这样的！都是我不好，我不能怪谁怨谁，也没有道理。我凭借什么才智让她与我结为连理？我是个什么人？我算什么？一无是处！是一个对谁都没有用的人呀！”于是他想起了哥哥尼古拉，完全沉浸在满意的回忆中，“他说他已看透世事——一切都是污秽丑恶。不是吗？我们对尼古拉哥哥的一贯评判就未必公正的。自然，普洛科菲从他穿着破衣衫、喝得烂醉如泥的样子来评判说他是一个卑劣的人。但我却深知他的灵魂，跟我的一样。而我也没有去看他，到了用餐的时候，却来了他家。”列文借着路灯昏暗的光，看了看他哥哥的住址，就雇了一辆马车，驶向哥哥家的方向。在途中，他回忆着他所熟知的尼古拉哥哥的一切事情，一件件历历在目：他想起哥哥在大学毕业那年，完全过着修道士的生活，严格遵从一切仪式，祭祀、做礼拜、斋戒，特别是不接近女人。而后来，他突然间跟一些卑劣放荡的人混在一起，沉溺于荒淫无度之中。他又想起他领养小孩而引起的事件：他从乡下领一个孩子来抚养，但因一时的怒火把这个小孩殴打一顿，以至于有人对他的非法殴打提起诉讼；他回想起他与一个赌棍的纠葛，他输给了人家一笔钱，便付了张支票，但过后又去告发那人，说人家骗了他（也就是谢尔盖·伊凡诺维奇替他支付的那笔钱）；后来他又因被怀疑破坏公共设施、扰乱社会治安等行为在牢里关了一夜；还有他与哥哥谢尔盖·伊凡诺维奇之间的那场可耻的官司，他诉讼哥哥没有把母亲遗产的一半分给他。直到最后，他到西部地方供职，在那里又因殴打人而受判决……所有的这些，在并不了解他的历史、不知道他的心肠的人看来是多么的可恶。但是列文并不厌恶他。

列文想起了尼古拉笃信基督、修养和做礼拜的时候，当他从宗教里来寻求帮助，希望能抑制住他肉体的欲望时，所有的人非但没有给予他帮助，反而在嘲笑他，包括自己在内，把他叫作“娜亚和尚”。而后，当他变得放荡的时候，谁也不肯去拉他一把，全都带着厌恶的心情抛弃了他。

列文觉得，尽管尼古拉哥哥的生活那么的放荡恶劣，但在他的心中，在他的心灵深处并不觉得他比那些看不起他的人坏多少。那放荡不羁的性情和有限制的智商，是与生俱来的，这并非是他个人的过错。而他的灵魂则永远是美好的。“我要把所有的一切都告诉他，毫无隐瞒的。而且我也要向他说我是爱他的，我完全的信赖他！”列文暗下决心。十一点钟的光景，车子来到了那个纸条上所写的旅店门口。

“在十二号和十三号房间住！”守卫的人员在回答列文。

“他在家吗？”

“应该在的！”

十二号的房门半开着。从门里射出的光线中飘荡着浓烈的劣等烟草的烟雾。列文从那门里传出的熟悉的谈话中，判断哥哥准在家。因为他听到他在说话时的干咳声。

当他走进房门时，那个不熟悉的声音在说：

“一切都取决于办事的大胆和精明。”

康斯坦丁·列文站在门口往里望了望，他看见说话的是一个身穿短上农，头发浓密的青年，还有一个坐在沙发上的满脸斑点的女人。那女人身穿一件没有领袖的毛料长袍子，他没有看见哥哥。但列文想到他哥哥和这样的人生活在一起，心里非常难受。没有人听到他的脚步声。列文脱下了套鞋走了进来，那个穿短上衣的年轻人在继续谈着那种事业。

“哼，都是些特权阶级，”是他哥哥的回答声，他又干咳了一声，“玛莎，给我们拿饭！再拿点酒来，如果有剩的话，没有就去买。”

女人站起来，走到屏风边时望见了列文。

“有位先生，尼古拉·德米特里奇。”她转过身对他哥哥说。

“找什么人？”尼古拉·德米特里奇很粗鲁地问了声。

“是我。”康斯坦丁·列文说着，走向灯光处。

“我？我是谁？”尼古拉的声音生硬无礼。列文听到了绊倒东西的声音，他朝里望了望，看到了他那干瘦佝偻的身躯，和一双突出的惊恐的眼睛。使他惊讶，眼前的这个就是他那曾经熟悉相亲而现在如此粗野的哥哥。

他比三年前康斯坦丁·列文最后一次见他的时候更加消瘦了。他穿了件短外衣，那粗大宽阔的手臂的骨骼显得更粗大了。他的头发变得稀疏枯干，唯有唇上端的两撮竖立着的胡碴儿和眼睛里奇异的目光，跟从前一样。

“啊，考斯嘉？”他突然叫了一声。他认出了弟弟，眼睛里露出喜悦的神情。然后，他又迅速地掉回头看了那个年轻人一眼，脖颈猛烈地痉挛抖动了一下，似乎是领带的勒痛。康斯坦丁·列文熟悉他的这个动作。随即在他的脸上便表露出一种粗野、狂暴、残酷的表情。

“我给你和谢尔盖·伊凡诺维奇写过信，告诉他们我不认识你们，也不想认识。你到这儿……你有什么事？”

康斯坦丁·列文完全没有想到他会这样。他在想着他时，把其中最坏的又难以容忍的部分都隐去了。而刚才，看见他的脸，特别是看见他痉挛地一抖，这被隐去的一切又开始悄悄浮现。

“我并没有什么事，就是想来看看你！”他畏怯地回答。

显然，是弟弟的畏怯使尼古拉的心软了下来。他的嘴角颤动了几下。

“啊！是这样吗？”他说，“那么，进来吧，坐下。你要吃饭吗？玛莎，拿三份来。哦，不，停停。你知道这位先生是谁吗？”他朝着短上衣的青年对弟弟说，“克里茨基先生，我在基辅时的朋友，是一位了不起的人物。当然，他受到警察的迫害，可他不是个恶棍。”

说着，他习惯性地环顾了房子四周。看见那个女人要走出去的样子，他冲她叫道：“我叫你停下。”接着，又环顾了每个人，开始用他熟悉、毫不连贯的语言向他弟弟讲述了克里茨基的经历：他在大学时，因为组织了一个帮助生活困难的学生的主日学校团社而被学校勒令开除。后来他到国民学校去当教员，在那里由于一场官司又被逐出。

“您是基辅大学的吗？”为了打破这沉闷的局面，列文先问了问。

“是的，我曾经是。”克里茨基很生气地说。

“这个女人，”尼古拉接过他的话，指着那个女人说，“她是我生活的伴侣，玛利亚·尼古拉耶芙娜。我把她从窑子里领回来的，”他扭动了一下脖颈，“但我爱她、尊敬她，而且，”他的声音提高了一倍，继续往下说，“凡是想跟我来往的人，都必须爱她尊敬她，她就跟我的妻子一样。现在，你知道你在跟些什么人说话了，要是你觉得降低了你的身价，那么，请马上滚开！”

说完，他的眼睛又一次环顾着这里的每个人！

“怎么说会降低了我的身价呢，我不明白。”

“玛莎，叫他们拿饭来：三份儿，伏特加和葡萄酒……噢，等一等……不必了……没有也没有关系！哦，去吧！”

第十三章

“你看，”尼古拉·列文接着说，他使劲皱着眉头，抽搐着身子。显然让他边想边表达是很困难的，“你看，那边……”他指着在房门角落里的一堆乱放的铁条，“就那个，这是我们正在操办的新事业——生产劳动互助会！”

康斯坦丁没有听进去他的话。他在凝望着这个病态干瘦、患肺病的哥哥，心里很难过。他不敢去听他说关于劳动互助会的话。因为他知道，那个组织只不过是他生命的最后一根稻草罢了，或者说是唯恐他的生命坍塌下去，尼古拉·列文并没有停止。

“你是知道的，资本家剥削工人。我们的工人、农民承担着生命的劳动，而不管做多少操劳都无法改变他们牛马般的处境。本来他们可以用自己的劳动报酬来改变他们的境地，获得空余的时间去接受教育。但是他们所有的剩余劳动的价值都被资本家给剥夺了。整个社会就是这样一个状况：他们劳动创造的价值越多，资本家和地主的利润就越大。这样到头来，他们还是一样的做牛做马，这种制度应该改变！”说完了，用期待的目光望着他的弟弟。

“是的，是这个样子。”康斯坦丁·列文说，他望到哥哥那高凸出来的颧骨下渐渐泛起了红晕。

“所以，我们要在这里建立起一个劳动互助会，这个组织里的一切财产、工具都是公共所有。”

“劳动互助会将设在什么地方呀？”康坦斯丁·列文抬头望了

望他说。

“在喀山省沃得列姆村。”

“为什么要设在农村？我看，农村里的事情已经够麻烦了，那么为什么还要把它设在农村？”

“是因为农民现在跟从前一样还是奴隶，他们需要摆脱被压迫被奴役的地位。当然这恐怕会触及您和谢尔盖·伊凡诺维奇的利益。”尼古拉·列文愤怒的反驳，触及了弟弟的利益。

康斯坦丁·列文叹着气，随便抬起头来扫视了一下房间的四周。然而他的叹息声更加激怒了尼古拉。

“我知道，您跟谢尔盖·伊凡诺维奇，你们这些贵族们只想用你们的钱财和智慧来竭力地维护这种现有的罪恶。”

“谢尔盖·伊凡诺维奇？哦，不，您为什么要谈他呢？”列文带着善意的微笑说道。

“谢尔盖·伊凡诺维奇，对！”听到了康斯坦丁·列文的话，尼古拉·列文大叫道，“为什么？哼！我告诉你为什么……但现在再说这些有什么用呢？只是——你到我这里来想干什么？既然你看不起我们这种事情……好了，既然这样，快滚开！滚开吧！”他怒吼着从椅子上跳下来，“滚，快滚！”

“我并没有看不起什么，”康斯坦丁·列文畏怯地说，“而且，我也不要和你有争吵。”

这时候，玛利亚·尼古拉耶芙娜回来了。正在气头上的尼古拉·列文瞅了她一眼，她赶忙走到他面前，又低语了几句。

“我身体不好，也易怒了！”尼古拉·列文稍微平静了点，沉重地喘着气，说道，“你以后再别对我谈谢尔盖·伊凡诺维奇和他的文章了。你读过他的文章吗？”他转向克里茨基，“那是让一个丝毫不懂正义的人来写关于正义的文章——全是瞎说！全是谎言！全是欺骗！”他言辞激烈，他又重新回到了桌旁，推开了摊撒在桌子上的半包香烟，腾出一片地方。

“没有读过！”克里茨基冷淡地说，显然是他对这场谈话没有兴趣，也不愿意加入。

“为什么没有？”尼古拉·列文追问道。

“因为我认为在这个上面浪费时间是完全没有必要的！”

“哦？你怎么说那是浪费时间呢？可能是那文章对很多人来讲简直太深奥了，他们就根本不懂？但我却能一眼看穿它，而且我也知道了它是站不住脚的。”

大家都不再说下去。克里茨基从容地站起身来，拿起了帽子。

“不吃饭啦？好吧，再见？明天带工匠们过来。”

克里茨基刚走出门，尼古拉·列文微笑着向他使眼色。

“他也不怎么好！”他说道，“我当然能看得出来……”

正在这时候，克里茨基在门外叫了他一声。

“还有什么事？”尼古拉·列文就走出房门，屋子里只剩下列文和玛利娅·尼古拉耶芙娜，他便开始问他：

“您和我哥哥一块很久了吗？”

“已有两个年头。他喝酒很多，身体也变坏了。”她说。

“可是……他喝些什么酒？”

“他喝伏特加，这酒对他很不好！”

“是喝很多吗？”列文低声说。

“是的。”她说着，畏怯的目光望了望门外的就要走进来的尼古拉。

“你们在谈论些什么呢？”他惶惑的目光在他们两个之间移来移去的，他皱着眉头疑惑地问，“什么事呀？”

“没谈什么。”康斯坦丁·尼古拉惶惑地说。

“噢，不愿意说，就别说啦，不过，她是娼妓，您是个绅士。您和她没有可谈的。”他说着扭了扭脖子。

“你什么都明白。有些高估了我，也同情我的不幸遭遇，用怜惜的眼光来看我的缺点！”他顿了顿音，又提高了点声音说。

“尼古拉·德米特里奇，尼古拉·德米特里奇。”玛利娅·尼古拉耶芙娜又走到他跟前低语了几句。

“嗯，好，好吧！……晚饭准备好了吗？噢，好了。”他说时，端着托盘的侍者便走了进来。“放这儿，这儿，”他喘着粗气，吩咐着，随即就拿起了伏特加酒，斟满了一杯，贪婪地喝起来，“您要喝杯吗？”他立刻快活了起来，朝着弟弟说了句。

“哎，谢尔盖·伊凡诺维奇也不再谈了，什么也别谈了。不管怎么说，我看见你很高兴的。我们也不是外人呀，对吧！来，喝一杯！来，快说说，你现在做什么？”他一边继续谈话一边贪婪地咀嚼着一片面包。又斟满了一杯酒，接着又问：“你过得怎样？”

“一个人住在乡下跟从前一样，有时忙着田地。”康斯坦丁·列文回答。他吃惊地望着哥哥的馋相，又竭力装作没有看见的样子。

“你怎么不结婚？”

“没有机会结。”康斯坦丁·列文回答着，涨红了脸。

“怎么没有呢？对于我，一切都完了！我没有掌握好自己的命运，把一生给糟蹋啦！我从前说过，但现在我还要说，假如那时候把我的那份财产给了我，我的整个生活就会变成别的模样。”

康斯坦丁·列文赶紧把话引开。

“你知道你的小凡尼亚在波克罗夫柯耶那里跟着我管账呢！”他说。

尼古拉扭了扭脖颈，低头沉思了一会儿。

“那么，你把帕克罗夫斯科耶现在的情形讲给我听吧！房子还在吗？那些白桦树，还有讲堂呢？花匠菲利谱还活着吗？还有那小亭子和沙发……屋子里什么也别变动，你赶紧结了婚，再把一切恢复成原来的样子。这样，到时候我就去看望，要是你妻子人也好的话。”

“现在就去吧，”列文说，“我们将会安排得很好啊！”

“我一定会去的！要是我在那里碰不见谢尔盖·伊凡诺维奇的话。”

“不会的，而且我又不依赖他生活！”

“是的，但是，不管怎么说你得在我和他之间选择一个。”他说着畏怯地望着弟弟。这目光打动了康斯坦丁·列文。

“要是你想知道我在你们的事情上的真实看法的话，我告诉你：我认为，你们两方都不对。所以我不会帮助任何一方，但是不同的是，你的不对是在外表，而他的不对则是思想。”

“噢，噢！你能懂得这个，你竟然能懂！”尼古拉兴奋得叫起来了。

“但是，就我个人而言，我更看重的是你的情谊。是因为……”

“为什么，因为什么？”

康斯坦丁·列文沉默了。他不能告诉他，他看重的这个是尼古拉的不幸，他需要友情。然而当尼古拉明白了康斯坦丁想说的是这句话时，他又皱起眉头，端起了酒杯。

“够多啦！尼古拉·德米特里奇！”玛利亚·尼古拉耶芙娜说着，便伸出她那胖胖的、裸露的手去拿酒杯。

“放开，别管我！再来纠缠我，我要打你！”他大吼着。玛利娅·尼古拉耶芙娜没有走开，只温厚地一笑，这笑立即就转移到了尼古拉的脸上。她拿了酒杯。

“可别以为她什么也不懂，”尼古拉说，“她比我们这里所有的人都更懂人情。在她的身上不同样有些善良美好的东西在闪光吗？”

“您从前到莫斯科来过吗？”康斯坦丁只是随便找句话说说而已。

“喂，你可不要对她太拘礼，她害怕这个。除了在她离开窑子时，那个看守的法官的审问外，再也没有人对她这么客气过。天啊！人活在这世界上多没意思呀！”他忽然大叫，“这里的机构、法官，自治地方官……这一切都是多么的肮脏可恶呀！”

于是，他开始叙述那些新设置的组织发生的冲突。

康斯坦丁·列文听着哥哥的话，他也有同感。他不相信一切公共机构设置的存在会有什么意义。尽管他自己常这么说，但现在从哥哥的嘴里说出来，却觉得很不愉快。

“到了那个世界里，我们就会明白这一切的！”他开玩笑地说。

“那个极乐世界？噢，我可不喜欢那个世界！真不喜欢，”他说着，那奇异惊恐的目光盯住弟弟的脸庞，“都说摆脱掉那一切卑劣混浊的东西，不论是自己的还是他人的，总是件好事。但是，我却怕死，太害怕死！”他不禁颤动了一下，“你喝点什么吧！是喝香槟或是到别处走走？到茨冈人那儿去吧！我已经变得爱好茨冈人和俄国歌曲了呢！”

他语无伦次，东一句、西一句地乱扯起来。康斯坦丁·列文在玛莎的帮助下，总算劝服了他，不要到外面去了。他躺在床上，已经烂醉如泥了。

玛莎答应了有困难时写信给康斯坦丁·列文，也答应了劝服尼古拉·列文到他那里去住。

第十四章

康斯坦丁·列文清晨离开莫斯科，傍晚时就到了家。一路上，他在火车的车厢里和邻座的乘客们谈论着政治时局和新修筑的铁路。那情形跟在莫斯科时完全一样——思路不清、大脑混乱、略有莫名的害臊——他对自己很不满意。直到到了他家的车站，下了车，看见了翻起外衣领的独眼马车夫伊格纳特时；当他在车站昏暗的灯光下看见了自家的雪车，那装饰了尾部、系着铃铛和穗儿的几匹马时；当他的车夫伊格纳特一边搬运着行李，一边告诉他村里刚发生的消息。比如，说包工的来了，说瓦尔生养了头小牛等等时，他这才感到思路逐渐清晰了起来，也悄悄地忘掉了他对自己的不满和害臊。这种感觉在他一看见车夫伊格纳特时就产生了。当他穿上给他带来的外套，裹紧身子，坐进铺了毛毯的雪车驶向前方时，思考着前面村子里的事务，望着那原做过乘马的而现在虽年老了依然矫健剽悍的顿河骏马时，他对自己所遭遇到的事有了完全不同的理解。他感觉自己应当自强踏实，又不该有非分之念。此刻，他只希望自己做得更好些。第一，他决心不再希望结婚会给他带来什么稀有的幸福，因此，也就不再如此轻视目前的状况。第二，他决心使自己能抑制住那卑劣的情欲，他想起在求婚时，回想起过去被那情欲所困时的苦恼。后来，当他想起尼古拉哥哥时，他决心不允许自己把他忘掉，并且要时常打听到他的消息，这样，在他被困难围绕时，可以立刻去解救他帮助他。接着，他又想起尼古拉哥哥说的关于共产主义的理论，当时他不以为然，而现在他开始认真思考了。他认为经济是革命条件是无稽之谈，但是他始终觉得自己的富庶与农民的贫困悬殊是不公平的。他决心，为使自己心安，今后要更加勤劳、自俸俭朴，尽管他过去的生活并不奢侈，而且他认为这一切要自己做到是很容易的。于是一路上他都陶醉在愉快的空想里，怀着对新生活的憧憬与希望回到了家中。已是晚上九点钟了。

老乳娘阿加菲娅·米海依洛芙娜房间的灯还照着。灯光透过玻璃窗照射在房前的小方场上，地上的雪闪闪发亮。她还没有去睡。现在她在他家里做了女管家，为他管理账目。库兹马被她叫醒了，努力睁了睁眼睛，赤着脚跑出来迎接主人。母猎犬拉斯卡也慌忙跳出来，差点绊倒了库兹马，它汪汪地叫着，向列文迎去，两只后蹄站立，两只前蹄在列文的胸前欲搭还休。

“这么快就回来了，老爷！”阿加菲娅·米海依洛芙娜说。

“想家吗？”阿加菲娅·米海依洛芙娜继续说。“出去会见朋友是好事，但是在家里更好呀！”他回答着走进了他的书房。

点燃的蜡烛慢慢地照亮了书房。房里各种什物也都因灯光而活现了：鹿角、书架、没有来得及修理的通风烟囱、父亲留下的沙发、大桌子、摆在桌子上的破烟灰缸、一本摊开了的书和写满他的字迹的笔记簿。眼前的这一切，与他一路上想的新生活是那么的格格不入，于是他开始怀疑、矛盾了。这里的一切印痕仿佛抓住了他，在祈求他说：“不，你不能离开我们呀！抛弃我们，你也不能变个模样，你也只会跟原来的你一样。你怀疑，不满足，想去改变现状又失败，所以永远在期待幸福，却永远也得不到它。”

但是另一种声音在告诉他不应当被这里的一切东西所左右，人是可以支配自己的。听到了这个声音，他服从地走向放着有两普特重的哑铃的角落，他举起来做体操，尽力使自己振作。当他听到厅外的脚步声，他赶忙放下了哑铃。

管家进来向他汇报着：感谢上帝，一切顺利！但在说到荞麦时，他说荞麦在新烘房里烘焦了。这个消息激怒了列文。新烘房是列文所设计的，而且其中的一部分还是他自己的发明。管家一向反对这个烘房，而现在荞麦被烘焦了，他却抑制不住自己得意的神情。列文坚信，如果是这样，那只有一个可能——他们没遵照列文的吩咐去做。列文很生气，他责备了管家，但也有一件重大的喜讯：帕瓦，那头从展览会上买来的顶好的奶牛，生养小牛了。

“库兹马，拿皮袄来，再叫他们点亮灯，我要去看看它。”列文对管家说。

刚好奶牛的牛舍就在屋后。他们穿过院庭，绕过紫色松香树下的雪堆，便来到了牛舍前。一打开结了冰的门，里边便冲出一股热烘烘的牛粪气来。牛群被这灯笼的光吓了一跳，它们在新鲜的草料上骚动了起来。荷兰母牛那黑色花斑、光滑宽阔的脊背在朦胧的灯笼下闪动，公牛别尔库特戴着鼻环躺在那里，他们经过它身旁时，它发出了两声鼾声，红色的美人儿，身材高大得像头河马，它横过身来保护着初生的小牛犊，还一边在它的身上嗅来嗅去。

列文走进了牛舍，仔细打量着做了母亲的帕瓦，他走过去把那头有花斑的小牛犊扶起来，它那战栗的细嫩小腿支撑着那并不稳的身体。帕瓦感到不安，这是种伟大的母性本能。母亲在吼叫着，直到列文把它的小牛犊还到它身边时，这才安静了下来，它重重地叹了口气，便开始用它粗糙的舌头来舔它的孩子。小牛犊摸索着把鼻子伸到了母亲的乳房下，小尾巴在得意地摇摆。

“噢，快把灯拿过来，往这儿照照，费多尔！”列文在检查着小牛犊说，“嗯，很像它的母亲。尽管它的毛色有点像它父亲。嗯，非常好，腰身宽长。哎，华西里·费多罗绮，是头不错的牛犊吧！”他对管家说，增添牛犊的喜悦已经冲淡了他对荞麦事的怒气。

“它怎么会不好呢？”管家应着他的话，又接着说到了工人做的事，“对，在您走后的第二天，包工西明来过了，该跟他讲好条件把他雇下。康斯坦丁·德米特里奇，”管家把脸转向了他，“这事儿我以前跟您报告过。”

就这个问题，便把列文引回到他那繁忙而又规模宏大的农务上。他从牛舍里出来，直接去了账房，在那里管家跟西明谈过后，便径直走向楼上的客厅。

第十五章

这是一幢古老的大住宅，列文一个人住着却占用了整个房屋，弄得很暖和。他知道这种愚蠢的做法是不好的，而且跟他对未来新生活的计划是相违背的，但是这整幢房屋，就是列文在他父母相继去世后的整个世界。父母那时的生活，在列文看来是那么完美、幸福。所以他甚至都在想象着未来，将怎样跟他的妻子再拥有这样的生活。

列文已记不得他的母亲了。母亲这个形象在他的意念里只是一种神圣的记忆，在心中，他在刻画着自己的妻也必然像他的母亲那样圣洁完美。

列文对婚姻的理解是，首先想到的是家庭，然后才想象拥有这个家庭的女性，他简直都不能想象爱上一个女人而不和她结婚的事情。所以，他在婚姻的问题上的理解与大多数人不尽相同。大多数人认为，结婚只不过是人生千万件事情中的一件。而对列文来讲，是终身大事，是一生幸福的根基。而现在，他却不能不抛开这么重要的事情。

他走进每天都在那儿喝茶的小客厅，坐在安乐椅上，拿起了一本书。阿加菲娅·米海依洛芙娜给他端来了茶，又照例说了句："我要下啦，老爷。"便在靠窗的一把椅子上就座。这时候，他又沉醉在他那新奇的梦幻之中，不知怎么的，他感觉，他是不能没有这个梦幻的。结婚吧，不管是跟她或是别的女子，反正这是事实。

他边读着书，边思考着书上的内容，也时而停下来听阿加菲娅·米海依洛芙娜不住地絮叨。但同时，未来事业和家庭中各种景象不断地在他的想象中浮现。他感觉到，在他内心深处的那个曾经激烈争斗过的东西，这时已悄悄地安顿下来，毫无动静。

他听着阿加菲娅·米海依洛芙娜说起普科菲，竟然在上帝的面前犯下罪行，把他给的买马的钱一味去喝酒，酒醉后还把老婆打个半死。他一边听着，一边读书，又在心里追忆着由读书引起的全部思想。这是一本丁铎尔著的关于热学的书，他记起曾经批评过丁铎尔对实验技术的自满和缺乏辩证的思想。突然一个愉快的想法涌上心头：“再过两年，我的牛舍里就会有两头荷兰牛了，而且帕瓦自己或许还活着。白考特也会有十二个女儿，再加上这三头——噢，太美了！”他惬意地重新拿起了他的书。

“是的，电和热本是同样的东西，但是在方程式中能用其中的一个量来代替另一个吗？显然不能！为什么呢？因为一切自然力之间的联系可以凭借直觉——也许帕瓦的女儿长大后也是一头红斑的母牛，这群牛再加上这三头……真美哟！那时我的妻子和客人们都去参观这群牛……妻子会说：‘我跟考斯嘉像照顾孩子一样来照顾这群牛！’‘哦？你怎么对这些会有这么大的兴趣呢？’客人听了她的话又问她。‘凡是他有兴趣的事我也都有兴趣呢。’……可是她是谁呢？”于是他又想起了在莫斯科发生的事情。——“唉！有什么办法呢？又不是我的过错。但是现在我已有了新的计划了。说什么生活不允许这样或那样，全部瞎说！应当奋斗，为了使生活更美好……”他在沉思中抬起了头。老猎犬拉斯卡在院子里吠了几声，又摇晃着尾巴返回主人的身边。窗外吹进一阵新鲜的空气，他惬意地抚摸着那依偎在身边的猎犬。

“只是不会说话的呀！”阿加菲娅·米海依洛芙娜说，“它是一只狗，可是它也懂得主人，知道您心情沉重。”

“谁说我心情沉重？”

“这我可以看得出来呀！老爷，我都这把年纪了，是很懂得老爷们的心思。要是我从小跟老爷们一起长大……不要紧的，只要老爷身心安康，我也就放心了！”

列文望着她，惊讶她怎么会猜透自己的思想。

“还要一样茶吗，老爷？”她说着拿起托盘就出去了。

猎犬拉斯卡不住地用头朝他的手掌伸过来。他抚摸着它，它立刻蜷伏在他的脚下，再把头搁在伸向前的前腿上，那神情愉快而得意。它伸出的舌头舔了舔嘴唇，那黏性的嘴唇又完好地包住了它那衰老的牙齿，于是，它在一种满意之中安静了下来。列文注视着它的最后的一个动作。

“我也要这样！”他对自己说，“我也要这样，没有什么阻挡……一切美满。”

第十六章

舞会后的第二天清早，安娜·阿尔卡季耶芙娜就给丈夫发去了电报，说她当天就离开莫斯科。

“不，我必须得走，必须走，”她用坚定的语气对嫂嫂说明她改变了原来的计划，那语调好像是她想起了许许多多、数也数不清的事情，正等待着解决，“啊，不，还是今天走好！”

斯捷潘·阿尔卡季伊奇一早就出去了，但他答应七点钟回来送妹妹。

吉蒂没有来，只派人送一个便条称她有些头痛。所以也只有朵丽和安娜跟孩子们和英国女教师一同吃早餐。不知是孩子们没有定性或者是太敏感，感觉到这位姑母跟她前两天完全不同，她不再关心他们了——所以他们就忽然不再和她做游戏，不再喜欢她，而对于她的走也无动于衷。

安娜一早就忙于准备动身的事务。她写信给莫斯科的朋友们，记下账目，收拾行李。朵丽总感觉安娜肯定有心事，心神不定。这是朵丽体验过的心烦意乱的情绪，它的产生多半是由于对自己某种不满。用完早餐，安娜回她房间更换衣服，朵丽紧随其后。

“看你今天多异常啊！”

“我？这不是什么异常，我总是这样，是在犯傻。哦，我真是傻极了！不过一定会好起来的。”安娜迅速地说。她正在把睡帽和几条麻纱布手帕放进她那红色精致的小皮包里。她的眼睛格外明亮，流溢着泪花：“现在我想跟我不愿意离开彼得堡一样，不舍得离开这里了。”

“你到这里来，可做了件大好事呀！”朵丽注视着她的眼睛，说道。

安娜那湿润了的眼睛望着朵丽。

“快别这样说，朵丽。我并没有做什么，也做不了什么。可我总觉得奇怪，为什么大家都要来纵容我？其实，我做了什么，又能做些什么，只是你心中有足够的爱让你去原谅他的！”

“我不敢想象，要是没有你，天知道会怎样！你是多么的幸福啊，安娜！”朵丽略有激动地说，“你的心地是那么的善良、光明！”

“其实，每个人都会有他自己的隐私的。英国人常这么说。”

“那么你心里有Skeletons吗？你的事情都是光明坦荡的！”

“有呀！”安娜突然说道。她的眼眶里终于挤出了一滴眼泪，随即一个狡黠的微笑刻画在她的唇角。

“哦？那你的Skeletons也一定是很美丽的，至少不阴沉吧！”朵丽笑着说。

“不呀！是阴沉可怕的。你知道我为什么非今天走，而等不到明天吗？这件事情不坦白就在我心里压得难受。我告诉你吧！”安娜说着，呆呆地靠在安乐椅上，直望着朵丽的眼睛。

朵丽正视着安娜的脸，惊奇地发现她那涨红的脸上的红晕直延伸到耳根部，延伸到她乌黑的发髻边。

“是的，”安娜接着说下去，“你知道吉蒂为什么不来吃饭？是我破坏了她的快乐——在那场跳舞会上她因嫉妒我而痛苦。可是，说真的我并没有错，或者说只是一小点儿的过错！”她说，故意把“一小点”拖得很长。

“看，你说这些话多像斯季瓦呀！”朵丽笑着说。

安娜沉下了脸。“哦，不！我可不像是斯季瓦哟！”她皱起了眉头说，“我跟你说过，我一分钟也不容许我对自己有怀疑。”

然而，就当她说出这句话时的一分钟，她感到这不是真话。因为她对自己有了怀疑——当她一想到渥伦斯基时就兴奋，就紧张。而她之所以提前要走，就是为了怕再与他会见。

“是的，斯季瓦跟我说了，你和他跳了玛佐卡舞，而且……”

“是的，我原本只想撮合他们，可是——事情的发展，你都没法设想，简直是可笑荒唐——这是违背我的意愿的！”

她没有往下说，又涨红了脸。

“他们都立即察觉出了这个！”朵丽说。

“所以，如果说他自己有什么想法的话，我就更悲伤，”安娜接过话说，“但我相信，这一切都会被忘掉的，吉蒂也不会再忌恨我了。”

“不过，说真的，安娜，我并不赞同吉蒂选择他。假如说，他能够在一日内对你产生了爱情，那么这门亲事还是不成的好。”

“天啊！真蠢！真傻！”安娜说。当她把积压在心灵里的困惑和不安说出来时，脸上又泛起了一层淡薄的红晕，“要是这样，即使我走了，也是她的敌人，也无法挽回吉蒂的幸福生活，可是她是个多么可爱的姑娘，我又是多么的爱她呀！朵丽，你是会有办法的，是不是？”

朵丽听完她的话，忍不住要笑出来。她高兴是因为她看出原来她也有弱点呀！

“敌人？是不可能的！”

“我是那样地希望，你们大家爱我像我爱你们一样。现在，我更加爱你们了。”泪水不断地被挤出眼眶。她拿了条手帕擦了擦泪水，便开始穿衣服了。

斯捷潘·阿尔卡季伊奇直到妹妹要动身的那一刻才赶回来的，面色红润，带着满身的酒和香烟的气味。

朵丽也动了情，当她最后一次拥抱小姑的时候，她低声说道：

“记住，安娜，你为我做的什么，我永远不会忘记的。记住，我是爱你的，而且是你最亲密的朋友。”

“你为什么说这样的话？”安娜说着吻了吻她，强忍住了眼睛里的泪水。

“因为你从来都是那么善解人意，那么了解我呀！亲爱的，再会啦！”

第十七章

“好了，一切都过去了，感谢上帝！”当安娜·阿尔卡季耶芙娜和站在车站月台上响了三遍铃才肯离去的哥哥道别时，在她心里悄悄地滋生出这个念头。她坐在自己的座位上，望着身边的安奴西卡，不禁向灯光昏暗的车厢里望了望，“我明天就可以见到我的谢辽莎和阿历克赛·亚力山德罗维奇了，又能回到我原来平静的生活中去了，一切都照旧了！”

尽管这一整天，她都沉浸在这种烦恼中，但她还是很好地安排了自己的旅途。她的小手敏捷地打开了那只精致的手提包，取出一个靠枕，用它包裹住自己的双膝，又恢复了安静。一个病态的老妇人已经睡着了。另外的两位和安娜聊起话来，其中的一位老妇人对火车上的暖气抱怨着。她跟她们闲谈了几句，觉得很没有兴趣，便叫安奴西卡拿来一盏灯，挂在座椅的靠背扶手上，接着她从手提包里取出一把剪刀和一本英国小说。起初，骚乱和嘈杂的声音搅扰得她读不下去。后来，车启动了，她又不得不忍受着种种的声响。左边的窗玻璃上黏满了飘打而来的雪花，一个列车员紧裹着棉衣，上半身是雪。大家都议论着外面可怕的大风雪。所有这些都分散了她的注意力。这一切接连不断地重复着：车轮隆隆的震动声响，雪花飘打车窗玻璃声，暖气热了变冷和冷了又回复到热的转变过程，在昏暗的车厢内闪动着同样的面孔和同样的说话声。但这些并没有打搅安娜，这时她已经开始读书了，而且在不时地思索着书上的内容。安奴西卡已在打瞌睡，她那戴着破了个洞的手套的手紧握着放在她膝上的小红提包。安娜·阿尔卡季耶芙娜在思考着：读书只是在追踪别人的生活，因此她觉得索然无味。因为她太想亲自体验一下生活了，她读到故事中的女主人公在看护病人，她就想象自己在病房里静静地走动；读到了一个国会议员在发表演说，她就想到自己在演说时激昂感召的情景；读到玛丽小姐骑马打猎逗恼她的嫂嫂时的大胆勇敢，她也禁不住想跃跃欲试，然而，她却什么也不能去做。于是，她的手在不停地摆弄着那把剪刀，迫使自己读下去。

这时，小说的主人公已经寻找到了他英国式的幸福，他得到了男爵地位和自己的庄园了。安娜希望到他的庄园里去。但她突然间觉得他应当感到羞愧才是，她也为此而羞愧。“可他又有什么要羞愧的呢？而我又有什么可羞愧的呢？”她在惊异地问自己。于是，她又放下手中的书，双手握住那把剪刀，仰靠在椅背上。是的，都没有什么可羞的地方。她的思绪又飘到了莫斯科，又回想起了那场舞会，想起了渥伦斯基那张恭顺多情的面孔，回想着他和她的关系——的确没有可羞的——全都是愉快而美好的。虽然她完全地陶醉在这美丽的回忆中，但她内心的羞愧却愈来愈强烈了。仿佛有一个隐隐的声音在她回想到渥伦斯基的一瞬时说：“啊，温暖哟！滚烫哟！”她坐在椅子上变换了个姿势，“那又有什么呢？”她在坚定地说给自己，“那又意味着什么呢？难道是我在害怕着什么吗？难道我和这位年轻的军官之间除了那种普通的交情，还会有别的联系？”她轻蔑地笑了。又重新拿起她的书，但这次她再也读不下去了，她的一只手拿起剪刀在粘了厚厚霜雪的玻璃窗上划动了几下，又把冰冷晶亮的刀面贴在自己面颊上。这时一种欢乐突然占据了她的心房，而她又几乎笑出了声来。她意识到自己的神经就像是一根拧在旋转的柱子上的弦，愈拧愈紧。她有些惊恐，她感到自己的眼珠在渐渐膨胀，手指和脚趾在不停地抽搐；她觉得体内有个什么东西阻塞了她的呼吸，而眼前这昏暗的车厢里，那晃动着的一切形象和声音，也显得异样的清晰明亮；她开始怀疑，火车是在前进还是在后退，或就是原本没有运动？而坐在身旁的是安奴西卡还是个陌生人？在那边的椅子扶手上是皮大衣还是只野兽？那我呢？是我自己还是别的女人？她问自己，她精神恍惚，似乎有股无形的力量在驱使自己过去，她是拒绝还是服从？而这完全可以凭她的意愿去选择的。她站起身来，脱掉方格图案的呢料外套和丝网披肩，迫使自己冷静下来。片刻之间她恢复了镇定，她知道走进车厢的那个身材瘦长、穿了件掉了纽扣的粗布长衫的是农民，明白他是来察看寒暑表的，也分明感觉到了跟他而来的风雪寒气。但就一会工夫，这一切又模糊不清……那个穿长衫的农民在墙上咬啮着什么东西；老妇人把腿伸得有整节车厢长，整个车厢内弥漫着浓厚的雾气；紧接着，响起的尖叫和咔嚓声，像是碾碎了什么坚硬的东西。在她眼前闪现出一道耀眼的红光，仿佛是一堵厚厚的墙壁遮挡住了她的视线，安娜觉得正向那堵墙靠近却又不能。她感觉在不断地往下坠落，但这并没有使她惊惧，相反她倒认为很有趣味。正在这时候，一个满身是雪的人走了过来，俯首在她耳边低语一句，她这才恢复了知觉，便站起身来；原来是车到了一个站。说话的那个人就是列车员。她叫安奴西卡把她脱下的披肩和头巾拿来，她穿戴好后就向车门走去。

“您这要出去吗？”安奴西卡问她。

“是的，我想到外面透一口新鲜空气，这里闷得慌！”

于是，她来到了车门口。狂暴的风雪向她迎面扑来，抢占了下车的小通道。她觉得这场争斗很有趣味。她便打开了车门，风雪好像是在那里等候她多时似的，一见到她就迅速地、欢呼着向她冲去，又竭力地把她留住或者是带走。她的一只手牢牢地抓住了冰冷的车门柱子，按住了被掀起的衣服。她离开了车厅，走下月台。风在台阶上是猛烈的，而在月台上有列车的遮挡倒显得平静了许多。她深深地吸进了一口冰冷、夹杂着雪粒的空气，站在车旁，观望着整个灯火辉煌的车站。

第十八章

狂暴的风雪在疯狂地袭击着车站的每个角落：车轮间、柱子旁、车站的拐角处……它似乎是一个胜利者，在狂奔，在歌唱。列车、人们和一切还能够辨认出原来模样的东西都已盖上了半边的雪，而且越发深厚了。风雪在停息了片刻之后又马上恢复了原样，疯狂得无可抵挡，但是车站月台上的人群还是在簇动，在交谈，踏着木板吱吱作响。车厢的门不停地打开、关上。一个佝偻的身影从她的脚旁经过，她听到了铁锤敲击铁轨的声音。从远处黑暗的风雪里传来了一个生气的叫喊声："快把电报传过来！""请到这里，二十八号。"几个不同的声音在叫喊。紧接着几个裹着身子，满身是雪的人便朝着那声音跑了过去。又有两位叼着烟卷的男子从她身旁经过。她又深深地吸了一口气，把手从暖袖筒里抽出来，正准备扶着车门边的柱子走回车厢，突然，一个身着军服的男子站立在她的身旁，遮挡住了她眼前摇晃着的灯光，她回头一看，啊——渥伦斯基！她立刻认出了他。只见他把手抬至帽檐致了个军礼，又朝向她屈身鞠了个躬。问她是否能够为她效劳。她没有回答，只凝视着他的面孔。虽然他站在黑暗中，但她仍然看到了或者说是自己感觉到了他的表情。这是昨天打动了她的那种恭顺而又狂喜的表情。这几天，尽管她不止一次地警告自己，渥伦斯基只不过如千百万个随处可遇的普通面孔。决不允许她去想他，但就是现在，她在遇见的那一瞬间，她就被一种喜悦的感情所征服。她不用问他为何到了这里，她知道得那么肯定，就好像是听他亲口说过的，他来这里就是因为她会在这里。

“我不知道您也要去，您为什么去呢？”她说着，把那只原本要抓柱子的手又缩了回来。按捺不住的喜悦闪耀在她的脸上。

“我为什么要去？”他重复着她的话，“您是知道的，我去是因为您也要去。”他直望着她的眼睛，又说：“我不能不这样。”

这时刻，风像是冲破了层层障碍似的，轻易地把车厢顶部的积雪吹落掉，被卷落的一些铁皮枯枝发出了不同的声响。喷发着浓烟的火车的汽笛在悲凄地鸣叫着，忧郁又悲泣。此刻风雪的恐怖之处，在她看来却是那样的壮丽。他说的，也正是她所希望的，但她的理智却在惧怕着。她没有说话，但她脸上分明流露出一种无奈的挣扎。

“请您原谅，要是您不高兴我说的话。”他说。他的语调谦卑柔和，然而又是那么的坚定执拗，让她好久都没有答上话来。

“是的，您的话很不好，我请求您，我请求您的仁慈可以宽容一切，忘掉一切，就像我也会忘掉一切一样。”她终于开口说话了。

“可是，您的音容笑貌，您的颦眉笑靥都会铭刻在我心中，我无法忘记您，也完全忘不掉的！”

“够了，够了！”她叫着，立刻在脸上刻画出一副威严的表情。他并不恐惧，只在贪婪地搜索着什么。她抓住冰冷的小柱子，踏上台阶，迅速地回到了车厢，但在这狭窄的小通道里她停住了，回想着刚才发生的事情。虽然她并没有记清她与他的谈话内容，但她单凭借直觉就知道这谈话使得他与她格外亲近了。她为此而惊惶，同时也很幸福；她在那里站立了几秒钟，然后回到车厢，在自己的座位上坐下。原先她苦恼过的那种紧张状态又陡然而至，而且愈加强烈，她时时惧怕这种紧张，它像是个什么东西在她胸部隐隐运动，而突然间就炸裂。她整个夜晚都没有合眼，但是这种紧张充溢于她整个的幻觉中，并没有什么不愉快或阴郁的地方，相反的却有些愉快的、炽热的、令人兴奋的东西。黎明时候，安娜坐在座位上打了个盹，当她醒来的时候，天已经大亮了，火车已驶进了彼得堡。立刻，她想到了家，想到了丈夫和儿子，想到了今后要面对的琐杂的事务和将来面临的日子。

火车驶进了彼得堡站，刚一停住，她就下来，在涌动的人群中，第一个引起她注意的就是她丈夫的面孔。“哎哟！天呀！他的耳朵怎么变成了那种样子？”她想，惊异地望着他那张威风而神奇的面孔，特别是他那双支撑着那顶大礼帽边缘的耳朵。他看见她，就走上来迎接她，他的嘴唇上又刻画出那略含讥讽的微笑，那双大大的而显得疲惫的眼睛直盯盯地望着她。当她与他的目光相遇时，一种不愉快的感觉压上她的心头，仿佛是她所期望看见的并不是眼前这一个人，尤其令她惊异的是，刚看见他时她就体会到一种对自己不满的感觉。这种体验是她与丈夫之间经常体会到的，惯常了的，那好像是让自己不得不虚伪的东西。只是，这种感觉在以前并没有注意到过，而现在却使她突然地意识到。

“啊，你看看，你眼前的丈夫是多么温柔多情，还是新婚后第一年那样的温柔可爱，盼望你的眼睛都望穿了。”他用他那特有的缓慢而尖细的声调说，他经常是用这种腔调对她说。这是一种嘲弄的声调，像是在讥笑任何一个在说这种话的人的声调。

“谢辽莎还好吗？”她问。

“难道这就是我所有热情的全部酬谢吗？”他说着，“他很好……”

第十九章

渥伦斯基整整一个晚上都没有睡意。他坐在自己的座位上，目视前方，望着进进出出的人们，假若说他先前的那种俨然镇定的神态使跟他不相识的人们都感到惊异和不安，那么此刻的他似乎更加傲慢了。他眼里的这些来回走动的人们简直就是一堆没有生命的摆设什物。坐在他对面的是一个在地方法院供职的、神经质的青年，他憎恨他的这副神态，这青年向他借火抽烟，又和他搭讪，甚至还推了他一下，为的是想让他感到他的存在，而不是个摆设什物；然而，渥伦斯基凝望着他，正如凝望着一盏灯似的。这青年满脸的苦容和难堪，他感到在这种不把他当作人看的压迫之下失去自控了。

渥伦斯基并没有看到或者说是感受到谁的存在。他觉得自己简直就是人间的帝王。这感觉倒不是由于他相信已经给了安娜一个美好的印象——他还不相信确会那样——而是由于她给他的印象使他充满了幸福和美妙。

他不知道，甚至也没有去思考，这一切都将会发生什么结果。但是他已感觉到自己以前所浪费掉的全部的力量，现在正聚集到一个目标上，而且正在以可怕的速度向着那个目标的方向奔去。他为此而感到幸福，他知道他已告诉了她真话：说他要到她在的地方去，说如今他全部的幸福和生活的全部意义就在于能够望见她，听到她的声音。当他在波洛果沃车站下车去饮水时，看到了安娜，第一句话就不由自主地告诉了她，他的想法。他对她说了他的感受，他很高兴她已经知道了那个，而且现在正在想着那些话。他兴奋得整夜不能入眠，回到车厢，他不住地在回想着她的每句表露情意的话，想着每次与她相会的情景，在他脑海当中不由得展现了一幅幅可能出现的未来的图画，这使他激动不已。在彼得堡站，当他走出车厢下了火车的时候，虽然整夜不眠，但他头脑清楚，如同刚洗过冷水浴一样清爽而饱满。他站在车厢旁边，等着她下车。“让我再看看她，”他不禁对自己说，“再看看她的身姿，她的面容；或许她还会掉过头来，微微一笑，然后再说些什么呢。”然而，他还没有等到她下来之前就已经看到了她的丈夫，看到了车站站长正在恭顺地陪着他穿过人群。“呃，这就是她丈夫！”这时，似乎第一次明白了她的丈夫是一个和她关系密切的人。原先他知道她有个丈夫，但他并未曾想象过他的真实存在，直到现在看到了他的脑袋和肩膀，和两条穿着黑色长裤的腿，尤其是当他显露出丈夫特有的神情，很平静地抱起她的手臂时，他这才完全相信了。

看见了阿历克赛·亚力克山德罗维奇，看见了他那张新刮过的彼得堡式的脸孔，和他那张极富自信的神姿，圆顶大礼帽笼罩下的微微驼起的脊背，他这才相信了他的存在，于是感到这样的一种不快之感：正如同一个苦于口渴的人来到一潭清泉旁，却发现一条狗、一只羊或一头猪把水饮过了，弄脏了水源时的感觉一样。阿历克赛·亚力克山德罗维奇扭动着屁股，迈着那撇着八字形的脚步，这使渥伦斯基感到格外的难受。他表明只有他自己才拥有爱她的权力。然而她还是那样，她的神情仍然使他躯体上兴奋不安，使他心中充满了狂喜。他吩咐着他那从二等车厢里跟过来的德国奴仆拿着行李先走，他自己却追赶上她。他看到了这对夫妻别后的初次相会的场景，单凭一个恋人特有的敏感注意到了她丈夫对她说话时的拘谨的样子，就在心中断言：“她是不爱他的，也不可能去爱他。”

当他跟在安娜·阿尔卡季耶芙娜身后的那一瞬间，他已经注意到她发觉他已经离她很近了，回头看了看，知道是他，便又转向她的丈夫。

“您昨晚上过得好吗？”他向前跨了一步说道，同时也转向那位丈夫鞠了一个躬。这让阿历克赛·亚力山德罗维奇认为这个躬是鞠给他的。至于他是否承认，就只好随他去了。

“谢谢您，非常好！”她回答。

她的脸色显得疲倦，已没有了那种时而在微笑时而又在她的眸子里流露出的盎然生气。然而，就在那一瞬间，当她回转向他时，她眼睛里有个什么东西在闪烁。尽管这光亮一下子就消失了，但是他依然感到了幸福的满足。她望了一眼丈夫，想要证明一下他是否认识渥伦斯基。阿历克赛·亚力克山德罗维奇不满地望了渥伦斯基一眼，冷漠地在记忆里搜寻着眼前的这个人是谁的资料。这时候，渥伦斯基的镇静和自信遇到阿历克赛·亚力克山德罗维奇的冷漠和不屑一顾的神情，就好像镰刀砍在了石头上一样无可奈何。

“渥伦斯基伯爵。”安娜说。

“噢，我们好像认得的！”阿历克赛·亚力克山德罗维奇应付地说着，伸出手来，“去时和母亲一道，回时和儿子一道。”他说得每个字都清清楚楚，好像每个字都是给听者的一个卢布的赏赐。“您是来休假的吧？”他说完，没有等回答，便转向妻子，用着戏谑的腔调说，“在莫斯科分别时流了不少的眼泪吧！”

他这样说，是想让渥伦斯基明白他想单独跟妻子在一起。于是他转向他，用手碰了碰帽檐，但是渥伦斯基却对安娜·阿尔卡季耶芙娜说：

“我希望能有幸到贵府上去拜访。”

阿历克赛·亚力克山德罗维奇抬了抬他那显得疲倦了的眼睛，望了渥伦斯基一眼，说道：“欢迎，我们每逢礼拜一接待。”说毕，他便完全地抛开了渥伦斯基，便转向妻子说：“很凑巧呀，我正好有半个钟点的时候来迎接你，也让我表现一下我的柔情。”他仍然用着那种戏谑的语调说。

“别太夸耀你的情意吧！我才不敢领受呢！”她用同样的戏谑的语气说着，同时也禁不住去倾听着走在他们后面的渥伦斯基的脚步声。“但是探听这些又和我有什么相干的呢？”她暗自想着，便开口去问丈夫，她不在时谢辽莎是否很好？

“哦，可好呢！玛利爱特说，他非常乖巧可爱……但是，我抱歉的是这恐怕让你失望，他并没有因为你的不在而感到寂寞，可不像你的丈夫对你的想念。不过，我还得说声谢谢，亲爱的你的早归就算是对我思念的赏赐呢！连我们亲爱的‘大饮茶’都会很高兴哩（他时常把那位活跃于社交界的莉吉娅·伊凡诺芙娜伯爵夫人叫作‘大饮茶’，是因为她总是兴奋得喋喋不休。）她可多次问起你。亲爱的，如果你能接受我这冒昧的劝言的话，就请你今天过去看看她。你可知道，她这人什么时候都忘不了关怀别人呀！这时间，除了操心她自己的事务外，还老在惦念着奥勃浪斯基夫妇和解的事呢！”

莉吉娅·伊凡诺芙娜伯爵夫人是她丈夫的交际界的朋友，是彼得堡市上层社会的交际场的核心人物。安娜就是由于丈夫的关系，才同那里的人保持着密切的联系的。

“我已经给她写过信了。”

“可是她还需要知道详情的。哦，如果你不太疲惫的话，亲爱的，就请到她那儿去看看吧！哦，康德拉吉会给你驾车的。我该到委员会里去了。噢，我可不用再一个人吃饭了！”阿历克赛·亚力克山德罗维奇已经改变了那种戏谑的口吻，“你是不会知道，你不在的时候我是多么的寂寞……”

说着，他松开了紧握了许久的小手，含着意味深长的微笑，扶她上了马车。

第二十章

家里第一个跑出来迎接安娜的就是儿子谢辽莎。他不顾家庭女教师的劝阻，从楼的台阶上朝她跑过来，欢喜得叫起来：“妈，妈妈！”跑到她面前，一下子就搂住她的脖颈。

“我跟您说准是妈妈吧！”他向家庭女教师叫着，“我就知道！”

儿子，也跟她丈夫一样，在安娜的心中引发起一种近似于幻灭的东西。她把儿子想象得比实际上的他要完美得多，她又不得不让自己降回到现实之中，来欣赏他本来的面目。不过他的本来面目也是很可爱的：金黄色的鬈发，碧蓝色的眼睛，穿着紧身长筒袜的两条结实而优美的小腿。安娜在和他的亲近和服帖中体会到一种肉体上的快慰；而当她与他那纯真、信赖和亲切的目光相遇时，她又得到一种精神上的慰藉。安娜把朵丽的孩子们送给他的礼物拿给他时，告诉他莫斯科有一个叫丹妮娅的姑娘，她是多么的会读书，而且还会教别的小孩读书呢！

“那么，是我不如她好吗？”谢辽莎问道。

“不是，让我说呀，你可是世界上最好的孩子了！”

“我知道。”谢辽莎微笑地说。

安娜还没有喝完咖啡，奴仆就通报说莉吉娅·伊凡诺芙娜伯爵夫人来访了。莉吉娅·伊凡诺芙娜伯爵夫人是个高个子的胖女人，有不健康的脸色和一双美丽沉思的黑眼睛。安娜很喜欢她，但是仿佛就是今天她才第一次看出了她的这些缺陷。

“喂，亲爱的，事情和解成功了吗？”莉吉娅·伊凡诺芙娜伯爵夫人脚一踏进房门就问她。

“是的，事情和解得很顺利。不过，这事也并不像我们想象的那么严重，”安娜回答说，“可能是我嫂子的脾气过于强硬了点。”

但是对于一切与她自己无关的事情都很感兴趣的莉吉娅·伊凡诺芙娜伯爵夫人，却有个从不肯听取别人细谈她所感兴趣的事情的习惯。她打断安娜说：

“是呀，世界上真是充满了苦恼啦，邪恶啦。今天我可烦死了！”

“噢，怎么回事呢？”安娜竭力忍住了微笑，问道。

“我已经对整天大力宣扬为真理而战而又毫无结果的事情感到厌烦透了，有时候简直是被折磨死了。姊妹会（这是个倡导平等、博爱的宗教组织）的事情进行得很好，但是一旦这些绅士们插手，就什么事情都做不成，”莉吉娅·伊凡诺芙娜伯爵夫人含着讥讽，却又无可奈何地说，“他想先是找出一个论点，然后再来借用一些卑俗无聊的事情来加以理论。也只有三两个人能懂得这事情的全部含义，您丈夫就是其中的一个。而其余的人都只会把这事搞糟了。就在昨天我接到普拉夫京写给我的信……”

普拉夫京是位旅居国外的有名望的斯拉夫主义者，莉吉娅·伊凡诺芙娜伯爵夫人谈起这个，便叙述了这信的内容。

接着，伯爵夫人又说了些关于反对教会联合和一些乱搞阴谋的事情，便匆匆告辞，因为她还要去参加某团体的会议和斯拉夫委员会的会议。

“当然，这与从前并没什么两样的，但是我以前怎么就根本没有注意到这些呢？”安娜自言自语，“要么是她今天特别的气愤？不过这都是很好笑的：她是个基督徒，她的目的又是行善；可是她却总是气愤不满，而她的一些敌人又都是些教会和慈善团体的吹捧者。”

莉吉娅·伊凡诺芙娜伯爵夫人走后，又来一位访友，这是某长官的夫人，她谈了些城里的新闻，三点钟时，她也走了，并答应了来吃晚饭。阿历克赛·亚力克山德罗维奇还在部里没回来，只剩下安娜一个人了，她照看孩子用过餐（孩子是不同父母一道用餐的），便整理堆积在桌上的信件及便条，已到了用餐的时间。

现在，她在旅途中所感受到的莫名的羞愧和兴奋之情全都消失得无影无踪。在惯常的生活状态中，她感到自己的坚强已无可指责了。

她在惊异地回想着昨天的事情。“到底发生了什么事？什么也没有发生。渥伦斯基说了些不合适的话，不过我回得很得体，也就算了。而且也没有必要再告诉丈夫了；告诉他听到的话，可能会把事情弄得更严重了。”她又记起，有一次她告诉丈夫说，在彼得堡他手下的一个青年差点都向她说出求爱的话了，但阿历克赛·亚力克山德罗维奇的回答却是：“在交际界的女人都有可能遇上这种事情的。”他完全相信她能够处理得很恰当，决不至于把事情降低到让他吃醋的地步。“那么，还有什么必要再说出这个呢？真的，没有什么必要。感谢上帝！”她暗自思忖。

第二十一章

阿历克赛·亚力克山德罗维奇从部里回来已经是四点钟了。他跟往常一样，没有来得及进来看安娜，就先到他的书房，接见了几位等候他的人，又在几份属下机关送来的文件上签了字。晚餐时有几个客人（经常有几个客人同卡列宁夫妇一道用餐）：阿历克赛·亚力克山德罗维奇的老表姐，另一个是下属分局的局长及他太太，还有一个就是被推荐到阿历克赛·亚力克山德罗维奇部里任职的青年。安娜先来到客厅里来招待这些客人。五点钟，当大铜钟还没有敲完最后一下时，阿历克赛·亚力克山德罗维奇也走了进来，他穿着件佩戴有两枚勋章的服装，打着一条白色的领带，因为他在晚餐后还得出去。阿历克赛·亚力克山德罗维奇的生命中的每一秒钟都排满了事务。为了及时地处理掉他繁忙的公务，他从来都是严格地遵守着时间。“不匆忙，也不休息。”这是他的座右铭。他走进大厅，向每个人招呼过后，就连忙坐下来，转向他妻子微笑道：

“是的，我寂寞的生活就要结束了。你是不会知道，我一个人晚饭时有多么难受？”（他故意把“难受”这个词强调了一下。）

吃饭时，他和妻子说了些莫斯科的事情，然后又用讥讽的口吻问起了斯捷潘·阿尔卡季伊奇。不过谈话涉及彼得堡官场和社会上的各种事情时，也只是一般性的议论。餐后半个钟点，他又一次微笑着同妻子握手告别，便坐上马车出席会议去了。那天晚上，安娜既没有到培特西·特薇尔斯卡娅公爵夫人家里，也没有到她已经订了包厢的剧院里去。她不出去的主要原因是她准备的衣服还没有赶做出来。总之，她在客人走后收拾衣服时，感到特别的气恼。一般来讲，她应当算得上一位既懂得服装理论而又能够打扮得很体面的女人，在去莫斯科之前她就拿了三件款式已过时的衣服给女裁缝修改。而且衣服要改得根本认不出来，本该三天前全部改好，结果是两件衣服没有做完，而其中的一件又不是依照安娜的要求去做的。女裁缝便解释说那样改更好，这使安娜大发了场脾气，过后她感觉似乎有些不应该。为了使自己恢复平静，她走进孩子的房间，在那里打发了整个晚上的时光，亲自为他铺床安顿他睡觉，给他拉过了被单，给他划过了十字。整整一个晚上她哪儿也没有去，却过得十分的愉快。她感到过得那么的轻松和宁静，她也清楚地看到在车站时觉得那么重大的事情，在社交界只是一件不足挂齿的平常小事而已。的确，她无论是于人或是于己都是没有什么可羞愧的地方。安娜拿起一本英国小说，坐在壁炉旁等候着她的丈夫。九点钟时，她听到了马车铃声，他已经走了进来。

“你回来啦！”她说着，把手伸了过去。

他吻了吻她的手，便坐在她的身旁，说道：“一般来讲，这次你出访是很成功的吧！”

“是的，很成功！”她回答，于是她把事情从头至尾地叙述给他听，她同渥伦斯卡娅伯爵夫人一道去的，到了莫斯科车站时发生的事故，接着说起怎样的怜惜哥哥，又同情朵丽的不幸。

“我倒不认为这种人可以原谅，尽管他是你哥哥。”阿历克赛·亚力克山德罗维奇很严肃地表明自己的态度。

安娜微笑了，她明白，他这么说只是为了表示尽管是亲属的关系也不能阻止他发表自己的真实观点。她了解丈夫的这个缺点，而且也喜欢他这一点。

“我很高兴一切都圆满地解决了，”他接着问道，“哦，在莫斯科市关于我在议会里通过的新法案，有些什么新的议论吗？”

关于这个法案，安娜没有听人说些什么，她也没有问及。她感到有些愧疚，竟然会轻易地就忘掉了他那么重视的事情。

“在这里正好相反，这个法案引起了很强烈的反响呢！”他说着，很得意的神色浮上眉梢。

她知道，阿历克赛·亚力克山德罗维奇意欲将在这件事情上把值得他骄傲的地方拿出来与她共享。因此，她也有意地用问题引他说出来。他面带得意的微笑告诉她，由于这个法案的通过他博得的喝采。

“我非常的高兴。因为它证明在我们中间已经确立了一种合理而又坚定的见解了。”就在吃完了面包，喝完第二杯咖啡后，阿历克赛·亚力克山德罗维奇便站起身来，向他的书房走去。

“你今晚上什么地方也没有去，一定闷得慌吧？”他掉过脑袋又说。

“噢，不？”她回答，说着也站起身来，陪着他穿过客厅走进他的书房。“你在读什么书？”她问道。

“现在我要读李尔公爵的《地狱之诗》，”他说，“一本很伟大的著作。”

安娜微笑了，这微笑像是能看见自己所爱的人的弱点时的微笑一样。她挽起了他的手臂把他送到书房门边。她知道尽管繁忙的公务占据了他的几乎全部时间，但晚上看书却成了他必不可少的内容，他认为关注知识领域里的最新成果是自己义不容辞的责任。她知道，实际上这些政治、哲学和神学等艺术方面的书籍，原本是与他的性情不投合的，但是，或者说正是因为这样，阿历克赛·亚力克山德罗维奇也从未忽略过在这些艺术领域里发生的最新动向，也把博览群书当作自己的责任；她知道，阿历克赛·亚力克山德罗维奇在政治、哲学、神学等领域里是在时常产生怀疑，并加以探究，但在艺术和诗歌等文艺领域，尤其是在他完全不懂的音乐的问题上，他却坚持自己坚定而明确的立场：他喜欢莎士比亚、拉斐尔和贝多芬，谈论诗歌流派和音乐风格的意义，并对这些艺术界的流派作了明确而精细的分类。

“哦，上帝保佑你！”她在书房门口说。书房里的桌子上已经为她准备好了一支有罩的蜡烛和一杯咖啡，“我要给莫斯科写

信了。”

他握起她的手，吻了又吻。

“他毕竟是个好人，诚实善良，而且在他自己的领域里也很突出，”安娜回到自己的房间里心里想，好像有一个人在攻击他，说他不值得有人爱，她要为他竭力地辩护一样，“可是，他那双耳朵怎么那样的奇怪？莫非是把头发理得太短了？”

十二点钟时，安娜坐在桌边刚写完给朵丽的信，便听到他穿着拖鞋的有节奏的脚步声，阿历克赛·亚力克山德罗维奇已洗漱完毕，挟着一本书来到她跟前。

“该睡觉了，该睡觉了！”他含着会心的微笑对她说着，就走进了他们的卧室。

“他怎么可以那个样子来看他呢？”安娜想，她又回忆起渥伦斯基望着阿历克赛·亚力克山德罗维奇时的那种鄙视的目光。

她也走进了卧室，脱掉了衣服。现在的她不仅没有了她在莫斯科时的兴奋和眼睛里闪耀着的火花，而且这生气已在她的心中灰飞烟灭了，或者是被隐藏到一个很遥远的地方去了。

第二部

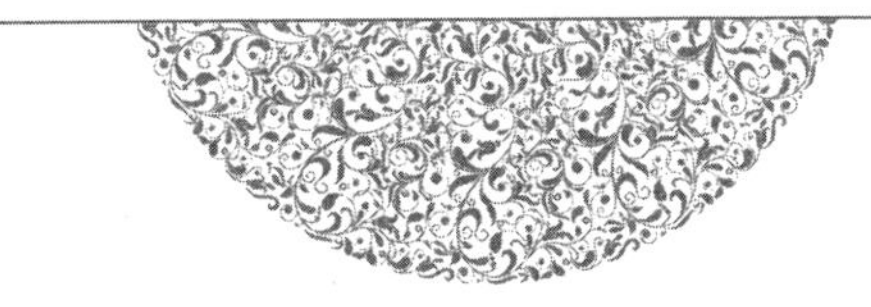

第一章

彼得堡的上层社会实际上是一个彼此有关联的大集体。在那里大家彼此相识，甚至还保持着来往。但是在这个大集体里又有不同的小团体。安娜·阿尔卡季耶芙娜·卡列尼娜在这个大集体三个不同的小团体里都有朋友，与之保持着密切的联系。一个是由她的丈夫的政府官员、同僚及其部下共组而成的，这些人物间的关系是反复无常的，又属于不同的社会阶层。起初安娜对这些人物都怀有敬畏之心，但现在很难想象得到当时的那种崇敬之情了。现在她对这些人物，就像是居住在同个小村子里的人们一样，彼此间了如指掌：她了解到哪个人有哪些缺点和习惯，哪个有苦不堪言的悲痛；了解到他们之间的关系纽带是怎样地联结上了团体的主要的核心人物；了解到他们之间是谁袒护谁，是谁依仗谁，他们在什么问题上是步调一致，在哪些时候又是各持己见的。但是这个由男子组成的官僚集团，是从不曾让她发生过兴趣的，她总是尽可能地避开这些人。纵然不时地有莉吉娅·伊凡诺芙娜伯爵夫人的劝诱。

与安娜有关联的第二个团体是由阿历克赛·亚力克山德罗维奇借以谋划前程的集体。这个团体的核心人物是莉吉娅·伊凡诺芙娜伯爵夫人。这个团体是由一个年老容衰、慈善虔诚的妇人和聪明博学、卓越超群的男子组成的。这个团体的英明领导者之一被誉为“彼得堡市社会的良心”，而阿历克赛·亚力克山德罗维奇则把这个集体看得高于一切。初来到彼得堡市的安娜总是积极、随和地跟这里的人交朋友。但是现在，当她从莫斯科回来后，她对这个团体就越发不满了。她不能忍受这个团体里的人们的虚伪和故作姿态。她感到参加这个团体的厌倦、苦闷与压抑。因此，她开始尽可能的少去拜访莉吉娅·伊凡诺芙娜伯爵夫人。

安娜接近的第三个集团就是彼得堡市的上层社会的社交界，这里主要是由跳舞会、宴请会和雍容华贵的服饰组成的。这个团体的一只手紧紧抓牢着宫廷里的达官贵人，以免与社会上的娼妓们同流合污，他们自以为轻视那些人。虽然这里的人们跟他们所厌弃的人的活动方式不同，而在实际上则是一个样。安娜同这个集体联系是通过培特西·特薇尔斯卡娅公爵夫人来保持的。她是安娜的堂嫂，是一个拥有年收入十二万卢布的望族贵妇人。最初，安娜在社交场一亮相，她就喜欢上了安娜，且处处关照她，把她拉扯到了自己的团体里来，还不时地对莉吉娅·伊凡诺芙娜主持的那个团体加以挑剔和嘲讽。

"等我又老又丑的时候，我也会这么做的，"培特西说，"可是对你们这些年轻漂亮的女人来说，进这个养老院未免太早了点儿。"

起初，安娜尽量地避开特薇尔斯卡娅公爵夫人的这个团体。是因为在那里的花费已经超出了她的收入，再说她打心眼里也确实很喜欢第一个集体组织，但是自从她从莫斯科回来后，事情已在她的思想上翻了个个儿。她躲避开那些君子之交的第一、第二团体，而时常出没于这种盛大的交际宴会。因为她在那里能碰上渥伦斯基，且每次的相见都使她体验到一种前所未有的快乐。尤其是在培特西家时，她遇到渥伦斯基的机会特别多。原来培特西的娘家同渥伦斯基是同族人家，她可以说是他的堂姐了。凡是有安娜出现的地方也都会有渥伦斯基的影子，而且他也总是不失时机地向她表达着爱慕之情。她不曾给予过他任何的眼神或言语的鼓励，但是每次与他目光的相遇，都同样会在她的胸中激荡起她在火车站第一次与他目光相遇时的喜悦与生气。她很快就意识到了，每次与他相遇，欢喜的火苗就会燃亮她眼中的光芒，都会使她的唇边浮起永久的微笑，她没有办法抑制住这种喜悦。

起初，安娜也在责怪自己对他的倾心爱慕。但是，自打从莫斯科回来后的不久，她去出席一场宴请，原想会遇见他。但他却没有在场，顿时，被失望的情绪猛烈地袭击着的她才醒悟道自己在欺骗自己的情感。她也不再责怪自己对他的追求和向往，而且他的存在已经成了她生活的全部乐趣。

著名的歌剧家在作第二轮的演唱。上层社会的有名望的人物都到剧院来了。渥伦斯基在正厅的前排看到了他的堂姐，没等中幕休息时，便走向她的包厢。

渥伦斯基和这里的所有的人，不只是相识而且是每天都在这里遇见他们。因此当他走进客厅时，好像是一个刚离开不久而又重新回到这群人当中一样，神情安闲从容。

“我从哪里来？”他在回答着大使夫人的询问，“好！那我只好自招了。我是看了滑稽歌剧后来的。我想我已经看了上百遍了，但始终觉得挺新鲜的！我知道这有失体面的，但是在看歌剧时总是打瞌睡，而看滑稽剧时，我可以津津有味地坚持到最后一分钟。——今天晚上……”

他提及一个法国女演员，正想开口说点关于她的什么事情，但是被大使夫人的恐怖的表情打断了。

“请不要对我们讲这些恐怖的事了！”

“好吧，我就不讲了。况且这些令人毛骨悚然的事情大家也都知道呢！”

“假如说把滑稽剧同歌剧一样地看待的话，那我们大家也都去观看呢！”米娅卡基雅公爵夫人说。

第二章

从客厅外传来了脚步声，培特西公爵夫人知道这准是卡列尼娜来了。她望了一眼渥伦斯基。他正注视着房门口，他的面部上显露出一种新奇的激动，他愉快地凝视着，同时也畏怯地盯着走来的人。他缓慢地站起身来。安娜已进入了客厅，她同往常一样，身子挺得笔直，迈着她那与所有交际界女人截然不同的步伐，轻盈快捷而又不失稳重地来到女主人跟前，同她握了握手，微笑着，并且带着同样的微笑转身看了一眼渥伦斯基。渥伦斯基向她深深地鞠了个躬，并为她拉来一把椅子。

她只微微点头作为回谢，脸上悄然泛起了一层红晕，略皱起了眉。然后她立刻又朝熟识的人招呼着，握了握伸过来的手，于是便转过来向女主人说：

“我去了莉吉娅伯爵夫人那里，原本早点过来，但是坐得久了。正好约翰爵士也在那里，他这人挺有趣的。”

“啊，是那位传教士吗？”

“是的，他谈及了印度的生活，真是有趣极了！”

她进来所打断的谈话，像是被风微微吹动的烛焰一样又摇曳起来。

“约翰爵士！是那个约翰爵士。我看见过他，他讲话很有趣味，弗拉西耶娃姑娘简直都爱他爱得发了疯。”

“弗拉西耶娃的小妹妹安嫁给托波夫，是真的吗？”

“是的，据人家讲已经公开订了婚呢！”

“我可真佩服他们的父母。据说他们是恋爱的婚姻。”

“恋爱婚姻？您的思想真是陈旧呀！如今，还有哪个在谈爱情啊？”大使夫人说。

“有什么办法？这是一种陈旧的俗套在统治着时下。”渥伦斯基说。

“我看坚持这种恋爱婚姻观的人准要倒霉的。我就相信建立在理性上的婚姻才是幸福的婚姻！”

“是的，可是这些凭借理性所建立起来的幸福的婚姻，当潜伏的不被这种婚姻所认可的恋情萌发时，那么这种幸福就会像被风吹起的尘埃一样，灰飞烟灭。”渥伦斯基说。

“可是我所指的理性结合的婚姻，是那些一度狂热过，但后来不再放荡的婚姻。这就像猩红热病一样——每个人都得害过一次才行。”

“那么我们必须研制出一种就像接种牛痘那样来接种爱情的办法。”

“年轻时，我曾经爱上一个教堂执事，”米娅卡基雅公爵夫人说，“可是我都不知道他对我有什么益处。”

“不，我认为，这不是玩笑。若想要体会到爱情，谁都难免要犯错误。但以后改正就是。”培特西公爵夫人说。

“甚至也可以在结婚后？”大使夫人半开玩笑地说。

“祛邪从善从不嫌迟。”外交官员又夹进句英语的习语。

“是的，”培特西接着说，“人总是难免犯错误的，关键是知道后要改正它。您怎么认为呢？”她转向安娜问道。安娜正在默默地聆听着这场谈话，她的唇边浮现着几乎察觉不到的微笑。

“我想，”安娜正在揉弄着她脱下来的手套，一边说，“我想……如果是不同的人，自然会有不同的思想，那么，有多种不同的思想，就会有多种不同的爱情。”

渥伦斯基凝视着安娜，他静下心来等候着她要说的话。当她说完这些后，他就像是脱离了险情一样深深地叹了一口气。

安娜突然转向他说：

“噢，我收到莫斯科的一封信。他们说吉蒂·谢尔巴茨卡雅病得很厉害。”

“真的？”渥伦斯基说着，皱起了眉头。

安娜很严肃地望了他一眼：“难道您不关心吗？”

“哦不，我很关心呢！信上究竟还说到些什么，假如可以让我知道的话？”他问道。

安娜站起身，走到培特西跟前。

“请递给我一杯茶。”她停在她的椅子背后说。

当培特西公爵夫人去倒茶的时候，渥伦斯基已经来到她身旁。

“信里究竟说了些什么？”他重复地问。

“我时常想，男人们都并不懂得什么是丑恶，虽然他们的言语冠冕堂皇，”安娜说，并没有回答他的问题，“我很早就想对您说，”她说着话几步来到屋角的堆放着相簿的桌子旁坐下。

“我并不完全懂您的意思。”他说着，把茶杯递给了她。

她望了一眼身旁的沙发，示意他坐下。

“是的，我早想跟您说，”她说着，但并没有抬起头望他，“您的行为不良，很不良呢。”

“难道您以为我不知道这些吗？可是这是谁使我这样不顾及一切的呢？”

“您怎么会说这种话？”她注视着他，用两道严厉的目光。

“您是知道的。”他高兴地分辩。他大胆的目光与她的视线相遇，她并没有回避。

她的脸部发窘，他泰然自若。

“这也只能证明您的残酷无情。”她说。但她的目光却在表示着她懂得他的灼热的情意，也正因为此她才发窘的。

“您刚才说的那件事只是一个错误，那不是爱情。”

“请记住我禁止您说起这两个字，这两个坑害人的字眼。”安娜说，身子猛然抖动了一下；但她立刻感觉到，她用了“禁止”这两个字正表明她在他面前已经拥有了某种权利，而这种语言也正是在鼓励着他对爱情的表白。“我早想对您说……”她继续往下说，直视着他的眼睛，她满脸羞红，“今天，我是特意来这里与您会面，为的是想让您知道我们必须了结了。我从来不曾在任何人面前羞愧过，而您的存在却使我感觉好像犯了一个错误。”

他直直地望着她，被她脸上的新奇和美丽所征服了。

“那您要我怎样？”他很严肃地说。

“我希望您能到莫斯科去请求吉蒂原谅。”她说。

“您并不真想让我这样！”他说。

他看得出她的话并非由衷之言，而是在勉强自己。

“假如您是在爱我，像您说的那样，”她压低了声音说，“那么就请您让我的灵魂安静吧！”

他的脸色顿时明朗了。

“难道您不知道您就是我生命的全部吗？但是我不能安静，也不能给您安静。而您知道我是怎样的人，我的爱情……是的，我没有办法把我自己和您分开来想，您和我是一个整体。我不知道将来的您或者是我会有什么安静的时候。倒相反，我已看到了绝望、不幸的时候……或者说那就是幸福的时光，是何等的幸福啊！……难道它只是遥不可及的事情吗？”他在低声呻吟，但最后一句却让她听到了。

她也鼓起了全部的勇气，想说出她应当说的话，但是她那嘴唇只翕动了一下，什么也没有说。这却让他感到了她充满热情的目光。

“终于等到了！”他狂喜地想，“我已经开始失望，当我跌落在绝望的低谷里想这好像是不会有结果的时候——它终于到来了！她是爱我的！她已经在坦白了！”

“那么，就请求您为了我，也别再对我表白这种话吧！让我们只做对很好的朋友吧！”她的嘴里这么说，但她的目光却表示着完全不同的意思。

“我们不会做朋友，这您是知道的。我们或是人间最幸福的一对或者就是最不幸的一双，但这完全在您的决断。”

她本想说点什么，但被他的话打断了。

“其实我只有一事相求，只要您让我有权利希望，有权利痛苦，就像我的现在一样；假如说连这个要求都不能够应允，那么请您命令我走开，我就走开；而且假如我的出现令您难受的话，您是可以不会再看见我的。”

“我并不想让您走开。”

“只求您不要刻意改变什么，要听其自然，”他说，声调有些战栗，“您的丈夫过来了。”

果然就在那瞬间，阿历克赛·亚力克山德罗维奇已迈着稳重又安闲的步伐走进了房间。

他瞥见了他妻子和渥伦斯基，好像视而不见似的径直走向女主人，坐下来喝了一杯茶，用他那从容不迫、清晰嘹亮的声调开始戏谑着什么人。

“您的拉姆波利埃全都到齐啦？”他说着，环顾了在座的每个人的脸，“全都是格雷斯和缪斯呀！”

但是培特西公爵夫人很讨厌他的这种口气，她称之为讥诮的腔调。于是，这位聪明的女主人很快把他引入了普遍兵级别这个严肃的论题。阿历克赛·亚力克山德罗维奇立刻很愉快地高谈阔论，并热忱地捍卫他的新条令，因为培特西公爵夫人攻击了他的法令。

渥伦斯基和安娜仍旧坐在那张小桌旁。

“这成何体统！”一位妇人低声咕哝着，同时望了望渥伦斯基和卡列宁夫人，又望了她的丈夫一眼。

“我刚才不是说过么？”安娜的女友似乎在说这应验了。

是的，不仅是这位妇人，而且客厅里的所有人，甚至连米娅卡基雅公爵夫人和培特西自己，都把目光投向了那角落里的两个人，仿佛是他们扫了大家的兴致。也只有阿历克赛·亚力克山德罗维奇一次也没有朝那方向张望。因为他正在津津有味地阔谈着。

培特西公爵夫人注意到了大家的不愉快，就把另外的一个人塞到自己的座位上来听阿历克赛·亚力克山德罗维奇的演讲。她向安娜走过去。

“您丈夫的话精确明了，”她说，“我从来都是很佩服的，再深奥的东西凡是经他一讲，我就能领会了。”

“哦，是的。”安娜说，她脸上闪耀着幸福的微笑。对培特西的话，她是一句也没有听明白。于是她来到了大桌旁，参与了大家的谈话。

阿历克赛·亚力克山德罗维奇又坐了半个钟头，走到妻子身边要她一同回家，然而她并没有抬头望他，只回答说她要留下来吃晚饭。阿历克赛·亚力克山德罗维奇便鞠了个躬，告辞了。

卡列尼娜的车夫，是位穿着光亮皮外套的肥胖老鞑靼人。他好容易才拉住了在门口冻得后蹄竖立起来的左套马。奴仆一打开车门就侍立一旁，看门的侍卫扶着大门站立着。安娜·阿尔卡季耶芙娜正用她那灵活的小手，把缠住了外套的领口的花边围巾解下来。她低垂着头，倾听着渥伦斯基送她时的话语。

“您并没有说什么，我也不要求什么，”他说着，“但是我知道，您期望的并不只是友谊。而在我的生命里可能就只存在一桩幸福，那就是您所禁止的那两个字……是的，就是爱情……”

“爱情……”一个声响在她的腹部里慢慢地浮动着，就在她把头巾从钩子里解下来的一瞬间，她突然地说，“我之所以不喜欢那个字眼，是因为它对我来讲已经蕴含着太多的含义。这远远要多出您对此的想象！”她说着，注视着他的目光。

“再会！”

她同他握了手，迈着轻快而富有弹性的步伐，越过侍卫，便消失在马车里。

当与她的目光相遇，与她握手相接触的一瞬间，他全身的情感都在燃烧。他吻了吻他手掌上她所触摸过的地方，他意识到今晚比起过去的两个月来，更接近于自己的目标了。他觉得非常幸福。于是他便带着这样甜蜜的幸福回家去了。

第三章

尽管渥伦斯基已经完全陶醉在那热烈的爱情里，但他的表面的生活依然沿着那惯常了的轨迹运转一由社交界和团队的种种利害关系构成的生活。团队的利益在渥伦斯基的生活中占据了举足轻重的地位。这是因为他热爱团队的生活，更主要的是团队需要他。在那里的人们不但爱渥伦斯基，而且敬重他、夸耀他：既有财富又博学，有良好的名誉和远大的前程。而在他的骨子里，常常把团队的利益看得远远地高于这一切，他并不在乎个人的功名利禄和显赫地位。渥伦斯基知道同僚们对他持有如此评价，除了更加热爱他们外，更有义务去保持着这个良好的看法。

当然，他并没有对他的团队里的任何人谈起过他的恋爱。即使是在疯狂的狂欢宴上（其实他并未完全失去过理性）对此也是守口如瓶，他还借口搪塞过了一些想要挑明他有这种爱情的同僚。但是尽管如此，他的恋情像是插上了翅膀，飞遍了整个莫斯科城。大家都或多或少地能猜得到他与卡列尼娜的情结。大多数的青年都在羡慕他，是由于卡列宁夫人的显赫地位和在社交界的影响力，但这些也正是他恋爱中最苦恼的地方。

嫉妒安娜的年轻的女人们都对社会给予安娜的压力，感到很痛快。她们在等待着时机成熟时，就把所有的轻蔑和唾弃全部压到她的身上，她们手握块块污泥，拭目以待，准备一起向她掷来。在社交界有名望的人物和略上年岁的中年人都对这场风流韵事深表不快。

渥伦斯基的母亲听说了这场恋爱事件，起初她很是称赞。因为在她看来，在上层社会中，没有什么事情能比得上与显赫的夫人之间恋爱更能为这个青年的前程增添色采的了。而且她也很喜欢卡列宁夫人，在她面前还夸耀了自己的儿子。在渥伦斯卡娅伯爵夫人的观念里，卡列宁夫人应当和别的漂亮的少夫人一样，发生这种恋情是正当的。但是最近她听说团里的许多有名望的领导人物对她儿子很不满，原因是他为了和她经常会面留在了团里，而拒绝了领导委托给他的一项重要的任务，于是她改变了对这件事的看法。更有甚者，据她了解到的情况来推断，这场恋爱并非是她所赞赏的那种上层社会交际界的娇美风流韵事，而只能是失足的少年维特的疯狂热情，自从他离开了莫斯科后，她再也没有看见过他。所以她专门派大儿子来叫他回去看望她。

哥哥也不赞成弟弟的行为，他并不看重这是怎样的一种恋爱：高洁的或是卑劣的，热情的或是伪装的，轻浮的或认真的（他已为人父了，但是现在又姘上个舞女，因此他在这件事情上能够理解）。但是当他看到，在交际界的人物对这场恋爱所持的是奉承而不是喜欢的态度，因此他也对这件事表示了不满。

除了团里的事务和社交以外，渥伦斯基还有一个嗜好——骑马。他是非常爱马的。

因此，渥伦斯基报名参加了今年将举行的军官的障碍赛马。他买了匹英国式的纯种牧马。虽然他正在热恋中，但他还是没有放弃这场将要如期举行的赛马……

这两种热情并不相耽搁，相反的，他需要有一种不受恋爱影响的娱乐和消遣，这样可以让他摆脱恋爱时激动的场面，使身心得到恢复和缓解。

第四章

雨没多久就停了。当渥伦斯基的车夫正驱着辕马和已脱开缰绳的侧马在泥泞中快速飞奔，逼近目的地的时候，太阳又露出了笑脸。别墅的屋顶和院落里的老菩提树上，都闪耀着湿润的光泽，水珠从枝叶上快活地滚落，水流从屋顶上倾泻下来。他并不为这场急雨损坏了赛马场而扫兴，相反，他暗自庆幸，有了这场雨他一定能找到她的。因为他知道阿历克赛·亚力克山德罗维奇刚从温泉疗养回来，现在肯定还没有离开彼得堡来到这里。

渥伦斯基想她会一个人在家。于是他跟往常一样，为了避免别人的注意，他在车没有过小桥前，就下了马车，徒步来到她那幢房子前，他没有走正门的台阶而是拐到了后院。

“你们的老爷回来了吗？”他问花匠。

“没有，夫人在呢。请您走正门吧，那里有人，他们会开门的。”花匠回答。

“不，我就从园子里穿过吧！”

渥伦斯基知道了只有她一个人在家，就很想给她一个意外的惊喜。因为他并没有约定好要来看她，而她也绝不会料想到在赛马前他还会来。他便按住了军佩，蹑手蹑脚地从花园的砾石小径上穿过，走向了凉台。这时候的渥伦斯基已经忘记了他在路上所想到的他和她的艰难处境，只想马上要见到她，这不再是想象而是真实生活中的她。为了不弄出声响，当他小心地踏上凉台的时候，他才忽然间想起了他时常忘记他和她关系中最大的障碍，那就是她的儿子。在他看来那孩子仿佛有一种敌意般的疑惑的目光。

比起别的什么来，孩子是他们关系中最大的障碍。当孩子在跟前时，渥伦斯基或是安娜不但避开没有旁人在时的悄悄话，而且连一句孩子听不懂的暗示语言都不许有。这不是他们的约定，而是自然形成的。有时候他们就想，欺骗孩子是一种可耻的行为，所以当他在旁边时，他们就像是朋友一样地交谈着。但是尽管这样，渥伦斯基还是能经常感觉到孩子向他投来疑惑的目光。这孩子对他是一种奇怪的畏惧和不安的态度，有时候很亲密，有时候冷淡或是羞怯。渥伦斯基已经感觉出这孩子和母亲之间有某种亲密的非同一般的联系，这是他所理解不了的情意。

其实，这孩子已经感觉到渥伦斯基并不能够理解他和母亲的这种亲密的关系，他竭力想知道到底对这个人抱有什么样的态度才好，但是他不可能知道。孩子是敏感的，他能清楚地感觉到父亲、家庭教师和他的乳母等等周围这些人的情感表露——不仅不喜欢渥伦斯基，而且还用憎恶敌视的目光望着他。虽然他们也从没有向他提及过这些，但是他又感到母亲却是那个人最好的朋友。

“这是怎么回事？他是什么人？我应该怎样地对待他呢？要么是我弄不明白这些，要么是我笨，要么是我的错呀？”孩子这样想。因此这就是孩子带着试探式的、疑惑的和不太稳定的敌视的目光的缘由，也就是让渥伦斯基感到很不舒坦的地方。当孩子在的时候，渥伦斯基的心里总能引起一种不可理解的厌恶之情，这是他近来所经常体会到的。凡是当孩子在时，就会在渥伦斯基和安娜的心里唤起同样的感觉：好像是一个航海的人，从罗盘的指针上看到了自己所航行的方向已同那正确的方向偏离，欲想停止时却又无能为力了，而且每分钟都会载着他们离它愈来愈远了，而若是当自己意识到了已误入歧途——那就等于看到了自己的毁灭。

这孩子对人生的天真纯洁的看法就好比是一个罗盘指针，在向他们指示出偏离正确方向的程度。但是他们也明知道正确的方向却又不愿意承认。

这回谢辽莎没有在家。她正一个人坐在凉台上，在等待着她那出去玩耍而遇雨的儿子的归来。她叫一男仆跟使女去寻找，她自己在露台角落的花丛后边等候着。她穿着镶了宽边绣花的白色袍子，低下她那黑色卷发的头，前额紧贴着一只放在围栏上的喷水壶，她的两只纤巧的小手戴着他那熟悉的戒指，正要把住那只喷壶。她的整个身姿、手、颈、颀都显得那么美丽、那么迷人。她的美丽又不由得使渥伦斯基为之倾倒。他站住了，痴迷地望着她，然而，正当他刚要再走近她一步的时候，她觉到了，是他的脚步声！她把水壶推开，一张泛起了红晕的脸向他转来。

“怎么样？生病了吗？”他走向她，用法文对她说。他本想很激动地跑向她，但又担心在这里会被别人撞见，便往回望望露天阳台的门边，他的脸也涨红了，就跟他每次感到应该有防备时的情形一样。

“不！我很好呢，”她说着站起身，紧握住他伸过来的手，“我没有料到……你要来。”

“哎哟，我的天！多冰冷的手！”他说。

“你都把我吓坏了，”她说，“我在这里等候着谢辽莎。他们出去玩了，一会儿也会从这边经过的。”

但是，尽管她在努力使自己平静下来，但她的嘴唇却抖得厉害。

“请原谅我的到来，但是我今天看不见你就无法活下去。”他继续用法文说着。是为了避开俄语里“您”的冷淡生疏和“你”的过于亲密的情况。

“为什么还要请求原谅？我很高兴你的到来！”

“但是你精神不好，要不就是有什么烦恼，”他又说道，并没有松开她的手。他弯曲了身子又问道，“你在思考什么呢？”

“总是那件事情。”她含情微笑着说。

她说的是实话。无论什么时候，若有人问她在思考什么，她都会有这样的回答——总是那件事。是的，她是在想着自己的幸福与不幸。当他到来看见她正在沉思时，她就是这样想的：不知道为什么对于别人，比如说培特西（她知道她和培特西之间微妙的联结），这事就算不了什么，而对她自己却是如此的痛苦和受折磨。今天这个想法由于某种原因，使她更加难受。她问起了他赛马的事。他回答了她，他竭力想使她激动的心稍微镇静些，于是他用极其平静的语调给她讲述了关于赛马工作的准备情况。

“说还是不说呢？”她心里想，望着他镇静而亲切的眼睛，“他现在这么愉快，这么全身心倾注到赛马的事情上，所以他是不会去真正理会一下这件事情的，他是不会懂得这件事情对于我们的全部意味的。”

“但是你还没有告诉我，刚才你在思考什么呢，”他转换了自己的陈述，来问她，“请告诉我吧！”

她没有作答，微微低下了头，紧锁住眉头。在她眉毛下边，闪耀着长长睫毛的眼睛在询问般地凝望着他。她那颤抖的手里正摆弄着一片摘下的叶子。他看到了这些，于是在他的脸上表露出了那种讨她欢心的、被驯服的奴隶般的忠诚与恭顺。

“我看得出一定是发生了什么事情。我明明知道你有苦恼忧愁，却不能替你分忧，你看我能够安心吗？亲爱的，请看在上帝的分上，告诉我吧！”他在恭维又在恳求地说。

“是的，要是他并不理解这件事情的全部的意义的话，我是不能够原谅他的；所以我还是不说的好，那我又何必要再去考验他呢？”她想着，仍旧是原来的样子注视着他的眼睛，而且也感觉到拿着那片树叶的手颤抖得越发厉害了。

“请您看在上帝的分上吧！”他握紧了她那抖动着的手又在恳求。

“我要告诉你吗？”

“要，要，要的……”

“我已有了身孕。”她慢慢地低声说了。

她手中的叶片抖动得更加猛烈了。但是她还是紧紧地注视着他的眼睛，她要看他会有怎样的反应。他面色煞白，翕动的嘴巴又完全地合拢，他松开了她的手，低垂下了头。是的，他是全部理解了这件事情的全部意味，她想着，又感激般地握住了他的手。

然而她却错了。她以一个女人的理解去推断出他对这件事的全部理解，的确是太错了。他一听到这个消息，潜伏在他心底的某种特别的、厌恶的感觉又以十倍的猛烈向他袭来；同时他也清楚地感觉到他所期望的那个转折点已经到来了，显然再把这件事情瞒住她的丈夫已经是不可能的了。无论如何也得尽早地对这种不自然的状态作个了结，但是除此之外，她肉体上的激动也鼓舞了他。他用温和恭顺的目光望望她，吻了吻她的手，站起身来在凉台上来回踱步。

“是的，”他说着，很果断地走到她跟前，“我们谁都没有把这件事情当作儿戏，但是现在决定我们命运的时刻已经到了。必须得有个了结。”他张望一下四周后，又说，“我们必须结束我们这种装假的生活。”

“结束？怎个做法，阿历克赛？”她低声说。

她现在有些镇静了，脸上又闪现出了温柔的微笑。

“抛弃你的丈夫，让我们结合在一起。”

“可在事实上已经结合了呀！”她回答，声音低得几乎听不到。

“是的，但是还要完整的结合，完完整整的生活。”

“可是怎样个做法呢？阿历克赛，教给我怎样个做法呢？”她带着很忧愁的口吻说，她开始对自己绝望的处境自我嘲讽，“难道会有别的办法不成？难道我不再是我丈夫的妻子了吗？”

“无论什么情况下都会有办法的。我们非得下定决心才行。”他说，“无论出现哪种情况也都会比你现在的处境更好。当然我能够看到，所有的一切——社会的压力、你的儿子和丈夫都会苦恼着你。”

“唉，并不能包含我的丈夫，”她平静地笑着说，“我不知道还有他的存在，我根本没有想到过他。他对我是没有什么的。”

“你没有说真话，我是知道的。是他也在苦恼着你的！”

“但是他还不知道呢，”她说着，脸部突然间涨得通红。她的羞红已经染尽了面颊、脖颈和额眉，羞愧的泪水已经充盈着她的眼眶，“我们还是别说他了吧！”

第五章

渥伦斯基曾几次想使她对她目前的处境进行很严肃的思考，但是每次听到的都是她的轻率而肤浅的回答，就像现在一样。他感觉出在这里面的一定会有什么使他自己也弄不明白而且更是无法正视的事情，所以当他一触及这件事的实质，她，一个真正的安娜，就退缩到心灵的某个领地里去了，取而代之的是一个怪僻、陌生的女人，这是他所畏惧的，并不热爱的女人。但是在今天他要坚决果断地说出这一切。

“不管他知不知道，”渥伦斯基说话的语调还是那样坚定镇静，“不管他是否知道，这与我们并不相干。我们不能够……绝不能够像现在的样子生活下去。特别是现在这个时候。”

“依你的说法，那该怎么办呢？”她还是用惯常了的讥讽说。本来她是害怕他并不把她的有孕当回事，而现在她又太畏怕他太当回事而非采取什么步骤不可。

“对他坦白一切，然后就离开他。”

“可是，假定我这样做了，”她说，“你可知道会有怎样的结果？我可以料想到出现的情形。”说话时，在她那一分钟前还是柔和的眸子里放射出一道邪恶的怒光。“噢，你爱上了别的男人，还跟他发生了那罪恶的关系？（她模仿着她丈夫的官腔，像阿历克赛·亚力克山德罗维奇在特别地强调罪恶这字词的模样）我曾经警告过你，你这种行为在宗教、社会和家庭等道义良心上将产生什么样的后果，你无视我的劝阻。而现在我是不容许你玷污我的名誉和……”她本想再说出“……和我儿子的未来”，但是她没有说出来，是因为她不能够拿儿子来说笑话。接着她又说出了诸如此类的话，“反正他会用着官腔，打着冠冕堂皇的理由来防备诽谤，阻挠我的离开的。而且他还会按照他所说的话稳步做到。如今事情发展到这步田地，他也不再是个人，而是一部机器，而且是一部在凶狠地运转着的机器。”她一面补充完这些，一面在回想着阿历克赛·亚力克山德罗维奇说话的姿态和模样，以及他那笨拙的形象等等。她绝不因为在他面前所犯下的罪恶而自责，反而把她所能够在她身上找得到的缺点通通地归结为他的罪过。

“可是，安娜，”渥伦斯基说，他用一种温和而安慰的口气想来说服她，“不管怎样还得向他坦白，然后我们再采取步骤。”

“怎么，是要逃走么？”

“怎么不能够逃走呢？我想不出我们还能怎么再维持下去。并不为我自己——我知道你更痛苦。”

“是的，要逃走，让我去做您的情妇吗？”她有些动怒地辩解着。

“安娜！”他说；温柔的口吻也显出了责备的语气。

“是的，”她继续坚持她的思路说，“去做您的情妇，去毁掉这一切……”

渥伦斯基想不通，依照她那坚强又诚实的性格怎么能够处在这种虚伪的状态中而不想挣脱。但是他没有料想到是“儿子”这个字眼成为留住她的主要力量。是的，每当想起她的儿子，想起今后他对于这位抛弃了他们父子的母亲会有怎样的态度的时候，不禁惊愕了。她这时才会对她自己所应当承担的事情感到了恐惧，却又不知所措。所以她也只好像一个妇道人家那样，竭力地使用些虚伪的言辞来欺骗自己，安慰自己。为的只是让一切保持原样，让她可以忘掉她儿子的今后状态这个可怕的问题。

“我求你，我请求你，”她说着，突然抓住了他的一只手。用一种和以前截然不同的温柔和恳切的语调说，“永远不要跟我谈起这种话了吧！”

“可是，安娜……”

“永远不要谈了。你就随我去吧！我知道我的处境是何等的卑劣和恐怖，但是，这事情也绝不像你所说的那样容易去了结。你随我去吧，就依照我说的去做吧！从今以后也再不要对我谈及这些。你答应吗？……哦，不！……你一定得答应我呀！……答应我！”

“我能答应你的话，可是我不能够安心。特别是在刚才听到你说的那些话后。在你不安心的时候，我又怎么能够心安呢？……”

“我？”她又说，“是的，我不否认有时候我是很苦恼，但是那都会过去的，只要你永远不要在我面前提及这件事情的话。但是当你一跟我说这些的时候，我就会很苦恼的。”

“我真不懂。”他说。

“我懂得，”她打断了他，“我懂得让这样诚实的天性去撒谎是很困难的，我真为你难过。我时常在责怪自己，是我的缘故，才把你的生活毁坏到了这等模样。”

“我也正是这样想，”他说，“你怎就能够为了我而牺牲一切呢？我是无法饶恕我自己的，如果让你有些不幸。”

“不幸？”她说着，身子靠近了他。爱情的微笑在她的眼睛里闪烁着，她望着他，“我遇上了你，就像是一个饥饿的人遇上了食物般的狂喜。也许这个人衣服破烂，面带羞臊，而且冻得发抖，但是找到了他所渴求的食物，却不是他的不幸呀！而你对于我呢？哦，这才是我的幸福呢……”

这时候，传来了儿子归来的说话声。她便朝着凉台那角匆匆一瞥，突然站起身来。在她的眸子里又燃烧起他那熟悉的爱情火焰。她抬起她那只纤细而缀满了戒指的手，娴熟地抱住了他的头，凝望了他的眼睛许久。然后她仰起脸，张开那含笑的双唇，迅速地在他的嘴上和眼睛上留下了深深的一吻，便推开他，正欲转身却被他拉住了。

“什么时候？”他压低声音问，痴醉的眼睛望着她。

“今夜，一点半钟。”她低声说完，重重地叹了口气，就迈着

她那轻盈而迅速的步伐去迎接归来的儿子。

谢辽莎在后花园里遇上了大雨，就跟保姆在亭子里躲了一阵子。

“那好，再会！我要去看赛马了。培特西答应来接我一道去的。”

渥伦斯基看了看表，就匆匆地离去了。

第六章

一天，天气很坏，雨下了整整一个早上。病人们只有撑伞，聚集到回廊下面。

吉蒂和她母亲同莫斯科上校一道走着。那位上校穿着一件由法兰克福加工而成的现代西欧款式的成衣，闪耀的服装吸引了很多人赞叹的目光。他们在回廊里一边走着，一边尽量地避开那迎面走来的列文。瓦莲卡正陪同一个瞎眼的法国妇人沿着回廊散步，她穿的是一件深色的长袍，戴着一顶宽边的黑帽子。每次她遇上吉蒂的时候，她们就交换着亲切的目光。

“妈妈，我可以跟她说句话吗？”吉蒂问，望着她这位没有相识的朋友，看见她正向泉池走去。她们可以在那里遇上。

“哦，要是你很想这样的话，就让我先去探听一下关于她的情况，我得亲自去，”母亲回答说，“你看得出在她身上有什么特别的地方？一个陪伴病人的姑娘。要是很想这样，我就去认识斯塔尔夫人，我原来就跟她的弟媳妇相识的。”公爵夫人说着，昂起了骄傲的头。

吉蒂知道母亲由于斯塔尔夫人的有意的躲避而正在生气，所以她并没有坚持。

“她真的挺好的，多可爱呀！”吉蒂说，眼睛直望着正拿着杯子递给法国女人的瓦莲卡，“您看这一切是多么的自然和可爱呀！”

“看你可真的给迷恋了呢！真让我觉得好点儿！”公爵夫人说，“不了，咱们还是朝回走吧。”她看见了迎面走来的列文和那个女人，以及一个德国医生。他正好跟那位医生很气恼地说着些什么。

她们正转身要往回走的时候，忽然听到背后已经不再是高声谈话而是争吵的了。列文停住了脚步，叫嚷着；医生也发怒了。紧接着有一群人向他们围过来。公爵夫人和吉蒂赶忙退让开，但是那位上校却挤了进去想探个究竟。

不一会儿上校就追上了她们。

“是怎么回事？”公爵夫人问道。

“可耻呀！”上校回答，“就怕在国外遇到咱们俄国人，那个高个子的男人在用各种粗话辱骂着医生，是由于那医生没有遵照他的意思给他治病，而且还当着大家的面挥动着手杖呢，简直是丢人，可耻的呀！”

“哎呀，可真不像个样子，”公爵夫人说，“哦，后来怎么啦？”

“多亏……一位戴着蘑菇形圆顶帽的俄国姑娘出来调解。是的，她可能是个俄国姑娘。”上校说。

“M–lle瓦莲卡？”吉蒂高兴地问。

“对，对，是她第一个站出来，拉着那个男人的胳膊，把他带开了。”

“您看看，妈妈，”吉蒂对母亲说，“您该知道我为什么对她有那么大的兴趣了吧！”

第二天，吉蒂已经发现了这位不相识的朋友已经对待列文和他的女人就像是对其他的被保护的人们一样了。她走上前去跟他们交谈，还给那个不会讲任何外语的女人当了翻译。

吉蒂恳求母亲准许她跟她认识了。在公爵夫人看来，若主动迈出步子去和那位高傲的斯塔尔夫人交谈是多么委屈的事情，但是她还是去探听了关于瓦莲卡的情况。结论是，她想结交她不会有太大的受益但也绝对没有害处的。于是她就亲自去找瓦莲卡，和她认识了。

公爵夫人选中了这样一个时刻来和她认识：她待女儿去了温泉浴池时，才来到站在面包房对面的瓦莲卡身旁。

“我能和您认识吗？”她面带着认真的笑容说，“我的女儿很喜欢您，也许您还不认识我。我是……”

“我很想跟您认识，公爵夫人。”瓦莲卡连忙回答。

“昨天您为咱们国家那位可怜的人做了那么好的事情！”公爵夫人赞叹道。

瓦莲卡脸唰地缀满了红晕。

“哦，我记不清楚了，我，好像，一点也不曾有过。”她说。

“怎么可能没有呢？您可让那位列文躲过了一场尴尬呢。”

“啊！是的，sacomagne来叫我去的，我便尽力去帮助他。他的病情严重，对医生不太满意，说实在的，我照顾这种病人也许都已经习惯了。”

“是呀，我听说，您跟您的姑妈，好像是您姑妈吧，m–me斯塔尔，住在蒙通。我对她的belle–soenu倒十分了解。”

“不，不是，她不是我姑妈。我把她叫manman，然而我却不是她的亲戚。我是她带大的。”瓦莲卡先羞红了脸，才回答说。

她的这些话语说得那么坦率真诚，她脸上真挚而开朗的表情是那么可爱，这时公爵夫人明白了她女儿吉蒂为什么会爱上这个瓦莲卡了。

“哦，不知那个列文现在怎么样了？”公爵夫人问道。

“他就要离开了。”瓦莲卡回答。

正在这时，吉蒂从温泉向这里走过来，她满脸闪耀着喜悦的笑容，只是因为她母亲跟她这位不相识的朋友认识了。

“瞧呀，吉蒂，你那么想认识m–lle……”

“瓦莲卡，”瓦莲卡马上含着微笑接下去说，“人家都一贯这么叫我。”

吉蒂高兴得满脸通红，默默地把她这位新朋友的手久久地握住好一会儿没有放下，这只手没有握住她的手，只是一动不动地放在她的手心里。然而这只手却始终没有对她紧握，只是m-lle瓦莲卡的脸更加闪亮了，显出了安详的、快乐的，虽然也是略微带着几分忧郁的笑容，露出了她那大大的但却分外漂亮的牙齿。

“我也很早就想这样了。”她说。

“可是您却总是那么忙……”

“啊，才不是呢，我其实什么事也没有做。”瓦莲卡回答，但是却恰恰在这一瞬间她就不得不丢下她的这两位新朋友了。就因为两个俄国小姑娘，一位病人的两个女儿，面向她跑了过来。

“瓦莲卡，妈妈叫你呢！”两个小姑娘喊道。

于是瓦莲卡便跟她们一起走了。

第七章

谢尔巴茨基公爵重新来到亲人身旁的时候，温泉疗养期已经即将完结了，他又借道卡尔斯巴德又去了巴登和基兴根，就像他所讲的，去找些俄国的朋友，给自己增加一些俄国味道。

公爵和公爵夫人两个人看待外国生活的情形是完全对立的。公爵夫人发现什么好的东西都在国外，因此，尽管自己在俄国有着牢固的上层社会地位，她在国外就力图让自己成为一个名副其实的欧洲太太，而实际上只是在自欺欺人，因为她始终在以一个真实的俄罗斯贵族夫人的身份来假装成一个外国的表层，这样矫揉造作，显然让她感到不太自在。可是这个公爵就恰恰相反，把国外的一切全盘否定，他把自己的俄国生活习惯始终在别的各国抖搂着，来极力显示自己是一个俄国人，似乎她在国外所遭到的一切都是那么令她自己难以忍受，无法接受。

公爵这次疗养后，气色情绪明显地好转了。然而这其中也有他自己变得瘦弱且两颊的皮肤也变得松软了。当他看到完全恢复了健康的吉蒂，他的情绪就更加高涨了。而且还听到吉蒂与斯塔尔夫人与瓦莲卡成了朋友，又听公爵夫人谈到她在吉蒂身上发生的变化中的发现，公爵心中颇为不安，他那嫉妒的心理又突然出现了，凡是能把女儿从他身边拉开的无论是什么，他都不会愿意，他似乎一直怕自己的女儿会脱离了他的支配，而投入到另一个事物中去。可是他这个人温顺和善的性情，尤其是卡尔斯巴德的温泉让他变得更加柔和，消融了一切郁郁寡欢的消息。

回家后的第二天，公爵夫人便和女儿高高兴兴一道儿去了浴场。这天他又是一副充满俄国式的皱纹和一副由浆硬领子而陪衬起来的鼓鼓的双颊，外面也罩着他自己的长大衣。

这是一个既美丽也确令人难以忘怀的清晨，一排排整齐洁净的住房配有小花园使人身心愉快；许多喝足了啤酒的德国侍女在努力快活地工作，这些艳丽的阳光和充满激情的景象使人处于此地心旷神怡。可是，他们却发现，他们在愈接近浴场的地方，立刻便会发现这里的病人也愈来愈多。在这里一切都笼罩在和谐的氛围当中的时候，那种样子却显得十分凄惨。吉蒂却已经对这种鲜明强烈的对比不再有任何惊奇之色了。她已经感到，这里明亮的太阳再加上愉快的闪光中透出的绿茵葱茏和那和谐的音乐共同构成了一种气氛，顺理成章地陪衬着她所挂念的那一切，让人记忆犹新的样子和他们病情的时好时坏的变化；可是这时对于公爵自己来说，这光采清晨的六月里，乐队在演奏着流行的快乐华尔兹舞曲，尤其突出的却是侍女在一旁健美的模样，使这些从欧洲各地汇合而来的、愁眉苦脸、半死不活的人凑合在一起，不知是什么原因显得那么畸形而荒谬。

与自己心爱的女儿牵着手一块走，这让公爵很自豪，似乎又重新获得了青春，但是这个时候却似乎由于自己的步履矫健、四肢粗壮有力而意外地感到别扭，颇觉有些尴尬，他自己的感觉差不多就是一个人没穿衣服而身体赤裸地出现在公众前面。

“快把你的新朋友给我介绍一下，让我也看一看吧，”他对女儿说，还用肘碰了几下女儿的手，“我连你这个令人一点也不喜欢的索登温泉都喜欢上啦，由于它让你得到这么好的治疗，不过在你们这里，人觉得太忧郁了，太忧郁了啊，你能把这个人介绍给我吗？”

吉蒂告诉了他一路上碰到的人的名字，有认识的和不认识的。在公园大门口，他们遇到了瞎掉眼睛的老妇人m-me-Berthe，还有给她带路的姑娘。这位法国老妇人听到吉蒂的声音时，脸上有种动情的样子，这使公爵很快乐。这位妇人立刻用法国人过分的殷勤同他说起话来，羡慕他有一个这样好的女儿，当着吉蒂的面把她吹上了天，夸她是宝贝儿，是珍珠，是安慰人的小天使。

“那么说来，她应该算是第二号天使喽，”公爵听了老妇人的话笑了，说，“m-lle瓦莲卡被她称为第一号天使呢！”

“哦！m-lle瓦莲卡，——她确实是位真正的天使，allez。”m-me-Berthe马上接着说道。

他们在回廊上碰到了瓦莲卡本人。瓦莲卡手里拎着一个精致漂亮的手提包，看到他们赶忙迎了过来。

“看看我的爸爸！”吉蒂告诉她说。

瓦莲卡像她平时做每一件事情一样，自然而又大方地做了一个介于鞠躬和屈膝之间的动作，马上便和公爵攀谈起来，也像她和每个人谈话一样大方而又自然。

“当然啦，我是知道您的，知道得很多呢。”公爵微笑着，对瓦莲卡说道。吉蒂看到公爵的笑容，高兴地了解到，父亲喜爱她的朋友，“您着急要上哪儿去呢？”

“Maman在这里呢，”她说，是面对吉蒂说的，“她一宿都没睡觉，医生劝告让她出去走走。我把针线活拿给她。”

“这就是所谓的第一号天使啦！”当瓦莲卡走了之后，公爵说道。

吉蒂能够看出来，公爵本想要把瓦莲卡取笑一回，但事实上瓦莲卡很让他高兴，他不忍心去那样做。

“我们马上就能看到你所有的朋友啦，”他接着说道，“也能看到斯塔尔夫人，如果她能屈尊认出我的话。”

“你从前未必认识那位夫人，爸爸？”吉蒂有点害怕地问道，她发现一提到斯塔尔夫人时，公爵的眼睛里燃烧起了嘲弄的火焰。

“因为认识她丈夫，所以也多少有点知道她，那还是以前，在她还没有入虔诚教派时候的事情了。”

“爸爸，什么是虔诚教派呀？”吉蒂问道，她已经被吓坏了，这是由于她发现，斯塔尔夫人身上那种她所非常注重的东西，居然还有另外一个名字。

“我本人也不大明白。我只知道，她遇事都感谢上帝，不管碰到什么坏事都向上帝道谢，甚至连她丈夫死了也感谢上帝。瞧，说出来也真是很可笑，他们的日子过得坏极了。”

“这个人是谁呢？这张脸看上去多么让人同情啊！”他说道，他看见一个身材不高的病人在一个长椅上坐着，这个人穿着一件褐色的大衣，一条白色裤子，那条裤子穿在他皮包骨头的腿上显出许多奇怪的褶皱来。

这个病人举起他的草帽送到他稀疏的卷发上，于是露出了他高高的、被帽子勒得发红的额头来。

“这是一个画家，叫彼得罗夫，”吉蒂脸红了，说道，“那是他的妻子。”她又指了指安娜·巴夫洛芙娜说，那个女人好像故意似的，正好在他们走近的时候，去追赶一个从小道上跑开的小孩子。

“他太可怜了，你瞧他那张脸又多么让人喜欢啊！”公爵说道，“你为什么不过去？他看起来像是有话要对你讲。”

“好吧，那我就过去。”吉蒂说完，毅然转过身向那边走过去。“您今天身体还好吗？”她问彼得罗夫。

彼得罗夫拄着拐杖站起来了，他有些胆怯地看了看公爵。

“这就是我的女儿，”公爵说道，“咱们也互相认识一下吧。”

画家微微一笑，鞠了个躬，露出了两排非常光洁的白牙。

“昨天我们都在等你，公爵小姐。”他对着吉蒂说道。

说这话时，画家的身体摇晃了一下，接着他又做了一遍这个动作，极力地想要让人知道，他是在故意摇晃身体的。

“我本来是想要来的，可是瓦莲卡说，您的夫人安娜·巴夫洛芙娜打发人来说，你们又不想去了。”

“您想我们会不去吗？这是不可能的！”彼得罗夫的脸红起来，马上开始不停地咳嗽。他一边说着这句话，一边不停地用眼睛四处地找寻着妻子。“安奈塔，安奈塔！”他大声地喊着妻子的名字，几条突出青筋在他那又白又嫩的脖子上显露出来。

于是，安娜·巴夫洛芙娜走了过来。

“你怎么回来了？为什么派人告诉公爵小姐说我们不去了？”他的喉咙发不出声音来，只好生气地低哑着说出了上面的话。

“您好啊，公爵小姐！”安娜·巴夫洛芙娜假意地微笑着，跟以前简直是判若两人。“很高兴见到您，”她对公爵说道，“我早就期待着您的光临啦，公爵。”

“你为什么派人去跟公爵小姐说我们不去了？”画家第二次用他那低哑的嗓音说道，他越发生气了，很明显是由于喉咙不听使唤，这使他语无伦次。

“呀！我的上帝啊，我本以为我们是不会去了呀。”他的妻子面带不悦地回答道。

“怎么，什么时候……”画家开始咳嗽起来，他用力摇了摇手讲不下去了。

公爵把帽子向女儿举了两下，两个人离开了这里。

“哎，哎呀！”公爵深深地叹了一口气，“啊，这些人多么可怜啊！”

“是的，爸爸，”吉蒂回答道，“但是您应该知道，他们生了三个孩子，既没有仆人，也几乎没有什么生活费，他从学院领点东西。”她动情地讲着这些话，安娜·巴夫洛芙娜对她前后态度的截然不同在她的心头激起了许多不安，她正极力想消除这种不好的感觉。

“您看，那个人就是斯塔尔夫人。”吉蒂说道，她指的是一辆轮椅，里面仿佛躺着一个什么东西，那个东西用一些大枕头围着，裹在一堆灰灰蓝蓝的物体里面，一顶遮阳伞罩在了上边。

这真的是斯塔尔夫人。一个脸色冷峻身材高大健壮的德国男人站在她身后，他是被雇来专门给她推车的。一位留着淡黄头发的瑞典伯爵站在她旁边，吉蒂记起了他的名字。这时有几个病人在轮椅旁边慢慢地走过，好像在观看一件非凡的东西一样地望着这位夫人。

当公爵走到斯塔尔夫人跟前注视着她时，吉蒂马上就在他的眼睛里看到了那种让她迷惑不解的嘲弄似的目光。他走到了斯塔尔夫人身旁，用一种现在已几乎没有人会讲的特别地道的法语开始讲话，说话的态度是那样毕恭毕敬而又亲切温和。

“我不知道您是不是已经把我忘记了，不过为了感谢您对我女儿的喜爱之情，我想我应该向您介绍自己。”他向她说道，并脱下了帽子，一直拿在手中没再戴上。

“亚历山大·谢尔巴茨基公爵，”斯塔尔夫人说着，用她那双纯洁的眼睛看着他，在这种目光中，吉蒂发现了一种不悦的神色，“幸会，我确实是特别喜爱您的女儿。”

“您的身体真是不太好吗？”

“是的，但是我已经习以为常了。”斯塔尔夫人说道，然后把瑞典伯爵介绍给了公爵。

“不过，您确实是没有多少变化，”公爵对她说道，“我想我已经有十年或者十一年没有能幸运地见到您了吧。”

“是啊，上帝给了每个人一个十字架，同时也给了每个人背它的力量。您会经常感到不明白，为什么要拖着这条命……把那边盖上！”突然，她懊恼地向瓦莲卡叫道，姑娘没有用毯子把她的腿盖好。

“我想大概是为了做点好事积点阴德吧？”公爵说道，眼睛里含着一丝微笑。

“这是不能让我们来判断的。”斯塔尔夫人说，公爵脸上微妙的感情变化，她已经看在了眼里。“那么说来，您一定会给我送这本书来的，是不是，亲爱的伯爵？我要特别地感谢您。”她向着年轻的瑞典伯爵说道。

“哦！”公爵喊了一声，因为他看到了站在不远处的莫斯科的上校。于是，他向斯塔尔夫人鞠了一躬，便招呼女儿跟着迎着他走过来的莫斯科的上校一起走开了。

“瞧！这便是我们的贵族啊，公爵！”莫斯科的上校不无讥讽地说道，他很生斯塔尔夫人的气，因为她没有让自己与其认识。

“她一直都是这个样子。”公爵说道。

“这么说来，您是先于她得病，公爵，我是说在她卧病在床之前，就和她结识了？”

“是这样。我是亲眼看到她病倒在床上的。”公爵说道。

“听别人说，她已经有十年不能下床了。”

“她不下床，是由于她有两条过短的腿。她的身材是非常难看的……”“哦，爸爸！不可能是这样的！”吉蒂大叫起来。

“所有爱说闲话的人都是这样说的，我的孩子。可是这真是让你的瓦莲卡够受的了，”他接着说道，“哎，这些得病的太太们啊！”

“噢，爸爸！不是这样！”吉蒂反驳道，她很激动，难以控制，“瓦莲卡崇拜她，敬仰她。而且她曾做过多少好事啊！无论你去向谁打听，每个人都了解她和Aline·斯塔尔。”

“也许是这样吧，”公爵说道，用肘部撞了撞吉蒂的胳膊，“但是最好是做得当你无论是问谁时，都不会有人知道。”

吉蒂不再说话了，不是由于她不能反驳父亲的话，而是因为即使是面对父亲，她也不想把自己深藏的思想泄露出来。但是，事情就是这样不可思议，尽管她打定了主意不同意父亲的那些看法，不让父亲打扰自己内心的纯洁的殿堂，但是她却明明感受到，在这一个月的时间里，那个被她视为圣人的斯塔尔的美好形象在她心中消失得无影无踪，一个被一堆破衣服构成的物体，当有一天突然发现它只不过是一堆破衣服时，那个物体也就随之不存在了。如今，剩下的只是一个两条腿过于短的女人。她由于自己身材太难看，就躺在床上不起来，而且还要百般刁难毫无怨言的瓦莲卡，原因只是由于她没把毛毯按照她的意愿盖好。这样一来，不管吉蒂怎样费心思地去努力想象，都不能让以前那个斯塔尔夫人的圣洁形象再次出现在她的心灵殿堂中。

第八章

公爵心情很愉快，这种好情绪感染了他的家人和朋友，甚至连谢尔巴茨基一家下榻的德国房东也被传染上了这种快乐。

和吉蒂游完泳回来，公爵便邀请上校、玛丽娅·叶甫盖尼耶夫娜和瓦莲卡到家里来喝咖啡，他让人在小花园里的栗树下摆好桌椅，在那里吃早饭。在他愉快心情的影响下，房东和仆人全都快乐起来。他们都了解公爵出手大方，毫不吝啬。在半个钟头以后，一位在楼上居住的生病了的汉堡医生便从窗口上观望起栗树下聚在一起的这群快乐健壮的俄国人了，眼睛里满是羡慕的神色。在星星点点闪烁不定的大树阴影下，在已经铺好了白台布，摆好了咖啡壶、面包、奶油、干酪、野味拼盘的桌子面前，坐着的是公爵夫人。她头上戴着的一顶帽子上，系着紫色的缎带。她在忙着给大家递去一杯杯咖啡和一份份面包。在桌子的另一头，公爵正津津有味地吃着东西，声音高涨而快乐地谈笑着。他在面前摊开自己买来的东西，有雕花的小盒子、小玩具、各种裁书小刀，这些东西都是他每到一处温泉疗养地时买下的。他把它们分别送给大家，连侍女丽丝亨和房东也有一份礼物。他还和房东用他那可笑的蹩脚的德语说些笑话，他想让大家相信，医好吉蒂的病的并不是温泉，而是房东香甜的美餐，尤其是那个黑李子汤。丈夫的俄国习惯遭到了公爵夫人的嘲笑，但是她也同样活泼和愉快，自从她来温泉以后还没有这样快乐过。上校和平时一样，脸上带着微笑听着公爵的笑话。但是当说到欧洲的时候，他觉得自己对这方面很有研究，便和公爵夫人结成了统一战线。善良纯洁的玛丽亚·叶甫盖尼耶夫娜每听到公爵说的一句可笑的话，都笑得前俯后仰，甚至是瓦莲卡，听了公爵的笑话，也被逼得不禁发出轻柔的、让人快乐的笑声，这是吉蒂从未见到过的情形。

所有这一切都使吉蒂很快活，但是她摆脱不掉自己的忧虑。父亲面对她的朋友和她那样热爱生活所展示的快活的看法，无形中向她提出了一个她没有办法回避解决的问题。在这个问题以外，又增加了她与彼得罗夫一家人关系的突然变化，在今天，这个变化那么显然而又让人不快地表现了出来。每个人都很快乐，只有吉蒂却高兴不起来，而这一点更增加了她的痛苦。她此时的心情就仿佛在小时候因为被处罚被关进自己的房间里，却听到姐姐们在外面嬉戏的闹声一样。

“嗨！你为什么要买这么一大堆东西呀？”公爵夫人问道，脸上含着微笑，这时，她正给丈夫递一杯咖啡。

“只要你走上前去，喏，走到一个小摊子跟前，人家就会要求你买：‘爱尔劳赫特，爱克塞林兹，独尔赫劳赫特。’你们看，当人家一说‘独尔赫劳赫特’的时候，我就管不住自己了，于是，二个塔勒也就没有了。”

“那只是由于你闲得太无聊了。”公爵夫人答道。

“当然，是由于闲着没事干嘛。那种无聊的时光啊，亲爱的，你真是不知道应该怎样度过才好啊！”

“怎么会感到没事可做呢，公爵？有意思的东西其实是很多的呀！”玛丽亚·叶甫盖尼耶夫娜说道。

“那些让人感兴趣的东西我全都知道了：我知道黑李子汤，知道豌豆灌肠，我什么都已经知道了。”

“不对呀，不管怎么讲吧，公爵，他们的那一套规章制度倒是很有意思的。”上校说道。

“那些东西有什么意思？他们一个个的那么趾高气扬，好像一枚枚小铜钱似的。他们竟征服了所有的人。哎，可是我有什么值得骄傲的呢？我对任何人都没有征服过，我得自己给自己脱下鞋子，又得亲自去把它放在门的外面。我得每天很早就起床，快速穿上衣服，到餐厅去喝那难喝得让人难以下咽的茶水。可是在家里就完全不一样啦！你可以不用着急地睁开眼睛，可以借一件小事发发脾气，叨叨两句，还可以好好地稳稳神，把每件事都考虑一遍，这些事情都是不用你着急去做的。”

“可是您忘记了，时间便是金钱啊！”上校说道。

“这要看是什么样的时间了。有的时候一个月的价值只有半卢布，有时候半个小时花再多的钱也买不到。是这样的吗，卡锦卡？你看上去很不开心，你怎么样？”

“我很好。”

“你到哪儿去？再待一会儿吧！”他对瓦莲卡喊道。

“不，我得回去啦。”说着话，瓦莲卡站了起来，又不住声地笑了起来。

笑完之后，她向大家一一告别，又去屋子里去拿帽子。吉蒂跟她走了进去，现在吉蒂甚至觉得瓦莲卡完全变了样。瓦莲卡虽然并没有变化，但是和她以前心目中的瓦莲卡的形象相比，是大不一样了。

“啊，我很长时间没这么开心地笑过了！”瓦莲卡说道，手中拿着自己的雨伞和提包，“您的爸爸，是多好的一个人啊！”

吉蒂没有作任何回答。

“我们什么时候再见面？”瓦莲卡问她。

“Maman想到彼得罗夫家里，您难道不想去那里吗？”吉蒂用一种试探的口气问瓦莲卡。

“我会去的，”瓦莲卡答道，“他们正准备走了，所以我答应了要帮他们收拾东西。”

“哦！那我也想到那儿去。”

“不，您到那儿去做什么？”

“为什么？为什么？为什么？”吉蒂眼睛瞪大了说，她抓住瓦莲卡的雨伞，不让她走掉，“不，您请站一下，您为什么要这么说呢？”

“是这样的，您爸爸回来了，而且您在会使他们感到不自然的。”

“不，请您告诉我，为什么您不愿意我经常到彼得罗夫家里去？您是不愿意让我经常到那里去吧？可是为什么呢？”

“我并没说过这样的话。”瓦莲卡平静地说道。

“不，请您对我说出原因吧！”

“全部告诉您？”瓦莲卡问道。

“全部告诉我，告诉我！”

“其实也并没有什么大不了的事情，只是，米海依·阿列克塞耶维奇（这是那个画家的名字）本来是想早一些走的，可现在又突然不想走了。”瓦莲卡说，脸上带出了微笑。

“说下去，说下去！”吉蒂催促着瓦莲卡，目光阴沉沉地看着对方。

“喏，不知道什么原因，安娜·巴夫洛芙娜说，他不愿走，是因为您的原因。当然，这句话是不对的，不过就因为这个，就因为您发生了争吵。您是知道的，那些有病的人是太容易生气了。”

吉蒂一句话也没说，只是眉头皱得更紧了。瓦莲卡独自说着，她看到吉蒂一触即发的样子，不知道会出现什么情况，是流泪呢，还是讲些什么话，便努力地要安慰她，想让她心里平静下来。

“所以说您最好是不要到那里去……您了解，您别在意……”

“我是自讨苦吃，我是自讨苦吃啊！”吉蒂说得飞快，边说着话，边把雨伞从瓦莲卡的手中夺过去，她躲避着朋友注视的眼神。

看到她的朋友像小孩一样发着脾气，瓦莲卡想笑出来，但又怕使吉蒂的感情受到伤害。

“为什么说是自讨苦吃呢？我不懂。”她说。

“说自讨苦吃，是因为所有这一切都是伪装出来的，由于这都是凭空想象的，不是出于真心实意。我和别人的事有什么关系呢？可结果却是，我倒成了争吵的焦点，我做了一件没有任何人让我去做的事。所以说所有的一切都是伪装的！伪装的！伪装的！……”

“那伪装的目的又是什么呢？”瓦莲卡小心地问道。

“哎呀，多么愚昧、丑陋啊！我根本用不着这样……全部都是伪装的！”她说着，一边把雨伞时而撑开时而合拢。

“到底是为了什么呢？”

“为了在上帝跟前，在自己跟前，在上帝跟前显示自己比别人更好一点，为了愚弄众人。不，现在我不会再去做这种事情了！我宁愿做个傻子，也不愿做个伪君子，做个女骗子！”

“那女骗子又是谁呢？”瓦莲卡说，话语里含着责备，“您这么说，好像……”

但是吉蒂正在生气，她打断了瓦莲卡没说完的话。

“我没有说您，根本不是说您。您是个完美无缺的人。是，是，我了解，您什么都完美无缺。可是我却很糟糕，这有什么办法呢？要不是我不好，根本不会发生这样的事情。在将来我该怎么做就怎么做，但我绝对不会再去伪装自己啦。我和安娜·巴夫洛芙娜之间有什么关系呢？他们愿怎样就怎样，我也按自己想的去做。我只是我本人，不可能会变成别的什么人……这一切全部不对劲，不对劲啊！……”

“到底有什么事情不对劲呢？”瓦莲卡感到摸不着头脑。

“每件事都不对劲。我唯一能做的便是按照自己的意愿去过日子，可是您却活在许多条条框框的约束里。我喜爱您就是喜爱您，这是非常简单的一件事。可是您呢，也许完全是为了想要来拯救我，劝说我才开始喜欢我！”

“您说这些话太不公平了。”瓦莲卡说道。

“可是我完全没有说别人呀，我说的都是我自己。”

“吉蒂！”是母亲在喊她，“你出来，让你爸爸看一看你的那串珊瑚项链。”

吉蒂不能够和她的好朋友平平静静地彼此交谈下去，她脸上带着倔强的神色，抓起放在盒子里的珊瑚项链，出去到母亲那里去了。

“你怎么啦？为什么你的脸红红的？”母亲和父亲不约而同地

张口问道。

“没有什么，”她回答他们的关心的问话，“我去去就来。”便立刻又跑回去了。

“她也许还没有走吧？”她想着，“我应该怎么对她说那些话呢？我的上帝！我为什么要让她受委屈呢？我究竟该怎么办呢？我该对她说些什么呢？”吉蒂心里想着这些纷乱的问题，在门口停住了脚步。

瓦莲卡已经把帽子戴好了，她手中拿着她的雨伞，正在检查着被吉蒂刚才由于激动而弄坏的弹簧。这时，她抬起头来。

“瓦莲卡，请原谅我吧，原谅我吧！”吉蒂走到她跟前，小声地向她说道，“我已经完全忘记了我刚才所说过的任何话。我……”

“我，真的，是不愿意看到您伤心的样子。”瓦莲卡含着笑说道。

于是，她俩又重新恢复了旧日的友情。但是这次父亲的到来，却改变了吉蒂生活在其中的整个世界。她虽然并没有和自己所了解、所认识的那一切完全断绝关系，但是她却明白了，她那种想要按自己的意愿变成那种样子的想法，是自己在欺骗自己，是根本不可能的……她仿佛刚从睡梦中醒来一样。她觉得，要保持在自己想要达到的高度上而又不伪装自己，不吹嘘自己，这一点是太困难了。而且，她同时觉察到了那个她所生活于其中的痛苦、疾病和将要死亡的环境是那么让人难以忍受。她曾经竭力地想去让自己去喜欢上面的那些，而现在看来，她的那种努力是多么令人痛苦的一件事情啊！她倒宁愿去呼吸一些清新的空气，宁愿回到俄国，回到叶尔古绍沃去，她在信中了解到，姐姐朵丽和她的孩子已经到达那里了。

但是有一点是不变的，那就是她对瓦莲卡的喜爱，这种爱丝毫没有减弱。在与瓦莲卡告别的时候，吉蒂再三地要求她，如果回到俄国以后一定要到她家里去做客。

“我一定会去的，等您将要出嫁的那个时候。”瓦莲卡说。

“可是我这辈子都不会出嫁的。”

“喏，那就意味着我永远也不会去您家了。”

“喏，那我就为了这个原因也要去嫁个人啊。您小心点，要记住自己今天说过的话！”

吉蒂答道。

医生的预言被证实了。当吉蒂回到家中，回到俄国后，她差不多完全恢复了健康。她不再像以前那样没有忧虑，快乐开心，但是她感到心里很平静，在莫斯科经历过的那些伤心的事已成为过去的回忆埋藏在了心中。

第三部

第一章

时间一晃便到了五月底，这时事情已基本上安排得很妥当，丈夫姗姗来迟的回信才到达丽雅手里。他在信里对她乡下生活的困难和她的抱怨说了几句安慰的话，请她原谅，并许诺，一有机会便回来。然而，直到六月初，丈夫还没有给自己机会，她依然一个人生活。

达丽雅崇尚宗教自由。她与妹妹们、母亲和朋友们在谈论哲学问题时，她体现出这种思想，令她们惊讶不已。她深信“来生转世”，但她对教规不怎么重视。不过在家里，为作个榜样，也为了真心，她还是严格遵守教会的教规，因此她一想到孩子们一年没去教会领圣餐，心里不安，再加上马特里娜的支持，她趁这个夏天，决定办好这件事，于是在一个礼拜天（圣彼得节前的）她带上了所有的孩子去做了弥撒，领了圣餐。

为了去教堂，她几天前便开始忙碌了。为了打扮孩子们，她把有的破衣服缝好了，有的改做了，有的洗过了，有的烫过了并钉上扣子，配好了裙带。最让她费心思的就是英国女家庭教师拿去缝的丹妮娅的连衣裙。这个女教师做得不尽如人意：几处没有缝好，袖口也特别大，整件衣服都弄得不像样子了。丹妮娅穿起来肩头窄，真难看。达丽雅与女教师差点急了，还是马特里娜主意多，她在衣服上嵌上一块三角布，并且加上披肩，事情才总算平息了。第二天一早，孩子们站在门口马车旁等着达丽雅。孩子们打扮得花枝招展，个个兴高采烈。一切都准备好了。

那匹黑马既凶猛又不听主人的使唤，不管马特里娜怎么努力，它都不驯服，最后只好用了管家的棕色马。达丽雅为精心打扮自己，费了点时间，最后穿上一件白纱连衣裙来到孩子们中间。

达丽雅现在又开始注重打扮自己，在打扮的时候，心情既激动又高兴，不过现在打扮自己不是单纯让自己漂亮，而是为了使自己在孩子们中树立良好的形象，是为了维护做妈妈的尊严。以前，达丽雅花尽心思打扮自己，尽量让自己漂亮些，讨人喜欢，现在年纪大一点，对衣着也就不怎么看重了。今天，她看上去确实很漂亮，这美不是在舞会上表现出的那种，而是一种独特的与她所希望的那种相适应的美。

在教堂里，达丽雅发现，这里除农民们、男仆人以及他们家女佣之外，别无他人。她也发现，或者感觉到，别人在称赞她及孩子们，不仅是因为孩子们穿得活泼可爱，而且他们的举止行为也让人欢心。他们中最小的一个，叫丽丽，人见人爱，她天真活泼，当她领过圣餐之后，总要嘟囔道“请多给一点儿”令人不禁好笑。不过有个叫阿及沙的男孩的确站得不好看，不知为什么他老回头，似乎去看自己上衣背后，但他看起来异常可爱和顽皮。

回家途中，孩子们显得那么严肃和安静，他们似乎完成了一件很神圣和庄严的大事似的。回家很顺利。令人感到不快的是，吃早饭时，有一个叫各尼斯的孩子不听老师的话，吹起口哨来，因此老师以不准他吃甜饼来惩罚他。在这样的日子里，如果达丽雅在场的话，各尼斯不会受到这样的处罚。不过达丽雅有言在先，她全力支持家庭老师的决定，因此各尼斯不能逃避处罚。这为本来很高兴的氛围带来一点不协调的气氛。

各尼斯很委屈地哭了，说这不公平，他并不在乎甜饼，而是里科宁卡也吹了但没有受到处罚。达丽雅也觉得有点不安，便去找老师商量，让老师原谅他。然而，就在这时，她眼前突然出现令人感动的一幕：各尼斯坐在客厅角落的窗台上，他身边站的则是拿着盘子的丹妮娅。她要老师让她把自己的一份甜饼带回房间里去给洋娃娃吃，可她实际上是拿去给弟弟吃。各尼斯一边吃，一边哭泣着，争辩着说这不公平，还反复说："你怎么不吃呢？大家一块儿吃。"原来，当初丹妮娅是为了可怜各尼斯，后来，她觉得这么做很高尚，她也流泪了，但她还是吃了甜饼。

他们抬头一看，妈妈就在面前，他们吓坏了。立刻，他们从妈妈脸色看出，妈妈不会责怪他们，他们便乐了，伸手去抹他们的嘴唇，弄得满脸是泪水和果酱。"我的天，你们的新衣服啊！"她虽这样说，心里却很高兴，激动得泪水夺眶而出。

接下来，按照她的安排，孩子们的新衣服换下来了，女孩子穿上短衫，男孩子穿上旧上衣，归还了管家的那匹棕色的马。孩子们先去采蘑菇，再去洗澡。孩子们嬉笑着，打闹着，直到洗澡时才安静下来。

孩子们采了很多蘑菇，满满的一篮子。最小的孩子丽丽今天采到一只很大的桦树蘑菇。她以前总是让古里小姐指给她看才能采到。"丽丽今天终于找到蘑菇啦！"孩子们蹦了起来，欢呼着。

紧接着，便由车夫捷连基驾着车带她们到河边洗澡。车夫把马拴在一个桦树底下，马儿甩打着马蝇，而他躺在树荫下的草地上，抽起烟来，孩子快活的笑声时时在他耳边响起。

达丽雅一向就喜欢在河里洗澡，尤其是与孩子们在河里洗澡，她非常开心，虽然照看这些顽皮的孩子很心烦，要料理好脱下来的袜子、裤子和鞋也很烦，解鞋带，解扣子，系鞋带诸如此类小事也很扰人，但在河里，达丽雅摸摸他们的小脚，拍拍他们光溜溜的身子，听听他们天真的笑声，望着一个个天真而开心的面孔，她便觉得这些累得气喘吁吁的小天使们给她带来无尽的快乐。

正当他们洗完澡，有一半的孩子穿好衣服时，有几个打扮得很漂亮的乡下女人路过这里，她们拿着牛奶罐去采羊芹。她们见到孩子们时有些胆怯了，马上不走了，惊奇地望着他们。马特里娜叫住她们当中的一个把掉进水里的床单和衬衣拿去晒干。趁此机会，达丽雅便与她们攀谈起来，开始时乡下女人们只是笑，不知说什么，后来胆子大了一点儿，与达丽雅谈了起来。

她们对孩子表示赞赏，达丽雅听了之后，感到很开心。

一个女人指着小丹妮娅，赞美道："白白的，多可爱，多美啊！怎么有点瘦？"

"生过一次病啦。"

另一个女人抱起最小的婴儿，"喂，给他洗了吗？"

"才三个月，没有洗。"

达丽雅神采飞扬，问道："你有孩子吗？"

"共有四个，但只留下来两个，一个男孩，一个女孩。女孩两岁了，上个斋月才断了奶。"

"你怎么喂这么长时间的奶呢？"

"我们这儿就这样……"

接下来的话题，达丽雅很感兴趣。孩子是怎么生的？生过什么病？丈夫去干什么了？经常回家吗？……她们都谈了。

顿时，达丽雅便觉得她与这些女人们有共同的语言和共同的兴趣，她对她们便留恋起来了。

尤其是她的孩子们得到了她们的赞赏，这更令她自豪和欢心。这时孩子们的老师，连续试穿了三条裙子，这被其中一个人瞧在眼里了，她便评论起来："你怎么穿个没完没了，一条又一条？"大家听了之后，哈哈大笑。这个老师显然被得罪了，有点不高兴了。

第二章

在回家的路上，达丽雅头上包着一块手巾，六个孩子们围着她坐在马车上。

眼看就要到家了，车夫突然说：“有一位老爷过来了，我觉得他来自波克罗夫斯科耶庄园。”

立刻，列文的身影马上出现在达丽雅眼前，她多么熟悉的身影：灰帽子、灰风衣。达丽雅好高兴！尤其是在这个光采的时刻，列文见到了她，也只有列文才真正了解她。

然而，呈现在列文面前的是一幅家庭生活图。“哎哟，这么多孩子，您像是一只辛苦的母鸡啊！”列文说话带着玩笑的味道。

“啊，见到你，我可高兴啦！”达丽雅伸出了手。

“我哥哥现在住在我那儿，我收到斯捷潘的一张纸条，才知道您在这儿。您怎么不让我早知道呢？”

达丽雅很惊奇：“纸条，斯捷潘的？”

“对呀，因为这纸条我才知道您来了，我可以为您做点什么吗？”列文感到有点不自然，只好走到马车旁，扯下几片菩提树叶，放在嘴里，掩饰窘态。因为他意识到，他去做别人丈夫应做的事，达丽雅面子上有些过意不去，不过达丽雅确实是这样。然而她马上明白列文的心理，正是列文的这种细致入微和知情达理才博得她的好感。

“我明白了，我也很高兴见到您。我想，您孤身一个人在荒凉的乡下住，需要什么帮助，我会尽力而为的。”

达丽雅顺手指着马特里娜：“不必了，幸亏我的老保姆，开始不太方便，现在基本顺利了。”马特里娜知道是在说她，心里挺高兴的。她认识列文，便冲列文笑了笑。马特里娜也知道列文与家里一位小姐的关系，她还是挺希望这事能如愿成功的。

“我们就挤挤吧，上车吧。”达丽雅要列文上车。

“不用啦，不用啦。孩子们，下来吧，哪一个愿意与我跟马比赛呀？”

其实孩子们并不了解列文，但孩子们也不讨厌他。这些孩子，非常聪明，他们能识破任何一个装腔作势、故作矫态的成年人，哪怕这种人能骗过任何一个聪明的成年人，而且只要这种人一旦被识破，孩子们会极其厌恶他。然而，在孩子们眼里，列文并不装腔作势，而是很和善，而且妈妈刚才对他也很喜欢和热情，因此在孩子们心目中，列文是个好人。于是，一听见招呼，便有两个大孩子下来了，来到他身边。丽丽也要去，达丽雅便把丽丽也交给了列文。丽丽便坐在列文的肩头，孩子们与列文在一起，跟与他们的妈妈和与古里小姐在一起一样，无拘无束。

“达丽雅，你不用担心啦，我不会摔跤的，丽丽会很安全的。”列文边跑，边开心地说。

达丽雅望着列文，列文是那么敏捷，那么细心，又那么紧张，她便放心地笑了。

列文心情特别好，在乡下，他与这群孩子和他所欣赏的达丽雅在一起，他便快乐得像个孩子。达丽雅了解并喜欢上他的这一点。列文与孩子们一同打闹着，教他们做体操，说着古怪难听的英语逗古里小姐发笑，还给达丽雅讲述村里发生的一切。

午饭后，列文与达丽雅坐在阳台上聊天。

“吉蒂马上就要来这里度夏天，你该知道吧。”

列文有点害羞，脸一下子红了：“真的吗？有这回事？”列文很紧张，连忙转移了话题：“牛奶不够用吧？我给您送两头母牛来。你真想付钱的话，每月我只要五个卢布吧，您看怎么样。”

“谢谢，我已经作了安排。”

“现在就去看看您的母牛，看喂得怎么样？关键在于饲料，我来指导怎么喂。”

列文为引开话题，讲了一通牛是把饲料转化为牛奶的机器这样的理论。

列文很矛盾，一方面，他虽嘴里说着喂牛的事，心里却想着吉蒂；另一方面，他又有点担心，担心他平静的生活会被破坏。

达丽雅很勉强地应付着列文：“是这样的，不过，我现在还没有人手去管那些呢。”

达丽雅对列文在农活方面的知识是持怀疑态度的，尤其认为他这种想法没有什么好处。现在她有能干的马特里娜料理家务，事情也很顺利，她并不想有什么变动。她认为，喂牛的事，只要按马特里娜做的那样，即给花斑儿和白肚皮母牛多喂草料，不要拿脏水给母牛喝，这就行了。她现在非常关心她妹妹吉蒂的事，至于列文所说的事她没有放在心上。

第三章

达丽雅好久没有说话。

“吉蒂给我来信了，她在信上说，她现在最大的愿望是想一个人安静地生活。”

列文听了之后，显得很兴奋。

“是么？她的身体现在怎么样了？”列文关切地问。

“她不要紧，已经完全恢复了，我就认为她不会有肺病。”

“我太高兴了，真是太好了。”

细心的达丽雅发现，列文一边说一边注视着她，脸上的表情是激动不已，但又无可奈何。

达丽雅面带微笑，说话的语气带一种不满和嘲笑的意味：“列文，请您听我说，您是不是在冲吉蒂生气？”

“没，没有呀！”列文说话的语气不稳定。

“您在说谎吧，您不要掩饰了，您去了莫斯科，既不来看我，也不去看她，这是为什么？”达丽雅逼问道。

列文的脸红红的：“我的达丽雅，您心地是多么善良，难道您没有发现……您该可怜可怜我吧！我……”

“我可怜你什么？”

“我已向她求了婚，她拒绝了我。”

列文刚才的柔情完全消失了，取而代之是屈辱和愤恨。

“您认为我就知道了这事？”

“这事已经公开了，哪个不知道呢？”

“您真的错了，我真不知道，但我还是猜过。”

“这么说，您也应该有所了解。”

“我只是发现有点不对劲，吉蒂心里特别不舒服，要我别提这件事。连我她都不说，那她肯定不会对别人说的。您能告诉我这到底是怎么回事吗？”

“我已对您讲过了。”

“什么时间？”

“您还记得上次我最后一次去您们家的时间吗？就那个时间。”

达丽雅说话的语气很威严：“您应该记住我说的话，她太痛苦了，我太可怜她了，您跟她相比，您的痛苦仅仅来自于自尊心的伤害，这是微不足道的。”

列文似乎有点恼了，站了起来：“嗨，请您原谅我吧。达丽雅，再见啦！我走了。”

“不，不要走。”她拉住列文的袖子。

列文又不得不坐下，哀求道：“求您啦，我们谈点别的吧！”立刻，他敏锐地意识到：那个已经埋没多年的希望和那颗沉睡已久的心又在重新复苏。

“我如果不像现在对您了解那么透彻，我是不会喜欢您的！”突然，达丽雅眼里噙着泪花。

列文的心跳加快了，他心底里的那种情感在开始升起。

达丽雅显得很不满，她说：“现在，我总算弄明白了一切，您当然是不会明白的。你们这自由的男人，可以随意选择，因为你们心里清楚你们自己最喜欢的人。但对于一个未婚的女孩来说，能像你们这么做吗？姑娘家是害羞的，她们仅仅从你们嘴上说的去判断，在大多数情况下，她们真的不知道说什么才好。”

“哦，我明白了，她无法说出内心的真实想法……”

“不，她会说出的。你们男人们一旦喜欢上一位姑娘，便主动去接近她，去了解她，去她家里观察她，一旦确信确实喜欢人家，就主动去求婚……这些您应该仔细想想才是呀！”

“事实并非完全如此……”

“就是这样的，你们一旦从众多的姑娘中选中一个以后，等爱情到来，便求婚。可你们征求了姑娘的意见吗？问问她们的想法吧。从现实上来看，我们也希望姑娘们自己去选择，但事实上那是行不通的，她们只能在同意与不同意这两者之间进行选择。”

列文一听到这里，心中的痛苦代替了希望。“她要么选择我，要么选择渥伦斯基……哎……”列文心里想着。

列文痛苦地说：“达丽雅，这可是爱情，不是买衣服和做其他的事，爱情只能一次选中，不可能有第二次的。”

此时，达丽雅体验到一种只有女人才能懂得的感情，列文的思想是无法与她的思想相比的。“您的自尊心，自尊心啦！”她说话的语气显得她有些看不起列文，“在您向她求婚时，她是无法决定选择谁，她犹豫着，渥伦斯基天天在她身边，而她好久无法见到您。她怎么办呢？要是我，早就决定了。我对哪个无好感，从来就不喜欢，要是我的话，就是这个结果。”

“不，这是不可能的……”吉蒂那天的这句话又在列文的耳边响起。

列文很可怜，说起话来苍白无力。

“谢谢您对我的信任，达丽雅。我认为您不对，您是那么看不起我的自尊心！我是对也好，是错也好，我真的无法再去想那件事了。我相信您会理解我的，您会的。”

“列文，您应该明白，我很爱也很关心我这个妹妹，对她就像对我的孩子一样。难道她一分钟内所说的能代表她的观点和意见吗？”

列文激动地站了起来，同时大声说：“我不明白。可您又知道，我心里受了多大的打击，承受了多大的痛苦！我可以打个比方：您的一个孩子死了，可有人老对您说，您的这个孩子是多么可爱，多么聪明，他本该活着，他应该活着。您会快乐吗？……然而，他的死是现实，您说您会有多大的痛苦呢？”

她不管列文是多么的激动，仍然带着忧伤的微笑：“您可真好笑啊！我越来越明白了，如果吉蒂来了，您就不来，是不是？”她若有所思。

“是这样的，为了尽量少些不快乐和尴尬，我不见到她为好，不过，我是不会故意避开她的。”

达丽雅用一双柔情的眼望着列文，希望列文能回心转意：“您真是可笑啊！我们就算没谈这个，怎么样？”

这时有一个小女孩过来了。“你来干什么，丹妮娅？”达丽雅用法语问小女孩。“妈妈，您知道我的小铲子吗？”

“你也要跟我一样说法语。”

可是小女孩忘记了怎么用法语表达铲子，妈妈便提示了一下，接着便用法语告诉了她。

列文看到这些，心里有点不快。在他心目中，达丽雅一家的一切印象不如以前了。

列文想：“讲什么法语？学了法语，丢了真诚，多么不自然，多么虚伪，孩子们也应该有所感觉。”而列文不知道，达丽雅是宁可丢掉真诚，也要用这种方法教会孩子们法语，这是她反复思考过的。

“您还要去别的地方吗？坐会儿吧！”她挽留列文。

列文早已想走了，虽然留下来喝茶，但已无兴趣，反倒感到特别不自然。列文套了马回来，他看见达丽雅愁容满面，眼里有泪花。

原来发生这样一件事：各尼斯与丹妮娅为了争一个皮球打了架。两个孩子在房间里打着，丹妮娅抓着各尼斯的头发，而各尼斯则用拳头凶狠地打着。她听到打骂声后，跑过去，见到这种场面，心都碎了。达丽雅很看重这件事。她马上明白了，她的孩子是如此平常，如此坏，如此没有教养，如此粗野，这一切破坏了她今天的自豪感和快乐。

她劝架回来以后，很伤心，什么都不愿谈了，也不愿向列文说。

列文便安慰了她几句，说孩子打架是经常的事，这并不说明什么，但他心里却想的是另一套：“装腔作势跟孩子们说法语，我肯定不会。我的孩子是不会打架的，我不会这样去摧残孩子的，我的孩子要可爱得多……”

这样列文走了，达丽雅再也没有心思去留他了。

第四章

阿历克赛·亚力克山德罗维奇外表看起来极其冷酷，极其富有理智，然而他却有一个与他的外表不相称的特点：他不能见到小孩和女人的哭泣，不能见到她们的眼泪，否则的话，他会失去思维。这一点只有与他极其亲近的人才知道，比如他的办公室主任和秘书。当别人来求他办事时，他的办公室主任或者秘书总要先给个警告："千万别哭，否则会把事办糟！"不过确实是这样，眼泪给阿历克赛·亚力克山德罗维奇带来的是思维的混乱，是痛苦。"你出去，出去，我没有什么办法！"一见到眼泪，他就愤怒了。

安娜从赛马场回来，她双手捂着脸哭了起来，同时宣布她与渥伦斯基的关系。阿历克赛又见到了眼泪，他非常愤怒，同时觉得思想开始混乱。但他马上发泄又觉得不合时宜，便极力地克制自己。他克制着，一动也不动，也不去望她，他的脸呈现出死人一般的表情。安娜吓坏了。

到达家门口时，他扶她下了车，他仍然在控制自己，依然像平时一样有礼貌地与她告别，他还说，明天他会告诉她他是如何决定的。很明显，这句话对他没有任何限制力。

阿历克赛心里剧烈地疼痛着。他以前最坏的猜疑已经完全得到证实。然而那眼泪使他产生了一种怜悯之情，这完全是心理上的反应。这样，他内心的痛苦更剧烈了。现在，他孤独一个人坐在车子里，转眼间，那种怜悯之情消失得无影无踪了，令他痛苦的猜疑和

因嫉妒产生的苦楚也一同消失了。

他就像有颗牙齿痛了很久，现在把这颗牙齿拔了下来，拔牙时经过一场猛烈的阵痛，像是从颌骨上取出来了一个比头还大的东西。现在扰得他生活不安的东西不复存在了，从此他从痛苦中解脱出来了，不再去注意那颗牙齿了。痛苦就这样消失了，幸福降临了，阿历克赛有所体验。现在他不再担心他妻子的事了，可以幸福地去生活了，那可怕奇怪的痛苦将成为历史。

“我早就知道她是个无羞辱心，自甘堕落，没有良心的女人！我以前只是在可怜她，我欺骗了我自己。”他心里嘀咕着，他好像一开始就了解她似的。于是他回想起他们以前生活的细节，但她并没有什么坏处，而现在发生的一切，终于证明了她天生就是一个坏女人。他仍然对自己说：“我没有什么过错，与她结合在一起，是个悲剧；我没有什么对不起她的。她与我无关，她已不存在了……我不会不幸的……”

他觉得儿子与他妈妈没有什么两样，他从此不理会他们二人了。他觉得安娜给他生活带来了污点，损了他的面子，他现在一心一意要去摆脱这些，继续过着体面、健康、积极的生活。

他继续自言自语地说：“她不会牵扯到我，我会幸运的，我也会很快走出她给我带来的阴影。这种事多着呢，我不是第一个，也不会是最后一个，如达里亚诺夫、皮尔塔夫斯基、卡里班诺夫公爵、帕斯库金伯爵、德拉姆，还有……还有谢妙诺夫、恰根、西戈宁，这些都是些正直的人，但他们的妻子都对他们不忠。就算这些人中有什么不妥之处，可是，这点不幸算什么呢？我同情这种不幸。”他虽然这样说着，但他并没有同情过他们。他觉得想起背叛丈夫的事越多，他的心里就越平衡：“这种不幸，每个丈夫都有可能得到，我算是得到了，我现在面临的问题的关键是如何去解决这事。”他开始分析其他人的做法，分析应采取的措施。

“决斗，这是个好方法，达里亚诺夫是这么干的。”

在年轻时，因为胆怯但又有自知之明，阿历克赛对决斗予以特别考虑。在他的一生中，他从来没有使用过任何武器，要是一支手枪对着他，他会瘫倒在地。他小时候时时考虑如果他处于这种情况下，他将怎么对付。当他当了官成了名之后，就没有想过这事了，现在却想起来了，于是害怕和恐惧起来了。他便从各个方面来考虑这个问题，他决不会冒生命危险去干这件事的。

阿历克赛继续思考着："我们不处于那种野蛮和凶恶的状态中，虽然比不上英国，但仍然有很多人看好决斗，认为决斗是好方法，但他们想到了后果吗？"阿历克赛看重其中部分人的意见。突然他眼前出现这样一个场面：在一个夜晚一个人端起了手枪，瞄准了他的脑袋。他心里在颤抖："我不会干这事的。如果万一没有办法，他找我决斗，我会站在指定的位置上，有人教会了我怎么开枪，于是我扳动了枪机，他便死了。"他闭上了眼睛，但他还是摇了摇头，"为了一个有罪的妻子和儿子，去杀人不值得。即使我杀了他，但有罪的是我的妻子，应该受到惩罚的是她，而且，事实很可能这样：我死了，或者受了伤，我便成了无辜的牺牲品，这就太不公平了。如果是我挑起来的，我的行为会为人所不齿。现在我是俄国政界里一个响当当的人物，我的朋友会允许我这样做吗？如果我对危险的后果没有预料而参加决斗，这只是为了满足自己虚伪的心理，这是在自欺欺人，无意义。再说谁不会想到我会这么干的。我是在政府和社会上有头有脸的人，我这样做的目的是捍卫我声誉和尊严，这对于我开展工作有重要意义。"阿历克赛一向就倚重"工作"，在政府里的工作，对现在的他来说，意义更大。

经过再三的权衡，阿历克赛还是放弃了决斗，于是他又想到第二个方法：离婚。离婚是他刚才列举的几个人选择的办法。于是他便对上流社会中离婚的事例进行深入的思考。但他觉得他的目的与他们的目的不同。那些丈夫是把自己不忠的妻子让给或卖给了他人，妻子因罪无法再去结婚，只好跟其他的男人确立一种表面上合法的夫妻关系。阿历克赛觉得，这么做是合法的，同时惩罚了自己的妻子，然而条件不允许他这么行事，因他现在的条件和地位，他不能把妻子丑恶的行为公布于天下，因为这些行为为社会不允许，一旦公布于众的话，他会受到比他妻子更多的舆论指责，他会被贬得很低。

他在头脑中对离婚的危害性一一列举：首先离婚会引起各种风波，造成动荡，还可能通过法庭来解决，这样他的地位和威望都会受损，他的政敌们也会抓住这个千载难逢的机会。其次，离婚便宜了他妻子，一旦离婚，妻子便毫无阻碍地与她的情夫结合在一起。虽然阿历克赛觉得妻子可恨可恶，但他害怕这种结局发生，如果这样的话，她是因祸得福。他一想到这，心里的火向上冒，心痛得他不禁发出了老牛‘哞哞’的叫喊声。他感到十分难受，在车里换了换位置，眉头紧锁着，两腿变得冰冷，不得不用毛毯紧裹着。

他在车里定了定神，第三个方法在头脑里形成了，那就是分居，他继续想着："分居，卡里班诺夫，帕斯库金和德拉姆就是这么做的，但这办法弊大于利，这也会出丑，同样也会把她白白送到渥伦斯基手中。不行，不行，幸福应由我得到，他俩根本不能得到。"他紧紧地裹住了自己的腿，大声自言自语地说。

当他妻子讲明真相之后，那种让他痛苦万分的嫉妒之恨便消失了，就像一颗病牙被拔掉一样。现在他萌发这样一种感情：他妻子的行为是犯罪，她应该受到惩罚。在他内心深处，他妻子因破坏了他的安宁和荣誉，她应该吃点苦头，他不能便宜她。虽然他自己不承认这种想法，但他确实有这种想法。决斗、离婚和分居三种办法，他又重新思考了一遍，但他觉得都不好，最好的办法只有一个：隐瞒一切丑行，让她留在他身边，让她中止与她情夫的一切来往，但她并没有得到应有的处罚。"我应该马上对她宣布我的决定：因她的行为使我们和睦的家庭关系遭到破坏，这对双方有害，现在最好办法——维持现状，但她必须遵守一个条件：要与情夫一刀两断，坚决按我的旨意行事。"于是阿历克赛开始为这个决定进行证明，这个办法是符合宗教教旨的，这个办法也给妻子一次改过立新的机会，让她重新做人。"不管我多么痛苦，是我无私奉献出精力去帮助她和挽救她。"他这些想法只有虚伪的份，不会有什么实质性的结果。他也没打算寻求宗教上的安慰，现在他觉得他的决定与教义相符，便通过教义来证明他的决定是正确的。这时，他心里有一份平衡和满足。他显得非常高兴，因为在人生问题上，他认为他的行为与教规相符，现在人们对宗教都漠不关心，只有他才是圣贤，只有他独自一个人坚持崇尚宗教。于是，阿历克赛为了应付各种不幸的事发生，他开始深入地思考。但他马上意识到他妻子不可能像以前那样尊重他了，他俩不可能保持以前那种亲密的关系了，他也不想让自己的生活因不忠的妻子而受到损害，于是阿历克赛对自己说："一切都会好的，一切都会好的，时间会安排好我们的关系的，我们的生活会像以前那样。不幸，她应得到，我没有过错，我不会得到的。"

第五章

阿历克赛回到了彼得堡，这时，他完全采纳了这个决定，就连他要给妻子写的信已在头脑中完全想好了。他进入屋里，便吩咐把送来的信件和公文送进了书房。

阿历克赛心中有几分得意："把车卸了，我不接待任何人，现在谁也不接待。""不接待"这几个字，他说得特别的重，看来，他今天特别高兴。

在书房里那台巨大的写字桌上，他的侍从为他事先点燃的六支蜡烛燃烧着。阿历克赛在书房里走来走去，走了两个回合后，他坐了下来，随手摆好了墨水和纸笔。他捏了捏手指头，然后把手放在桌子上，歪着脑袋，想了想，开始用法语写起信来。他一写就写得不可收拾。信写得很简单，没有称呼，他用了法语里的"您"，这样避免了冷清。他的信是这样写的：

"您应该还记得上次，我曾说我要告诉您我对您那事的决定。在我深思熟虑之后，今天我写信宣布我的决定。我的决定是：我们无权中止我们的关系，因为这关系是上帝神圣赐予我们的。配偶一方的过错、犯罪与霸道不能破坏我们的家庭。我们的生活一如既往，维持现状。这个决定对全家人是非常必要的。我深信，既然我这么做了，您也应该有所醒悟。以后，我们将忘记过去，相互沟通，消除家庭中不和睦的因素。您应服从我的决定，这对您及儿子的前途将有利。单独见面时，我们可以深入地交换意见。避暑季节已经结束了，您该回彼得堡了。我为您的回来都做了详细的安排，请您在星期二以前回来。希望您做到这一点，我很看重这事，这事的完成对我来说有重要意义。

阿历克赛

附：信中有您可能花费的现钱。”

写完信之后，仔细读了一遍，他感觉很好，没有过分的话，也没有迁就的话，而且为她的回家打下一个基础。于是他在信里附上钱，把信叠好，用他那大而沉的裁书刀压平，放进了信封里。阿历克赛心里特别满足，就像他使用那些精美的文具时的那种满足。他打了打铃，叫来仆人。

仆人进来了，他站了起来，说道：“请把信交给信差，明天送到安娜·阿尔卡季耶芙娜手里。”

“大人，一定照办，把茶送到书房里来，行吗？”

在阿历克赛的安排下，茶送到书房里来了。他拿着那把又大又沉的裁书刀，走到安乐椅旁边。这里，仆人们早已为他准备好灯和一本他已开始阅读的法语书，这书是关于古埃及象形铭文的。一幅由知名画家精心绘制的椭圆形安娜画像挂在安乐椅上方，相框是金色的。阿历克赛抬头望了望那幅像，他觉得那双居心叵测的眼睛在嘲笑他，样子很放肆，于是他又想起他们最后一次交谈的那个晚上。画中的安娜被那位画家画得精美绝伦：她头上戴着黑色的网状饰带，一头黑得发亮的头发，一双雪白的手，几枚戒指还戴在无名指上。但阿历克赛并没有去体会其中的美，相反他认为这容貌在蔑视他，在挑逗他。看着看着，他打了个寒战，嘴唇抖动了几下，发出了“咕噜咕噜”的声音。他便坐在安乐椅上，开始阅读他那本书。此时，他不能像以前那样专心致志、兴致勃勃地看书了，他又有了心事，但这心事不是关于他妻子的事，而是他在处理公务中遇到的一件棘手的事。这公事他近来最为关心。他现在已完全意识到，他对这事有了透彻的理解，他头脑中有了处理这事的头绪。他深信，他只要完美地处理这事，便能为国家带来好处，自己可以战胜对手，有助于自己的位置上升。仆人一走，阿历克赛便站了起来，走到写字台那儿，随手把他处理公事的公文夹放在桌子的中央。他从笔架下取下了铅笔，一边看着有关这事的资料，一边不时地点头微笑着，看起来，他似乎胸有成竹了。原来阿历克赛有这么一个特点，在官场上，他沉稳、自信，对功名利禄的追求顽强、执着，但他也很务实，办事干练，因此他在官场上可以说是平步青云。在“六月二日委员会”上，有人提出了扎那依丝可省的农田灌溉问题，这事正好归他管，而且这事也只是说说而已，并不是要花钱办的事。有人提出这个问题，是阿历克赛的前任提出来的。他一上台就对这事进行了调查。但由于当时他新官上任，根基不牢，又因这事涉及更多人的利益（阿历克赛了解到，有很多人是依靠这件事生活的，比如在他所认识的人中，有全部都从事音乐的一家人，这家人每个女儿都进行乐器的演奏，这家人的大女儿结婚的主持人就是阿历克赛），他没有反对此事。后来，因公务缠身，也就忘了处理这事。这事也与其他事一样，不了了之了。现在阿历克赛认为，敌对的部将这个问题提出来是别有用心的。实际上，他也明白，每个部里都有比这更坏的事，只是大家碍于面子而保持沉默。既然别人提出这个棘手的问题，那么他只得去应付。于是他要求任命了两个特别委员会，一个特别委员会去稽查扎那依丝可省农田灌溉委员会的工作，另一个特别委员会来处理与外来民族有关的事宜。他同时也记住了那些怀有恶意提问的人，总有一天他会对他们进行报复的。对于偶然在“六月二日委员会”上提出的外来民族问题，阿历克赛的支持是很积极的。他认为目前外来民族生活悲惨，需要积极解决。几个部因此事在会上发生了争吵。阿历克赛与敌对的那个部针锋相对，他们认为阿历克赛领导的部在处理这事上没有履行法律规定的职责，事实上外来民族生活不像阿历克赛所说的那样，而是十分美好，改革反而事与愿违。针对这种情况，现在阿历克赛做出以下打算：

（一）任命一个新的委员会，对外来民族生活处境进行深入的调查。

（二）如果调查的结果与官方材料相一致，则再组建一个学术委员会对造成外来民族悲惨生活的原因进行研究。调查角度有以下几个：政治角度、行政角度、经济角度、民族角度、物质角度和宗教角度。

（三）敌对的那个部应就近十年来为了有效地改善外来民族人生活处境而采取的措施写出书面汇报来。

（四）1863年1月5日和1864年6月7日这个敌对的部递交委员会的第17015号和18308号报告中，有明显与根本法和组织法第18条和第36条附款精神相矛盾的地方，他要求该部做出解释。

阿历克赛想到这些打算，非常激动，脸变得通红。于是他拿起笔，迅速地写了他的打算，写了满满的一张纸。他打了打铃，叫来侍从，要侍从送一张便条给办公室主任，要办公室主任为他查找他所需要的材料。阿历克赛有一种轻松之感。他站了起来，在房间里来回转着，时而瞧了一下那张令他苦恼的画像，时而眉头紧皱，时而不屑一顾，发出轻蔑的笑声。当阿历克赛再去阅读那本关于古埃及象形铭文书时，便觉得趣味横生，完全没有先前那种无味的感觉。直到深夜十一点，他才去睡觉。他躺在床上，他的思维又开始活跃：与妻子有关的事又一一呈现在脑海里，但他显得很平静。

第六章

安娜把她与渥伦斯基的事告诉了丈夫，这是渥伦斯基要求的。渥伦斯基认为安娜处境艰难，劝她对丈夫讲出实情。当时，安娜很固执，坚决反对这么做。安娜处于矛盾和痛苦之中，她认为自己太虚伪太不诚实。因一时冲动，当她丈夫从赛马场回来时，她就这么做了。当时，她虽有点痛苦，但还是非常舒心，因为她不必再为自己的虚伪痛苦了。她相信，她将来的处境肯定是确定的，在这种新的环境下，一切都定下来了，一切都是实在的。她还因她的行为给丈夫带来了痛苦，当真相大白之后，她心里得到了一种平衡。那天晚上，她又见到了渥伦斯基，但她没有把本应告诉他的这事告诉他。

第二天清早，安娜一醒来，首先想到的是她与丈夫发生的那件事。她现在回味起来，觉得她真不敢想象她对丈夫说出了真相，那太可怕了，她根本不敢去想象后果了。当时她话也说了，令她奇怪的是，阿历克赛平静地走开了。同时她心里又想着："我本来打算把这事告诉渥伦斯基的，但为什么又不这么做呢？渥伦斯基来的时候我就打算告诉他，可一直没有这么做，可他走的时候，我又想告诉他，可又来不及了，真令人恼火！"她顿时感到无所适从了，脸羞愧得通红，她清楚她没有这么做的原因。昨天晚上，她把她的将来想得一清二楚，现在似乎模模糊糊，毫无希望可言，还有了以前从来未想到的可怕的耻辱感，她的丈夫会怎么对待她，也许会把她赶走，让她无家可归，让她的丑行大白于天下。她越想越害怕，迷茫不知怎么办才好。

她又想到了渥伦斯基，她感觉到，他并不怎么爱她，他已认为她是他生活的累赘，她拖累了他。因此她对渥伦斯基很失望，她不会嫁给他。她又想起她对她丈夫讲的那些话，这些话又是她反复思考过的。现在她觉得人人都听到了这些话，她羞辱之极，她无脸去见家里任何人，包括女仆、儿子和家庭老师。

就在这时，女仆安奴西卡推门进来。其实，安奴西卡在门外等了好长时间。安娜惊奇地望了望她，她吓坏了，要主人原谅自己的过错，说她是听到铃声才来送连衣裙和一张便条的，同时女仆便把便条交给安娜。安娜一看便条，才知道便条是培特西送来的。她要安娜做好准备，因为今天上午丽莎·梅尔卡洛娃和施托尔兹男爵夫人来她家打槌球，同来的还有她们非常崇拜的卡鲁日斯基和斯特列莫夫老头。培特西在便条上客气地写道："我会耐心地等着您，您就来吧，随便看看吧，欣赏欣赏就行啦。"

安娜对此事毫无心思，只是叹了叹气。

女仆正在梳妆台前收拾香水瓶和小刷子。"我什么都不要，不要，"她对着女仆说，"你先出去吧，我要穿好衣服出门去。"

于是女仆扔下手中活，知趣地走了，但安娜一动也不动地坐着，垂着头和两手，浑身打着战，欲言又止。"我的上帝！我的上帝！"她说着，心里不停地想着，她现在处境困难，她想到了宗教，想通过宗教来寻求解脱，但她知道，尽管她接受了宗教教育，去求宗教如同去求阿历克赛，都是天方夜谭，如果要真正获得宗教的支持，她首先要失掉现有的一切。一想到新的处境，心情便变得如此沉重，如此害怕，这种心态，她是从来没有体验过的，一切在她看来，是这样，又不是这样，是双重矛盾的，这正如在她眼睛疲劳时去看物体，物体是双重的一样，她到底在怕什么，又在想什么，她心里没有明确的答案，她不知道她的结局是什么，她的将来是什么。

安娜突然觉得两边的太阳穴发疼："哎呀，这是怎么啦？"疼使她从思考中清醒过来，她这才发现自己两鬓的头发被两只手抓着，并紧紧压住了鬓角，让她发疼，她立刻站了起来，来回走了几步，又坐在原来的位置上了。

这时女仆又推门进来并说："咖啡准备好了，老师和谢辽莎都在等着您。"

一动也不动的安娜突然兴奋起来了：一听到"谢辽莎"这几个字便激动起来了："他在哪儿？他没什么事吧？"

女仆笑着说："他好像又不听话了。"

"怎么回事？"

"他好像偷吃您放在屋角里的桃子。"

孩子是安娜的希望，安娜活着就是为了孩子，近几年来，她仅仅是一个为孩子而活着的母亲。这么说虽有些夸大其词，但事实就是这样。她不能离开孩子，孩子可以使她从苦海中摆脱出来，她和孩子形成一个独立于她丈夫和渥伦斯基的生活空间，这个生活空间不受她与他们之间关系的影响，在这个空间里有她唯一的生活目标即是她的儿子。无论生活怎么变化，或被赶出家门，或被渥伦斯基冷淡，或她仍旧生活得放荡不羁，她不会离开她儿子的——她唯一的生活目标，她必须保住她儿子，不让别人夺走。她认为，她现在必须做的唯一的事是带他远走高飞，而且要尽快地这么做，趁别人没有注意时，把孩子带到别的地方去，她必须平静下来，冷静思考今后的打算。

咖啡准备好了，儿子与他的老师都在耐心等着她的到来。谢辽莎今天穿得白白的。她快速地把衣服穿好，走下楼去，迈着坚定的步子走进了客厅，她一眼便瞧见她儿子，她儿子正站在镜子下方一张方桌旁边，腰弯着，头低着，聚精会神地玩弄着几朵鲜花。孩子的神情像他父亲，安娜又是多么熟悉啊！家庭老师，今天看起来特别严肃。

孩子一见到妈妈，像往常一样一声尖叫："啊，妈妈！"但他没急忙跑过去，像在犹豫着什么似的，大概在想，怎么向妈妈问安，是扔下花呢，还是做个花环，带着花环去呢？

孩子的家庭教师首先问了安，接下来便告了状，历数谢辽莎的过错。但安娜什么也听不进去，她在一个劲地想："我们走时，带不带上这位教师？算了吧，还是不带为好。"她心里已经定下来了。

安娜用一种让孩子困惑欢欣的羞愧目光望了望，便走了过去把儿子的肩膀一把搂住，并吻了一下："你这样可不好啊！听话点，你在我身边吧。"然后拉住儿子的手走到桌边。

家庭老师对安娜的行为感到十分惊奇。

孩子害怕受到妈妈的谴责："妈妈！我真的没有……没有干什么……"他在根据妈妈脸上的表情推测他妈妈会怎么惩罚他。

家庭老师独自走出了房门，她刚一走，安娜便说："乖，以后别这样了，你爱我吗？"说着说着，安娜眼里的泪水流了出来。

"我能不能去爱他？他会不会支持他爸爸来惩罚我？他该可怜我吧！"两眼凝视着儿子想着，儿子又害怕又高兴地望着妈妈。这时她忽然站了起来，箭一般地跑到阳台上去了，因为她已感觉到脸上的泪水，害怕儿子看见。

阴雨之后的晴天，空气清新而寒冷，树叶被雨水冲得干干净净的，阳光穿过树叶正照射着。安娜又冷又恐惧，身子不停地颤抖着。微风一吹，迎面扑来清冷的空气，她更冷更胆怯了。

"去找你的老师去吧，谢辽莎！"她对跟着跑出来的谢辽莎说，说完之后，便在阳台的草地上来来回回地走起来，并一个劲地对自己说："难道他们真不能宽宏大量原谅我，放过我？难道结局就是这样的吗？"

她抬头一望，便看见被雨水冲得干干净净的在阳光下闪光的树叶，她停了下来，她明白了：这个世界的一切，就像这天空，这树叶一样对她冷漠无情，不会可怜她的，人们是不会放过她的。她的心又在变，变成了又是又不是双重状态了。"想有什么用处呢？收拾好必要的东西，带上女仆和谢辽莎走吧！走到哪儿去呢？"她心里没有现成的答案，"去莫斯科，坐今晚的班车去莫斯科，对，就这么定了。"她认为仅这么做不妥，于是她走进了书房，拿起笔给丈夫写了一封信：

“很可惜，因为发生这种不幸的事，我不可能待在这个家里了，我想把儿子带走，我坚决要带走他，我的生活不能没有他。由于我对法律无知，因此我也不知道孩子到底归谁管，现在只求您大慈大悲，让孩子跟着我去吧。”

她一口气就写下来了，很自然地，她并不相信阿历克赛会同意她的，她还想在信的结尾劝劝他，写上几句让他感动的话，但她什么也写不出来了。

“怎么说呢？去说自己很忏悔和伤心，但我从不委屈自己……”

她心里这么想着，越想心里越烦：“算了吧，我求他干吗？什么也不写了。”她一把撕了已写好的信，又重写了一封，再也不写求他的话，写好之后便封了起来。

她又开始给渥伦斯基写信，第一句话是：“我把一切都告诉丈夫了。”然后又没有了下文，只是发呆地坐着。“这事怎么写得出呢？太粗俗了，我该怎么说呢？”她正在犹豫着，她便想起了渥伦斯基的样子来，那样子镇静从容，她的脸又羞愧地红了，什么也写不了，随即心里产生了一阵对渥伦斯基的愤恨，她把写完的信纸撕成粉末状，然后收起了信本和笔，跑上楼去，吩咐家人，说她今晚要去莫斯科，赶快收拾行李做好准备。

第七章

渥伦斯基在生活中有一个特殊的偏好，那就是他做事必须按照他心中制定的制度办事。他自己给自己定的制度主要是对他自己的行为进行限定和规范：什么事他做不得，什么事他做得，他都做了明确的界定，他的行为不会超出范围之外半步。他认为，赌博付钱是理所当然的，而欠缝衣店的钱可以拖拉扯皮；对男人诚实是天经地义的，而对女人说几句谎是无所谓的；欺骗别人大逆不道，而欺骗丈夫则是理所当然的；不容别人侮辱自己，而自己则完全可以去侮辱别人。渥伦斯基不管他办事的制度是否符合情理，只要是他认定的，他就得坚持照办，他生活得井井有条，完美之极！

然而，近来，由于他与安娜的恋爱关系所带来的苦恼，渥伦斯基已经意识到他行事的那套制度并非万能的，有值得思考和怀疑之处。他认为安娜与她丈夫的关系是清清白白的，安娜完全可以欺骗她丈夫，因为他认为妻子欺骗丈夫是理所当然的。

渥伦斯基认为，安娜爱他，安娜是一个正直的女人，同时他也爱她，他尊重她，就像他对将来自己正式的妻子一样那么尊重她，他决不会去侮辱和欺骗她的，哪怕自己的一只手被砍掉。

渥伦斯基很关心女人的名声。人们可以了解，怀疑这件事，但就是不能公布出来，要不，他就用不客气的手段加以阻止，让他们把嘴巴闭上不说。他对世俗的态度是清楚的。

渥伦斯基也知道怎么去对待安娜的丈夫。安娜一开始爱上他，他就拥有这种被爱的权利，这种权利是不可剥夺的，她的丈夫是他俩关系的妨碍物。当然他也很可怜这个妨碍物，但事实就是如此，还能说什么呢？她的丈夫很可能因她与他的关系而拿生命做赌注进行决斗，但对于在军校学习的他来说，没有什么威胁。然而渥伦斯基一向井然有序的生活越来越不尽如人意了，尤其近来他与安娜的关系有些反常，虽说别人还不知道，但他已经有些害怕了，昨天安娜毅然向他宣布她怀孕了，这时他意识到安娜会对他提出种种要求，这就意味着，他再无法按他规定的制度办事了。安娜一说出此事，他开始反复思考，要她离开她丈夫。他又反复地权衡这一做法，这样做不是最佳方法，这样做会怎样呢？——他暗自思考。

“她离开丈夫嫁给我，我具备这个条件吗？我怎么办呢？一没有钱，二又不能带她走。如果这么做的话，我必须有钱，我还必须退役……”

于是他想到退役这一敏感的问题，退役这件事是涉及人生中最伟大最光辉的事，这事只有他一人明白，那就是在官场上显亲扬名，那就是他的那颗功名心。

他从小到现在，就有一个伟大的理想：追求功名。他虽表面上不去承认，但他那种欲望强烈得连他自己都无法弄清楚了。现在理想与现实，事业与爱情的矛盾尖锐起来了。要说他的事业，刚开始时他是非常有成就的，在政界和军界中一开始就有了突出的位置，然而，他却有一个痼习，即他想单枪匹马地去闯，不依靠别人，拒绝别人的帮助，在他看来，这种单枪匹马的闯劲会提高自己的身价，有利于成功。然而事与愿违，他落空了，在别人心目中，他是一个独立不羁的人，但当他发现他真正地陷入这种困境之后，他又不去改变自己，只去依靠别人处理自己的公务，这种清闲的日子，他过得倒舒心。然而，从去年他去莫斯科的时候起，他的心情改变了，他感到孤单了，他不那么引人注目了。他在人们心中只是一位心地善良的小伙子。近来，因他与安娜的恋爱关系公布于众，引起一阵轰动，人们又注意到他了，他觉得他有一点出路了，在这种气氛之下，他那追求功名的欲望暂时埋入了心底。最近在他生活的圈子里又发生了一件令他感到意外的事：他儿时的伙伴，生活在同一社会阶层，同期毕业的军校同学谢儿普霍夫斯克衣，从中亚细亚回来以后不久，便获得晋升两级和一枚勋章的荣誉，尤其是那枚勋章授予像他这样年轻的军官是罕见的。这位受勋者是渥伦斯基生活上、事业上的竞争对手。在这件事的刺激之下，他的事业欲望又开始膨胀。

渥伦斯基的同窗，年龄相同的谢儿普霍夫斯克衣现在成了将军，成了一个肩负国家重任的将军，在彼得堡，他成了人们心中的明星。与他相比，渥伦斯基就相形见绌了：他只是一个骑兵队长。虽然他现在在爱情上如沐春风，生活上还能无拘无束，但他心中有一种难以名状的苦涩味："谢儿普霍夫斯克衣有什么地方值得我去羡慕？他不值得我去欣赏，总有一天，我也会飞黄腾达，光宗耀祖。三年以前，他也就和现在的我一样，并没有什么特别的地方。我不能退役，否则会失掉一切机会。即使我在军队里任职，因为她曾许诺过，她还想维持现状，因此我并不会失掉她。对我而言，只要有她真心真意地爱我，我才不会去羡慕别人。"他越想越觉得前景明亮。他站了起来，用手悠闲地捻着胡须，每次遇到这种情况他也都是这样。他装饰了一下：刮了胡子，冲了个冷水澡，穿好衣服，高兴地出门去了。

第八章

时间不早了，已经下午五点了。这次渥伦斯基为了赶路，也为了不让别人认出熟悉的马车，便乘坐了雅什文的出租马车。这辆马车宽大明亮，他坐在里面一边催促着赶路，一边思考着。

他开始结账了（在头脑中清理发生的一切）。一方面朦胧回忆谢儿普霍夫斯克衣的谈话和建议，另一方面又感觉到他的生活是如此美丽，如此快乐，他这种感觉在加深，会心地笑了，心情十分轻松，跷着二郎腿，用手摸了摸昨天因赛马弄上伤痕的腿肚子，他头向后一仰，舒舒服服地喘了一口气。

他自言自语道："好啊，真是好啊！"他以前也有过这种心情，但现在除那种感觉之外，还增添了一种感觉，那就是，他如此爱着自己的身体。现在他只感到自己如此舒服，忘了腿上的痛苦，忘记了一切。他望着因呼吸而振动的胸肌，有一种难以名状的快乐。八月的日子，晴朗而寒冷，然而渥伦斯基与安娜却有两种迥然相反的感觉，渥伦斯基充满生命的活力，把这种寒冷当作用冷水冲过澡之后的清爽；而安娜觉得暗无天日。车窗里吹进一阵清新的风，胡子上的润滑油的香味扑鼻而来，他爽极了。他从车窗向外望，一幅极美的田园图画呈现在眼前：夕阳西下，空气清新凉爽，一切那么清新，如他的心情一样。夕阳照得发亮的房顶、篱笆、屋角、行人、马牛，还有那静静绿树、青草，在夕阳的沐浴下，在一垄垄马铃薯的原野上留下片片影子，就像一个擅长山水画的画家勾勒出来的一样。

为了赶路，他从衣袋里掏出了三张纸钞，塞给了车夫：“加快，加快！”他催促着。于是听见几声马鞭声，马车前进得更快了。

他朝马车里的四处瞧了几下，最后目光落在一个骨头制成的拉链坠子上，他的脑海里浮现出了最近一次见到安娜的身影。于是他又在想：“我的一生，我只要幸福，对，幸福，除此之外，我可以一无所有。安娜是我的爱情所在。”可是现在他心里又犯起了疑问：“这到底发生了什么？为什么她在福列达那儿约我？这就奇怪了。”然而，他已来不及思索这些问题，车已经到了目的地。在即将到达福列达别墅的门前林荫道上，车便被叫停了，他匆匆地跳下了车，大步走上了林荫道。这条林荫道静静的，没有行人。他正想快速地往前走，便向上一望，看见她了，蒙面纱的安娜站在那儿。他对她面貌再熟悉不过了：那肩，那头，还有那走路的样子。他如触电一般，心为之一震。从富有弹性的腿到起伏的胸，他明确感觉到了自己是存在的。他飞似的冲了过去，紧紧握住了她的手。

然而，不知怎么回事，他的手却颤抖着，安娜柔声道：“我把你叫出来，你不会介意吧。我没有别的办法啊！”

安娜显得那么严肃认真，渥伦斯基透过面纱看了看，刚才那份心情忽地一下变了。

“什么？我生气了？真奇怪，你为何在这儿要见我？您想干什么呀？”

“不管在哪里，只要见到你就行了。我有件事要对你说。”她说完便挽起他的手臂。

这下，渥伦斯基终于明白了，肯定发生了令人不开心的意外事了，这次约会不会是他想象的那样了。她为什么那么失措，那么不镇定，他不由得失去主意，他变得与她一样了。

他用力夹了夹她的手，关切地问道：“你到底怎么了？没有病吧？”又望望她的脸，他想从她脸上得到他想要的答案。

安娜什么也没有说，只是静静向前走了走，停下来，转过身，冷冷地对渥伦斯基说：

“我把我们之间的一切已告诉了我丈夫，并对他宣布，我……我不能再是他的妻子了……真的我全部都说了。这件事我昨天来不及告诉你。”

他静静听着她的诉说，身子不由自主靠向了她，他似乎在分担她的心里痛苦。然而当她一说完这事，他仿佛突然从梦中惊醒一般，站直了身体，一种清高冷漠的表情从他的脸上流露出来。

他说话了：“好吧，好吧，你应该这样做，很好，会带来一千倍的好处。我会理解你的痛苦。”

然而安娜的心思并不在他的话上，她在注视着渥伦斯基面部的一举一动，从而去分析他的心理。然而渥伦斯基因想到了决斗，才出现那种表情；但安娜却完全理解错了，她从没有想到渥伦斯基有这种思想。

自从她的丈夫写信给她之后，她就明白了她的前景：她无力改变自己的处境的，一切维持现状，她不能离开孩子。今天度过的这个上午，使她对她的处境更加确信了。出于无奈，约了自己的情夫渥伦斯基，希望他能给处于困境中的她带来希望，带来一线生机，因此特别看重这次约会，她期望她的情人做出的是坚决果断没有丝毫含糊的回答：“丢掉一切，我带你走。”然而事与愿违，她没有得到她想要的回答。

她越想越气，一把从手套中拿出丈夫的信：“你看，你看……一切会顺其自然，我伤心有何用！”

安娜还要说，他打断了她的话，他接过信连看一眼也没有看，便说了几句安慰的话：“我理解你，我理解你的心情。我会帮助你的，我会改变你的处境的——为了你的前途，我会放弃一切、奉献我的一切，哪怕一生！”

“我对你这一点有疑问吗？你怎么能说这种话？……”

渥伦斯基一抬头便见到了两个老太太，他吓得低声叫道：“她们是谁？可能认识咱们，走，走……”他拉上安娜走上一条小道。

“我什么也不在乎了！……”安娜说道。这时渥伦斯基看见安娜的嘴唇抖动着，她似乎用一双带着仇恨的目光在盯着他。

安娜继续发泄道："问题的关键不是这里，否则我也不会对你提出质疑。我现在认为你得认真地看看这封信，你会明白一切的。"她一说完，又不走了，静静站着。

现在渥伦斯基一边看着信，一边思索着发生的一切。当安娜把事完全告诉他时，他似乎认为一切都合乎情理。他认为要考虑的首要问题是如何去处理被他们侮辱的阿历克赛的问题。现在他觉得，在不久的将来，他手里的这封信会换成她丈夫的决斗书。他进而又想到了决斗的情形：在决斗场上，他宽容大量，饶了她丈夫，朝天空放了一枪，然后大度地让她丈夫打死。然而就在这时，他的耳边响起了谢儿普霍夫斯克衣对他的忠告，以及今天上午他的所思所想——自由自在地生活。他害怕过度伤害她，他心里决定，他决不能把他的这些想法表露出来。

渥伦斯基草草地看完了，他用一种胆怯的目光望了她一眼，安娜一瞧他那目光，安娜彻底地清醒了，他早有了自己的打算，他言不由衷，她的全部幻想破灭了。这是她万万没有想过的。

安娜声音颤抖着，失望地说道："我非常高兴，我之所以高兴，我不会让他去维持现状的，他是在异想天开。"

安娜努力地控制着自己的感情，她知道一切就这么完了。渥伦斯基仅仅在安慰她而已："你怎么不去让他维持现状？"

渥伦斯基并没说出他所要讲的话，他本想表达的是，不可避免他与她丈夫有一场决斗，决斗完了之后，一切会好的。

他又开始安慰安娜："我要求你赶快离开他，我不会让他维持现状的，请你答应我，从明天起你的生活由我来负责……"不知怎么的，他窘得脸都发红了。

安娜却打断他的话："你的意思是让我丢掉儿子不管，我办不到，真的办不到，请原谅我。"

渥伦斯基这下可无可奈何了："哎，我的上帝，你要么继续着以前那种被侮辱的生活，要么暂时不管你的儿子。你能想出比这更好的办法来吗？"

“谁在侮辱？”安娜怒了。

她更加悲伤，更加绝望了，她明白渥伦斯基在撒谎，在欺骗她：“请你闭嘴，你说的毫无价值。”她也一无所有，除了他的爱之外。她还是爱他的，他们有着真实的爱。

她想到这，她再也不能自已了，泪水止不住地流了出来：“我对你的心改变了我这一生。我现在一无所有，只有你的爱了，这爱让我感到无比的骄傲，让我快乐，让我幸福，让我从被侮辱中站起来。我……我……”她再也无法忍受了，伤心地哭了。

渥伦斯基在这种场面，也难受极了：喉咙像被什么东西卡住似的，鼻子里酸溜溜的，心里有一种难以名状的感觉，眼里也充满了泪水，这是他有生以来，第一次遇到这种情形。他惊慌失措，他怜悯她，他想帮助她，但能力不够。他内疚，他悲哀，他因过错给她带来不幸，带来痛苦。

“离婚怎么样？”他显得极为害怕。

安娜只是以摇头回答了他。

“带上儿子离开他呢？”

“这个我不能决定，一切由他决定，我就去找他。”安娜语气冰冷，她的不祥兆头实现了，她不能逃避这个现实了，一切维持现状。

“我们不谈了。”于是她与渥伦斯基告别了，乘上她事先吩咐好的马车回去了。

第九章

一晃就到了九月底了，列文的农务进行得很顺利：运来了那个劳动组在土地上建造牲口棚所要的木头，卖了产出的奶油，分配了盈利，列文很满意。现在列文要做的就是在那本书里从理论上将他的做法予以阐述——他想用“人民与土地关系”的科学来代替政治经济学，因此他需要出国考察，获取证据和相关资料来推翻政治经济学的观点。列文因为小麦还未卖，无法拿到钱，因此他只好等。然而天公偏偏不作美，下起雨来，不能收割田地里的土豆和粮食；由于天气恶劣，道路泥泞，洪水又冲走了磨坊，卖小麦的事给拖下来了。

九月三十日，天气奇迹般地好了起来，于是列文准备出发，在他的吩咐下，麦子运到买主家，管家去取了钱，为了安排农活，他又坐上马车去查看整个农庄。

然而正当列文高兴的时候，天又下起了雨，晚上等列文办完之后，他全身湿透了，连靴筒里都是雨水，但他仍然很兴奋。傍晚的天气特别恶劣，下起了冰雹子，冰雹子不停地打在马背上，马不停地摇着头，摆着尾，歪着身子艰难地拉着车往前走。坐在车里的列文戴着风帽，心情极为舒畅，他朝四周望了望，看见光秃秃的树枝上，挂着晶莹的水珠，看见路上流着浑浊的雨水，看见桥的石板上残留着未融化的白色冰雹子，看见大树底下湿湿的厚厚的落叶。一切显得那么阴暗，这与他的心情极不相称，他与远处那个村子的农

民进行了几次谈话，从他们的言谈中，列文意识到他们已经接受了他的新办法了。由于衣服湿了，他便去一个院子里的农民那儿烘衣服，那个老头儿夸奖列文明智的做法，他居然主动拿钱买马入伙，参加农业经营。

列文又开始想："对，贵在坚持，我会达到预期的目标。我是在为这社会谋求幸福和福利，我付出一切都值得。我现在从事的是一场无声息和不流血的革命，但它肯定是世界上最伟大的一次革命，因为它消除了贫穷，获得了富有，改变人民的生活状况，因为它避免了敌视和战乱，获得和平与协调，我把我的这场革命推广到全县、全省、全国以至于全世界。正义的理论是会成功的，我会达到我的目标的。然而领导这场革命又是谁呢？是个打黑领带参加舞会的人，是谢尔巴茨基家小姐瞧不起的人，是自以为很渺小（其实这并没有什么了不起的，想当年富兰克林也这么评价自己，他也肯定有他自己的阿加菲娅·米海依洛芙娜，他可以对她讲述自己的事业）的人，这个人就是我，就是康斯坦丁·列文。"

天已经黑下来了，列文才到家。管家把事情也办得不错：收回了一部分卖小麦的钱，与那个要买马入伙的人也达成了协议，地里有一百六十垛麦子没来得及收，但与别人相比，也算不了什么损失。列文吃过了晚饭，他又习惯性地坐在安乐椅上看着书，同时他也在思考出国的事及今天他所得出的有益的结论，他想把他今天头脑中的思想用笔表达出来。他正好缺少那本书的序言，他本来打算不写这个序言，现在有材料可写了。他于是站了起来向写字台走去，这时躺在他脚下的那只狗也站了起来，伸了伸懒腰，然后双眼望着他，仿佛在问："现在要出门吗？"就在这时，几个完工的农民来找他安排明天的农活，他只好把写书的事搁下来，去应酬他们。

在前厅，他对明天的农活作了安排，然后又与几个找他商量事的农民谈了一会儿，他便回到了书房，开始他的写作。那只被唤作拉斯卡的狗仍然又躺在桌子下面，阿加菲娅·米海依洛芙娜仍然坐在原来的地方，她手里拿着一只袜子。

写着写着，他突然真切地想起了吉蒂，他想起了他遭到拒绝时的情形，他的心一下子变得烦闷起来了，在书房来回转圈，看起来心事重重的样子。

阿加菲娅·米海依洛芙娜看见他那样子，便关切地问道："怎么啦？又心烦了，您不必老待在家里，您不是安排好了吗？去温泉休息一下吧。"

"我马上就要出门了，阿加菲娅，我要把一切做一下安排。"

"您是说您还要为那些农民们操劳吗？瞧瞧您给农民们的好处可多啦，他们都认为沙皇会加封我们老爷的。"

"你错了，我是在为自己操劳，并非为别人。"

其实列文经常对阿加菲娅说起他的计划和想法，就这个问题，他们还热烈地争论过，因此阿加菲娅完全了解列文的计划，可现在完全误解了列文的话。

她叹了叹气："您说得不错，是为了自己高尚的灵魂，您瞧，刚不久前死去的那个看院子的帕尔芬，根本没有什么文化，可他在临死之前，还领了圣餐，涂了圣油，死得光明，清白。"

"你误会了我的意思，我现在做的一切是为了自己利益，为的是要农民干更多的活，我会获得更多的好处。"

"可是他们干什么都像个懒虫似的，马虎拖拉成性，如果他们没有良心，他们什么也为您干不了，无论您采取什么办法都是这样。"

"不过您看看，牲口、院子被依凡料理得比以前好多了，您也是这么认为的吧。"

"我想向您提起一件事，那就是您该结婚啦。"阿加菲娅说得极为小心，看来是对这件事通过深思熟虑才提出来的。

然而这话又挑起那件让列文悲伤的事，列文什么也没有说，便静下心来开始他的写作。他对他的这场革命的重要性又思考了一遍。一切都安静下来了，只听到阿加菲娅织针的声响，他倾听一会儿，立刻眉头紧锁，烦心的事又涌上了心头。

晚上九点了，一阵马车的铃铛声和车厢的晃动声从门外传来。

阿加菲娅听到声音以后一边向门外走去，一边叫道：“客人来啦，您不会发闷啦！”

列文正发闷，听说有个人来了，心情好了起来，他快速走到她的前面去迎接客人。

第十章

从前厅里传来几声咳嗽声，列文是多么熟悉啊！但由于列文是从楼梯上跑下来的，而且刚跑到一半，又加上自己的脚步声，因此他一下子无法分辨出是谁的声音。转眼间，他眼前出现了一个瘦骨嶙峋，个儿高高的身影，这身影，他是多么熟悉啊！他多么希望自己认错了，希望这个正在脱大衣的人不是他的哥哥——尼古拉！

然而，来人正是他哥哥尼古拉。他与他哥哥在一起生活时，他感到很痛苦，虽然他是爱他哥哥的。刚才，列文正在苦思冥想，阿加菲娅又猛地给他一个提醒，这使他的思绪更混乱了，而来人又正是他哥哥，他就难受极了。他希望来的客人能助他消遣一下暂时难熬的时光，而现在他所见到的则是疲惫不堪、疾病缠身、对他了解极为透彻，又经常迫使他说出自己想法的哥哥！此时他感觉不是很好，极为失望。

列文为自己情绪而烦恼。在客厅里，他真切地看到他哥哥可怜巴巴皮包骨头的病态，他刚才的那种情绪被可怜取而代之了。

在前厅里，哥哥扭着又长又瘦的脖子，一边从脖子上解下围巾，一边对列文温和驯服地笑着，他抽搐几下喉咙，什么也没有说。

尼古拉两眼紧盯着弟弟的脸，两只又大而又瘦得可怕的手不停地摸着自己的胡子，用沙哑的声音说道：“我早就想来看你了，可身体不太好，一直拖到现在，现在感觉好多了。”

列文随口回答了一声“好啦”，便跑过来吻他的哥哥，他一下子就感觉到哥哥身体虚脱无力，哥哥的眼睛是那么的大，那光采异常吓人，顿时列文有一种惊恐的感觉。

那是在上个星期三，哥哥收到弟弟的来信，说家里卖掉他们的家产，让他拿去属于自己两千卢布左右的那一份。

哥哥告诉弟弟这次回来的目的，一是来拿这笔钱，更主要的目的则是在生自己养自己的地方待几天，如古代勇士一样为汲取力量而接触一下土地，以便有精力完成自己的工作。不要看尼古拉背那么驼，身体是那么瘦，但他的动作仍然跟平常一样有力敏捷。他随列文进了书房。

哥哥露出了他小时候拥有的亲切快活的表情，他提起了谢尔盖·伊凡诺维奇，没存半点怨恨的感觉，他跟阿加菲娅说说笑笑，并向她打听那些老仆人。当他听到帕尔芬的死讯时，他脸上难过和恐惧的神情一闪而过，马上恢复了正常。

“他确实年纪大啦，”接着，他话锋一转，“我可能在你这儿住一两个月，然后我去莫斯科工作——完成米雅赫科夫给我的那份差事。我刚扔掉那个女人，我想改变一下我的生活环境。”

“您说的是玛利亚·尼古拉耶芙娜？您为何要这么做？”

“没什么，她给我带来很多麻烦。”他具体解释说，尼古拉耶芙娜给他泡的茶太淡了，她把他当作病人来对待。“我的生活也需要改变了，不能老是这个样子。还有我与其他的人，做件蠢事是不可避免的，虽然失了点财产，我不在乎这个，身体才是举足轻重的，当然啦，我的身体是棒棒的，可要感谢上帝啦。”

列文听了之后，欲言又止最终无言以对，哥哥问了弟弟许多问题，列文也很高兴谈谈自己，他也如实地说了，尼古拉已经清楚地意识到了，他弟弟把自己今后的计划打算全都告诉了他。

尼古拉毫无兴趣地听着。

两人毕竟是亲兄弟，亲密无间，一个细小的动作，一个语调都能体现出他们用言语无法表达出来的东西。

尼古拉的有生之年不多了，他们两人都非常清楚，这也是他们的主要心思，然而他们都没有足够的勇气说出自己担心的事，他们都在说谎话，他们都没说出内心真正的想法。夜很深了，他们都该休息了，这时列文显得无比的快乐，因为他可以停止说谎了，不再虚假了。在列文与哥哥的交谈中，列文显得那么不自然，这种感觉即使跟其他任何人在一起，在与其他人任何正式交谈中，他都没有经历过的，他的哥哥马上就要死掉了，他内心极为痛苦，他恨不得抱上哥哥大哭一场，然而他还得与他交谈今后哥哥怎么生活，怎么去工作。他认为他太不自然了，马上后悔起来，一后悔他越显得更不自然了。

房子里很潮湿，又只有一间房屋生了火，他只好让哥哥睡在自己的卧室里，并用布帘子隔开。

帘子另一边的哥哥咳嗽着，翻着身，一会儿咳不出，就叽里呱啦不知在说什么，一会呼吸困难，他就说："上帝啊！"一会儿堵住了喉咙，他就生气地叫道："妈的，真见鬼！"列文一直静静听着，思潮滚涌，他认为死是他哥哥仅有的一条可走之路。

死，列文认为是那么的遥远，然而作为万事万物的最终归宿的死不可抗拒地摆在列文的眼前，马上就要发生在他哥哥身上。昏睡着的哥哥一会儿叫着上帝，一会叫着鬼神。这些习惯性的呻吟，让列文明显地意识到哥哥的死为期不远了。死，可能发生在今天，可能在明天，也可能在二三十年以后，但结果都是一样。对于在这之前，列文从来没有想过，也不能想象，也不必想象死意味着什么。

"我要工作，我要成就一番事业，可是天有不测风云，一切都快完了，我把死都给忘了。"尼古拉身子蜷曲着，用两只手紧紧地抱着。他在床上坐了起来，屏住了呼吸紧张地思考着。他分明忽略一个问题——人会死，人死之后一切就结束了，想做任何事都是空想。结局非常可怕，但这也是无法改变的规律，他越想越害怕，越想越紧张。

列文也无法入睡："哥哥很快就要丢下我了，我以后将怎么办呢？"列文心里想着便小心地下了床，点了根蜡烛，在镜子里照了照自己，看着自己的头发和面容，发现自己慢慢变老了，两鬓已有了白发。他又张开了嘴，发现牙齿开始变坏了，不过两臂的肌肉很发达，觉得自己很有力。然而他的尼古拉哥哥靠一个坏死的肺残喘着，他于是又想起童年的哥俩，在那些日子里，俩人是那么快活，那么富有生机，又是多么顽皮！他俩睡在一起，只要波格丹尼一出门，他俩就在床上甩着枕头，嬉戏着，哈哈大笑着，连波格丹尼都害怕他们的顽皮了。那时哥哥是多么健壮，而现在肺烂成了空洞……我该怎么办？我怎么活下去呢！

“喂，喂，喂，活见鬼！天那么晚了，干吗还是睡不着呢？”哥哥醒了，对他叫喊着。

“我可能失眠，没有什么。”

“我倒睡得挺香的，我没有出汗，感觉很好，你摸摸，我的衬衣是干的。”

于是列文伸过手去摸了摸，在熄灭蜡烛之后，他真的是失眠了，他无法睡着，他刚才考虑了如何生活的问题，现在他又得思考关于死的问题。

“哥哥无法活下去了，或许在春天之前就要离开我了，哎，我能帮点什么吗？我能安慰什么吗？可对于死，我什么都不知晓，我差点忘记了这事。”

第十一章

列文早就总结出来这么一条规律：如果有些人对你过分地温驯和谦让，让你不自在、不自然的话，那么一旦他们变得刻薄和尖酸时，你就无法忍受了。他认为他哥哥的特性正好符合这个规律。的确，驯服的尼古拉第二天就变了一个样，在第二天早上，他对弟弟发着火，抱怨着，挑剔着，深深地伤害着弟弟的心。

列文后悔昨晚上的撒谎，但后悔也无济于事了，他已意识到，如果他们都说句真心话，把心里所想的完整地表达出来，列文只能说："您快死了。"哥哥便说："我好害怕。"除此之外，他们便像哑巴一样坐着，哥哥为了掩饰自己的死，说什么工作啊，怎么生活啊，去学那些一辈子也不会学、也学不会的东西，都是口是心非的话，听起来就让人觉得虚伪，列文觉得哥哥看出了自己的心思，更不自然了。

哥哥已经住了三天了，在这一天，应哥哥的要求，列文再次讲述自己的计划。

然而哥哥极为不满，有意把弟弟的思想与共产主义混为一谈。

"你的做法是偷梁换柱，歪曲别人的理论，根本是毫无实用价值。"

"不过，我想讲讲两者的区别，共产主义完全否认了私有财产、资本和遗产，认为这些都不合理，而我的想法是协调劳动，并

没有否定这些刺激因素。”

尼古拉显然生气了，把打着领带的脖子扭得歪歪的：“你就别说了，你想兜售的新货色是偷取别人的思想，割下别人最有力的地方再搬到你的想法里去。”

“可你要明白我的观点同共产主义……”

尼古拉讥讽地笑了，眼里闪着恶狠狠的光：“人家的理论听起来还给人一种美感——清除过去的一切，消灭财产，消灭家庭，让劳动成为生活的需要，你瞧听起来多美，虽说是乌托邦，但清晰，明快——一种几何上的美，而您的呢？什么也没有，连个美好的空想都不是。”

“我可不是一个共产主义者，你为何偏偏拿它与我的想法相提并论呢？”

“可我与你恰恰相反，我以前信仰共产主义，只是现在我才发现，现在追求这玩意儿为时过早，不过我认为它会与世纪初的基督教一样有前途会发展的。”

“我只想用自然科学观点研究劳动力的特性并认可这些特性，而且在实践上……”

“您完全是徒劳。一切事物在不同的发展阶段都会自然而然找到自己的存在方式。从奴隶劳动到佃劳，现在又有对分制的劳动既有地租，又有雇佣劳动，您到底需要什么呢？”

尼古拉这话道出了列文真正担心的地方，因为他害怕他对共产主义和一些劳动方式的调节不能如愿地实现，列文听了之后，极为恼火。

列文显得非常激动，他说：“我需要的是一种生产方式，这种方式能促进我和干活的人获得好收成。”

“你是在标新立异，你会一事无成的，你之所以要这么做，你是想表现你剥削劳动农民的与众不同的方式而已。”

“这是你个人想法，我可以不要你来管。”列文越说越气，气得左边面颊上的肌肉不停地抽搐起来。

“你从前没有什么信仰，现在更没有了，放弃你的虚荣心吧。”

“好，好，算了，我可不要你来管。”

“活见鬼吧！谁管你！我回来活受气！”

争吵过后，尼古拉气得要回去，他也无法听进去弟弟安慰的话，不管弟弟怎么道歉，他执意要走，列文认为哥哥活着是在受罪，因此哥哥只好早点回去。

列文来到已收拾好东西正准备离开的哥哥面前，请哥哥原谅自己冒犯的地方，但他说得是那么不自然。

尼古拉听了之后只是大度地笑笑：“您要我大度啊！那好吧，我会认为你的观点是正确而又可行的！但我非走不可。”

眼看尼古拉要走，他过去吻一下弟弟：“我的好弟弟，求你不要记恨我！”他双眼严肃地望着弟弟，用颤抖的声音说着。

列文马上意识到哥哥唯一的一句真心话的意思：“弟弟，你明白我已不行了，快死了，或许我们将永别了。”列文鼻子一酸，眼泪夺眶而出，他难受极了，什么也无法表达出，只是用吻来表达他的心情。

就在哥俩分别的三天之后，列文坐上了出国的列车，碰巧，吉蒂的堂兄谢尔巴茨基也在这列火车上，列文神情悲哀，谢尔巴茨基感到十分惊讶。于是他便关切地问列文：

“这是怎么回事，没有病吧？”

“没有什么，心里有点难受，世上开心的事太少了。”

“哎呀，您不要这么想嘛，你是去牟罗兹吧，算了吧，改变主意，我们一同去巴黎吧，一切会好的。”

“可我一切都完蛋了，我死期已不远了。”

“您在说什么呀，我刚准备去活呢。”谢尔巴茨基以为列文在开玩笑，于是笑着说。

“以前，我与你一样，也是这么想的，但我觉得我死期已不远了。”

这话确实道出了列文最近的心思。他认为万事万物的终结便是死，而万事万物时时刻刻都在面临这个终结的到来。然而，事业的信念使他时时不能忘掉人的这个终结，他要在死亡到来之前，为了事业坚强地千方百计地活下去，他觉得黑暗笼罩在他的周围，在这一片片黑暗中，他必须坚信他的事业一定会成功，必须紧紧抓住自己的事业不放，因为他的事业正是他在黑暗中摸索前行的指路明灯。

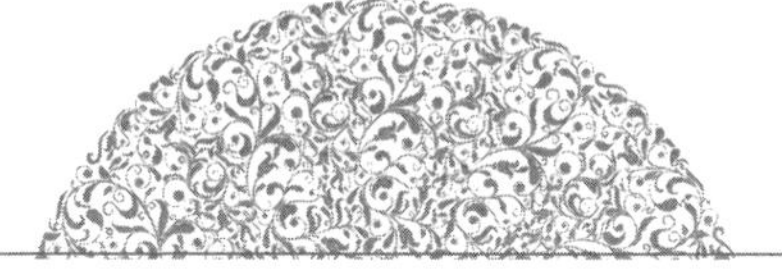

第四部

第一章

现在卡列宁夫妇仍同住在一幢房子里，虽然每天相见，但彼此却形同陌路。而且阿历克赛·亚力克山德罗维奇给自己立了一条规矩：每天都要和安娜见面，以免佣人们猜疑些什么，但尽量不在家里用饭。渥伦斯基也不再登阿历克赛·亚力克山德罗维奇家的门了，只和安娜在外面约会，当然这事儿做丈夫的是一无所知的。

虽然现状使他们三个人都很痛苦，但是他们都认为情况总会有所变化，而且这段时期的不幸和困窘也只是暂时的，它早晚都要过去，否则，这样的日子他们谁也无法忍受，哪怕只是一天。阿历克赛·亚力克山德罗维奇自然希望安娜的这段恋情会随着时间的推移而改变，因为他相信万物都有个产生、发展和灭亡的过程，到那一天，这件事自然不会再有人记得，而他的名声也就不会再受到任何影响。安娜则是三人中最痛苦的，因为这种状况是因她而起，她之所以还能够忍受，只是因为，她期待着而且坚信：很快所有的事便会说个明白，都会有个结果。尽管她压根不知道事情的结果会是怎样，但她深信不久就要发生什么事情了。至于渥伦斯基，由于受安娜的影响，也在期待有什么非己力所能及的事情发生，而这事将使他摆脱目前的窘境。

隆冬时节，渥伦斯基有一周过得十分沉闷。他奉命去陪伴一位外国的亲王，并带他去游览彼得堡的名胜。渥伦斯基是一个很讲风度的人，再加上他那一套不亢不卑的待人接物的本事，而且他也惯于和这类人物打交道，所以才给他这件差事。但这差事着实让他很难受，因为这位亲王不肯错过任何一样东西，就怕回国后有人会问他在俄国见过这个没有，而且他本人也想把俄国的种种乐趣尽情体验一番。渥伦斯基只得在这两方面都作他的向导，每天上午带他去游览名胜古迹，晚上则带他去寻找各种俄国特色的乐子。这位亲王比其他亲王显得更加壮实，他不但爱好体操而且深谙养生之道，因此精力十分充沛，所以尽管尽情作乐，但精神依然饱满，就像一根刚摘下的荷兰大黄瓜——绿莹莹、亮晶晶的。这位亲王曾经周游各国，他发觉：能使他体验到各个不同民族的乐趣是当今世界交通便利的主要好处之一。在西班牙时，他曾和那儿一个弹奏曼陀林的姑娘打得火热，还为她奏过几支小夜曲；在瑞士时，他曾猎过小羚羊；在英国时，他曾身穿红色燕尾服骑马跳篱笆，并且还赌射过两百只野鸡；在土耳其时，他曾进过后宫；在印度时，他曾骑过大象。如今他来到了俄国，当然也希望将俄罗斯特有的种种欢乐尽情享受一番。

渥伦斯基看来快要成了接待他的主要官员，由于各种各样的人都向这位亲王推荐俄国特有的寻开心的方式，所以渥伦斯基只得耗费巨大的精力去陪他。跑马、品尝俄罗斯薄饼、猎熊、三驾马车、砸烂杯盘的俄国式的狂欢等等。而这位亲王也能轻而易举地掌握俄罗斯精神，他能把一托盘的餐具砸个粉碎，把茨冈女人搂抱在腿上，但他还在问："还有新花样吗？全部的俄罗斯精神不会仅仅如此吧？"

实际上，在所有这些俄国特色的乐子中，法国女演员、芭蕾舞女演员以及白封香槟酒是这位亲王最欣赏的。渥伦斯基是惯于与这种亲王之类的人打交道的，但不知道是因为他近来发生了变化，还是由于他跟这位亲王太过亲密的缘故，这个星期他过得特别难受。在这整整一周里，他总是觉得自己似乎是被派来陪伴一个令人生畏的疯子的，他怕这个疯子，更怕跟他太接近，自己会丧失理性。他还一直觉得：为了避免有失身份，时时刻刻保持一种严谨的公事公办、敬而远之的态度是十分必要的。同时他还发现：这位亲王以一种十分轻蔑的态度来回报那些竭力给他提供种种俄国式享乐的人，这一点使渥伦斯基十分惊讶。这位亲王很想研究俄国女人，但他用来谈论俄国女人所使用的言语多次激怒了渥伦斯基，使渥伦斯基气得面红耳赤。但渥伦斯基难以容忍这位亲王的主要原因是：从他身上渥伦斯基看到了自己，而从亲王这面镜子里，渥伦斯基所看到的自己并不能满足他的自尊心。这位亲王仅仅是一位愚昧、自信、壮实、讲卫生的人罢了。但他的确是个绅士，这一点渥伦斯基无法否认，他在和地位比自己高的人相处时，彬彬有礼而不阿谀奉承；跟地位与自己不相上下的人相处时，态度随和而坦白；跟地位比自己低的人相处时，态度轻蔑而宽容。而渥伦斯基为人也是与他一样，而且渥伦斯基一直认为这是一个很好的长处，但是在和这位亲王交往时，那种轻蔑而宽容的态度引起了他的愤怒，因为自己的地位是低一些。

“蠢材！难道，我只是这样的一个人？”他想。不管怎样，当第七天亲王要离开去莫斯科而向渥伦斯基致谢并告别时，渥伦斯基感到十分高兴，因为他终于可以摆脱这种使他难受的窘境以及这面令他不快的镜子了。于是他陪亲王猎了整夜的熊，在体验了一番俄国式的英勇后，在车站上他俩分手了。

第二章

回到家中，渥伦斯基看到了安娜的一张纸条。上面写道：“我身体不舒服，心情很糟。我不能出去，但又忍受不了见不到您，所以您晚上来这儿吧。阿历克赛·亚力克山德罗维奇七点至十点要在委员会开会。”安娜不顾丈夫禁止她接待渥伦斯基的要求，与他在自己的家里幽会，这让渥伦斯基很纳闷，但想了想，渥伦斯基还是决定去。

这个冬天，渥伦斯基已晋升为上校，现在他已离开团队独自居住。早饭一吃完，渥伦斯基就躺到沙发上，花了五分钟来回忆几天来他所见所闻的各种稀里糊涂的事情。他想到了安娜，想到了曾和自己一起围猎狗熊并起了重要作用的那个农民，这两种印象重叠在一起，分不清哪个是哪个，就这样渥伦斯基不知不觉睡着了。当他醒来时天已快黑了，他不禁吓了一跳，急忙点起了蜡烛：“怎么了？怎么了？我梦见什么可怕的东西了？噢，对了！好像是那个一块儿围猎的农民，他个子不高，浑身脏兮兮的，胡子往上翘着，好像正弯腰做着什么事，可突然又说了些莫名其妙的话，是用法语说的。没错，就梦见这些了，”他自言自语地说，“可怎么这么恐怖呀？”他又栩栩如生地想起了那个农民以及那些稀奇古怪的法国话，又被吓出了一身冷汗。

“真是荒谬！”渥伦斯基想道，并看了看表。

这时已经八点半了，渥伦斯基拉铃叫人，并迅速穿好外套走出大门，他已把那个梦置之脑后了，脑子想的只是——不要迟到。快到卡列宁家时，他看了看表，刚好是九点差十分，他认出那辆正停在门前的又高又窄、套着两匹灰马的车正是安娜的。“她是要到我那儿去，”渥伦斯基想道，“那更好，进这屋子可真让我不舒服。不过，反正已经这样了，我总不能躲起来吧！”渥伦斯基就这么想着，同时用他自小养成的那种干什么都觉得理所当然的态度下了雪橇，向大门走去。就在这时门开了，只见一个手捧一条毛毯的看门人正在招呼马车，向来不注意细节的渥伦斯基，这时注意到了看门人看自己的那种惊奇的表情。就在两扇大门之间，渥伦斯基差点儿就和阿历克赛·亚力克山德罗维奇撞个满怀。煤气灯光下，那张黑色大礼帽下的卡列宁的脸显得消瘦而苍白，那条海狸皮大衣领子里露出的领带则白得刺眼。卡列宁那麻木浑浊的眼睛盯着渥伦斯基的脸，渥伦斯基向他鞠了个躬，卡列宁咬了咬嘴唇，并抬了抬帽儿，便走了出去。渥伦斯基看着他头也不回地就坐进车里，从窗口接住了毛毯及望远镜，之后便消失在车厢中了。于是渥伦斯基走进了前厅——眉头紧锁着，眼光高傲而凶狠。

“竟然是这样的场面？”他想道，“如果他能出来和我决斗以捍卫他的尊严的话，我倒可以用实际行动表示表示我的感情，然而现在他却这么懦弱，或者可以说是阴险……他置我于骗子的地位，我可从未想过要当骗子。”

渥伦斯基自从在福列达花园跟安娜把事情说开以后，他的想法已经有了很大的改变。他已甘心顺从于软弱的安娜，这是因为安娜已把自己的全部交给了他，并等着他来安排自己的命运。既然他已经顺从天命了，那么也就从未想过要结束这种关系，尽管他曾经想过要这样做。那些建功立业的想法如今对他来说已不是最重要的了，他感到他已不属于那个万事俱备的活动圈子，他已经完全屈从于自己的情感了，而这种情感正把他和安娜越来越紧地绑在一起。

在前厅里，他听到她的脚步声越来越远。他知道她正在等着他，正在留神地倾听着，而且不一会儿就会回到客厅。

“不要啊！”她刚看见渥伦斯基就大叫了一声，一开口眼泪就

倾泻而出，“不要啊！如果事情一直这样下去，那么有些事情很快就要到来，很快！很快！”

“是什么？宝贝儿？”

“什么？我盼呀，苦苦地盼啊，一个小时，两个小时……不要啊，这种日子我无法再过下去了！……我不想和你吵架，你也束手无策。不要，这种日子我再也过不下去了！”

她的双手放在了他的肩上，她的目光久久地凝视着他的脸，那目光充满了感情，也带着询问。没见到他的时刻她就在内心描摹他的面貌，现在她已把心里的他（那个无比优越，超乎现实的他）和真实的他合二为一了。

第三章

“你撞上他了吗？”她问正坐在桌边灯旁的他，“这是对你的惩罚，因为你迟到了。”

“嗯？这是怎么回事？不是说他要去开会的吗？”

“会开完回来了，这会儿又要去那儿。不过这也无所谓，别再谈这事了。这几天你上哪里了？一直都陪着那个亲王吗？”

她对他所有的生活细节都了解。原来他想告诉她由于彻夜未眠，所以就睡着了，可是一看她那洋溢着幸福和激动的脸，他不好意思开口了，于是他说：“亲王走了，得去报告一下。”

“那现在没有事了？他已经走了吗？”

“感谢上帝，没什么事了。你简直没法相信，这件差事是多么难受。”

“不会吧！你们这些年轻男人每天过的就是这种日子嘛！”她说话时皱起了眉头，并顺手把桌上的一件毛线活拿了起来，对渥伦斯基看也不看一眼，又抽出了插在那毛线活上面的钩针。

“这样的日子我早就想不过了，”他说道，心里纳闷怎么她的表情突然就变了，并竭力想弄清楚，“我承认，”他露出两排整齐的皓齿微笑着说，“这个星期我好像在照镜子，可照出来的这种生活我觉得很厌恶！”

她手里拿着毛线活，却并没有织，而是用一种目光凝视着他，这目光很特别，闪动着敌意。

“早上丽莎来找过我——即使莉吉娅·伊凡诺芙娜伯爵夫人会对此不高兴，她还是来我这儿了，”她插了这句，“她给我讲述了你们那晚寻开心的事。真无耻！”

“我刚想告诉你……”

她打断了他的话。

“那就是你以前相识的叫作THERESE的女人吗？”

“我想告诉你……”

“你们这些男人，简直太无耻了！你们难道不会用脑子想想，这样的事情女人是不会忘记的，”她越说越火，这样他也就明白了她之所以愤怒的原因，“对不了解你每天是如何过的女人更是如此，我了解些什么呢？以前我又了解些什么呢？”她说道，“不外乎你告诉我的那些罢了，但我又怎能判断你的话的真假……”

“安娜！你冤枉我了，难道你不信任我？难道我没告诉过你？难道我还有什么要对你遮遮掩掩的吗？”

“是的，是的，”她说道，很明显她正在努力地排除自己的嫉妒心，“我相信你……对了，刚才你想说些什么？”

但是一下子他也记不起刚才他想说的话了，近来，这种嫉妒心发作的频率越来越高了，这不但让他觉得可怕，而且使他对她的爱变得冷淡了，这一点是他无论如何也无法掩饰的，尽管他知道她嫉妒是因为她爱他。以前，他曾不止一次地对自己说，她爱他是他的福气；而现在，她正热烈地爱着他，这个女人视爱情重于人生其他一切的幸福，她正在这样爱他，然而他却感到，现在的他与当初那个尾随她离开莫斯科的他相比，距离幸福远得多了。他觉得：当初那个他是幸福的，尽管尚未得到幸福；而对现在的他来说曾经美妙的幸福已经是昨日烟云了。她也不再是初见时的她了。与以前相比，不论是在肉体上还是在精神上，现在的她都差了很多，她的身体发福了，而当她说到那个女演员时脸上显现的那种凶恶的表情使她的面容变得丑陋。他注视着她就像是一个人注视着一朵被他摘下并已凋谢了的花一样，如今他已无法令这朵花展现出当初的美了，而这点美恰是他采摘它并继而毁掉它的原因。此外，他还觉得，当初对她的爱比起现在来要热切得多，而即便是在当初，倘若他下定决心的话，他是可以将这份感情从内心深处清除掉的，可是现在，当他已经不再感觉到对她的爱的时候，他却发现，他们俩的关系已经是斩不断的了。

“对了，对了，你不是想给我讲讲那位亲王吗？现在我已经把恶魔赶跑了，赶跑了，”她继续说，恶魔是他们对嫉妒的一种叫法，“喂，你想说那个亲王的什么事来着？为什么陪他你会觉得那么难过呢？”

“嗨！可真让人无法忍受！”他说道，脑子里挣扎着想要抓住刚刚被打断的思绪，“这位亲王深交不得。如果非要给他一个评语的话，那么只能说他是一头牲口，一头放在展览会上可以中头奖、喂得很好的牲口，仅此而已，别无其他。”他说话的态度有些恼火，这反而引起了她的兴趣。

“不会吧，怎么可能这样呢？”她不赞同道，“无论如何他至少是个见过世面、有良好教养的人吧！”

“可这完全是另一种意义上的教养——他们所特有的教养。他们的教养的目的显然只是蔑视教养，除了肉体的享受之外，没有什么不被他们蔑视的。”

“和他们一样，你们不也喜欢肉体享受嘛！”她道。于是他又发现她的目光变得阴暗而且躲躲闪闪。

“你如此替他辩解干什么？”他微笑道。

“我没有替他辩解，这跟我压根儿一点关系都没有。但是我想，如果你真的不喜欢这些享受的话，你大可以拒绝嘛。可是你呢，却看着穿着夏娃式衣服的泰莱赛……”

“恶魔又回来了，又回来了！”渥伦斯基吻了吻她放在桌子上的手说道。

“对，但我是情不自禁呀！你不了解我等你等得多心痛呀！我不认为这是嫉妒，我没嫉妒，当你在这儿，在我身边的时候，我相信你，但是当你独个儿去某个地方过你那种我不能了解的生活的时候……”。

她一下子从他身边闪开，终于从毛线活上把钩针抽出，并用食指一针针急速地编织起来，在灯光下白毛线闪闪发光，她那只纤细的手在绣花袖口里急促地转着，显得十分神经质。

“哎，你刚才是在哪儿和阿历克赛·亚力克山德罗维奇碰上的，怎么样？”

“我们在门口碰上了。”

“还那样向你鞠躬吗？”

她拉下脸，眼睛半睁着，表情立刻换了，两手也停了下来。在她俊俏的面容上渥伦斯基似乎看见了阿历克赛·亚力克山德罗维奇向他鞠躬时的那种表情，他微微一笑，她也笑了，她的笑声发自内心，讨人喜欢，这是她最有魅力的地方了。

“我简直不明白他，”渥伦斯基道，“倘若从你在别墅将真相向他挑明的那天起，他便与你一刀两断，倘若他向我提出决斗……可是目前这种状况我真是弄不懂，这种状况他怎么可以忍受呢？看得出他也很痛苦。”

“他吗？”她冷笑道，“他可得意着呢！”

“既然可以很好地了断这件事，那又何必大家一块儿受罪呢？”

“不过他没有受罪。我还不了解他？还会不了解他那种彻头彻尾的虚伪？大凡有一丁点儿知觉的人，能像他这样和我过日子吗？他对任何东西都不愿去了解，对任何东西都没有感觉；大凡有一点儿知觉的人，能像他一样容忍与背叛自己的妻子同住于一个屋檐下？能像他一样还跟她说话，甚至还称她为‘你’？”

说着说着她又不由地学起他的样子：“你，MA CHERE，你，安娜！”

“他不是男人，不是人，只是一具木偶！这谁都不知道，可是我知道。如果处在他这种境地的人是我，我早就杀了这个老婆，这个像我这样的老婆，并把她撕得粉碎，我才不去说什么‘你呀，MA CHERE，安娜’。他不过只是一台做官的机器。他无法理解：我是你的妻子，而他不过是个外人，是多余的……咱们别说了，别说了！……”

“你说得对，对，宝贝儿，”渥伦斯基道，尽力使安娜平静下来，“但是，反正我们也不谈他了。告诉我你这几天都干了些什么，好不好？你的病是怎么回事？大夫是怎么说的？”

她快活地注视着他，快活中有三分讽刺。很显然她又从自己的丈夫身上寻到什么可笑而鄙陋的东西了，现在正找机会说出来。

而他却接着说下去：

“我猜到了，不是生病，而是怀孕了，什么时候生？”

她眼中嘲讽的光芒消失了，取而代之的是另外一种笑，这种笑暗示她知道些他不了解的事情，她心里有一种默默的烦忧。

“快了，快了！你说过咱们的处境太难堪了，应该有个了结了。我牺牲一切，那我们就可以自由自在地相爱了，可真要我面对这一切，是多难啊，这点如果你能明白就好了！那我也就不必再受折磨了，也不必因嫉妒而心痛了……这些很快就要成真了，只不过事情不会如我们所想的那样罢了。”

一想到以后，她就觉得自己好可怜，于是泪水就夺眶而出。她没法说下去了，便把她那只在灯光下闪烁着戒指的光芒的雪白的手搭在了他的胳臂上。

“事情不会如我们设想的那样的。原本我没想和你谈这个，但你却非谈不可。所有的一切，很快就会了结了，我们大家，大家也就都可以完全解脱了，不必再难过下去了。”

“我不明白你在说些什么？”他道，实际上他明白她的话。

“你问我，在什么时候，很快了，这一关我是过不去的，你让我说完！”她赶紧说下去，“这事我知道，知道得很清楚。我快死了，我很高兴我快死了，这样，你我就都解脱了。”

泪水从她的眼中滚了出来，他俯身吻住了她的手，想竭力掩藏自己的激动，他知道激动是没有理由的，但是他情不自禁。

“就这样吧，这样还更好，”她道，并捏住了他的手，捏得很紧，“我们能走的，只有这条路了，只有这一条！”

他清醒过来了，并抬起了头：

“你别胡说！——你胡说些什么呢？”

“不，这些都是真话。”

“我就快死了，我做过一个梦。”

“梦？”渥伦斯基也说了一次，猛地他想起了梦见的那个农民。

“对，是一个梦，”她道，“很早以前我就做过这个梦了。在梦中，我看见我进房睡觉，我想去那儿拿点什么东西，你也知道，这类事情在梦中是常有的，”她道，吓得眼睛瞪得大大的，“有个什么东西正站在我房间的墙角上。”

“哎呀，真是胡扯！你怎么相信……”

但是她不让他打断她的话，对她来说所要讲的实在是太重要了。

“这个不知是什么的东西转过了身子，我看见它是一个农民，胡子翘翘的，个子小小的，样子十分可怕。我想要逃，他却俯向一个口袋，用手在里面乱摸……”

她模仿出那农民摸口袋的样子，脸上充满了恐惧，此时渥伦斯基也想起了他自己做的那个梦，他的内心同样也充满了恐惧。

“他一边摸着口袋，一边又说着法语，说得又急又快，而且还有点儿大舌头：‘ILFaut le battre le fer，le broyer，le petrit……’我被吓得只想马上醒过来，我醒了……但却是在梦中醒来，于是我问自己，这是怎么回事？这时考尔涅依来对我说：‘你快要死了，生孩子生死了，生孩子生死了，生孩子生死了，妈呀……’于是我醒了……”

“真是胡扯，真是胡扯！”渥伦斯基道，但他觉得自己的声音一点也没有说服力。

“不过咱们不说这事了。你拉拉铃，我让佣人上茶。你等着吧，不需要太久我就要……”

可是她忽然打住不说下去了，脸上的表情也顷刻间就换了，刚才的恐惧和激动现在忽然换成了安详、严肃、愉快、专注。他无法理解她的这种变化到底意味着什么，而她却感到有一个新的生命正在自己体内跳动。

第四章

在已经展开的有关妇女权利的讨论中，涉及几个当着女士的面不便谈的关于夫妻间权利不平等的问题。别斯佐夫吃饭时好几次都扯到这个问题，但谢尔盖·伊凡诺维奇及斯捷潘·阿尔卡季伊奇都小心地绕开了话题。

散席时，几位太太先行离开了，别斯佐夫没跟着走，却去对阿历克赛·亚力克山德罗维奇大谈夫妻权利不平等的原因，他认为：夫妻间不平等的原因在于，对妻子的不贞及对丈夫的不贞，法律及社会所给的惩罚是不公平的。

这时，斯捷潘·阿尔卡季伊奇忙走到阿历克赛·亚力克山德罗维奇跟前，并递了一根烟请他抽。

“不，我不抽烟。”阿历克赛·亚力克山德罗维奇平静地答道。也许是故意要表示出自己对此并不过敏，于是他对别斯佐夫微微地一笑，说道：“我相信，您的观点来于事实。”说完他便走向客厅，可是屠罗夫金这时却冷不丁地对他说：“请问，波利亚杰尼科夫的事儿，您有没听说过？”席间，他的香槟喝得有些多了，所以有点激动，一直总想找个机会来发泄一下令自己难以忍受的沉默，于是他对今天的贵客——阿历克赛·亚力克山德罗维奇说话时，红润的双唇挂着善意的微笑：“今天我听人说，他在特维尔和科维特斯基决斗，并把他杀死了。”

世上的事情往往就是这样，你的要害在哪儿，人们就偏往哪儿捅。斯捷潘·阿尔卡季伊奇觉得现在的情况正是如此，今天每一分钟的谈话都触及阿历克赛·亚力克山德罗维奇的要害，所以他想再次把妹夫引开，可是阿历克赛·亚力克山德罗维奇自己却好奇地问道：

“波利亚杰尼科夫为了什么要决斗？”

“为了妻子呀！他是个男人！他向那个人挑战，并把他给打死了！”

“哦！”阿历克赛·亚力克山德罗维奇淡淡地应了一声，便扬了扬眉进了客厅。

“很高兴您能来！”朵丽在通往客厅的过道里迎上他，并面带惶恐地微笑道，“在这儿坐会儿吧！我想和您谈一谈。”

阿历克赛·亚力克山德罗维奇仍然还是那副扬着眉的冷漠样，他在达丽雅·亚力山德罗芙娜的身边坐下，脸上堆出假笑。

“我也一样。我是来请求您的原谅的，现在就得向您辞行了。明天我就得离开这儿了。”他说道。

安娜是无辜的，这一点达丽雅·亚力山德罗芙娜深信不疑，此时她气得脸色发白，双唇也愤怒得发抖，她对眼前这位冷漠无情的人充满了不满情绪，不敢相信他竟要毁了她的好朋友而他却能如此心安理得。

她盯着他的眼睛，目光极其坚定，说道：“阿历克赛·亚力克山德罗维奇，我曾向您打听安娜，您还没回答我呢，她现在怎么样？”

“她，身体好像挺好，达丽雅·亚力山德罗芙娜。”阿历克赛·亚力克山德罗维奇回答道，没有看她的眼睛。

“请您原谅，阿历克赛·亚力克山德罗维奇，我没有资格……但是作为一个姐姐，我爱安娜，我敬重安娜，所以要求——我恳求您告诉我你们之间到底怎么了？她做了什么使您要去指责她的事？”

阿历克赛·亚力克山德罗维奇皱起了眉，两眼差不多闭上了，脑袋也耷拉了下来。

“我还以为您丈夫已经告诉您我不得不和安娜离婚的原因了呢！”他说道，眼睛仍然没看她的眼睛，而是看了看从客厅走过的谢尔盖·伊凡诺维奇，眼光流露出不满。

朵丽把她那双瘦得只剩皮包骨的手紧紧握住并放在她的胸前，这是表示坚决的一种手势，说道：“我不信，我不信，我决不相信这事。”接着迅速站起身来，一只手搭在阿历克赛·亚力克山德罗维奇的袖子上说道：“这儿不是谈话的地方，您请跟我来。”

阿历克赛·亚力克山德罗维奇也被朵丽的激动情绪影响了，他站起身跟着她进了孩子们的书房，他们在一张铺了一块布满铅笔刀印儿的漆布的桌子旁边坐了下来。

“我不信，我不信会发生这种事情！”朵丽说道，力图捕捉到阿历克赛·亚力克山德罗维奇那躲闪的眼神。

“事实如此，不由得你不信！达丽雅·亚力山德罗芙娜。”在说“事实”二字时，他用了重音以示强调。

“可她做了什么？到底做了些什么？”达丽雅·亚力山德罗芙娜问道。

“她无视自己应尽的责任，背弃了自己的丈夫。这些就是她所做的事情！”他答道。

“不，不，这不可能！看在上帝的分上，您一定误会了！”朵丽捂着自己的鬓角，闭着眼睛说道。

阿历克赛·亚力克山德罗维奇嘴角挂着一丝冷笑，他想向她也向自己表明他对此有着多么强烈的信心，而她刚才坚决的辩护虽不足以动摇他的信心，却也揭开了他的伤疤，于是他十分不冷静地说道：

“这件事情不太可能弄错，因为做妻子的已经亲口对丈夫承认了这一点。她向我宣布：八年的夫妻生活以及儿子的诞生，这所有一切都是一个错误，她想要过一种新的生活。”他一边抽着鼻子一

边说道。

“安娜和罪恶，这两者我无法联系起来，这件事情我无法相信。”

“达丽雅·亚力山德罗芙娜！”说到这儿，他终于直视着朵丽的脸了，看见她那张善良而激动的脸，这时他感到自己心软了，“如果还有可疑的可能性的话，我愿意不惜一切代价。当我对这件事只是怀疑的时候，我很痛苦。但是那种痛苦比起现在的痛苦要来得轻，因为尚在怀疑时，我还有一线希望，而现在呢？是毫无希望！即使这样我仍在怀疑着一切，甚至连儿子我也一起恨起来了，有时我竟觉得这儿子不是我的！我这人可真惨！”

其实这些话他不必讲出来，只要达丽雅·亚力山德罗芙娜看看他的眼睛，她就全明白了。她开始同情他了，同时她的心里也不禁怀疑起她的好朋友的清白了。

“哎，这太恐怖了，太恐怖了！可您决心非要离婚不可吗？”

“这是我所能走的最后一步棋了。我再也想不出还有什么别的办法了。”

“没别的办法，没别的办法……”她含着泪，嘴里不停地念道，“不，一定还有什么法子！”她又说道。

“这一类的痛苦如此恐怖，因为它不同于任何其他的痛苦——损失、死亡等，因为那些痛苦只需背上十字架去承受就可以了。而面对这种痛苦，你必须得做出实际行动，你必须设法摆脱这种别人令你陷入的困窘、可耻的境地，总不能三个人一块儿生活呀！”他说话时似乎也看清了她的思想。

“我明白，这点我很明白。”朵丽低下了头。这时她沉默了，她正在想自己，想自己的伤心事。忽然她又一下子抬起了头，紧握两手恳求道：“可您别操之过急啊！您是位基督徒，您替她想想吧！被您抛弃了之后，她将怎么办呢？”

“达丽雅·亚力山德罗芙娜，我想过，我为她想了很多了。”阿历克赛·亚力克山德罗维奇说道，此时他的脸上泛起红色斑块，他那模糊的眼睛直盯着她的眼，达丽雅·亚力山德罗芙娜这会儿已经是彻底地同情他了。他又接着说道："我的确是这么做的。甚至当她当面亲口告诉我她对我的不贞之后，我仍然将一切都保持着。我已经给了她改过的机会，我已尽了全力挽救她了。可是她给我的回报却是：连最起码的保持体面这一点都做不到。一个自己不愿意毁灭的人还有药可救，而一个连本性都已腐烂的人，还能有什么方法来挽救她呢？"

"无论怎样都行，除了离婚！"达丽雅·亚力山德罗芙娜答道。

"那怎样都行是什么意思？"

"不行，这太恐怖了。她会变得连个丈夫都没有了，她快毁了！"

阿历克赛·亚力克山德罗维奇耸了耸肩、扬了扬眉，说道："我还能怎么样呢？"这时他又想起了妻子最近那次行为，便忍不住怒火中烧，于是又变回谈话开始时那个冷漠的他了："十分感谢你对我的同情，但是我得走了！"说完他就站起了身。

"不，请您等一等！您不能就这么毁了她。您再等会儿，我给您讲讲我，我结了婚，但是丈夫却背叛了我，于是我怨、我恨，并想抛弃一切。我想去……可是及时想通了，帮助我的就是安娜，她挽救了我，所以我还活着，孩子也都长大了，丈夫也回到了我的身边，他向我认错了，又变好了……我宽恕过，您也应该宽恕！"

阿历克赛·亚力克山德罗维奇听着她说，可是这些话现在对他已毫无作用了。那晚决心要离婚的怒火现在又涌上他的心头，于是他抖了一下身子，用尖细而洪亮的声音说道：

"这我办不到，我也不想这么做，同时我认为宽恕她是不公平的。为了这个女人我能做的我都做了，可是她却用她那污秽的本性将我做的一切都踩在脚下。以前我从未厌恨过人，我不是一个坏人，而现在我正在全身心地憎恨她。她给了我这么多的伤害，我真的太恨了，我根本无法原谅她。"他恶狠狠而又声泪俱下地说道。

"您应去爱那些恨您的人……"达丽雅·亚力山德罗芙娜怯怯地说道。

这句话阿历克赛·亚力克山德罗维奇早就知道，可这句话并不适合他现在的境况，于是他只是用有点轻蔑的神色笑了笑。

“是要爱那些恨您的人，可不是要爱那些您恨的人，这句话我可做不来。您自己的事已让您够受了，我又令您费心，真对不起！”于是阿历克赛·亚力克山德罗维奇调整了一下自己的情绪，便镇定地离开了。

第五章

晚餐结束时，列文本想跟吉蒂一块走进客厅，可又担心如果自己表现得太明显，吉蒂会不高兴，因此他就和男宾们待在一起，加入大伙儿的谈话。此时，他的眼睛尽管没有看着吉蒂，可是他却能感觉到吉蒂——她的动作、她的目光、她所在的方位。

他马上就轻而易举地履行了刚才对她的承诺——把身边的人都想得很好，而且永远爱他们。当谈到农村公社时，别斯佐夫认为农村公社制度包含着一种他称之为合唱定律的特别的规律，列文的哥哥则对农村公社存在的意义持一种既不完全肯定又不完全否定的态度，列文对他俩的观点都不赞同，他同他们讨论的目的只是想使他们平静下来，让争辩缓和下来。至于自己所说的话以及他们所谈的话他则一点兴趣都没有，他的希望只是让每个人都欢欢喜喜。现在他已经找到世界上最重要的东西了，而这个最重要的东西，先前是在客厅，现在则站在了门边。虽然没有回过头，可他仍然能感觉到这个最重要的东西的眼神及微笑。这回他忍不住回头了，只见她正和谢尔巴茨基一块儿站在门边，目光正停留在自己身上。

“我猜您是要去弹上一曲，对吗？我在农村缺少的就是音乐！”列文一边说，一边向她走去。

“哦，不！我们只是来向您道谢的，谢谢您今天的赏光！何必争论得这样激烈，反正谁也无法驳倒谁。”吉蒂说道，同时报之以微笑，这微笑好像是给他的一份礼物似的。

“没错，你说得很对。因为怎么也拿不准对方的观点，所以才常常争论得面红耳赤！”列文说道。

列文常常发现，当两个聪明人在争论时，他们费尽心思、用尽口舌，采用了许多精巧的论证方法，可是最后才突然意识到：他们彼此竭力要证明的东西，早在辩证开始便已经一目了然了。只是他们彼此各有所爱，怕自己被对方驳倒，因此不愿把自己所爱的东西说清楚罢了！同时，列文还常常有这样的体会：有时在争论过程中，当自己明白了对方所喜爱的东西是什么时，自己也会一下子喜爱上它，于是自己便马上转变立场，对对方的观点完全赞同，那么自己所有的论据就都没有用了；而有时候也会有相互的体验，你亮出了你所喜爱的东西，并且摆出了论据，如果言语表达得很好，而且语气真诚，对方也会一下子赞同你的观点，而不再争下去。这些就是列文刚才那句话的意思。

吉蒂皱起眉头，想了解他的意思，可当他刚开口解释时，她就已经懂了。

“我知道：弄清楚对方的观点、对方的喜爱，那就能够——。”

她已经完全明白并且帮他说出他想表达却又表达不清的意思。列文快活地微笑了。他、别斯佐夫、哥哥三人刚才的争论煞费口舌而且混乱不堪，结果她只用一句简洁的话就把这一堆繁杂的意思给概括清楚了，他对此感到十分惊讶！

谢尔巴茨基从他们身边走开，于是吉蒂在已摊好的牌桌前坐下，并用一支粉笔在新绿呢台布上画慢慢扩散的圆圈。

他俩又谈及了刚刚用餐时谈到的关于妇女权利和妇女教育的问题，列文赞成达丽雅·亚力山德罗芙娜的观点，他认为：一个家庭离不开女性，每个家庭无论是贫穷的，还是富有的，都离不开保姆，要么是雇外人，要么是家里人，因此尚未婚嫁的女儿可以待在家里做一些女人家应当做的事情。

吉蒂还没开口便满脸通红，可她仍然用诚恳的目光大胆地望着他，说道：“未嫁人的女孩的处境或许是：在家里多少有些委屈，可是她自己……”

从这句话他明白了她的意思。

"噢，没错。对，对，对，您是对的！您说得对！"

他看到吉蒂内心的恐惧，这种恐惧来源于闺中待嫁的身份和她所遭受的委屈，于是列文一下子懂得了用餐时别斯佐夫的那些关于妇女自由的言论，因为很爱她，所以他可以感觉到她的恐惧和委屈，于是他马上推翻了自己原先的观点。

然后是一阵沉默。她不停地在桌上画着，眼光安详而平静。在她的情绪的感染之下，列文正被一种越来越浓的幸福感包围着。

"哎哟！一张桌子都让我给画脏了！"她说着便放下粉笔，并打算站起来。

"她走掉了，就留下我一个人坐着，那怎么行？"列文心里害怕地想道。于是便捡了粉笔，说道："请您等等，有一件事，我一直想问您。"

他直视着她的眼——那双洋溢着柔情、充满了恐惧的眼。

"您请说吧。"

"您看！"他说道，便在桌上写下每个词的打头字母——K、B、M、O、ə、H、M、E、3、π、η、H、N、T，它们代表的意思是：当初您回答我的——这不可能，是指永远，还是就那会儿？他知道这些字母代表的意思她很难看懂，可他看她的那种眼神似乎在说：他一生的幸福都取决于她是否能明白这些字母的含义了。

她十分郑重地望了他一眼，用一只手托住她那眉头紧锁的额头，然后去看这些字母，她时不时地看他一眼，那种目光似乎在询问："是这个意思吗？"

"我明白了！"她红着脸说道。

"这个字母是什么意思？"列文指着代表着"永远"含义的字母H问道。

"它的意思是永远！可并不是这样的！"她说道。

他急忙擦掉了这些字母，把粉笔递给她并站了起来。于是她就写下了以下的字母——T、G、H、M、N、O。

当朵丽看见这两个人的时候，刚才与阿历克赛·亚力克山德罗维奇的谈话引起的忧烦，一下子就被她抛之脑后了。这时，吉蒂正手拿着粉笔，脸上闪动着害羞而幸福的微笑，她抬头看着英俊的列文，而列文则俯向桌子，那眼光炽热而专注，偶尔也盯着她。忽然他释然了，他已经看懂了，这些字母的意思是："那时，我不得不那样回答。"

他看了她一眼，那眼光似在询问，又充满了担心。

"只是那时吗？"

"是的。"吉蒂的笑容已经给了他答案。

"那么现在……现在呢？"列文问道。

"啊！我把我想要说——很想要说的都写在这儿，您就念念吧！"说完她便写道：Y. B. M. 3. H. Y. G。它们的意思是指："以前的事情，希望您能忘记，希望您能原谅。"

他用他那因紧张而发抖的手抓起粉笔，并将它一折为二，又用打头字母写下了这个意思："没什么我要忘记和原谅的，我一直都爱着您！"

他的笑凝滞了，只用眼睛望着她。

"我看懂了。"她轻声说道。

他又坐下写了一长串的句子，连"是这样吗？"都不需要问，她便已全明白了，拿起粉笔便做了回答。

好半天他都看不懂她的意思，所以总是去望她的眼睛。此刻的列文已被幸福冲得不辨方向了，哪里还想得出这些字母所代表的意思呢，但是她那闪动着幸福的眼睛已经给了他最好的回答。于是他又写了三个字母，可还没等他写完，她已随着他的一笔一画在念了，甚至还帮他把话写完并且还附上自己的答案——是的。

"你们在玩猜字游戏吗？喏，我们得走了，否则看戏要迟到了！"老公爵走过来说道。

列文把吉蒂送到了门口。

在交谈中他们已经表白了一切：她说她爱他，而且她会马上把这件事告诉给父母，他说明天一早他就登门拜访。

第六章

大街上这时仍悄无声息。列文走到谢尔巴茨基家时，他家的门还紧闭着，显然全家尚在睡梦中。他只好返回旅馆房间并要了一杯咖啡。现在已换成白天当差的伙计了，所以把咖啡给他端来的已不是叶戈尔了。列文想跟他聊会儿，可是偏偏有人拉铃，他便走了。列文试着喝些咖啡，并把一小块面包放进嘴里，可他的嘴简直不知道要怎么对付这块面包，于是只好吐了出来。之后列文又穿上大衣，走出了门。当他第二次来到谢尔巴茨基家门口时，正是十点钟，可全家才刚起来，厨子正要出门去买菜。可见至少还得等上两个小时才行。

昨晚一整夜加上今天整个早晨，列文完全是处于一种无知无觉的状态中的，他觉得自己已经脱离了一切物质生活。足足一天几乎粒米未进，两个夜晚没有闭眼，还有几个钟头沐浴在严寒中，而列文却觉得自己这会儿再清醒、再健康不过了；此外，他甚至觉得自己已经不再被肉身所束缚，一举手一投足都毫不费力，简直已经无所不能。他相信，只要他愿意的话，他可以穿墙、可以上天。为了打发掉剩下的时间，他只好在街上闲逛，并且动不动就看表，眼睛一会儿看这一会儿看那。

此时此刻他所看见的景象以后将不会重现——背着书包上学去的小孩，从屋顶飞落到人行道上的灰色的鸽子，不知是谁摆出来的并撒上面粉的梭式面包，这些情景让他好感动，简直就是人间罕见的，所有的画面都发生在同一个时间里——一个上学的小男孩去追逐一只鸽子，跑时还朝列文笑了笑，那只鸽子却展翅飞走了，阳光使它的羽毛在雪花纷飞的空中闪闪发亮，同时一阵烤面包的香味从一个小窗中溢出，一个梭式面包被摆了出来，所有画面衔接在一起显得奇妙非凡。面对这幅画面，列文快活得哭了，他好感动，感动地流下泪来。在社馆胡同及基斯洛夫街绕了一大圈之后，列文又回到了旅馆，他把表放在面前，期盼着指针指向十二点。隔壁房间的人正在大谈机器及上当受骗的事情，不时还发出几声清晨的咳嗽声，他们还不知道，已经快十二点了。指针终于指向了十二点，于是列文走出了旅馆。门口的马车夫都上前围住列文，脸上闪动着幸福的笑容，他们显然已经听说一切了。他们都争着要载列文，为了不得罪别的车夫，他答应下次一定坐他们的车，列文这才上了一辆马车去谢尔巴茨基家去。这个马车夫长得很英俊，那从长袍里伸出来的白色的衬衣领紧紧包住了他那结实、饱满的红脖子；他的雪橇车高大而轻巧，这样的车列文再也没坐过，他的马也很出色，跑起来非常稳，就像没动似的。车夫知道谢尔巴茨基家的地址，当车在门口停下的时候，他弯起两只胳臂、嘴巴还“咕噜咕噜”地咕哝了一句，他在向列文表示祝贺。谢尔巴茨基家的门卫显然也知道一切了，这一点在他那笑眼及说话时的神情里表露无遗：“呀！很久没见到您啦，康斯坦丁·德米特里奇先生！”

听起来，这个门卫不仅已经知道了一切，而且他对此十分高兴，尽管他正竭力掩盖这一点。看着这位老人的眼睛，列文甚至在自己的幸福中又找到了些新的东西。

“都起床了吗？”

“请进吧！帽子就放这儿得了。”列文正要回身去拿帽子时看门人对他微笑着说道，显然这句话也有一些含义。

“请问，要向哪位通报？”一个佣人问道。这个佣人是新来的，年纪很小，打扮得也很花哨，可他也是个好心人，此时他也是知道了一切。

“公爵夫人、公爵大人，还有小姐……”列文答道。

他看见的第一个人是家庭教师林依小姐，她正从大厅经过，她的卷发和她的脸上都洋溢着光采。列文正想向她打个招呼，这时忽然传来长裙摩擦的“沙沙”声，于是林依小姐一下子从列文的眼中消失了，他感到了那种因幸福临近而产生的一种快乐的恐惧。于是林依小姐离开客厅，并急忙向另一扇门走去，她刚走出去，便响起了一阵因踩在拼花地板上而发出的紧凑而又轻巧的脚步声。于是那个他已追寻了很久的东西——他的生命，他的幸福，比他自身更美更好的东西——急急切切向他靠近了。她不是走过来的，而是由一种不可知的力量给送过来的，送到了他的身边。

她的眼睛看上去明亮、真诚，与他内心相同的那种爱也使这双眼睛因快乐而充满害怕。现在这双眼睛离得越来越近了，它们发出的充满了爱的光芒使他头晕目眩。现在她的身体挨着他了，正紧贴地站在他的面前，她的胳臂抬起来并搭在了他的肩上。

她做了刚才所做的一切——跑到他身边，并羞涩快活地将自己的全部交给他，而他就拥住了她，并用自己的双唇吻往她那期待的唇上。

她也是一夜未眠，而且已经等了他整个上午。父母已一口应允了他们的事，而且也像她一样的快活。她一直等着他的到来，并想亲口告诉他他们俩的幸福，她准备着要单独迎接他，对这个想法，既高兴又羞怯，简直不知道如何是好。一听到他的脚步声、说话声，她就躲在了门后，一等林依小姐走开，她连自己要做些什么，该做些什么都没想，就跑到了他的身边，做了她刚才做的一切。

“我们去见妈妈！”她拉起他的手对他说道。好长时间他竟说不出话来，他怕他说出的话会有损此刻伟大的感情，但主要的原因还不是如此，而是他觉得，一开口说话，喷出的将不是言语，而是他幸福的泪水。他只好抓住她的手吻着。

“这是真的吗？我简直不敢相信你居然会爱我！”好不容易他才嘶哑地说出话来。

这一个“你”及他那畏怯的眼光不禁使她莞尔一笑。

“都是真的！而且我觉得我很幸福！”她用那意味深长的语气，一字一句地说道。

她拉着他的手走进了客厅，公爵夫人一看见他们便不停地喘气，一下子哭又一下子笑起来。列文真没想到，她竟能迈开如此有力的步子向他们跑过来，并且一把抱住了他的头，亲他，弄得他满脸泪水。

“一切已经定啦！我可真高兴！你一定得好好爱她！我高兴啊……吉蒂！”

“一下子什么都决定了！”老公爵说话时极力保持镇定，可是列文仍注意到了，在和自己说话时，公爵的眼睛是模糊的。

“我一直都在盼望着今天。早在这个疯丫头想着要……”他握着列文的手说道，并把他拉向自己的身边。

“爸爸！”吉蒂大喊着并用双手捂住他的嘴不让他继续说下去。

“那好，我不说了！我真的很、很……高……瞧！我是多么蠢啊……”

他拥住吉蒂，亲她的脸，她的手，再亲她的脸，并在她胸前划十字架。

吉蒂长时间地、温柔地吻着公爵的手，列文见此情景，一种对这位他并不熟悉的老人的依恋之情在他心里油然而生！

第七章

公爵夫人坐在安乐椅中默默地笑着，公爵则在她身边坐着，而吉蒂则在父亲身边坐着，谁也没有开口说话。

公爵夫人首先打破了沉默，她用一句话将此刻所有的思想，所有的情感，所有的一切转化为切实的问题，但是当她开始这么说出来的时候，大家都觉得别扭、怪异。

"婚事什么时候办呢？得举行一下祝福礼仪，还要通知亲朋好友！婚礼定在什么时候举行呢？你说呢，亚历山大？"

"有他做主呢！他可是这事的主角！"老公爵指着列文说道。

"什么时候？那就明天吧！要我说，今天祝福明天结婚就行！"

"哎哟，算了吧！亲爱的孩子，你在说傻话呢！"

"哦，那就一个礼拜以后吧！"

"他好像快神志不清了！"

"没有，怎么可能呢？"

"怎么能这样办婚事呢！那结婚嫁妆怎么办法？"面对列文如此的急不可待，公爵夫人快活地笑道。

"要什么嫁妆？还要这一套干吗呢？"列文害怕地想道，"不过话说回来，什么嫁妆呀，祝福呀，这一套对我的幸福又会有什么损害呢？什么损害也没有呀！"想到这儿，列文不禁看了看吉蒂，从她的脸上看不出一点对这一套的不高兴。"那么这些还是应该办的喽！"他想道。

“实际上，我对办婚事一无所知！我这只是随口说说的！”列文满含歉意地说道。

公爵夫人走到公爵身边，吻了吻他，打算离开，但公爵一把把她搂住了，并且笑嘻嘻地、温柔地吻了几次自己的妻子，就像对年轻的恋人似的。很显然，两位老人家一下子糊涂了，忘记了在恋爱的是他们的女儿，而不是他们自己。等公爵夫妇离开了，列文走到未婚妻的身边，拉住了她的手。他有好多话要说给她听，现在他已经稳住自己的情绪，可以开口说话了。可他说出口的这些话完全不是他实际想要讲的话。

“我早就感到，事情会是这样的，但我对此从来不敢奢望！不过在我的心里，我想事情会是这样的，我相信这是命中注定了的。”列文说道。

吉蒂说道，“我呢！就在那个时候……”停了停，她又继续说道：“就在那次我拒绝您、拒绝自己的幸福的时候，我就爱您。我只爱过您一个人，可那时我却鬼迷了心窍。我应该说……您能把这件事情忘记吗？”吉蒂说话时，眼睛一直注视着列文，眼光坚定而真诚。

“也许这样更好呢！我需要您原谅的事儿可多着呢？我不能不告诉您……”

还有两件事他觉得一定得告诉她，一就是他不像她一样清清白白，二则是他并不信仰宗教。尽管把这两件事说出来是令人苦恼的，但列文认为这两件事他必须告诉她不可。

“不，现在暂且不说，以后再说吧！”列文道。

“好吧！以后再说吧！不过可一定要说啊！我什么也不怕的，我想知道关于你的所有的事。现在大势已定了嘛！”

他说出了已经到了嘴边的话。

“大势已定是不是意味着：您愿意接受我，而且无论以前的我是怎样的，您都不会再拒绝我，都会爱我，是吗？”

“是的，是的！”

这时，林依小姐打断了他们的谈话，虽然她假模假式，但也笑得亲切，她是来向她的学生道贺的。还没等她离开，佣人们也纷纷来向她表示祝贺了，随之而来则是众多的亲戚，于是一场源于幸福的慌忙混乱便拉开了序幕，直至结婚的第二天，列文才算从中解脱出来，在这个时期里，列文一直觉得不自在、好烦、好闷，但是他一直处于一种日益增强的幸福的紧张情绪之中。对于别人让他做的事情他一无所知，所以只得叫干啥就干啥，当然所有的一切都给他带来了幸福。原来以为自己的提亲方法不同于一般，因为他认为普通的提亲方式有损于他那不同一般的幸福，而最终，他所做的一切完全与别人一样，但是他由此而获得的幸福却更多，而且越来越多出一般，无论是对于过去还是就在现在，他所得到的幸福都与别人的完全不同。

“现在我们有糖吃了。”林依小姐说道，于是列文便坐车去买糖。

“啊！我可真为您高兴！如果您要买鲜花，我建议您去复明店里去！”斯维雅日斯基说道。

“是吗！”于是他便上复明花店去买花。

哥哥提醒他去借点钱，因为将有一大笔的开销，还要去买很多的礼物……

“要礼物吗？”于是他便连忙跑到佛里达珠宝行去了。

无论是在糖果店、花店、还是珠宝行，列文都觉得与所有和他有交往的人一样，这些人正在恭候着他，见到他都很高兴，并且因为他的幸福而显得快活激动。更令他感到诧异的是：除了喜欢他的人外，就连那些原先对他并无好感、态度冷淡的人也都在称赞他，对他言听计从、体贴入微，甚至也同他一样地坚信，他未来的妻子是完美的，因此他是最幸福的人了！而吉蒂的感受也是一样，所以当茹得丝顿伯爵夫人向她表示她原可以获得比现在更好的婚姻时，她不禁大为恼火，并且坚定地表示：列文是世界上最好的人了，这就令茹丝顿伯爵夫人不得不赞同她的看法，而且见到列文有吉蒂在场时总是满脸堆笑，以此来表示对列文的赞赏。

原先讲好的要做一次坦诚的谈话是那时唯一一件令列文头痛的

事情。列文首先和公爵商量，在得到他的同意后，才把那本记录着令列文痛苦的日记本拿给吉蒂。当初记这本日记的目的就是要给未婚妻看的，这里面记了两件令列文深感痛苦的事——他是不纯洁的，他不信仰上帝。对不信仰上帝这件事也就罢了。吉蒂虽然相信宗教，而且对教义是深信不疑的，但是在列文不信仰宗教这一外在形式上她一点儿都不介意，凭借自己对他的深爱她能够洞悉到列文的内心，在他的内心她找到了她希望、她想要的东西，因此尽管这颗心缺少所谓的宗教，吉蒂根本就无所谓，可是那另外的一件事却令她伤心得痛哭流涕。

列文在把日记给吉蒂看时心里也十分矛盾，但是他认为：他不应该向她隐瞒任何事情，所以他决定非这样做不可，但是忘记了这么做可能会有的后果，忘记了设身处地为她想想。那天在去剧院前来到她家，当他走进她房间时，看见的是一张泪痕斑斑、满是痛苦、令人又怜又爱的小脸，这都是他一手造成的。这时他才恍然大悟，自己的过去是那么的可耻，而她却像鸽子般的纯洁，在这两者之间横着的是一条深不可测的鸿沟，对自己所做的事，他感到非常惊恐。

“拿走，拿走，这些可怕的本子，您赶快拿走！”吉蒂一边说一边推开正摆在面前桌子上的那些日记本，“这些本子您为什么要拿给我看呀！……哎，不对，看了总好过不看嘛。”看见列文一脸的绝望，吉蒂忍不住又心软了，于是又补充了一句：“可是这些多让人害怕呀！多让人害怕呀！”列文垂下头，一言不发。

“您不愿原谅我的了？”他咕哝道。

“不，我已原谅您了。只不过这些真是让人害怕呀！”

列文如此幸运，他的这些坦白不但丝毫无损于他的幸福，相反却给它增添了新的色采。她已经原谅了，可这使列文以后更加觉得自己配不上她，在精神上更加虔诚地匍匐在她的脚下，也更加珍惜自己的这份受之有愧的幸福。

第八章

回到那就只有他一个人的旅馆房间后，阿历克赛·亚力克山德罗维奇又回忆了一下刚才餐桌上及客厅里的谈话。他对达丽雅·亚历山德罗芙娜对他所说要求他原谅之类的话感到恼怒，基督教的准则是否适用于这件事情是一个十分复杂、无法判断的问题，而不是轻易就能下定论的，况且阿历克赛·亚力克山德罗维奇对此早就给了一个否定的答案了。这次晚宴，令他印象最深的就是那个愚昧的好人——屠罗夫金的话：向他挑战，跟他决斗，杀死他，这才是男子汉要做的。很显然，大家对此都是赞成的，只不过碍于礼数没有讲出口罢了！

“不过这件事情已经了结了，不必再去想它了。”阿历克赛·亚力克山德罗维奇自言自语道。于是他的注意力立刻集中到马上要启程的事及关于调查工作的事上去了，他一进房间，就问送他进门的守门人他的佣人去哪儿了，守门人回答说，他刚刚出去了。阿历克赛·亚力克山德罗维奇便要了杯茶，然后走到桌前坐下，拿起行程表，开始考虑行程的安排。

“来了两份电报！请您原谅，刚刚我离开了一会儿！”佣人一进门便马上告诉他。

阿历克赛·亚力克山德罗维奇拿起第一份电报，拆开来，电文的意思是：卡列宁一直想要得到的那个职位已被任命给斯特列莫夫了。阿历克赛·亚力克山德罗维奇把电报一扔，脸气得通红，站起

身在房间里走来走去，嘴里说道："Quos vult perdere dementat（上帝要毁灭谁之前，先让他发疯）。"当然Quos这里所指的是那些促成此项任命的人，他心中恼火的不是没把这个职位任命给他，而是觉得很奇怪，他不明白，这些人明明知道斯特列莫夫是个只会说大话的人，是最不合适这个职位的人选，他们怎么会看不出呢，他们这么做其实是在拖自己的后腿，是在破坏他们自己的权威！

他一边拆第二份来电，一边怒气冲冲地自言自语道："又是这类的什么事吧！"一打开，用蓝色笔所署的"安娜"二字便跃入他的眼帘，这是他妻子发来的，电文道："我快死，求速归。若得宽恕，死亦安心。"看了电报，他轻蔑地笑了笑，就将它扔在了一边，这是阴谋，这是他在最初的一分钟里所做的判断。

"她什么手段都用得出来。她该生孩子了，也许生孩子时得了什么病，可是他们这么做到底有什么目的？想让孩子合法化，以此来损害我的声誉，阻碍离婚？可是，这电报上写的'我快死，……"当卡列宁想到这儿，急忙拿起电报又读了一遍，一下子这些字直接的解释令他震惊，他又自言自语道："万一这都是实情呢？万一这些真是她临死前所讲的心里话，而我却认为它是谎言，不去理它，那这不仅是残忍的——人人都会指责我，而且于我自身来说也是一件蠢事。"

"彼得，快去雇辆马车，我要回彼得堡去。"他吩咐佣人道。

阿历克赛·亚力克山德罗维奇决定返回彼得堡去见妻子，另外他还决定：如果这是一场阴谋的话，那他一句话也不说，转身就走；如果这是真的——她病得快要死了，想再见他最后一面，那么，到家时她还没咽气，就原谅她；到家里如果她已死了，就尽尽自己最后的责任。

一路上，他没去想他应该做的是什么。

在火车上坐了一夜，这使阿历克赛·亚力克山德罗维奇疲惫、难受。当他坐在马车里，在蒙蒙的晨雾中，颠簸在彼得堡沉寂的涅瓦大街上的时候，他两眼直看着前方，脑子里什么也不去想。他无法去考虑这件事，因为一想到下一步的事情，他就会情不自禁地想：如果她死了，那自己的一切困窘就消失了。他看着从他眼前一晃而过的一切——一间间的面包房、一家家未开门的店铺、一辆辆走夜路的马车、一个个扫马路的守夜人，他想极力去湮没心头的思绪，不去考虑马上要面临的事以及他不该期待却仍正期待着的事情。抵达家门口了，这会儿他家门前正停着一辆出租马车和一辆四轮轿式马车，那车夫正在车上睡觉。走进大门时，阿历克赛·亚力克山德罗维奇似乎已从他的脑海深处的某一个角落里找出了一个办法——若是谎言，就坦然地蔑视，并一走了之；若是真情，则顾全体面，他决心就照着这个办法做。

没等阿历克赛·亚力克山德罗维奇去摇铃，守门人就把门打开了。守门人彼得罗夫，又叫作拉皮托内奇，他身上正穿着件旧礼服，没打领带，脚上穿着双拖鞋，他看起来怪怪的。

“太太怎么样了？”

“昨天已顺利地生产了。”

阿历克赛·亚力克山德罗维奇僵住了，脸上一点血色也没有，这会他已完全清楚了——自己其实是多么希望她死啊！

“身体怎样？”

这时正系着早上用的围裙的考尔涅伊正奔下楼来。

“很不好。医生们昨天已经会诊过了，这会儿还没走。”他回答道。

阿历克赛·亚力克山德罗维奇说道：“把行李拿进来！”他这时听见她还有死的可能便稍感轻松，并走进了前厅。

看见衣架上有一件军大衣挂着，阿历克赛·亚力克山德罗维奇便问道：

“有谁在呢？”

“有医生、护士，还有渥伦斯基伯爵。”

于是阿历克赛·亚力克山德罗维奇朝里屋走去。

这时客厅里一个人也没有，听见了他的脚步声，从安娜的书房里走出一个头上系着紫色缎带小帽的护士。

她走到阿历克赛·亚力克山德罗维奇跟前，病人眼看就要死了，她也顾不得礼节了，拉起他的手，就往卧室走去。

护士说道："感谢上帝！您终于回来了！她一遍遍地问您！"

"快拿水来！"一句命令从卧室传来。

阿历克赛·亚力克山德罗维奇走进妻子的书房，看见渥伦斯基正侧身坐在书桌旁的一个矮椅上，他正用双手捂着脸哭，一听见医生的话，便一跃而起，双手也从脸上挪开了，这时他也看见了阿历克赛·亚力克山德罗维奇。面对着这位丈夫，他困窘难当，便又坐回去，头直往脖子里缩，似乎要找个地方藏起来，但他竭力稳住了自己，站了起来，说道：

"她快死了。医生说已经没救了。我愿听您的差遣，只求您准我留在这儿……不过，我愿意任您处置，我……"

就像每次看见别人落泪时一样，当阿历克赛·亚力克山德罗维奇看见渥伦斯基的眼泪时，他就方寸大乱了，于是急忙转过脸去，不去听渥伦斯基的话，并赶紧走向房门。这时，卧室里传来了安娜的声音，这声音听起来很高兴、很激动，而且有模有样。阿历克赛·亚力克山德罗维奇进了卧室，站到床前，这时她把脸转向了他，只见她脸蛋绯红，两眼发光，一双从内衣袖口伸出来的白白的小手正捏着被角，并把它揉来揉去，看上去，不光是身体很好、精神焕发，而且她的情绪也极好，她的话说得又响又亮，不仅字正腔圆，而且饱含感情。

"因为阿历克赛，我说的是阿历克赛·亚力克山德罗维奇（命运简直是太玄妙太恐怖了，竟然安排两个人都叫阿历克赛，难道不是吗？）他是不会拒绝我的请求的。他一定会忘记的，他一定会饶恕的……可是他怎么还没到呀？他是那么仁慈，连他自己都不知道自己有多仁慈。呀！我的上帝，多让人难受呀！快给我些水！哎呀！这对她——我的小女儿可不好呀！嗯，就让奶妈抱好了！嗯，我决定了，这样还更好些呢！他就快回来了，看见她他会不高兴的，快让奶妈把她抱走吧！"

"安娜·阿尔卡季耶芙娜，他已经到了，您看就在这儿呢？"护士边说边竭力让她看到阿历克赛·亚力克山德罗维奇。

可安娜并没看到丈夫，她说道："哎！别胡说了！把她给我吧，把我的女儿给我呀！你们说他不会原谅我，是因为你们并不了解他，除了我以外，没人了解他，所以我很难受。你们并不知道，谢辽莎的眼睛和他的一模一样，所以我不能看见谢辽莎的眼睛！谢辽莎吃过饭了吗？我就知道都会把他忘了的，但，他从来就会记得。得让谢辽莎搬到拐角的那间屋子去住，还要让Marrietoe陪他一块儿睡觉。"

忽然，她看见了丈夫。于是她猛地缩成一团，不再说话，而且把双手抬到面前，那模样好像是在等着挨打、又好像是要保护自己。

"不，不，我怕的不是他，我怕的是死！你快过来，阿历克赛，因为我的时间不多了，所以我很着急，我快活不成了，一会我又要发烧了，发烧我就什么都糊涂了！可现在我还清醒，我还清醒，我什么都明白。"

阿历克赛·亚力克山德罗维奇双眉紧锁，脸上流露出痛苦的神情。他抓起她的手，想说点儿什么，却不知该说什么，怎么说。他的下唇抖动着，他正努力控制自己的情绪，只是时而看她一眼，每次看她，每次都看见她正注视着自己，那眼光温柔、热烈而饱含着感情，这种眼光他以前从未看见过。

"您等等，您先别走，您不明……您别走……"她说着说着就停住了，似乎正在想怎么说，说什么，接着又说道，"对了，对了，对了，对了，我就是想说这个。请别觉得我不正常，我还是原来的那个我，可是还有另一个女人附在我身上，这个女人——我恐怕她爱上那个人了，所以我想去恨你，可我仍无法忘记从前的那个我，那个女人不是全部的我，此时的我才是真正的我——完整的我。现在我就要活不成了，这我知道，你去问问他吧！我这会儿能感觉得到，死亡就在我的手上，我的脚上，我的手指上，好沉啊！看看这些指头肥成这个样子了，不过很快一切都结束了……现在我只想要——您的饶恕，您完完全全的饶恕，我知道我简直是坏透了，可是保姆她曾经告诉过我，曾有个受难的女圣徒——啊，叫什么来着？她比我可要坏得多呢！所以很快我就要去罗马了，在那儿我不会伤害任何人了，那儿只是一片荒漠，我什么都不要，只要带上谢辽莎和那小女儿……哦！你是不会饶恕我的，这种事——我知道是不可饶恕的。不了，不了，您走吧！您已经太好了，好得过火了。”她的一只发烫的手抓着他不放，另一只手却又在推开他。

面对眼前的情景，阵脚已乱的阿历克赛·亚力克山德罗维奇更是不知如何是好了，此刻他已经乱到忘记控制自己的程度了，他恍然大悟：他刚才所以为的那种不知所措其实并非是真正意义上的不知所措，而是与此恰恰相反的一种安乐、平和的心境，这种状态给他以一种全新的幸福感，这是他从未体验过的。此刻，他心里想到的不是那些他毕生都在遵循的基督教规——宽恕自己的敌人，爱自己的敌人，而只是这种因宽恕、爱自己的敌人而产生的一种快感。于是他跪了下来，头贴在她的肘上，她的体温透过睡衣炙烤着他，这时他竟像个孩子似的放声大哭，于是她就抱住他的头，身子向他挪过来，两眼向上看着，目光中闪动着一种骄傲的召唤。

“这不就是他吗？我认识的！现在饶恕一切吧！饶恕吧！……他们又来了，他们怎么不走开呀？……快把这件皮衣裳从我身上挪走！”

医生挪开她的手，并很小心地让她睡回枕头上去，又盖住她的肩，她很顺从地仰面躺下，眼睛有力地瞪着前方。

“请您记住，我只是要得到您的饶恕，任何其他的我都不要……他怎么还不过来？”于是她对着渥伦斯基的方向喊道，“过来，你快过来，把手给他。”

渥伦斯基走到床前，一看见她就用双手捂住了脸。

“露出脸来，看着他——他是个圣人呀！把脸快露出来，快露出来，”说到这儿安娜不禁有些生气了，“你拉开他的手，阿历克赛·亚力克山德罗维奇，我要看着他！”

阿历克赛·亚力克山德罗维奇于是把渥伦斯基的手从他的脸上拉下来，只见这是一张满是伤心及羞惭的脸。

“把你的手给他，然后饶恕他！”

阿历克赛·亚力克山德罗维奇便把手伸向渥伦斯基，这时泪水忍不住夺眶而出。

“感谢上帝！感谢上帝！现在一切都已经就绪了，只需要把腿稍稍伸直就行了，好了，就这样，这样就好了，”她又指着墙纸说道，“这些花画得可真是俗！哪点像紫罗兰呀？上帝！上帝啊，什么时候才能结束啊？医生，给我点儿吗啡吧！快给我点儿吗啡吧！天哪！天哪！”她在床上不停地翻滚着。

所有的医生都说，她得的是产褥热，得了这种病，只有百分之一的机会能活下去。她整天地发烧，说胡话，不省人事，一到半夜就毫无知觉地躺着，而且脉搏几乎都消失了。

大家都觉得她随时有可能死掉。

渥伦斯基回家去了，但一大早就又来打听病情，阿历克赛·亚力克山德罗维奇在前厅碰到了他，并对他说：

“请留下吧，或许她想见您！”于是他亲自将渥伦斯基带进妻子的书房。

快天亮了，她又兴奋、激动起来，思维和语言急速地跳跃着，然后又是昏迷不醒。到第三天时情况仍旧，但医生们说有活的机会了。这天阿历克赛·亚力克山德罗维奇走进渥伦斯基正待着的那个房间，锁上房门，并在他的对面坐下。

渥伦斯基感到打开天窗说亮话的时机到了，他说道：“阿历克赛·亚力克山德罗维奇，我什么也不会说，也什么都不明白了！求您饶了我吧！无论您有多痛苦，请相信，我要比您痛苦得多呢！”

渥伦斯基说完就想站起来，但阿历克赛·亚力克山德罗维奇却握住他的手，并对他说道：

“我要求您听我把话讲完，这很必要。我应该让您了解我的感情，这些感情不但支配着我的过去，更支配着我的将来，我之所以要说这些话，只是不想让您误会我。您也知道，我已经决定要离婚，而且已经着手办理了，实话对您说吧，当时我下这个决心的时候，我很犹豫，也很痛苦，我承认，我一直都想着要报复你和她，而当我收到她的电报，并赶回这儿，在这段时间里，我的感情是——说白了就是：我希望她死。但是……”他停住了，心里正考虑是否要向他坦白自己的内心，接着又说道，“当我看见她时，我就已经宽恕她了。这让我感到幸福，而同时这种幸福又提醒了我所应负的责任，于是我就彻彻底底、完完全全地原谅了一切！这就好比：人家打了我的左脸，我还伸出右脸，让别人来打；人家拿了我的外套，我就要把衬衣也一同送给他。我唯一的要求只是：希望上帝赐予我这种原谅的幸福！”说到这里，他的眼模糊了，他的目光是如此的明亮、平静，简直令渥伦斯基佩服，接着又说道：“这就是我的全部感情。您可以把我看得一文不值，也可以使我成为社会的笑料，可我决不抛弃她，甚至对您连一句指责的话都不会说。我很了解我应负的责任——永远和她在一起。如果她想和您见面，我自会通知您，可是我认为，现在您还是走得远远的为好。’”

他从椅子上站了起来，失声的痛哭令他只能到此为止。渥伦斯基也跟着起身了，但他没直起身子，只是皱着眉看着阿历克赛·亚力克山德罗维奇，对阿历克赛·亚力克山德罗维奇的这种感情他一点都不理解，但是他觉得这是一种了不起的感情，对于渥伦斯基这类人来说，这种感情根本就是高不可攀的。

第九章

阿历克赛·亚力克山德罗维奇回到了妻子那里。一听到他的脚步声，安娜便连忙从床上坐起来，并用畏惧的目光看着他。他看见她正在哭泣。

"您对我的信任，我十分感谢，"于是他又用俄语把刚才用法语对培特西讲过的那句话温柔地重复了一遍，并在她旁边坐下。听到他讲俄语，并用"您"来称呼她时，安娜便忍不住要发火。只听他继续道，"对您的决定，我十分感激。我也认为，既然渥伦斯基伯爵就快走了，他也就没必要再上这儿来了。其实……"

"我都已经说过了，为什么又要说起他呢？"安娜突然十分恼火地打断了他的话，她的怒火已经忍不住了。她心里想道："没有必要？一个情愿为他爱的女人而自杀的男人来和这个没有了他也活不下去的女人说声再见，这没必要？"她牙关紧咬，垂下那闪亮的眼睛，并看见他那双满是青筋的手正在互相搓着。

"这件事，以后我们别再提了。"说话时她镇静了许多。

"我让你自己来解决这个问题，同时也很高兴地看见……"阿历克赛·亚力克山德罗维奇正要把话说下去。

"看来我的决定与您的想法一样。"安娜很快把他的话说完，他这样不紧不慢地说话，实在令她恼火，况且对于他想要说的她已经知道了。

他说道："是的，特薇尔斯卡娅公爵夫人插手了她不应该干预

的别人家的事。尤其她……"

"对人家说她的那些话，我一点也不信。我只知道，她是真心爱我的。"安娜急忙说道。

阿历克赛·亚力克山德罗维奇叹了口气后就沉默了。她惊慌地望着他，一双手正拨弄着晨衣上的穗儿，一种从生理上对他的厌恶之情油然而生，这种感觉令她痛苦，她也为这感觉而深感内疚，但是她怎么也压抑不住这种感觉，此刻她唯一的希望就是——赶快离开他，因为她简直太讨厌他了。

"刚才，我又派人去请医生了。"阿历克赛·亚力克山德罗维奇说道。

"我身体很好，为什么还请医生呢？"

"不是，小丫头总哭个不停，他们说，可能奶妈的奶不够。"

"那为什么你不让我自己喂奶呢？我曾求你让我自己来喂奶的。无论如何（对此阿历克赛·亚力克山德罗维奇不明白），她是个婴儿，她会被折磨死的，"于是她拉了铃，叫人把孩子抱过来，"我要求过喂奶的，你不让我喂，可这会儿又来指责我。"

"我并没指责你……"

"不，您就是抱怨了！上帝呀，我怎么还没死啊！"她一边痛哭，一边说道。一会儿她就清醒了，说道："请原谅，我太激动了，都是我的错。不过，您去吧……"

阿历克赛·亚力克山德罗维奇从妻子卧室出来，很坚决地自言自语道："不，这样下去可不行！"

他从未如此清楚明白地看到，自己在人们眼中的处境是这么的艰难：妻子对他是厌恶、痛恨的。自己身上的那股神秘的力量是如此的强大，它与自己的精神状态相背离，但它支配着他，并强迫他服从，使他改变了对妻子的态度。现在他明白了，整个社会以及妻子都想他会做点什么，但至于他们所要求他做的事情他不知道，也正因此，一种无名之火自他的心底冒起，这种愤怒将他内心的平静和他行为的高尚破坏殆尽。他认为断绝与渥伦斯基的关系对安娜来说是最好不过的，如果这点做不到的话，那么只要不使孩子蒙羞，不失去孩子，不影响自己的地位，他甚至准备又一次容忍他们的关系。因为即使这种状况再糟，也好过破裂，一旦破裂，她将陷入无路可走的羞耻境地，他也将失去自己的一切。但想要做到这一点，他却觉得自己力不从心。因为他很早就知道他现在所做的是合情合理的事，别人都反对，他们要让他做的是那些他们认为应该做的事。

第十章

斯捷潘·阿尔卡季伊奇走进了阿历克赛·亚力克山德罗维奇的办公室，脸上有些严肃，这副表情通常是他坐在自己那把领导人的办公椅上才有的。这时阿历克赛·亚力克山德罗维奇正来回踱着步，双手背着，心里想的正是刚才斯捷潘·阿尔卡季伊奇与他妻子刚刚谈论的事情。

“我没打扰你吧？”斯捷潘·阿尔卡季伊奇说道，面对妹夫，为了掩饰一种突如其来的尴尬感觉，他从口袋里掏出他刚买的新款烟盒，闻闻它上面的那股皮革味，又抽出根香烟来。

“哪里。找我，有什么事吗？”阿历克赛·亚力克山德罗维奇用那种极不快活的口吻问道。

“啊，我想要……我是来……哦，我想和你谈谈。”斯捷潘·阿尔卡季伊奇说道。这时他心里产生了一种他从没有过的胆怯，对此他觉得很惊奇。

这种感觉来得这样突然，又是这样怪异，因此斯捷潘·阿尔卡季伊奇不承认这是他的良心发现。斯捷潘·阿尔卡季伊奇竭力地克制住自己，克制他身上那股胆怯。

“请您相信，我是爱我妹妹的，而且对您也是真心仰慕、真心尊敬的。”斯捷潘·阿尔卡季伊奇红着脖子说道。

阿历克赛·亚力克山德罗维奇停下了脚步，什么也不说，脸上挂着那种委曲求全、顾全大局的表情，这让斯捷潘·阿尔卡季伊奇感到十分惊讶。

“我是要，我想谈谈我妹妹的事，说说你们俩的事情。”斯捷潘·阿尔卡季伊奇说话时竭力克服着那种他少有的羞怯感。

阿历克赛·亚力克山德罗维奇露出了抑郁的微笑，看了看这位大舅子，什么都没有说，只是走到桌边，捡了一封才刚开了个头的信并将它递给这位大舅子。

“我一直都在想这件事呢。她看见我就不高兴，我想，还是以书面形式来谈比较好，你看，这才刚写了个头儿。”他边说边将信递过去。

斯捷潘·阿尔卡季伊奇接过信，并迷惑不解地看了一眼卡列宁那双待滞地盯着他的眼睛，然后开始读信。

“看得出，你一看见我就很不高兴。这一点我很确定。对此我很难过，但我看得出，这已经是无法改变的了。我并不怪您，这一点上帝可以替我作证，当我看见您病倒了，我是发自内心地要忘记所发生的一切，从头开始。对于我所做的，现在我不后悔，而且以后也不会后悔。我只有一个愿望，就是让您幸福，让您从心里感到幸福，但我发现，这点还没有达到。希望您能亲自告诉我，要怎样您才会觉得幸福，要怎样您的内心才能获得安宁。我完全相信您自己的意愿以及您真正的感情。”

看完信，斯捷潘·阿尔卡季伊奇把信还给妹夫，看着他，仍然迷惑不解，也不知该说些什么。在这场沉默中，卡列宁和斯捷潘·阿尔卡季伊奇都觉得尴尬，斯捷潘·阿尔卡季伊奇像得了什么病似的把嘴唇憋得直抖，双眼盯着卡列宁的脸。

“这些就是我想对她说的。”阿历克赛·亚力克山德罗维奇转过头去。

“是的，是的……”斯捷潘·阿尔卡季伊奇说不下去了，因为他的喉咙被泪水噎住了。好不容易，他又说出，“没错，没错，我

明白您的意思。"

"我想弄明白她要做些什么?"阿历克赛·亚力克山德罗维奇问道。

这时斯捷潘·阿尔卡季伊奇冷静下来了,他说道:"恐怕她对自己的处境也弄不清楚。她已经不能做出判断了,您的宽容、您的大度已经把她给制服了。看见了这封信,她什么也不会说,只会把头垂得更低!"

"是的。但是在目前这种情形下该怎么做呢?要怎么说才能说清楚?怎么才能知道她的意思?"

"如果您愿意听听我的看法的话,那么我认为你必须直接地指出这一点,而且必须采取实际行动来结束现在的局面。"

阿历克赛·亚力克山德罗维奇打断了他的话:"您认为,现在这种状态必须结束?可是怎样才能结束?"这时他做了一个他很少有的动作——双手捂住眼睛,然后又道:"我根本看不出还有什么办法。"

斯捷潘·阿尔卡季伊奇站了起来,变得兴奋起来了,他说道:"车到山前必有路,你曾想要分开……如果你现在确定,你们的确无法令对方幸福……"

"幸福可以有多种含义,但是即使对所有的含义我都认同,而且没有任何要求,那我们的现状又能有什么改变吗?"

"如果您愿意听听我的话的话:我认为,这句话她是永远不会说的,但是有一件事是可以做到的,也正是她所希望的。那就是,将现在所有的一切和与现状有关的一切都砍断,要我说,你们之间必须重新建立一些关系,而且这些关系只有在你们都获得了自由的时候才能建立。"斯捷潘·阿尔卡季伊奇说这番话时,脸上挂着刚才同安娜谈话时所有的那种温柔似杏仁油般的善良的微笑。这种善良的微笑的力量可真是不小,简直令阿历克赛·亚力克山德罗维奇招架不住,甚至可以说是令他屈服,而且对他接着要讲的话确信无疑。

"离婚?!"阿历克赛·亚力克山德罗维奇打断道,语气中充满了厌恶。

“没错，我的意思就是离婚，没错，离婚。”斯捷潘·阿尔卡季伊奇红着脖子重复了两遍，“任何关系像你们现在这样的夫妻，无论从哪个角度看，离婚都是最明智的选择。如果夫妻双方都觉得无法与对方共同生活下去，那该怎么办呢？这种事是经常都会碰到的。”听到这儿，阿历克赛·亚力克山德罗维奇不禁深深地呼了口气，并合上了眼睛。这时，斯捷潘·阿尔卡季伊奇说话已经没什么顾忌了，只听他又道：“现在只需弄清一点：是否夫妻双方中有一方想要另择配偶？如果不是如此，那么事情可就好办了。”阿历克赛·亚力克山德罗维奇激动地皱起了眉，还自言自语地说了点什么。这些在斯捷潘·阿尔卡季伊奇看来是很简单的事情，阿历克赛·亚力克山德罗维奇已经成千上万次地考虑过了，而且他认为这些事不仅不简单，甚至可以说是不可能办到的。在把所有关于离婚的办法都了解过之后，现在他觉得他不可能离成婚了，原因在于：一、在没有实据的情况下控告别人通奸这是他的自尊心和对宗教的崇拜所不允许的。二、无法容忍让已得到自己的宽恕而且自己爱着的妻子被人揭发而脸面尽失。除以上两个原因外，还有其他几个更为重要的原因。

离了婚，那儿子怎么办？留在她的身边？离异的母亲的家庭是不合乎法律的，在这种家庭中，作为前夫的儿子，他的处境及教育一定不好，所以不能把他留给母亲。那留在自己身边？就会成为他的一种报复手段，这是他不希望的。此外，还有一个原因就是——他觉得一旦同意离婚，安娜就会被毁了。那天在莫斯科时达丽雅·亚力山德罗芙娜的话至今他还记忆犹新，她说：他决定离婚只是出于自身的考虑，而没考虑到安娜，这种做法会把她彻底地毁了。如今他把这些话与自己对两个孩子的爱，对她的宽恕连在一起，于是对离婚他又有了自己的看法。同意离婚，让她自由，这就会剥夺他对那两个孩子的爱，这是他一生中最后的牵挂，而对安娜而言，就会剥夺她悔过自新的最后机会并且使她陷入罪恶的深渊。他知道，一旦离了婚，她就会与渥伦斯基在一起，而这种关系是不合法的、罪恶的，因为教规规定有：只要丈夫还活着，妻子就不能与他人结婚。阿历克赛·亚力克山德罗维奇心里想道："她很快就会和他结婚，但过不了一两年，不是他抛弃了她，就是她又有新欢。但我，一旦同意离婚，就会成为毁了她的罪人。"在将这些反反复复地考虑过之后，他最后相信，离婚不仅不像内兄讲的那么轻而易举，而且是完全不可能的。对于斯捷潘·阿尔卡季伊奇所说的话他一句也不信，他的每句话他都可以用一千种方式来反驳，但他仍然仔细地听着，因为他感到斯捷潘·阿尔卡季伊奇的话就是那股能左右他的生活的强大而粗暴的力量的代表，对此他只能完全服从。

"现在的问题只是，您想用怎样的方法来离婚，在怎样的条件下离婚。她不敢也不想要求些什么，这一切都取决于您的大度。"

"我的上帝，我的上帝！怎么会这样啊！"阿历克赛·亚力克山德罗维奇心里想道，并且回忆如果过错在于丈夫，那么离婚有哪些具体的细节，然后就像渥伦斯基一样，也羞惭得捂住了脸。

"我知道你现在很不冷静。不过如果你想……"

"人家打你的右脸，你就把左脸也伸过去；人家抢走你的袍子，你就把衬衣也脱给他。"阿历克赛·亚力克山德罗维奇想起了这句话。

"好的，好的。就让我来承担耻辱吧，甚至连儿子我也可以给她，可是……可是非要这样不可吗？不过，你想怎样就怎样吧！"

他感到痛苦、羞惭，为了不让大舅子看见他的表情，他转过了脸，并在窗下的一把椅子上坐下，但与此同时，他也因自己如此谦逊的伟大精神而体验到一阵快活和激动。

斯捷潘·阿尔卡季伊奇也动了真情，他一言不发地坐了一会儿。

"请相信，阿历克赛·亚力克山德罗维奇，您的宽容大度，她一向很看重。可是，所有的一切都是上帝的安排。"他觉得自己的这句话说得很荒唐，他不禁想打趣一下自己的荒唐，但是他还是竭力克制住自己，以免笑出声。

阿历克赛·亚力克山德罗维奇想回答一句什么，可是泪水噎得他说不出话来。

“这是命中注定的，只好认了。我把这个不幸看作是一个既定的事实，我只能尽力地帮助她，也尽力地帮助你。”斯捷潘·阿尔卡季伊奇说道。

从妹夫的房间出来时，斯捷潘·阿尔卡季伊奇十分的感动，但同时他又觉得洋洋得意，他得意自己已经把这事处理好了，而且他确定阿历克赛·亚力克山德罗维奇一定会言出必行的。此外，这种得意之中还包含了另一种想法——办完这件事后，要向妻子和好友提一个问题，想到这儿，他就笑眯眯地自言自语道：“我和皇帝还有什么区别？皇帝可以调兵遣将，可这对人只能有害无益；而我能调遣夫妻，使他们离婚，而这对三个人都有好处……也可以这么问：我跟皇帝有什么相似的地方？到时候……不过，我还可以想出些更经典的话来！”

第十一章

虽然渥伦斯基没打中心脏，可他的伤势很重，一连几天他都有生命危险，当他能开口说话时，只有他的嫂嫂——瓦丽娅，守在他的身边。

他一本正经地看着她，说道："瓦丽娅，我是误伤了自己的。这件事，求你以后别再跟我提起，对别人也就这么说。否则我简直是太可笑了！"

瓦丽娅并没回答他，只是俯身向他，并微笑地看着他。只见他的眼睛闪闪发光，丝毫没有发烧的迹象了，但他的眼光却是正经的。

"哦！感谢上帝！你不疼了吧？"她说道。

他指着胸道："这儿还有点儿。"

"那我给你包扎一下吧！"

在包扎的时候，他紧咬着他那宽宽的牙床，哼都没哼一下，直到包扎好了，他才说道："我现在很清醒。请想个办法别让别人以为我是自杀。"

"不会有人说闲话的。我只希望，以后你可再别开枪误伤自己了。"她答道，微笑中带着几分疑问。

"应该是不会了！不过最好还是……"

他忧郁地笑了笑。

尽管这些话和这一笑把瓦丽娅吓了一跳，但是等炎症消退、身体复原时，他觉得自己原先的一部分痛苦已经消失了，自己的羞耻与卑劣似乎已经让自己的行动给抹掉了。现在，他终于可以冷静地去思考关于阿历克赛·亚力克山德罗维奇的那件事了，他承认卡列宁是宽宏大量的，但不再觉得自己是卑鄙、无耻的了，而且他觉得他的生活又上了轨道。现在他既能坦然地正视别人的眼睛，又能按照原来的习惯来生活了。只有一件事他还不能忘却：那就是对安娜的感情，尽管他内心不断地和这种感情抗争，但他仍然觉得遗憾，这种遗憾简直达到令他绝望的地步，因为他感到他已经永远失去了她。尽管在心里他已经决定：既然在那个丈夫面前自己已经赎了罪，那现在就该忘了她，不再隔在已经悔改了的她和她的丈夫之间，但是，他无法抹去心中那种因失去她而产生的深深的遗憾，无法忘怀他俩曾经有过的美好时光，当时他并没有好好地去珍惜，可是如今失去了，才感到它的珍贵。

谢儿普霍夫斯克衣设法派渥伦斯基去塔什干工作，渥伦斯基二话不说地就接受了，但行期越近，他就越觉得，自己这次义不容辞而付出的代价是多么的惨痛。

伤势已经完全复原了，他现在已经经常出门去做赴塔什干的准备工作了。

“见她一面后，就销声匿迹，然后就死了这条心。”他在向培特西辞行时将这个想法告诉了她，然后，培特西又肩负着这个使命去见安娜，并给他带回一个否定的回答。

听到这个答案，渥伦斯基心里想道：“这样也好。想和她见面说明我很软弱，如果再见一面，也许会把我最后的努力也给毁掉的。”

第二天一早，培特西又亲自来找他，告诉他，她已经从奥勃浪斯基那儿得到确切的消息——阿历克赛·亚力克山德罗维奇已经同意离婚，因此，他可以与安娜见面了。

渥伦斯基又将一切都抛之脑后了，他忘记了把培特西送出门，甚至连一句“现在合适吗，她丈夫在不在？”都忘了问，就上了马车上卡列宁家去了。他奔上楼，对一切都视若无睹，强忍住不跑，迈着急速的步子进了她的房间。他根本就没去想她的房间里有没有别人，一进门，就一把抱住了她，并将一个个的吻印上了她的脸、手和颈。

对这次见面，安娜已做了准备，想好了要说的话，可一见面，一句话也没说出来，因为她已经被他的激动完全影响了。她想让他们都冷静下来，但是他的激情已经感染了她，她的嘴唇抖得半天都说不出一个字。

“是的，我是你的了，我是你的人了！”她终于说出了一句话，同时拉住他的手贴在胸前。

“本来就该如此！只要活着，我们就该如此！现在我可是明白了。”

她的脸色变得越来越苍白了，紧紧搂住了他的头，说道：“的确如此。但是在经过这么多事以后，我总觉得有些怕。”

“一切都会成为过去的，都会成为过去的，我们会很幸福的！我们的爱，正是因为有了这些可怕的东西，才变得更加强烈！”说完他抬起了头，露出那两排整齐、健康的牙齿。

而她也只能以笑作答了——不是答他的话，而是他那温柔含情的眼。捧起他的手，她让他抚摸自己冰冷的脸和那齐齐的短发。

“头发这么短，我差点没认出来，你变得好漂亮！可是，小男孩，你的脸色太差了！”

她微笑地答道：“是的，我还很虚弱！”这时她的嘴唇又抖了起来。

“到意大利去吧，在那儿你很快就能复原了。”他说道。

“这真的能实现吗？——我们俩结婚、生活在一起，有我们俩的家？”她说话时，眼睛贴近他的眼并盯着它们。

“我只是不懂，怎么以前就没这么办呢？”

“斯季瓦，他说他同意一切，可我无法接受他的大度。我不想现在离婚，这对我其实是无足轻重的了，我只是不清楚，他要把谢辽莎怎么办？”她一边说，一边若有所思地把眼光从渥伦斯基脸上移开。

他无法理解，在此时此刻，她怎么会把离婚和儿子相提并论，这些不是已经无足轻重了吗?

他说道："别提这些了，也别再想了！"同时，他翻转着她的手，想让她把注意力放在自己身上，可是她还是没看他。

"唉，我怎么没死掉啊！要是死了，那该多好！"虽然她的声音里没有哭腔，但是她的泪却夺眶而出，为了不让他难过，她只好强作欢颜。

在以前，拒绝这次既光荣又有挑战性的塔什干任命，渥伦斯基认为是可耻，也是不可能的；可是现在，他二话不说就拒绝了这项任命。上级对此十分不满，于是他便退役不干了。

一个月之后，安娜去了外国，当时离婚手续还没有办好，同时她也拒绝那样办离婚。而阿历克赛·亚力克山德罗维奇则和儿子留在家里。

第十二章

他们在莫斯科的全部亲戚朋友都聚集到了教堂里。当婚礼在进行时，女士们衣着华丽，男宾们系着白领带，穿着燕尾服或制服，在灯火通明的教堂里挤来挤去。那种优雅得体的交谈从未间断过，这些大都是由男士们发起的，女人们都在一丝不苟地观看着各种细微之处，宗教仪式的种种细节总会让女人们忍不住倾心向往。

新娘的两个姐姐在最贴近她的那群人里：朵丽和大姐李沃夫夫人，她真是个端庄的美丽女子，专门从国外赶来参加妹妹的婚礼。

科尔松斯卡娅说道："这个玛丽真不体统，怎么穿了一件黑色似的紫色衣服，这是来参加婚礼吗？"

德鲁别茨卡娅呼应说："瞧她脸上的那种颜色呀，也只能靠这样来弥补了……我奇怪的是，为什么他们要在晚上举行婚礼呢？这可是做生意的人干的事……"

"这样会更加美丽呀，我也是在夜晚结婚的。"科尔松斯卡娅答道。她忍不住叹了口气，回忆起当年那一天她曾是多么的可爱迷人，她的丈夫爱她爱得简直让人觉得好笑，可如今已是物是人非了。

"听人家说，做了十次以上伴郎的人，就再也不会结婚了，我倒希望来个第十次，好为自己的将来免受结婚之累，可惜这次被别人占了。"辛雅文伯爵对美丽的查尔斯卡娅公爵小姐讲道，这位小姐对他很有些意思的。

查尔斯卡娅只是微微一笑，眼睛却盯着吉蒂，心想：总会有一天，她会站在吉蒂的那个位置上，和辛雅文伯爵并肩而立，到那个时候将是怎样一番景象呢，那时她又会怎样提醒他记起今天的这句笑谈呢？

谢尔巴茨基向年老的宫廷女官尼古拉耶娃打趣说，他打算把花冠戴在吉蒂的假发上，以便让她幸福美满。

“不该戴上假发啊。”尼古拉耶娃答道。她早已有了决定，如果已是心有所属的那位老鳏夫娶她做了妻子，那就只举行一个极其简单的婚礼。因为她并不喜欢这种排场。

谢尔盖·伊凡诺维奇正和玛丽娅·德米特里耶芙娜聊天，他打趣着说服她，结婚之后应马上出去旅游，这种风俗多半是由于新婚夫妇多少有些怕羞。

“你的弟弟真是太得意了。她可爱极了。我猜，您羡慕吧？”玛丽娅·德米特里耶芙娜说。

“我已是年纪不饶人了。玛丽娅·德米特里耶芙娜。”谢尔盖·伊凡诺维奇回答说，脸上忽然流露出一种失意而严肃的表情。

斯捷潘·阿尔卡季伊奇正在反复对他的姨表妹说一句他自己用同音不同义的词改编的关于离婚的玩笑话。

她并没有听他的，而是说道：“该给她整理一下花冠。”

“真是叫人心酸，她瘦成这个模样，”诺德斯顿伯爵夫人对李沃夫太太说，“他简直连她的一根指头也配不上，对吗？”

李沃夫太太应道：“不是这样的，我非常喜欢他。这倒不是因为他是我未来的妹夫。看他举止是多么优雅得体呀！在这会儿想做到这一点而不让人好笑可不是件容易事。可他看上去并不可笑，也很轻松，瞧他是多么激动啊。”

“您似乎一直盼着这一天！”

“可不是。他一直爱她。”

“来，我们来看他们谁先踏上毯子。这个主意是我给吉蒂出的。”

“都差不多。咱们都是温顺的妻子，向来如此。”李沃夫太太

回答说。

“可是我在和华希尼成婚那天，我就有意先踏上了地毯。您怎么样，朵丽？”

朵丽虽然站在她们身旁，听得见她们在说些什么，但没有回答。她正感动得泪光盈然，担心一张嘴就会哭起来。她为列文和吉蒂而高兴。不禁回忆起当初自己在婚礼上，便朝春风得意的斯捷潘·阿尔卡季伊奇瞟了几次，把眼前的全部都忘得一干二净，心中只有自己纯情的初恋。她不但想到自己的种种情形，而且也追忆起所有她亲近和熟悉的女人。她想，与吉蒂一样，在这种对她们来说是一生中唯一一次的神圣时刻，头戴花冠，心里满是爱情、希冀和恐惧，与过去告别，从此迈入神秘莫测的未来，她们的心情会是怎样的呢？在这些她回想起的新娘之中，她想到了可爱的安娜。不久前她刚听说安娜将要离婚的事情。安娜曾经也纯洁无瑕地头戴花冠，身披婚纱站在这里啊。可现在又是怎样的景象呢？——“这可真让人不可捉摸啊！”她忍不住说。

除了那些目不转睛望着整个仪式的姐姐们、朋友们和亲人们之外，那些站在一旁看热闹的女人们全都激动得连呼吸似乎都忘了般忘情地看着，唯恐漏过了新郎新娘的一举一动和脸上的一颦一笑。她们对有些神态漠然的男子在逗乐打趣或者说些不相干的话而气得大变颜色，并且常常也听不清他们所说的东西。

“她为什么都快流泪了呀？是不是不愿意嫁给他？”

“能嫁这样的青年有什么不好的？他是个公爵吧？”

“那穿白绸缎衣服的是她姐姐吗？你听，主持神父直着嗓门喊：‘要畏惧自己的丈夫呀。’”

“这是楚多夫斯基教堂的唱诗班吗？”

“是西诺达尔的吧。”

“我曾问过一个仆人。听他说，列文就要把她带到自己乡下庄园里去。他很富有，所以她才嫁给他呢。”

“瞎说。他们是挺般配的。”

“玛丽娅·符拉西耶娃，瞧你在说些啥，人家裙子是不用裙箍的呢。你看那个穿深褐色裙子的，好像是个公使的夫人呢，就是鞋跟高高的那位……裙子这儿一摆，再往那儿一晃。”

“多么可爱的新娘子，就像一只漂漂亮亮的羊羔儿！无论怎样，我们总该爱惜咱们女人。”

聚集在教堂看热闹的那帮女人们争论着。

第十三章

婚礼中的这一部分完成了。教堂的小牧师在教堂的中央位置，传经台前铺上一块玫瑰色的绸锦。唱诗班唱起了一首精心撰写、内涵丰富的赞美诗。在歌声中，男低音和男高音此起彼伏。主持神父转身面对着这对新人，然后伸手指了指那块铺在地上的玫瑰色绸锦。虽然他们两人都曾经常常听人说起过，谁先踏上这块垫子，谁就会成为今后家庭的主人，别人说，这是一种预言，可是当他们抬脚走这几步时，不管是列文还是吉蒂都把这些早抛到了脑后。有人在大声地争论，一部分人说，是列文先踏上去的，而另外一部分子则声称，是两个人在同一刻踏上去的。

按照惯例问他们是不是愿意结成夫妻，以及是否曾与他人有过婚约，并且在他们自己听起来都觉得莫名其妙的回答后，就开始进行了接下来的仪式。吉蒂仔细听着祷词，努力希望弄懂它，可还是不知所云。因为她的内心被随着仪式发展的越来越多的欢悦和快乐充满着，都要溢出来了，这使得她根本听不见别人在说些什么。

大家祷告着："愿主赐予他们贞洁，让他们繁衍生息，多子多孙。"还谈到了上帝用亚当的肋骨造出了他的妻子的传说，还说，"所以男人离别父母，爱恋妻子，两人合为一体"和"这秘密是非常神圣的"等等诸如此类的话。人们祈求上帝赐给他们子孙和幸福，就如同上帝赐福于以撒和百利加、约瑟·摩西和及普拉一样，让他们能够看到自己的子孙万代。听到这些话语，吉蒂想："这一切都是理所当然的啊！”于是她容光满面的脸上闪现出快活的微笑，这笑容使所有望着她的人都不由自主地受到了感染。

“稳稳当当地给她戴好！”有人看到主持神父正把花冠往他们头上戴便喊了出来，而谢尔巴茨基那裹在三颗纽扣的长手套中的手颤抖着，把花冠高高地举在吉蒂的头顶上方。

“戴上吧！”吉蒂微笑着轻声说。

列文转头看着她，马上被她脸上洋溢着的无限快乐打动了，于是也快乐得心神俱醉。

他们听到诵诗转行了，牧师铿锵响亮的声音诵到了最后一行诗句了，他们心里不禁万分高兴，而那些在一旁看着的人们更是心急如焚。他们快活地从一只矮杯子里喝着温和的掺过了水的红葡萄酒。在主持神父脱去法衣，牵着新人的手在一声声“荣耀归于我主”的男低音歌声中领着他们绕传经台走了一圈时，他们更是兴奋异常。谢尔巴茨基和契里阔夫两人手捧两顶花冠，偶尔踩着新娘的长裙摆。他们不知想到了什么，也咧嘴笑着，显得很开心，神父每次一停下来，他们要么落后了，要么便直撞到新郎新娘身上。吉蒂发自内心的欢乐仿佛传染了教堂里每一个人。列文觉得，主持神父和小牧师似乎也跟他一样，隐藏不住嘴边的笑容了。

主持神父从他们头下把花冠取了下来，然后诵读了最后一道祷文，便向这对新人贺喜。列文看着吉蒂，觉得她比以前任何时候都更增娇美。她脸上无比的容光使她这样神采奕奕。列文想对她说些什么，可不知道仪式是否已经结束。主持神父帮了他的忙。他慈祥地微笑说：“请您吻您的妻子吧，您也请吻您的丈夫吧。”并从他们手中把蜡烛取了过来。

列文小心地在吉蒂嘴唇上亲吻了一下，把手臂伸给她挽着，然后，在一种全新的、奇妙的亲切感中从教堂走了出来。他不信，他简直难以相信，这一切竟然全是真的。只有在他们带有惊奇而畏缩的目光碰到一起时，他才确信了，因为他此刻觉得，他们已经合为一体了。

这对新人在当天的晚餐后，便马上到乡下去了。

第十四章

渥伦斯基和安娜在欧洲各地已经游玩了三个来月。他们去过了威尼斯、罗马、那不勒斯，现在刚刚抵达一个意大利城镇，并想在那里过上一段日子。

一个花哨的领班，抹了油的浓密的头发从脖颈处向上分开，穿着身燕尾服，胸部露出一大块白色麻布衬衫，大腹便便的肚子上挂着一条小饰物，双手插在衣服口袋里，眯着的眼睛显得居高临下，正装模作样回答一个站在那边的先生的问题。这个领班高见门口另一边传过来上楼梯的声音，便转过身来，一看是那位住在他们旅馆最好的房间的俄国伯爵，于是便忙不迭地把手从口袋里抽出来，恭敬地欠了欠身，报告说，一个信差来告诉关于租借一座大宅院的事已经办好了。总管正准备签协议了。

渥伦斯基说："那真是好极了。太太出门了吗？"

领班答道："夫人出去散了会儿步，已经回来了。"

渥伦斯基取下头上的宽边软礼帽，用手巾擦拭着汗涔涔的额头和梳下来包着半只耳朵的头发。他的头型是向后梳的，是为了掩饰他已经谢了顶的头顶。他随意地瞄了眼那个朝他瞧着的先生，便想走过去。

"这位先生也是俄国人，他还问起您呢。"领班讨好地说道。

渥伦斯基近来心情郁闷，到处都是熟人，躲也躲不开，这使得他很是烦心，但又希望弄出点什么事儿，解一下闷。于是，他又瞅了瞅那位已经走了几步又停住脚步的人。两个的眼睛几乎同时亮了起来。

“高列涅舍夫！”

“渥伦斯基！”

此人正是高列涅舍夫，是渥伦斯基在贵族子弟军官学校的同窗。高列涅舍夫当时在学校里是自由派，以文职军衔毕业，后来也没有在什么地方供过职。他们两个虽是同窗，可毕业后各奔前程，仅仅遇到过一次而已。

在那次会面中，渥伦斯基知道高列涅舍夫毕业后干的是某种不知底细的自由主义性质的工作，因此高列涅舍夫颇有些对渥伦斯基的工作和头衔不以为意。所以渥伦斯基在那次和高列涅舍夫碰面时，也摆出一副轻蔑而冷傲的神态，渥伦斯基是擅长用这一手来对付这种人的，那其实就是说：“我不在乎您是不是喜欢我的生活方式，可您必须尊重我，如果您打算和我做朋友的话。”可是高列涅舍夫对渥伦斯基的这种姿态视而不见，丝毫也不在意。那次的会面似乎应该使他们两个更是疏远不少。但此时此刻，他们相互一认出对方是谁，便兴奋地喊了起来。渥伦斯基做梦也没想到见到高列涅舍夫他是如此的欢喜，或许，他也不清楚自己到底有多么寂寞。渥伦斯基早已把上次会面的不愉快置之脑后，眉开眼笑着伸出手来迎上这位过去的同窗。相同的快乐也代替了高列涅舍夫脸上原来紧张不安的表情。

渥伦斯基说：“见到你我真是非常高兴！”友好的笑容使他一口洁白坚实的牙齿露了出来。

“我听说新来了位渥伦斯基，却不知道到底是哪一位渥伦斯基。见到你我非常，非常的开心。”

“我们进屋谈吧。嗯，你在忙些什么？”

“在这儿我都住了一年多了。我在工作。”

“啊哈！”渥伦斯基觉得很有趣，“我们进屋再谈吧。”

这时，依照他们俄国人的习俗，如果不方便让下人听到的事情就不用俄语说。于是，渥伦斯基便用法语说：“你知道卡列尼娜

吗？我们在一块儿旅游。我现在就是到她那儿去。”他同时用眼睛注意着高列涅舍夫的反应。

“啊！我不认识她（事实上他是知道的）。”高列涅舍夫不动声色地答道。接着又问：“你来这很长时间了吗？”

“我？四天而已。”渥伦斯基答道，又一次凝视着他这位同窗的脸色。

“没错，他会是个诚实君子，会公正地对待这件事的。我可以放心安娜和他认识，他会公正地对待事情的。”渥伦斯基清楚高列涅舍夫面部表情的含义，以及他改变话题的原因。

渥伦斯基与安娜在国外旅行了三个月，在这期间，每当遇到一个陌生人，他都会问自己，这个人会如何对待他和安娜的关系。在相当多的情形下，他感觉男人都能够公正地对待这件事情。可是假如具体地问他，以及那些能“公正”地看待这件事的人，到底是如何看待的，他和他们以许会感到手足失措，张口结舌。

事实上，渥伦斯基所认为的那能够“公正”地看待这件事的人根本是一无所知的，因为这类人仅仅是口头敷衍他而已。一般具有比较好的教养的人都会这样对待生活中各种各样难以解决的诸多问题——他们道貌岸然，也不暗示什么，更不会提出一些令人难堪尴尬的问题。他们总是装出一种对这种处境表示完全理解的样子，不但不加否认，甚至还流露出欣赏的神情，而且又认为对之做出鲜明具体的解释是不适宜和完全没有必要的。渥伦斯基立刻察觉了高列涅舍夫就是这类人的其中之一，所以也对他另眼相看。正如渥伦斯基想象的一样，当高列涅舍夫被介绍与安娜认识的时候，他的神态和渥伦斯基设想的完全吻合。高列涅舍夫轻而易举地避免了一场也许不会愉快的交谈。

高列涅舍夫在此之前并不认识安娜，不仅她的美貌让他吃惊，而且她在对待自己处境时的满不在乎更让他心折不已。在渥伦斯基把高列涅舍夫让进屋时，安娜爽朗美丽的脸上有一层孩子般的红晕，这使高列涅舍夫非常心动。然而高列涅舍夫对她为了在其他人面前表露她和渥伦斯基的亲密无间关系，而立即故意称呼渥伦斯基为阿力克赛的机灵尤为钦佩，安娜还说，她马上就要与渥伦斯基搬到那座他们刚刚租下的，被这里的人称为“帕里佐”的豪华宅邸去。高列涅舍夫非常喜欢安娜这种直面自己身处逆境的态度。他不但了解阿力克赛·亚力克山德罗维奇，也清楚渥伦斯基的底细，当他看到安娜这种随遇而安，愉快舒心的模样，他认为他现在是能够完全理解她的。他觉得，她对这一件事也许百思不得其解，可他此时却豁然而解了，这就是：为什么她，把厄运带给了丈夫，抛家弃子，并且毁掉了自己的名誉，而现在仍能觉得心胸舒畅，而且感到幸福。

高列涅舍夫便谈起了渥伦斯基刚租下的那座著名的豪华府邸：“这座屋宇在旅游指南里有记载。那里珍藏有丁托列托晚期非常精美的画作。”

“怎么样？今天天气好极了，我们到那儿去看一看。”渥伦斯基问安娜。

“太好了，我马上去戴帽子，您说今天热吗？”安娜站在门口边询问地望着渥伦斯基。她脸上又泛起了一层红晕。

渥伦斯基在她的目光中读出了她的心思，她在表示，她不知道他希望她以怎么样姿态来对待高列涅舍夫。她担心她的举动不符合他的意思。

渥伦斯基脉脉含情地看了她一会儿。

“不，并不太热。”他说道。

于是从安娜的表情里能够看得出，她已经心领神会了，最重要的是她知道他对她是很满意的。她对他微微一笑，便出了门。

两位朋友相互望了望，脸上都流露出尴尬的神情，高列涅舍夫很明显地非常欣赏安娜，他似乎想说些关于她的什么话，可又不知从何说起，而渥伦斯基满怀期望地盼他说出来，可又有些害怕。

“也就是说，”渥伦斯基没话找话地说起来，“也就是说你住在这楼下了？你还是干那事么？”他想起听别人说起过，高列涅舍夫正在写一本什么书……

“不错，我正写《两个伟大的理论》的第二部，”一谈起这件事，高列涅舍夫便十分兴奋，红光满面，“确切些说，我目前还没动手，而是在做准备工作，收集资料。这部书博大精深几乎涵盖古今一切问题。在我们俄国，没有人愿意去弄清楚我们是拜占庭的后代这件事。”他开始了冗长而热烈的漫谈。

刚开始渥伦斯基对自己连《两个伟大的理论》的第一部都毫无知晓而感有有些不好意思，可高列涅舍夫向他说起这本书来，好像是在谈论一部人尽皆知的巨著似的。后来，在高列涅舍夫开始表述自己的思想心得时，渥伦斯基也能够懂得一二。这样，虽然从未看见《两个伟大的理论》，但高列涅舍夫讲得非常生动，渥伦斯基仍旧有滋有味地听着。可是，渥伦斯基对高列涅舍夫在谈到他所干的这件工作时那种激愤的神情很感惊奇，心中有些别扭。高列涅舍夫反而越说越激动，一对眼睛也更红了，他也就越是急着想驳倒他那假想的论敌，他的表情越发让人吃惊了，好像是受了别人侮辱了似的。渥伦斯基回忆起当初在学校时，高列涅舍夫是一个瘦弱、活泼、善良的，出身贵族的男孩，每次考试老是第一名，渥伦斯基不知道他为什么如此气愤，不禁认为他在小题大做。他尤其不高兴，高列涅舍夫这样一个上流社会里的人物，何必跟一班文人生这么大的气呢，值得吗？尽管渥伦斯基心里不高兴，但他觉得高列涅舍夫是非常悲惨的，所以对他也有几分怜悯之情。高列涅舍夫没有注意到安娜已经走进房间来了，他仍在热切而高亢地大肆宣扬自己的思想，此时，他那张原本看上去很是英俊的脸上正阴阳不定，反映出他的一种不幸的病态的精神异状。

渥伦斯基在安娜戴好帽子，披上斗篷，正用一只小手飞快地拨弄着遮阳伞站到自己身边时，才从高列涅舍夫那双凝视着他的目光下解脱出来，他又深情地望着这个迷人而又充满生机和活力的情人。高列涅舍夫费好大劲才安静下来，刚开始他还是愁肠千结，阴郁怕人，可安娜，她对谁都是那么亲切随和（这段时间她尤其如此），很快便愉快地和他聊起来，使他重新又活跃起来。她试着换了几个话题，便和他谈起了美术，高列涅舍夫谈得很有见地，安娜细心听着。他们走着到租下的那座房子参观了一遍。

回来后，安娜对高列涅舍夫说道："我感到高兴的是，阿力克赛可以有一间非常棒的画室了。你可以施展你的才华。"最后一句是她用俄语对渥伦斯基说的，她称渥伦斯基为"你"，因为她知道，在他们孤寂的生活中，高列涅舍夫会成为一个与他们非常亲近的人，在他面前没有必要掩饰什么。

高列涅舍夫马上转身对渥伦斯基说："你真能画画儿吗？"

渥伦斯基红了脸："是的，我原先画过，这阵子又提起笔来。"

"他很有些天分，"安娜愉快地笑着说，"当然我不是内行，可那些评论家却也这样说他。"

第十五章

在安娜取得自由并迅速地康复的这一个时期里，她感到无比的幸福，浑身上下充满着勃勃生机，快乐无限。偶尔地她也会想到丈夫的不幸，可是这并没有妨碍她对自己幸福的美好感觉。一个方面，回想这个问题真令人恐惧，另外一个方面，她并没有因为自己的幸福是建立在丈夫的不幸上而感到后悔。回忆起在她患病后的一件件往事：与丈夫和解，又决裂，听说渥伦斯基受了伤，他来看她，准备离婚，从丈夫家出走，和儿子伤别——这一切让她觉得犹如一个狂热的梦，一旦惊醒，她已和渥伦斯基一起身处异国他乡了。想到她对丈夫犯下的罪行，安娜不禁在心头泛起一种想吐的感觉，就好像一个溺水的人踢开了另一个力图抓住他的人一样。那人淹死了。但是，这虽令人不舒服，可这是唯一的自救之路，最好还是不要去回忆这些可怕的细节吧。

在家庭开始出现裂痕时，安娜曾有一套对于自己的行为的辩解之词，现在当她回想起往事时，她又想到了这一套辩解之词。她心想："我确实给这个人带来了不幸，但是我并不想利用这种不幸。我也很是痛苦，并且以后还会继续下去：我失去了我最最宝贵的东西——名誉和儿子。我做了不道德的事情，所以我并不指望得到幸福，也不想离婚，而宁愿将来承受无尽的羞辱，以及和儿子隔离所带来的痛苦。"可是，安娜不论多么诚心诚意在希望自己能够痛苦，她却并不真正觉得痛苦。羞辱更是无从谈起。她和渥伦斯基两人都非常清楚该如何去待人接物，在国外，他们老是躲着俄国太太们，不跟她们碰面，免得让自己难堪。反而，他们每次遇上的人全都摆出完全理解他们之间关系的样子，甚至装得比他们自己更加清楚明白。与她所疼爱的儿子相分离，甚至在刚开始时也并不让她感到难受。他的女儿是那么的可爱，从安娜身边只剩下这一个小孩时起，这孩子就和她亲近非常，所以安娜对儿子的思念之情也并不十分强烈。

强烈的生命欲望随着安娜身体的不断康复而与日俱增，生活的环境是轻松而美好的，因此她感到一种由衷的幸福。她愈是对渥伦斯基了解的深入，便愈是爱他。她爱他是因为她爱他这个人，同时也是由于他同样爱她。她每时每刻都沉湎在欢乐之中，她觉得她已经全部拥有了他。他的亲近劲儿总是使她感到非常欢喜。她在他身上发现了越来越多的特点，这些特点都显得那么的可爱迷人。穿上便装后，渥伦斯基那样子更是非常吸引安娜，她就像一个年轻的情人般为之神魂颠倒。他说的、想的、做的所有的东西，在她看来都显得那么的尊贵和高尚。她常常为自己加在他身上的溢美之词而感到惊恐：她居然在他身上挑不出一丝毛病。于是她在他面前感到自惭形秽，可又害怕把这些想法对他表露出来。她担心，要是他一旦知道她的这些念头，他便会抛弃她，这会儿她最感恐惧的，是害怕失去了他的爱，虽然这没有任何合理的理由。可是，渥伦斯基对她的一往情深使她不由得心生感激，她也竭力地把这一点向他表现出来。按照她的看法，渥伦斯基极具政治头脑，并且他也可能在这方面有所成就——然而他却为她牺牲了自己的大好前程，而且没有表现出丝毫的懊悔之情。他对她更是百依百顺，在他心中时刻想到的是，无论如何也不能使她觉得自己身处难堪的境地。他本是一个很有男子汉气概的人，可是却对她俯首帖耳，而且心甘情愿，似乎他存在的意义就是为了挖空心思地猜测并且满足她的各种心愿。因此，安娜非常在意这一点，但有时他对她做出的费尽心思的殷勤，和在她周围弥漫的关怀体贴的气氛，使她觉得这是一种负担。

然而，渥伦斯基尽管把一直梦寐以求的东西都得到了，可他并没有感到自己非常的幸福。他很快便意识到，梦想的实现带给他的，仅仅是他满心期望的一小部分而已。梦想确是实现了，但是这也使他感到，他其实是犯了一个人们惯常都容易犯的永久的错误，也就是：以为某种梦想一旦实现便拥有了幸福。在刚开始那一段时间里，他和她结合并且穿上便装确实让他品尝到自由自在、逍遥快活的滋味，这是他以前从来没有过的，而且自由爱情的快活也让他很是有些飘飘然，可惜这种感觉并不太久，他很快便感到，他的内心又翻滚着一些新的梦想，也有一种苦恼。他盲目地把每一个胡思乱想的想法，都当成是自己的梦想和奋斗的目标。他们已经完全远离了彼得堡那种消磨光阴的社交圈子，自由自在地待在国外，可每天的十六个小时总得打发呀。渥伦斯基在出国以前过的，是一种单身汉的生活，那个快活劲儿他简直恍若隔世，现在是绝对行不通，因为他仅仅这样试了一次，和几个伙伴把一顿饭消磨得太晚了，便使安娜大为不满。由于他们处境的微妙，和当地人或俄国侨民交往是不行的。至于去参观名胜古迹，渥伦斯基不仅全都看过了，而且像他这样的俄罗斯人和聪明人，也不会傻得像英国人一样把这些看得那么带劲。

渥伦斯基像一只饥饿难耐的野兽，抓到每一个它碰到的东西，都想从中寻觅到能充饥的食物。他也禁不住一会儿抓政治，一会儿捧起几本新书，一会儿又想去绘画。

从小他就有些绘画的天分，便把自己攒的钱用来收集版画。他想到了绘画，便似模似样地开始绘起画来，聊以排遣他那些需要满足而又过剩的欲望。

他有艺术细胞，也擅长模仿他人的作品，甚至模仿得准确而富有美感，他认为，他具有一个艺术家所应具备的东西，便稍费踌躇，寻思选择哪一种绘画风格为好：是宗教画、历史画、风俗画，还是写实画，然后便开始正式画起来。他能够鉴赏各种绘画作品，并善于从中获得创作灵感。但使他不可思议的是，一个人可以完全不懂绘画有多少类别，可是却能够凭借自己的心灵直接获取灵感，而不用在意他画的画儿到底是哪种已知的绘画派别。由于他不理解这一点，并且他的灵感不是来源于现实生活当中，而是间接地从已经被别人表现在艺术品中的生活而受启发，所以他的灵感来得迅速而容易，而且他能够很快地轻而易举达到这样一个境界：他画的东西与他想要模仿的作品具有非常相似的风格特征。

跟其他绘画种类相比，渥伦斯基更钟情于法国人那种优雅浪漫并且极富视觉效果的绘画风格，于是，他便照此风格给安娜画了一幅穿着意大利服装的肖像，他本人，以及那些看到这幅画的人都认为，他画得很是成功。

第十六章

这座古老的、空置已久的宫殿式府邸有高高的装饰着花纹的天花板，地板也是花团锦簇，墙上画着一幅幅壁画，高大的窗户垂着厚厚的黄色窗帘，托架和壁炉上摆放着花瓶，门上也都雕着花纹，一间间大客厅显得光线很不充足，里面也悬挂着一幅幅美术作品，——从他们搬进来后，这座府邸便让渥伦斯基在心中产生一种自欺欺人的幻觉，他以为自己的身份虽是一个俄国的地主老爷、一个离职的宫廷武官，但更像是一个艺术的爱好者与保卫者，就他本人来说也是一个为爱情而远离人世、脱俗通达的艺术家。

在搬进这座府邸后，刚开始的时间里，渥伦斯基很是自得其乐，因为他完成了为自己选择扮演的角色意愿，而且，由高列涅舍夫的引见，他也结交了几个有趣的朋友。他在一位意大利教授的指导下，画了一些习作，并对中世纪意大利的风土人情作了很多考察，这令他尤为着迷，甚至仿照中世纪的风俗戴着帽子，披着斗篷，但是这身装束和他似乎也比较相配。

有一天早上，渥伦斯基对很早便来看望他的高列涅舍夫说道："我们生活着的世界居然如此埋没人才。你见过米哈伊罗夫的画作吗？"说着便把一份早上收到的俄国报纸递给高列涅舍夫，这篇文章写的是一个住在这个城市里的俄国画家，他的一幅新的画作品获得了很多的声誉，而且没有画完便被人收购了。文章中批评政府和研究机构对这样一位优秀的艺术家竟没有丝毫奖励和资助。

高列涅舍夫回答说：“我见过他。当然，他确有几分才气，但是他走的路却不对。总是死抱着伊凡诺夫——斯特劳斯——列南式的那一套对待基督和宗教画。”

安娜插嘴问道：“那幅新作画的是些什么东西？”

“彼拉多跟前的基督。耶稣基督被画成了一个犹太人，这彻头彻尾是新现实主义那一套玩意儿。”

关于这幅画内容的谈话，正好引发了高列涅舍夫一个最感兴趣的话题，于是他就开始口若悬河般讲了起来：

“我真弄不明白，为什么他们会干出这么粗浅的蠢事。耶稣基督的形象在早先那些伟大先辈的作品中已经形成。因此，他们如果是想要表现的不是上帝，而是一位圣贤或革命家，他们尽可以从历史中寻找苏格拉底、福兰克林、夏洛特·科尔德才是，千万别找基督。可他们偏偏找上了这样一个不适宜用作艺术素材的人物，另外……”

“那么，老实说，这位米哈伊罗夫真是这么潦倒吗？”渥伦斯基问道，他正寻思，他，作为一位俄国艺术的保卫者，无论这位艺术家的作品是好是差，他都应该给予一定的帮助。

“说不准。他是位优秀的肖像画家。你们看过他绘的瓦西里齐科娃的肖像吗？但是他似乎不想再给人画肖像了，所以没准他还真有些穷困。我是说……”

渥伦斯基问：“可不可以请他给安娜·阿尔卡季耶芙娜绘一幅肖像呢？”

安娜忙说道：“为什么给我绘呢？有你的那幅，我就心满意足了。最好是给安妮绘一幅（她称她的小女儿叫安妮）。瞧她过来啦。”说着，望见了窗外那个美丽的意大利奶妈恰好抱着安妮走到花园里去，然后她转过头瞄了一眼渥伦斯基。这个意大利女人现在是安娜生活里的唯一一块心病，因为渥伦斯基曾给这个美人儿画过一幅头像。而且渥伦斯基画完之后，一直对她的美丽和一种中世纪的韵味表示欣赏。安娜内心害怕向自己承认，她正是由于担心自己是在嫉妒这个意大利奶妈，于是才对她和她的那个儿子表示得尤为

亲热和宠爱。

渥伦斯基也朝窗外张望了一下，又瞅了瞅安娜的眼睛，便转身和高列涅舍夫谈起来，他说：

“你认识米哈伊罗夫吗？”

“我和他会过面。他是个怪人，毫无教养。他就是你们所知道的，现在常会碰上的那种有野性的新派人物之一，也就是那种在毫无信仰、否定任何事物和唯物主义观念中一下子冒出来的自由思想家中的一个。以前常常这样：自由思想家是通过宗教、法律、道德培养起来的，他本人也是通过努力发奋才达到这一步的。可现在冒出了一种新的天生的自由思想家，这种人从出生以来从未听说过世上有所谓的道德和宗教约束，也就是说，他们像未开化的人一样成长。他就是这种人中的一个。他好像是莫斯科一个宫廷小官的儿子，从未接受过教育，当他进入艺术研究院出人头地时，他也明白自己应该接受一些教育了。于是就阅读各种各样的报纸杂志，他认为这是接受教育的途径。你们知道，古时候如果一个要想受到教育，比如说，一个法国人想要如此，那么他就知道该先去阅读各种经典名著：神学、悲剧、历史、哲学，你们知道，这些读到的可都是人类所有智慧的结晶。但是他却一头扎进了那些提出要否定所有东西的书堆里，并且非常迅速地领会了这门否定一切的学问的精髓，就这样，他就声誉鹊起了。不单这样，在二十年前他也许会从那些书堆中找到反抗权威，反抗许多世纪以来的正统观念的话语，他也许能够从这种反抗中了解到，这个世界上还有别的什么东西存在着。可现在呢？他埋头在这些书堆里，坐井观天，甚至认为与那些陈旧的观念争论是没有什么价值的，一句话：什么都不存在，进化，淘汰，生存竞争——大抵如此。我在我的文章中……”高列涅舍夫滔滔不绝地说了下去，他全然没有在意或是视而不见安娜和渥伦斯基都想说些什么。

安娜早就和渥伦斯基使过眼色，她知道渥伦斯基对这位画家的教育情况并没有多大兴趣，仅仅是希望给予他一些帮助，所以要向他购买一幅肖像画。于是她决定打断说个没完的高列涅舍夫："我说，咱们还是这就到他那儿去吧！"

高列涅舍夫回过神来，高兴地同意了。因为这位画家住在很远的一个街区里，他们便雇了一辆马车代步。

安娜和高列涅舍夫并肩而坐，渥伦斯基坐在马车前面的座位上。一个小时后，他们来到那个街区的一所漂亮的新房子大门前面。接待他们的是看门人的妻子，据她声称，米哈伊罗夫一般在画室里接待客人，不过此刻他在不远处他的公寓里。于是他们便让她拿了名片，去请示画家准许他们欣赏一下他的作品。

第十七章

渥伦斯基说道："真是太美了！他画得可真不赖呀，那么朴素自然！可能他自己也不清楚画得到底有多好呢，嗯，应该赶紧把它给买了。"

米哈伊罗夫把那幅画卖给了渥伦斯基以后，还答应给安娜画一幅肖像画。他在约定的时间里来了，便开始画了起来。

使大家吃惊的是，尤其是对于渥伦斯基，米哈伊罗夫在画到第五次时，不但把安娜画得惟妙惟肖，而且也画出了安娜那种别具一格的美丽。渥伦斯基心中百思不得其解："这必须是一个非常了解她并且像我一样深爱她的人，才可以发现她这种美好心灵所流露的外在美呀。米哈伊罗夫是怎样发现这一点的呢？"安娜的这种难以言表的心灵外化美被米哈伊罗夫表现得如此神妙毕现，这使得渥伦斯基和其他人在心里都觉得他们对安娜的这种美都有似曾相识的感觉。

"我花了那么多心血，费了九牛二虎之力，什么也没有表现出来，而他仅仅看了一眼便画了出来。这就是功夫啊。"渥伦斯基在谈到自己那幅给安娜画的像时不禁感叹说。

"您是可以成功的。"高列涅舍夫安慰渥伦斯基道，他认为渥伦斯基也有很高的天分，并且最重要的是，有教养，这样就能够使他对艺术的见解会非常高明。高列涅舍夫深信渥伦斯基是天才，因为，他本人也需要渥伦斯基来认同和吹捧他的文章和思想，他认为，赞扬和支持在朋友间是应当彼此相互的。

米哈伊罗夫在别人家里，特别是待在渥伦斯基那座豪华府邸里，他简直与在自己的画室里判若两人。他变得拘谨而不善交流，他似乎畏惧接近这些他并不如何看重的人。他称呼渥伦斯基为“阁下”，他从不留下来与渥伦斯基、安娜吃一餐饭，即使他们热情邀请，并且他只有到约定的时间才准时到来。和别人相比安娜对他尤为亲热，她很感激他为她画的像。渥伦斯基出于想听听米哈伊罗夫对他的画有什么评价，也对米哈伊罗夫客气周到。高列涅舍夫每时每刻都想把自己对艺术的各种见解向米哈伊罗夫倾诉。然而米哈伊罗夫仍然对他们不冷不热。安娜从他的眼中看出，他喜欢看她，可是却避免和她说话。不论是渥伦斯基和他谈论画家本人的作品，还是他们给他看渥伦斯基的作品，他都固执地一言不发，而且他对高列涅舍夫没完没了的聒噪很是反感，可也不去驳斥他。

随着他们对他的逐渐了解，他们对米哈伊罗夫这种坐立不安，冷漠甚至带有一丝敌意的态度大为不满。因此当画像完成，他们手里拿着这幅美丽的画像，而且想到再也看不见米哈伊罗夫踪影时，他们由衷地高兴起来。

高列涅舍夫首先说出了藏在大家心中的共同想法，也就是，米哈伊罗夫对渥伦斯基有嫉妒之心。

“即使他仗着有些天分并不嫉妒吧，但是他心里肯定是很不舒服。一位富有的宫廷贵族，而且还有伯爵的头衔（这种人总是痛恨这一点），并没有花多大的工夫，便做起了相同的事，和他这样辛苦了一生的相比，就算没有超过，也是半斤八两吧。而最重要的是，教养，他可是丝毫没有。”

渥伦斯基却替米哈伊罗夫开脱，可在他的内心里，他对高列涅舍夫的这通评论是深信不疑的。在他看来，一个属于社会底层的下里巴人理所当然是会嫉恨他的。

渥伦斯基本应该看出自己与米哈伊罗夫之间的差距，因为他画过安娜的肖像，米哈伊罗夫同样画过，两个比较，好坏立判，可是他就是没有看出来。只是他在米哈伊罗夫画完之后，便再也没有继续完成自己画的那幅安娜的肖像了，他借口说现在已经是多余的了。而那幅表现中世纪风俗的画他仍接着干了下去。他本人，高列涅舍夫，尤其是安娜都认为这幅画很是不错，因为它比米哈伊罗夫的那些画更有古典名作的风味，简直像极了。

对于米哈伊罗夫而言，画像一完成，他比他们谁都高兴，因为虽然他很投入地为安娜画像，可他很是腻味高列涅舍夫那些关于艺术的谬论，而且还可以不用为要评论渥伦斯基的那些美术作品大费脑筋了。他很清楚，让渥伦斯基放弃以画画为娱乐是不可能的，他知道那些对艺术一知半解的半拉子爱好者有充分的权利去爱画什么便画什么。虽然如此，这还是使他很不高兴。你没法阻止一个人给自己做一个大蜡人，搂着它接吻。可是如果这个人搂着他的蜡人坐在一位正在恋爱中的人的前面，像这个正在恋爱的人和他爱的那个女人亲热一般与他的那个蜡人亲热的话，那么这个正在恋爱的人是肯定会很不愉快的。当米哈伊罗夫看着渥伦斯基的画时，他的感受正如同那位在恋爱中的人的感受。他感到这真是可笑、可气，又可怜，还有一丝受辱的感觉。

对于绘画和中世纪风俗渥伦斯基的热情劲很快便消逝不见了。他不能再画下去了，因为他好歹还有些自知之明。这幅画也就没法完成了。他隐隐约约地觉得，刚一开始这幅画的某些缺陷还不太明显，可要是继续画下去，那可就会藏不住了。其实他的情形正如同高列涅舍夫，高列涅舍夫是才思枯竭了，可还老是自欺欺人，说自己的思想还没有酝酿成熟，还正在收集材料。可是这带给高列涅舍夫的只能是后悔与痛苦，而渥伦斯基却有一种天生的果敢，他并没有欺骗自己，使自己痛苦不堪，更不会后悔，而是既不加解释，也不自找台阶，索性从此放下了画笔。

可是自从放弃绘画以后，渥伦斯基和对他的垂头丧气感到惊奇的安娜在这个意大利城镇里便过得枯燥难耐起来。这座宫殿式的华宅一下子变得破旧不堪和脏乱了，窗帘上的污痕，地板上裂开的缝，天花板上掉下的泥灰都显得那么难看，总是同一个高列涅舍夫、意大利教授和德国旅行家的面孔，真是乏味透了，是该改变一下环境了。于是他们决定回到俄国去，到乡下去。渥伦斯基想去彼得堡和哥哥把家产分了，而安娜则想去探望一下儿子。他们打算夏天就待在渥伦斯基家的大庄园里。

第十八章

列文结婚已经三个月了。虽然和他想象的差距很远，他还是觉得很幸福。他感到每走一步便会发现过去的幻想破灭了，但又都会碰上新的意想不到的迷人之处。过上家庭生活以后，列文是幸福的，可他又时时感到，这与他想象远远不是一回事。他现在的心情，就像一个老是赞美小船在湖面上轻快逍遥地飘行的人，此刻自己坐上了这只小船，只是他发现，自己不能仅仅是一动不动地坐着，而必须开动脑筋，时刻记住航向，要提醒自己脚下就是很深的水，这就得划船，一双不习惯划船的手真是疼痛难忍。这种事情看别人做起来轻松自如，可一旦自己动手，虽然乐在其中，却也很是艰难。

以前一个人生活的时候，列文看见别人夫妻过日子总为那些鸡毛蒜皮的小事争吵、嫉妒，对此他只是在心头微微一笑。他坚信，在他结婚以后，这类事情不仅绝对不会出现，而且他觉得自己生活的所有外在形式都肯定与别人家庭绝不相同。可是突然一下子，事情都翻了个样，他和吉蒂的生活不但不是走上了与其他家庭不同的道路，而刚好相反，他们与千千万万一般家庭一样都过着平凡而琐碎的生活，而且这些他原来看不起的琐事现在全都显得意义非凡和不可避免。列文感到，要把所有的这些琐碎杂事都妥当地解决也并非如他以前想的那样轻而易举。列文虽认为自己有最为正确的关于家庭生活的概念，可是他和所有男人一样，不由自主地把家庭生活仅仅理解为纯粹的爱情生活，不能被任何事情所滋扰，更不能纠缠于那些鸡毛蒜皮的琐事。按照他的设想，他的生活应当是自己做好每天的工作，然后享受到爱情的甜蜜。她则应该被他宠爱着，就是这样的。但他和所有的男人有相同的毛病，忘记了她自己也应该做自己的事。因此在她，这个美妙如诗的吉蒂，仅仅在家庭生活刚开始的不是几个星期而是头几天里便想到，并且着手操办那些桌布呀，家具呀，客房的床垫呀，托盘呀，厨师呀，午餐呀等等时，列文简直是惊待了。还是在举行婚礼以前，他已经吃惊不小了，她竟然会毅然拒绝到国外去，而决定下乡，就好像她很清楚要做些什么事情，并且除了爱情她还想到了一些其他的东西。列文当时就曾为之有些沮丧，而现在他又为她那些琐碎小事和劳神而更为沮丧。但是他也看出来，这对于她是必不可少的。于是因为爱她，列文虽然莫名其妙，而且对这些事嗤之以鼻，可还是不禁重视起这些事来。他嘲笑她布置的那些从莫斯科搬来的家具，嘲笑她重新收拾过的她的房间和他的房间，嘲笑她挂的窗帘，嘲笑她为客人们和朵丽来访时安排的地方，嘲笑她为新雇的女仆准备的住处，嘲笑她向年老的厨师吩咐做饭和跟阿加菲娅·米海伊洛芙娜争吵，不让老人家再去管做饭的事。他看见那个老厨师微笑着，听她发出的那些拙劣而又没法做到的命令，看见阿加菲娅·米海伊洛芙娜对这位年轻的女主人在储藏室的重新布置无奈地摇头，看见吉蒂哭着笑着地跑到他跟前抱怨，说女仆玛莎仍然当她是小姐，所以她的话大家爱理不理，这个时候的吉蒂尤为招人喜爱。他觉得这是可爱的，可也是令人百思不得其解的，他想，最好还是没有这种事。

列文不明白她体验到的那种变化，以前她在自己家里偶尔想吃酸白菜，或者糖果，却什么都吃不到，而现在她想要什么尽可以差人去买来，买上一大堆糖果，爱花多少钱就花多少钱，想买什么点心就买什么点心。

她现在很是盼着朵丽和她的孩子们赶快到来，朵丽一定会夸她所重新布置的一切，特别是她还可以吩咐给孩子们做他们爱吃的点心。她自己也不明白是什么原因，为了什么，但是家务活总是对她具有无限的吸引力。她凭本能察觉春天就要到来了，也知道肯定会有打雷下雨的日子，于是便竭力地建筑她的小巢穴，并且一边忙于筑巢，同时也学习怎样建筑。

吉蒂表现出的对琐碎小事的偏好与列文原来的崇高幸福构想是大相径庭的，这使列文很失望。可是对于她这种可爱的偏好他感到不可理解，但又觉得别有风味。

还有一种既令人失望又有趣味的就是吵嘴。列文从来想象不到，除了互敬互爱之外他们两人还会发生其他纠葛，可仅仅在成婚的几天以后，他和吉蒂就吵了起来，因为她说他并不爱她，而是只爱自己，她哭了，还挥舞着两只胳膊。

第一次吵架是由于列文到一个新的农场去迟回来半个小时，他想抄一条近道，结果迷了路。他在回来的一路上，心里想着她，她的柔情，还有自己的幸福，越是离家近，他心中便越是涌动着对她的爱意。在他冲进房间时，他心里满是当初去谢尔巴茨基家求婚时的那种激情，并且比那时更为强烈。可突然间摆在他面前的是一副她脸上从来没有过的阴郁表情。他想亲她一下，她却猛地一把把他推开。

“怎么啦，你？”

“你倒舒服……”她努力显出一幅冷漠而凶巴巴的样子。

她一张嘴，所有那些她僵直坐在窗前折磨了她半个小时的痛苦，还有很多不相干的嫉妒的话，一下子全吐了出来。只有此时此刻，他才第一次清楚地看见了他在婚礼后领她走出教堂时她的另外一面。现在他深深体会到，她和他已不仅仅只是亲近而已，他这时已分不清他和她之间的还有没有分界线，在这短短的一分钟里，他感到，要是他们两个一分为二时，双方会是多么的痛苦不堪，他此时此地清楚地体会到了这一点。刚开始他还颇有些委屈，可就在同一刻，他深切感觉到，他不可能因为她而受委屈，她和他是合而为一的，没有彼此之分。他一开始的感觉就仿佛被一个人从背后突然猛击了一下，他满腔怒火心想要转身回击，找那个凶手算账，可最终明白了这是他自己无意击中了自己，明白他不能因此而生气，只能忍住以缓解疼痛。

列文以后再也没有这样强烈地感受这种心情，这最早的一次，已经铭刻在他的心中。一种发自本能的情感要求他为自己作一番辩解，来证明是她错了。可是证明是她的错只能使她愈加恼怒，扩大那个导致全部痛苦原因的裂缝。列文觉得一种习惯性的感觉要他为自己开脱，错误在她而不是自己。但是另外一种感觉，一种更为强烈的感觉，则呼唤他赶快、尽一切所能把这个裂缝弥补好，不要让它更加扩大。受到这样不公正的责难是极不舒服的，但更为不好的是，只为自己辩解，使她去承受痛苦。这就跟一个人正在睡意蒙眬时感到了疼痛，便想把这种痛楚从身上抹去，可当他醒来时，却感到全身都在痛。正确的办法就要把痛楚忍下去，列文也就这么做了。

两人又和好如初了。虽然她知道是自己错了，可嘴上不说，却对他更加亲热了，他们由此而体验到一种新的加倍的爱情滋味。可是这类冲突并没有因为这件事而受到阻止，甚至接二连三地频频发生，原因都是些偶然的和绿豆芝麻的小事。这类冲突频频发生是由于在最开始的时间里，他们两人不知道什么东西是对方最珍视的，而且两人常常控制不住情绪。有时一个情绪好，一个情绪坏时，互相还吵不起来，但当两人都别扭时，就会为一些毫不相干的小事而争吵，事情过后连他们自己也记不起来他们到底在为什么而争吵了。的确，当两人都心情愉快时，他们的快乐便更是加倍得多。对于他们来说，这刚开始一起生活的这段时间总是忧喜参半的。

在这段时间里，他们两人都深切地感觉，日子太紧张了，那根把二人拴在一起的绳索两头都紧绷绷的。总之，他们婚后的第一个月，蜜月，虽然列文按照常规把它想象得很美好，可它实际不但不甜不蜜，而且还反倒成了他们最感难受和委屈的记忆。在这样一段时间里，两人情绪既不平稳，也很少像他们以往的样子，所以后来他们两个都希望把这段时间中那些大异寻常的，一想到便感到害臊的事情从自己的记忆中抹掉。

到了结婚后的第三个月里，也就是在他们在莫斯科过了一个月

再返回来以后，他们的生活才渐入正轨。

吉蒂在来这个小城的第十天生病了。她感到头疼，犯恶心，一个上午都起不了床。

医生说，这是由于劳累过度，心情太激动而引起的，并让她平心静气地养病。

医生诊断出，吉蒂感到不舒服是由于她怀孕了。

第十九章

到彼得堡后，安娜和渥伦斯基在一家最好的旅馆住下。渥伦斯基的卧室在楼下，安娜和女儿，以及奶妈和女佣则住在楼上的一个有四间屋子的大套房里。

到达彼得堡的当天，渥伦斯基就去看哥哥。在哥哥那儿，他看见了有事从莫斯科来的母亲。母亲和嫂嫂还像以前那样招待他，并且问他在国外待的怎么样。

他们还谈到了大家都认识的老熟人，但对于他和安娜的关系却只字未提。第二天，当哥哥来问渥伦斯基有关安娜的事情的时候，他便直截了当地对哥哥说，他把自己和安娜的关系看作夫妻关系：在离婚手续办好之后，他就和她结婚。在此之前，他已把她看成是自己的妻子，就跟别人的妻子一样。他让哥哥把自己的话转告给母亲和嫂嫂。

“社会是否赞成我们的做法，我根本不在乎。但是如果我的亲人还把我看成是亲人，那么他们就得把我妻子也当作亲人对待。”渥伦斯基说道。

哥哥一向都尊重他的意见，但是在社会对此作出判断以前，他也不清楚弟弟的这种做法到底对不对，但就他个人而言，他对这件事很是赞成。于是他就跟着阿力克赛一块儿去见安娜了。

渥伦斯基当着别人的面时，称安娜为“您”，现在当着哥哥的面也是如此，他对待安娜的态度就像是对待一个亲密好友似的，但是哥哥了解他们的关系，只是大家口头上不说罢了。接着，他们就开始商量关于把安娜搬去渥伦斯基庄园的事了。

虽然渥伦斯基具有丰富的社会经验，但在目前的境况中他却奇怪地犯了个错误。社交界是不会接受他和安娜的，这一点他本来应该很清楚。但是这会儿他的脑子里竟然产生了一些幻想使他认为，那都已经是过去的事了，现在社会已经进步了（不知怎的他现在一下子成了一个拥护一切进步的人了）人们的看法也变了，因此对于社会是否接纳他们这件事，既有可能又不太可能。他心里想道：“宫廷周围的社交界当然是不会接纳我们的，但是我们的好友是能够也是应该了解这件事的实际情况的。”

如果一个盘着腿一动不动地坐了好几个钟头的人想改变一下姿势，那么不会有任何东西妨碍他，但是，如果这个人他一旦知道自己非得这样坐着不动，那么他就会全身紧张，两腿抽筋，并且特别想把脚伸向他想伸的地方。这就是渥伦斯基对于社交界的体验。虽然他很清楚社交界是拒他们于千里之外的，但他还是想去碰碰运气，看看现在的社交界是否有了变化，是否能接纳他们，但很快他就发现了：对他，社交界还是开放的；但是对安娜，则是关闭的，这简直就像是在玩猫捉老鼠的游戏，刚为他抬起的手一看见安娜便立即拍下来。

渥伦斯基见到的第一个彼得堡上层社会的贵妇是他的堂姐——培特西。

她愉快地接待他道：“终于回来了！安娜在哪儿？我太高兴了！你们都去了哪儿？可以想象，经过一次这样美妙的旅行，你们一定会觉得彼得堡很可怕。我想象着你们在罗马度蜜月的日子！离婚的事办得怎样了？都办妥了吗？”

渥伦斯基注意到了，培特西一听说安娜还没有离婚，她便神色大变了。

她说道：“我知道别人是会对我指指点点的，但是我还是要去看望安娜，没错，一定要去。你们在这儿住不长吧？”

她当天真的来看安娜了，可是她的语气却和以前大不相同了，她明显地是在夸耀自己的慈悲心肠，并希望安娜能重视这份友情。她坐了不到十分钟，谈了些社交界的新闻，就要走了，走时她说：

“您还没告诉我您什么时候才能离婚？我对这些倒是无所谓，但是其他那些正人君子，在你们没有结婚以前会对你们很冷淡的。这些事如今办起来不是很容易、很平常吗？这么说周五你们就要走了？真遗憾我们没时间再见了！”

听了培特西说话的口气，渥伦斯基已经清楚社交界对他的态度了，但尽管如此，他还是在自己家庭里又尝试了一下。他的母亲，他当然是不寄希望的。当初母亲初次见到安娜时，对安娜是赞不绝口的；可是如今她断送了儿子的前程，对她肯定是冷漠异常的。但是对嫂嫂——瓦丽娅，渥伦斯基还是抱了很大的希望，他觉得她是不会打击他们的，她一定能去看望安娜，并且在家里接待安娜。

于是在抵达彼得堡的第二天，渥伦斯基便去找嫂嫂，正巧她独自在家，于是他就把他的希望直说了。

听完他的话，她回答道：“我非常爱你，我愿意为你做任何事，这一点，阿力克赛，你是知道的。可是我什么也不能说，因为我对你和安娜·阿尔卡季耶芙娜一点帮助都没有（在说“安娜·阿尔卡季耶芙娜”时显得特别真诚）。我这绝不是在指责她，请你千万别这么以为。如果我是她，也许我也会像她一样。至于具体的事情我不想也不能谈，”她边说边怯怯地看着渥伦斯基那张板着的面孔，“但是话该怎么说还得怎么说，你想让我去看她，在家里接待她，你想通过这个办法来帮助她恢复名誉，但是你也该知道，我无法这么做，因为我的几个儿女还未长大成人，为了丈夫我还得在社交界过日子。那，我就去看看安娜·阿尔卡季耶芙娜吧，她会理解为什么我不能在家里接待她的，即使来，也绝不能碰上那些与她看法不同的人，免得让她受委屈。我没有能力恢复她……”

“可我相信，她并不比您所接待的成百上千的那些女人中的任何一个更堕落！”渥伦斯基打断了她的话，他的脸色更青了，知道嫂嫂已经下定了决心，他便一言不发地站了起来。

瓦丽娅畏缩地望着他，微笑道：“阿力克赛！别生气，请您为

我考虑考虑，我这么做并没有过错。”

他的脸色还是那么铁青，说道：“我没生您的气，只是我觉得更加的难受。此外，我还为破坏了我的友谊而感到难过，即使没有破坏，至少也是损害了。您知道，我这样做也是万般无奈的。”

话刚说完，他便离开了她家。

渥伦斯基现在是彻底相信，无论再怎样努力也是毫无用处，这几天最好把彼得堡当成是一座完全陌生的城市，别去与任何认识的人来往，否则就会遇到令你不快甚至是遭到羞辱的事，这些只能令他万分痛苦。然而在目前的处境中，最令他不快活的就是，阿力克赛·亚力克山德罗维奇这个人及他的这个名字似乎是无处不在。不论谈论些什么，话题马上就会落到阿力克赛·亚力克山德罗维奇身上；无论上哪儿去，总会碰上他。渥伦斯基觉得自己就似一个手指受了伤的人，一不留神就会扯动那个受了伤的指头。

待在彼得堡的这些日子还有一件令渥伦斯基难过的事：他常常看到在安娜的心里有着一种新的、不能为他所了解的情绪。她有时脉脉含情，有时又拒人于千里之外，简直让他摸不着头脑。他觉得总有个什么事情在令她痛苦，她向他隐瞒了什么，而且对于那些给他带来毒害的屈辱她似乎都不曾留意到，可是凭她的敏感及细心，这些屈辱本应该使她更为痛苦。

第二十章

见儿子是安娜回国的目的之一。自启程回国的那天起，她一直为将要和儿子见面而心情激动，越是走近彼得堡，越是觉得和儿子见面将是一件多么快乐、多么重大的事啊！于是她忘了问问自己：怎样见面呢？她认为，既然已经在同一个城市了，那与自己的儿子见面当然是一件最自然也是最简单的事情，但是到了彼得堡之后，她才看清了自己目前的境况，同时也意识到，和儿子见面简直是天方夜谭了。

她回到彼得堡已经两天，这两天的每一刻她都在挂念着儿子，然而一直不能见儿子一面。如果直接回家，就可能会碰上阿力克赛·亚力克山德罗维奇，她觉得自己无权这么对他，况且守门的也许不让她进门，也许还会羞辱她一番。如果先和丈夫联系，给他写封信吧，她想一想都感到痛苦，只有在想不到丈夫的时候她才能保持内心平静。如果先去打听儿子出来散步的时间、地点，然后再找机会看他一眼，她又觉得不甘心，这个见面她已经盼了好久，有一肚子的话要对儿子说，她想抱他、吻他。如果谢辽莎的老保姆还在的话，也许她能帮她并且教她该怎么办，可是老保姆早已离开阿力克赛·亚力克山德罗维奇的家了。于是她一直这样犹豫着，再加上寻找那个老保姆，就这样过了两天。

安娜知道阿力克赛·亚力克山德罗维奇与莉吉娅·伊凡诺芙娜伯爵夫人是好朋友，于是在第三天，她决定给这位夫人写封信，颇费了一番力气之后，她终于把这封信写好了，在信中她故意说，能否见儿子一面完全取决于丈夫的宽容大度。安娜很明白，如果丈夫看见了这封信，他还会再次扮演大人大量的角色，不会拒绝她的要求。可是完全出乎她的意料的是送信人给她带回的消息竟然是没有回信，这简直是太残酷了。在送信人详细地讲述了他是如何拜见以及别人是如何对他说“没有任何回信”的整个过程以后，她感到自己蒙受了从未有过的奇耻大辱；她觉得自己委屈、觉得自己被欺辱了，但是她也明白，从对方的角度看，莉吉娅·伊凡诺芙娜伯爵夫人这么做也没什么不对。她不愿让渥伦斯基来给她分担这种痛苦，因此她只得独自忍受这份痛苦，于是她便更加的痛苦了。虽然渥伦斯基是她所有不幸的造成者，但她知道，对于渥伦斯基来说，她能否与儿子见面只是一件微不足道的小事。她也知道，他根本不可能了解她所承受的痛苦有多深，她还知道，如果对他讲这事时他的反应是冷冷淡淡，那么她就会恨他，而这正是她最害怕的事情，于是她只能向他隐瞒有关儿子的所有的事情。

在家整整考虑了一天关于如何与儿子见面的问题，她最终决定写封信给她的丈夫。她刚打好稿子，莉吉娅·伊凡诺芙娜就派人给她送了封信。对伯爵夫人先前的不给她回信她倒还觉得可以接受，但是读了这封信，她却变得十分的愤怒，她认为她对亲生儿子的深情完全是合乎法律的，但是这竟然遭到如此恶毒的对待，于是她对别人充满了愤愤之情，而对自己则不再埋怨什么了。

她自言自语道：“这种铁面无私都是虚伪的假象，他们的目的只是羞辱我，同时折磨孩子，他们以为这样我就会向他们乞饶！做梦！比起她我可要好得多，至少我说的都是实话。”于是她决定，明天，也是谢辽莎的生日那天，她就要正大光明地走进丈夫的家，当然她要先买通一些人，还要哄骗，但无论如何她必须见到儿子，然后向儿子揭穿这帮人用来蒙骗他的丑恶的骗局。

她去玩具店买了几件玩具，想好了行动计划。她决定明儿一早在八点钟的时候就去，那么阿力克赛·亚力克山德罗维奇可能还没起床。当然她得带钱去贿赂看门人及佣人，这样他们才会放她进门。她不想掀开面纱，就对他们说自己是来给谢辽莎祝贺生日的，是教父派她来的，然后就去把玩具放在儿子的床上。只是见到儿子时要说些什么话她还没有想好，她左想右想，可无论怎么想，都想不出来。

第二天一早八点钟的时候，安娜从一辆出租马车里下来了，按照自己的方案，敲响了卡列宁家的门铃。

“你去看有什么事，是个太太。”卡彼维奇说道。这会儿他还没穿上衣服，只是披了件大衣，拖了双套鞋，站在窗边看着这位正站在门边，并蒙着面纱的太太。

看门人的助手是个在安娜走后才来的年轻人，他才打开门，安娜就跨了进来，并从手袋中摸出一张面值三卢布的纸钞，塞进了他的手里。

“谢辽莎……谢尔盖·阿力克赛依维基。”她这样说了一声就想往里走，可这位年轻的助手看了看钞票后就在另一扇门前挡住了她的路。

问道：“您要找谁？”

她没听清他的话，因此什么也没回答。

留意到这位陌生的太太神气慌张，卡彼维内奇便走出房间，放她进来，并问她有什么事。

“是斯柯勒德莫夫公爵派我来看谢尔盖·阿力克赛依维基的。”她答道。

“少爷还没醒呢！”看门人边说边仔细地看她。

安娜怎么也没有想到，回到自己曾经住了九年的房子，面对依旧如昔的客厅，自己竟然如此动情，一段段的记忆，快乐的记忆、苦涩的记忆不断地在她的脑海中浮现，刹那间她竟然忘了自己此行的目的。

“请您稍等，好吧？”卡彼维内奇边帮她脱外套，边对她说道。

脱下大衣以后，卡彼维内奇看了她一眼，认出了她，于是便默默地向她低低地欠了欠身。

“夫人，请进。”他说道。

她原想对他说句什么，可是怎么也说不出来，于是只用那羞愧、恳求的目光看了他一眼，便轻轻地快步上楼了。卡彼维内奇的身子向前微倾，套鞋拍着楼梯，追在她身后走着，并想拦住她。

“教师也在那儿呢，也许还没穿衣服！让我先去通报一下吧！”

安娜没听见老头的话，只是继续沿着她熟悉的楼梯向前走。

“请朝左边走。对不起，还没拾掇干净。现在少爷睡在原先的会客室了，请您稍等，夫人，我先进去看看。”看门人喘着粗气说道。于是他赶到她的前面，推开一扇高大的门，钻了进去。安娜便站在门口等着。没一会儿，看门人出来说道：“少爷刚醒。”

就在看门人说话的同时，安娜听见了儿子打呵欠的声音，只听到这一声，安娜便认出是儿子的声音，就像她看见他正活蹦乱跳地站在自己的面前似的。

“让我进去，让我进去，你走吧！”刚说完，安娜便进了门。床是放在门的右手的，只见儿子只穿了件衬衣，连扣子也没扣上，立着身子坐在床上，他正向前弯着小身子打呵欠。嘴唇刚合上，他便轻轻地一笑并睡意蒙眬的向后一仰，又慢慢地睡下了。

“谢辽莎！”她轻轻地喊他，身体向他轻轻地挪去。

在和儿子分开的这段日子里，尤其是最近几天，她深深地体验到了什么是爱如潮水。在她的印象中，他还是四岁，四岁是最可爱的时候。但现在他已经不再是她离开他时的模样了，他长高了，变瘦了，已经不再是四岁了。他怎么这么瘦，头发怎么这么短，两只胳膊怎么这么长！分开的这段日子，他怎么变得这么多！不过，这的确就是他，这就是他的头，他的唇，他那软软的头顶，还有他宽宽的小肩膀，这的确就是他。

“谢辽莎！”她在他的耳边又喊了一声。

他又撑起了身子，头发蓬乱的脑袋向两边转了转，似乎在找些什么。一睁开眼，就看见母亲正静静地站在自己面前，他一声不吭地、疑惑地待望了她几秒钟，便幸福地微笑了，并闭上那仍睡意蒙眬的眼睛，然后向母亲的手臂中倒了过去。

“谢辽莎，我的宝贝儿子！”她边说边搂住他胖胖的身体，连气也接不上来了。

他喊道："妈妈！"他的身体在母亲的怀中不断地扭动好让自己的全身都能接触到母亲的手臂。

他迷迷糊糊地微笑着，眼睛仍旧闭着，那两只胖乎乎的小手从枕边伸过来抓住母亲的肩，身子贴着母亲，然后他把脸在母亲的头颈及肩上不停地摩擦。这时安娜便沉浸在一股唯独孩子才有的那种讨人喜爱、睡意朦朦的香气及热气中了。

他睁开眼睛说道："我就知道，我知道，今天我过生日，你一定会来。我马上起床。"

可说着说着，他又快睡着了。

安娜醉心地盯着他，她发现，在她离开的日子里，他长高了，而且样子也有了些改变。这双从被子里伸出来的脚长大了，她甚至觉得有些陌生。但是这张有些瘦瘦的脸，她认得；这剪着短短头发的后脑是她以前经常吻的，她也认得。她抚摩儿子浑身上下的每一个地方，泪水使得她一句话也说不出来。

"妈妈，你为什么要哭？妈妈，你为什么要哭？"他泣不成声地喊道，这时他已经完全清醒了。

"我……我没哭……我这是高兴，我已经很久没有看见你了，我不哭，我不哭了！"她一边说，一边强咽着泪水并转过脸去。定了定神后，她又说道："你该穿衣服了，"愣了一会儿，她便坐到床边的放着他的衣服的椅子上，仍然抓着他的手。

"我不在的时候，你是怎样穿衣服的？怎么……"她想让语气自然些，高兴些，可是怎么也做不到，于是又转过脸去。

"我已经不再洗冷水澡了，爸爸不让我洗。你看见华西里·卢基奇了吗？他一会就要来了。你坐在我衣服上了！"

于是谢辽莎快活地笑起来，看着他的样子，她也跟着微微一笑。

他再次扑入她的怀中，拥抱着她，并喊道："妈妈，宝贝妈妈、心肝妈妈！"好像看见了母亲脸上的微笑，他才清醒过来。"这别戴啦！"他边说边摘下了她头上的帽子。然后，看见没戴帽子的安娜，他又扑进了她的怀里亲吻她，似乎他又重见了她一次。

“你想我了吗？你不会以为我已经死了吧？”

“我可从来都没信过！”

“你不相信，我的宝贝？”

“我知道，我知道！”他连说了两次这个他喜爱的句子，并抓住母亲那正抚摸着自己头的手，放在嘴唇上亲吻着。

第二十一章

华西里·卢基奇开始并不认识这位太太，但是从他们的谈话中他知道她就是那位抛夫弃子的太太，因为自己是新来的，所以并不认识她。遇上这种状况，他真是不知道自己该怎么办才好，是不是要进屋？是不是要去通知阿力克赛·亚力克山德罗维奇？他已经不知如何是好了，但最后他想起来，自己的工作就是按时叫醒谢辽莎，因此他不用在乎有谁坐在那儿，即使这人是谢辽莎的母亲，或者是其他什么人，自己只要尽了自己的本分就可以了。于是他穿好衣服，来到门前，推开了门。

但是，这母子俩的话和他们说话时的语音，以及他们之间母子亲情，这一切的一切都让他不能不改变主意。他摇了摇头，叹了口气，又把门关上了，他一边抹着眼泪一边咳嗽着对自己说：“再过十分钟吧！”

这时在家里的佣人掀起了躁动，大家都知道，太太回来了，这会儿正在少爷房里，是卡彼维奇让她进来的。大家也都明白：这夫妻俩是不能见面的。得想办法避免他们见面。佣人考尔涅伊到门房去问是谁，是怎样把她放进来的，当他知道是卡彼维奇把她放进来并给她引路的时候，他便训斥了老人一顿，老人很执拗，他一句话也不说，只是当考尔涅伊说因为这件事他该被解雇时，老人忍不住发火了，他跳到考尔涅伊跟前，挥动着两手大声说道：

“没错，如果是你，你就不会让她进来了，服侍她十多年欠了她十几年的恩德，可是今天，你竟然还要走去对她说：喂，请走开！你可真是通情达理啊！即便没有恩德，你总该还没忘记你是怎么欺骗老爷的钱的吧！你总该还记得是怎样偷老爷的皮大衣的吧！”

“真是个笨蛋！”考尔涅伊骂了他一句，又转过身对保姆说：“您给评判一下吧，瓦丽娅·仪菲莫芙纳：他连招呼都不打一声，他就把她放进来了。而阿力克赛·亚力克山德罗维奇马上就要起床去孩子房间了！”

“糟了，糟了！考尔涅伊·瓦西里耶维奇，您最好得想个什么法子让老爷不要去，我这就进房间设法把她带走。真是糟糕，糟糕！”保姆说道。

保姆走进房间时，谢辽莎正在向母亲描述他和纳基卡一块儿去滑雪、一块儿摔跤，以及一连翻了三个大跟头的情景。安娜正在听儿子的讲话，她能听得见谢辽莎的声音，看见他的脸以及他脸上那变化着的表情，甚至她还抓着他的手，可是她却听不明白他的意思，此刻她的心里想的只是：现在必须走了，必须离开他了。刚才她已经听见华西里·卢基奇的脚步声和咳嗽声了，现在她也知道保姆正向她走过来，她想说话却说不出，想站起来却站不起来，她好像已经变成了一块石头，只能定坐在那儿。

保姆走到了安娜的身边，吻了她的手和肩，并说道：“太太，好太太！让您和谢辽莎见面这是上帝给谢辽莎的生日礼物啊！您还是老样子，没一点儿变化！”

安娜清醒了过来，说道：“呀！亲爱的保姆，您还在这儿，我还不知道呢。”

“哦不，我不住这儿，我住在女儿家，今天我是来给谢辽莎祝贺生日的。安娜·阿尔卡季伊芙纳，我的好太太！”

保姆忽然大哭了起来，又去吻安娜的手。

谢辽莎两眼发亮，他微笑地用一只手抓着母亲，一只手抓着保姆，高兴地直跺着他那两只胖乎乎的光脚，他为保姆竟对母亲怀有如此重的感情而感到快活。

“妈妈，她常常来看我，每次都……”他正要说下去，看见保姆正悄悄地对母亲讲着什么，同时又在母亲脸上发现了与母亲不相配的恐惧和近乎是愧疚的神情。

母亲走到他身旁，对他说：“亲爱的！”

她想向他说声再见，可是怎么也说不出来，但是她的表情却帮她说了，而谢辽莎也听懂了。她继续说道：“亲爱的，亲爱的库基特！（这是谢辽莎小时候的名字）你不会忘记我吧？你……”她怎么也说不下去了。

尽管后来她想起了好多好多要对他说的话，但此时此刻她什么也想不起来，什么也说不出来。而谢辽莎却懂得母亲想要向他说的一切，他知道，母亲是爱他的，还知道母亲是不幸的，甚至连刚才保姆轻轻对母亲说的话，他也明白。她提到的“总在八点钟”，他知道，这是在说父亲，他知道父亲是不能与母亲见面的，所有这些他都明白了，只除了一点——母亲那恐惧和内疚的表情。他不懂既然母亲没做错什么，那她为什么害怕父亲？又为什么感到羞惭呢？他想问问母亲这是为什么，可是他不敢，他看得出母亲现在很痛苦，他因此替母亲感到难过。于是他只默默地靠在母亲的身上，轻轻地对她说：

“你别急着走。他要过一会儿才来。”

安娜把他从身上挪开些，想问问他是否说的是实话，可是从他那充满恐惧的表情中她明白，他不仅是在说他的父亲，而且还在向她询问他该怎样看待父亲才对。

“谢辽莎，亲爱的，他比我更好，更善良，你应该爱他，是我做了错事，等长大了，你就会懂了。”安娜说道。

“你是最好的！……”他绝望地哭喊道，两只手紧紧地抓住母亲的肩，并拼命地贴在母亲身上。

“宝贝儿，我的小宝贝儿！”安娜一边说一边竟也像孩子似的轻轻地哭了起来。

正在这时，房门开了，华西里·卢基奇走了进来。同时另一扇门后也传来了脚步声，保姆用惊慌的语气轻声说道：“他来了！”

同时把帽子递给了安娜。

安娜放开儿子的手，又吻了吻他那泪水濛濛的脸，谢辽莎便扑在床上双手捂着脸大哭起来，安娜正要快步向门外走去，这时阿力克赛·亚力克山德罗维奇却向她迎面走来，一看她，他便停下了脚步，并把头垂得很低。

尽管刚才她还说他比自己好，比自己善良，但此刻在将他全身上下打量一番之后，她立刻对他充满了厌恶与憎恨，再加上因为儿子，她更是对他产生了嫉妒。于是她立刻放下面纱，以快得近乎跑的步子离开了这个房间。

昨天她在小店里挑的那几件既寄托着她对儿子的深爱又包含了她的忧烦的玩具，还没来得及拿出来，就原封不动又被带回去了。

第二十二章

安娜虽然急切地想见儿子，并一直在盼着这次见面，甚至还为这次见面进行了充分的准备，可是她万万也没想到，这次见面竟会使她如此激动。当她回到旅馆一个人待在自己的房间时，她好长时间都没反应过来自己怎么会待在这儿的。连帽子也没摘，她就坐在壁炉边的一把圈椅中，并自言自语道："没错，一切都结束了，现在我又是独自一个人了。"她两眼直愣愣地盯着那在两扇窗户之间的桌子上的青铜摆钟，脑子里似乎正若有所思。

从国外带回的法国女佣来请她换衣服，她只是吃惊地看着她并且答道："等一会儿！"

佣人请她喝咖啡。

她又回答："等一会儿。"

意大利奶妈把打扮好了的女儿给安娜抱来，这女孩被养得胖乎乎的，与平时一样，她一看见母亲就伸出她那藕节似的小胳膊，咧着还未出牙的小嘴微笑着，然后手心向下，两手在那浆得硬挺的绣花裙子的皱褶上蹭来蹭去，那样子就像小鱼儿在游水。看见她，你不能不发笑；你不能不去亲亲她；不能不把指头伸给她好让她又嚷又叫、全身跳动地抓住；你不能不去吻她，好让她的小嘴吮吸你的嘴，这些安娜都一一做了，她还扶着她让她蹦蹦跳跳；并亲了亲她那嫩嫩的脸蛋及光滑的小肘子。可是看见这个孩子，安娜心里便知道，自己对这个孩子的感情不及谢辽莎，甚至对她还称不上有爱。

虽然这孩子可爱之极，但她怎么也无法打动安娜，她已经把全部的母爱都给了谢辽莎，即使谢辽莎的父亲是自己不爱的人，这也丝毫不能令她有所宽慰。这个孩子出生时多灾多难，但她给她的关怀不及谢辽莎的百分之一。此外，将来这孩子会变成什么样尚不可知。但谢辽莎已经快长大成人了，而且十分讨人喜爱，他有他的思想，他能理解她、能自己来评判她，他还爱她、想念她，谢辽莎的话以及他的眼神都充分证明这些。可是现在她却不得不与他在身体上及精神上分离，而且这种分离永远无法挽回。

让奶妈把女儿抱走之后，安娜打开挂在项链上的盒式机芯，这里面有一张谢辽莎与这个女孩同龄时的照片。然后她又站起来，摘掉帽子，并从小桌上拿起一个相册，里面有谢辽莎在各年龄阶段拍的许多照片。她想将这些照片进行一下对比，于是便把它们从相册上一张一张地抽出来，抽到最后只剩下一张了，这张是拍得最好的。照片中身穿白衬衣的谢辽莎正骑在一把椅子上，眼睛眯着，嘴角挂着微笑，这是他最漂亮、最具个性的表情。她那一向灵巧细小的白嫩的小手不知怎的今天特别地紧张，她试着去捏照片的角，可几次都没捏着。看看桌上也没有裁纸刀，于是她就把旁边的一张照片（这张照片是在罗马拍的，照片中戴着顶圆帽子的渥伦斯基头发长长的）抽出来，想用它来把儿子的那张照片顶出来。她看了看渥伦斯基的照片，一下子想起自己目前所有的痛苦缘由，于是便说道："没错，就是他！"整整一个早晨她一次都没想到他，可是现在一看到这张俊美、高贵、熟悉又可爱的脸，她的心里突然涌起一股爱的激流。

"可他现在在哪儿呢？他怎么忍心让我一个人在这儿忍受痛苦呢？"她在心里埋怨着他，可她忘记了是自己向他隐瞒了有关谢辽莎的事的。于是她派人请他马上过来，并心情激动地计划着将会怎样把这些事情都告诉他，同时还猜想着他会用自己的爱意来宽慰她，就这样，她等着他的到来。派去的人给她带来了回话，他这会儿正有客，不过他一会儿就来。他还顺便叫人问她是否愿意接待从彼得堡来的亚士文公爵。听完回话，安娜心里说道："从昨天午饭到现在我们都没见过面，但他不是一个人来，要带亚士文公爵一块儿来，来了我也无法把事情告诉他。”于是安娜的脑子里突然迸出了一个怪异的想法：如果他不再爱她了，那该怎么办?

接着，她便一一地回忆了一下这几天的事情，她似乎觉得，每件事都在向她证明她的怪念头是站得住脚的：第一，他昨天没在家吃午饭；第二，他坚持在彼得堡他们要分开住；第三，这会儿他不愿单独来见她，好像是在故意躲着她。

“可是，他应该对我讲清楚，我一定得知道他的想法，只有知道了他的想法，我才能决定自己该怎么办。”她自言自语道。她不敢想象，一旦证实他对她已无爱意，她将会陷入什么样的境地。如果他变了心，自己将会无路可走，一想到这儿她便更加的激动不安。于是她赶紧拉铃叫使女，接着就走进梳妆室，在换衣服的时候，她特别注意装扮自己，似乎只要穿上那件更合身的衣服，梳了那种更适合她的发型，即使他已变心，他也会因此而再次爱上她的。

她还没来得及打扮好，铃声就响了。

当她走进客厅时，迎接她的目光是亚士文的，而不是渥伦斯基的。渥伦斯基正低头凝神地翻看她忘在桌子上的儿子的相片，因此没有立刻抬头看她。

“我们见过，”她说道，同时将自己的小手伸进亚士文那只硕大的手中，而亚士文看起来有点害臊（这跟他的大块头格格不入），“去年在赛马场上我们就见过面了。这个给我吧！”说完她就以一个异常迅速的动作把儿子的照片从渥伦斯基的手中夺了过来，并且用那闪闪发光的眼睛含有深意地看着他。接着她又温柔地笑道：“今年的赛马怎么样?我没去看，不过在罗马的科尔索倒是看了一场赛马，不过我知道你并不喜欢海外的生活。虽然我们没见过几次，但是我知道您都喜欢些什么。”

“这真让我觉得不好意思了，因为我喜欢的东西大多是些上不了台面的。”亚士文边说边嚼着左边的胡须。

聊了一会，亚士文看见渥伦基斯基看了一下表，便问安娜在彼得堡还要待多久？同时直起他那壮硕的身子，并拿起了便帽。

“可能住不太久了！”看了看渥伦斯基，安娜便惶恐地说道。

“那我们可能没机会再见面了。”亚士文边说边站起来，然后又向渥伦斯基道，“你去哪儿吃饭？”

“请您来这儿用饭吧！”安娜果断地说道，她好像是在生自己的气，而且她的脸还是红的，正如每次在外人面前暴露出自己的窘境时她都要脸红一样。她接着说道：“这儿的饭菜也许并不好，但至少你们可以见见面呀！在所有团队的朋友中，阿力克赛对谁都比不上像对您这么喜欢的！”

“非常荣幸。”亚士文说道。从他的笑容里，渥伦斯基看得出他也很喜欢安娜。

亚士文欠了欠身便走出去了，渥伦斯基则没有动身。

“你也要走吗？”她问道。

“我来不及了。”他答道。然后向亚士文喊道：“你先走，我马上就来！”

她拉住他的手，眼睛呆呆地盯着他，心里在想，要用什么话，才能把他留住。

“等一下，我还有话要说，”她把他的手放在自己的脖子上，“对了，我请他来吃饭，你不介意吧？”

“你做得很好呀！”他平和地笑道，那整齐结实的牙齿露了出来，然后又吻了吻她的手。

“阿力克赛，你还爱我吧？我在这儿好难过，咱们什么时候离开？”安娜双手握着他的一只手说道。

“就快了，就快了。你不知道这些日子以来我也不好过啊！”他边说边抽回了手。

“嗯，你走吧，去吧！”她委屈地说了这句，就急忙跑开了。

第二十三章

当渥伦斯基又回来时，安娜不在。佣人说，有位太太来找她，她刚跟她一块儿出去了。她没说要去哪儿，直到现在也没回来，早上她还去了哪儿，可这一切她都没对他说。除几件事外，还有今天早上她那异乎寻常的激动，以及她从他手中抢走儿子照片时的那种含有敌意的口吻，这些使他不能不好好想想了。他决定要和她好好谈一谈，于是就在房间等她。可是安娜不是一个人回来，她把她那没出嫁的老姑姑——爱伯龙斯卡娅公爵小姐也一块儿带回来了，早上安娜就是和她一块儿出去买东西的。安娜没注意到渥伦斯基脸上的那种疑问重重的表情，她只顾着自己一个劲地对他大讲今天都买了些什么。他知道，她一定发生了什么事情，因为，她那双闪亮的眼睛中有一种紧张的神情，她的言行显得匆忙和娇柔，当初他曾为她的这些神态而着迷，可是现在它们只能让他感到惶恐、害怕。

饭菜已经摆好了，四个人刚要进小餐厅，这时徒基凯卫基突然来访，他是受培特西公爵夫人的委托来找安娜的，他转告安娜说，公爵夫人身体不舒服，不能来给安娜送行了，请她原谅，但是请安娜在八点半至九点这段时间去她家一下。渥伦斯基一听到这个时间，就知道公爵夫人是做好了安排，以免安娜碰见别人，他不禁看了看安娜，但安娜对此似乎没有什么反应。

“十分抱歉，八点半至九点我刚好有事去不成了！”她淡淡地笑道。

“公爵夫人一定会很失望的。”

“我也是。”

“您是要去听帕蒂的歌剧吗？”徒基凯卫基说道。

“帕蒂？您这可是提醒了我，如果能弄到包厢票，那我就去。”

“我能弄到。”徒士凯卫基满怀信心地说道。

“那我就太谢谢您了，真是太感谢了！您留下来和我们一块儿吃饭吗？”安娜说道。

这时谁也没注意到渥伦斯基的这个小动作——耸了耸肩头，他真搞不懂安娜这是在干什么。先是带来这么一个老公爵小姐，又留徒基凯卫基在家吃饭，最令他费解的是，她甚至还让他去弄包厢票。要知道，在目前的环境中的她去剧院听帕蒂的歌剧，在那儿她会碰到所有的熟人，那简直难以想象。于是他严肃地看了她一眼，然而她却用充满挑衅、快活而又绝望的目光来回视他，这种目光的含义他不能理解。吃饭时，安娜简直就像是在向徒基凯卫基和亚士文发动一场进攻：她显得十分的快活，那语气就像是在调情。饭后，徒基凯卫基去弄包厢票了，亚士文想抽根烟，于是渥伦斯基便带他去了自己的房间，坐了一小会儿，渥伦斯基就跑上了楼，这时安娜已经穿戴好了，她穿着那件她在巴黎定做的丝绒镶边的浅色绸布连衣裙，袒露着胸部，并用一根华贵的白色勾花丝带套住脸庞，她看上去真是光采照人。

“您真的要去听歌剧吗？”他问道，眼睛竭力不去看她。

“您说话的语气怎么这么害怕？”看见他不愿正视自己，她觉得受了侮辱，于是接着说道，“为什么我就不能去？”

听起来她还不明白他的意思。

“当然，没有什么理由不能去！”他皱着眉说道。

“就是嘛！”她说道。她假装没听出他话中的讽刺之意，不慌不忙地卷起她那洒了香水的长手套。

“看在上帝的份上，安娜，你别这样了！”他提醒她道，那说话的语气就和以前卡列宁对她说话时的一模一样。

“我不明白您的意思。”

“您明白的，您不能去。”

“为什么我不能去？我又不是自己一个人去，瓦尔瓦拉公爵小姐陪我一块去，这会她去换衣服了。”

渥伦斯基耸了耸肩，一脸的迷惑和绝望。

“可是您或许也知道……”他正想说下去。

她用喊叫的声音说道：“可我不想知道，也不要知道。难道我后悔了吗？不，不，决不。即使让我重新选择，我还是这么做。对我们，对我，对您，唯一重要的就是：我们是否彼此相爱？其他的一切我们不用多费心思。在这儿，我们为什么要分开住，为什么不能见面？为什么我就不能去看戏？我只知道爱你，此外别无所求。”她用一种奇特的、他不明白的眼光看了他一眼，然后用俄语说道：“如果你仍旧爱我，干吗不敢看我？”

他看了看她，看见了由她的容颜和那身十分合体的衣服共同构成的美，可是此刻，正是这种美和她那亭亭玉立的风情令他激怒。

“您知道的，我对您的爱是无法改变的。可我还是请您别去，我求您了。”他用法语说道。他的声音带着温柔的恳求，而目光却露着淡淡的冷漠。

她没听他的话，只看见了他目光中的冷漠，于是便气冲冲地答道：

“可我要求您说出我不能去的原因。”

“原因是，它会使您……”他说不下去了。

“我不懂这是什么意思。亚士文不会伤害我，而瓦尔瓦拉公爵小姐也不比谁差。看，她来了。”

第二十四章

渥伦斯基开始对安娜产生了气恼甚至可以说是怨恨的情绪，因为安娜故意忽视自己目前的处境。而他又不能向她直说他恼怒的原因，因此这股恼怒之情便越来越强烈。其实如果他能讲出自己心里的想法，他就该告诉她："你穿着这身衣服，并且和这位人人都认识的公爵小姐一块儿去听歌剧，这其实就是在向全社会承认自己是一个堕落的女人，同时也是在向上流社会挑衅，而这也就意味着永远与上流社会一刀两断了。"

他不能对她这么直说，可他暗暗问自己："可她怎么可能想不到这点呢？她心里究竟是怎么想的？"他感到，自己对她的敬重之情减少了，但同时却更加注意到她的美貌了。

于是他皱着眉回到了自己的房间，亚士文正在喝掺了水的白兰地，两条长腿架在椅子上。于是他在他旁边坐下，并叫人也给他来一份。

亚士文看看朋友那张板着的脸，说道："说到蓝柯芙斯基的那匹'大力士'，可真是不错。我劝你买下来，它的臀虽然有些下垂，可那腿和头——简直再好不过啦。"

"我想我会买的。"渥伦斯基答道。

马的事倒也还投他所好，可他一点也没因此忘了安娜，他情不自禁地总是留意走廊里是否有脚步声，同时还时时地看壁炉架子上的钟。

“安娜·阿尔卡季耶芙娜让我告诉您，她们去听歌剧了。”

亚士文给起泡的矿泉水中又添了一杯白兰地，并一口喝干，他一边扣好衣服，一边站起来。

“怎么样？咱们也去吧。”亚士文说道。他的小胡子底下露出一丝笑意，这表明他明白渥伦斯基板着脸的原因，但是对这个原因他并不觉得有什么大不了的。

“我不去了。”渥伦斯基板着脸答道。

“可我已经答应了，非去不可！得，再见吧。要不你就去池座吧，就坐克莱新斯基的座吧。”亚士文在门口说道。

“不了，我还有事。”

“有老婆麻烦，没有老婆麻烦更多。”亚士文边走出客厅边想道。

就只有渥伦斯基一个人了，他站了起来，在房间里来回走着。

渥伦斯基想道：“今天演什么？该第四场了……叶戈尔夫妇还有我母亲一定都去了。也就是说——整个彼得堡都到了。这会儿她可能进场了，脱掉了大衣，走在灯光下了，还有徒基凯卫基、亚士文、瓦尔瓦拉公爵小姐……”到这儿，他不禁自言自语道：“我这是怎么了？害怕，还是要把保护权让给徒基凯卫基了？我可真蠢，真蠢啊……但她为什么要如此摆弄我呢？”说完他挥了挥手。

他这一挥手差点就没把放着矿泉水和白兰地瓶子的小桌子给撞翻。他想去扶，却把它给弄翻，于是他气得踢了桌子一脚，接着就拉铃喊人。

“要是你想在这待下去的话，最好记住自己该做些什么。可不能像现在这样，你该收拾收拾。”他冲刚进门的佣人说道。

佣人觉得自己没有做错，想争辩几句，可一看老爷的脸色，想想还是沉默的好，于是他赶紧俯下腰，趴在地毯上收拾那些或碎或没碎的杯子和酒瓶。

“你不用做这个，叫伙计来干。去把我的燕尾服拿来。”

八点半时，渥伦斯基进了剧院，这时戏正演到精采处。为包厢服务的老头帮渥伦斯基脱掉了大衣，认出了他，叫了声“大人”，并告诉他不用拿取衣服的牌子了，叫声菲多尔就可以了。除了各包厢的侍者及两个拿着皮大衣在门口听戏的仆佣之外，灯火通明的走廊里一个人也没有，只有乐队正在进行断音伴奏还有一个口齿清晰的女声独唱的声音从虚掩着的门里传出。这时门开了，侍者溜了进去，于是渥伦斯基清清楚楚地听见了最后一句歌词。但还没听完这句歌词的结尾及音乐的尾声，门就又关上了，不过听见那雷鸣般的掌声，渥伦斯基知道乐曲已经结束了。当他走进那被枝形吊灯及青铜煤气灯照得十分明亮的大厅时，仍是一片喧闹声。那位光着双肩、浑身上下闪着珠光宝气的女歌手在牵着她的男高音的帮助下正微笑地弯着腰，捡起那些被扔过脚灯摔在舞台上的花束，然后她向一位梳着光亮中分头的男士走去，这位先生正伸长了胳臂越过脚灯递件什么东西给她；此外，包厢里的人不安静起来，他们伸出身子，喊着、拍着，乐队长则高高地坐着，传递着花束，整理自己的白领带。渥伦斯基走到大厅的中央，站在那儿东张西望。对这些早已看熟了的陈设、舞台，听惯了的喧闹，以及剧院挤得满满的这些熟识的无趣的观众，他今天都毫不关心。

包厢里的人跟往常一样：有身后坐着军官的太太们；还有一些穿军装或燕尾服的男人和一些打扮得花枝招展、来历不明的女人；顶楼上还是那些穿得脏兮兮的人群，在整个剧院里，在包厢以及池座的前几排里，有四十来个看上去还有些身份的人，他们在这剧院里简直就像是沙漠中的绿洲，渥伦斯基一眼就认出了他们，并立刻向他们打招呼。

这时刚刚开始幕间休息，所以渥伦斯基没立即去哥哥的包厢，他看见正在脚灯旁边的谢儿普霍夫斯克衣正弯着一条腿用脚后跟敲着灯，并远远地冲自己微笑，于是渥伦斯基走到正厅的第一排，站在他的身边。

渥伦斯基故意不去找安娜，所以还没看见她，但是顺着人们的目光，他可以找到她。于是他若无其事的观望着，但没看见她。接着他瞪着眼睛寻找阿力克赛·亚力克山德罗维奇，可是他并没来听戏，这回自己可真是走运。

“你还像个军人么！你现在就像一个外交员或者一个演员。”谢儿普霍夫斯克衣对他说道。

“没错。刚回到家，我就换上燕尾服了。”渥伦斯基答道，并微笑着把望远镜慢慢地拿了出来。

“老实说，在这方面，我可真羡慕你。那会儿刚回国换上这衣服时，还真舍不得我的自由。”他说话时手摸了摸肩章。

谢儿普霍夫斯克衣对渥伦斯基的前途早已死心了，可这会儿他还跟从前一样地喜欢他，对他说话的口气也是特别亲切。

“你错过了第一幕，真可惜。”

渥伦斯基边听着他的话，边用望远镜向二楼包厢里望。渥伦斯基看见了安娜，她正坐在一位梳着高髻、缠着发带的太太和一个正气呼呼地扭动着望远镜观看的秃顶的小老头的旁边，她真是光采照人，套在勾花丝带中的脸正微笑着。她的包厢是5号，离他约二十步远。只见她微微转过身去和雅什文说着什么。她那漂亮而宽阔的肩托着她的头，她的整个脸都闪烁着一种富丽、稳重而又激动的光采，这模样与他在莫斯科舞会上见到的一样。然而他此时的感受却与那次舞会上的完全不同。现在对于他来说她已经失去了神秘感，即使这种美更加强烈地吸引着他，但他已经有些厌烦了。虽然她没朝自己看，但渥伦斯基知道她已经看到他了。

当渥伦斯基重新用望远镜望5号包厢时，他发现瓦尔娃娜公爵小姐脸很红，并且笑得十分别扭，还不时地向隔壁包厢张望；安娜则合起扇子，并用它敲击着包着红丝绒的栏杆，眼睛没看隔壁包厢而是盯着什么别的地方，而且很明显她根本对隔壁包厢的事情不感兴趣。雅什文的表情一如既往，还是那副赢了钱的样子，但是他的眉头却皱着，而且还嘬着左边的小胡子，同时眼睛也不时地向隔壁瞟。

隔壁包厢坐的是凯尔达索夫夫妇，他和安娜都认识他们。那位瘦小的凯尔达索夫太太正背对着安娜站着，她把丈夫递给她的披肩披上了，她的面色苍白，一脸的怒气，嘴里还在激动地说着些什么。那又胖又秃的丈夫——凯尔达索夫则竭力地使她安静下来，同时眼睛不停向安娜他们瞟。妻子先出去了，这位丈夫拖了好一会儿，他的眼睛一直在寻找安娜的目光，可能他是想向她鞠躬致意吧。可是安娜故意不看他，她把头向后面转去，雅什文则伸过他那头发剪得很短的脑袋，听着安娜的话，因此凯尔达索夫没机会向她鞠躬。于是他只好走了，只留下一个空包厢。

渥伦斯基不清楚这两夫妻间发生了什么事，但他知道，这件事一定令安娜受辱了，这点他一看这场面就明白，而安娜的脸色更是证明了这一点。他知道，此刻安娜正在用最后的力量来支撑着自己正在扮演的角色，而且她扮演得很成功。剧场中那些不在安娜社交圈的人都对安娜的美貌及娴静赞叹不已，他们不会听到安娜认识的那些女人所说的既愤怒又可怜又惊讶的话，她们说她怎么还敢在社交界露面？怎么还敢如此炫耀自己的美貌，还有她那勾花丝带？他们也不会想到此刻安娜的感觉会是：自己正如被钉在了耻辱柱上一般。

渥伦斯基知道发生了什么事，却又不清楚是什么事，他感到痛苦，感到惊惶，于是他赶紧去向哥哥打听。他故意从安娜包厢对面的过道上走，正往外走时，他碰上原来团队的司令正和两个认识的人在谈话，渥伦斯基听见他们提到“卡列宁夫妇”，还看见那位司令向那两个人使眼色，然后他向自己大声喊道：

“啊，渥伦斯基！什么时候回团一趟？你走了，我们总得请你吃顿饭吧。我们可是老哥们儿了！”

“我忙着呢，十分抱歉，以后再说。”渥伦斯基说完便立即上楼进了哥哥的包厢。

渥伦斯基的母亲——满头银发的伯爵夫人，正坐在他哥哥的包厢里，在二楼走廊上，他碰到了瓦丽娅和斯罗吉纳公爵小姐。

瓦丽娅先把公爵小姐送到了母亲身边，之后就拉着这位小叔子的手谈起他所关心的事，渥伦斯基很少看见她这么激动。

“我觉得这简直太下流、太恶毒了。凯尔达索夫太太无权这么做。卡列宁夫人……”她开始说了。

“这是怎么回事？我不明白。”

“什么，你还不知道？”

“你应该明白，我只会最后一个知道。”

“世上要数凯尔达索娃最恶毒了！”

“但她到底干了些什么？”

“我丈夫告诉我……她羞辱了卡列尼娜。她丈夫隔着包厢与卡列尼娜说话，于是她就大吵。听说她大声说了些侮辱性的话，说完就离开了。”

“伯爵，您母亲叫您！”斯罗吉纳公爵小姐从包厢探出头来喊道。

“我一直在等你，可总也见不到你。”母亲微笑着对他说道，那语气却充满了讽刺。

渥伦斯基看得出母亲正忍不住高兴地要笑。

“妈妈，您好。我去看过您。”他冷淡地说道。

“你怎么不去向卡列宁夫人献殷勤啊？她可是大出风头，把帕蒂都给比下去了。”斯罗吉纳离开后，母亲又说道。

“妈妈。求您别再跟我说这事啦！”他皱着眉答道。

“我说的是大家都在说的话。”

渥伦斯基什么也没回答，和斯罗吉纳公爵小姐聊了几句话后，就出去了，在门边，他碰上了哥哥。

“啊，阿力克赛！简直太可恨了！不过只是一个蠢女人罢了……我想马上看看她。咱们一块儿去吧。”哥哥说道。

渥伦斯基没等他说完，就往楼下跑去了，他觉得他应该做点什么，可是不知该做什么。对安娜，他既恼怒又可怜，恼怒是因为他们现在所处的如此不堪的境地都是她造成的，可怜是因为她实在太痛苦了。他下到大厅，并朝她的包厢走去，只见斯特列莫夫正站在包厢边上和安娜讲话。

“他是最好的男高音，没人比他更好啦。”

渥伦斯基向她鞠了个躬，又同斯特列莫夫打招呼。

“您似乎来晚了，错过了今晚最精采的咏叹调了。”安娜看了他一眼，嘲笑地说道。

“我对音乐一窍不通。”他答道，眼睛严肃地盯着她。

安娜含笑道：“就像雅什文，他说帕蒂唱歌的声音太大了。”

“谢谢您。”安娜的戴着长手套的纤手接过渥伦斯基捡起的节目单并道谢，就在这一刹那里安娜美丽的脸蛋颤了一下，她赶紧起来并走进包厢。

渥伦斯基注意到第二幕戏开始时，安娜已离开了包厢，整个剧院都沉浸在一支抒情短曲中，当他从大厅走出时引起众人的嘘声，出了剧院他便坐车回家了。

当渥伦斯基走进安娜的房间时，安娜正独自一人待着，衣服也没换。她正坐在靠墙的第一把圈椅里，两眼直勾勾地瞪着。渥伦斯基进来时，她看了他一眼，便又还原到刚才的姿势了。

“安娜。”他喊道。

“你，都是你的错！”安娜哭喊道，那声音充满了恼怒和绝望，说着她就从椅子里站了起来。

“我求你别去的，我就知道，你会不愉快的……”

“不愉快！这太可怕了，我这一辈子都不会忘记今晚。她说，她坐在我旁边是一种耻辱。”安娜大声喊道。

“只是一个蠢女人的一句话罢了，可是你又何必去做些过分的事惹她呢？”他说道。

“我恨你的理智。你就不该让我陷入这种局面。如果你是真心爱我的话……”

“安娜！这件事和我的爱根本没有什么关系……”

“啊，如果你对我的爱像对你的爱一样，如果你和我一样痛苦……”安娜看着他说道，眼中充满了恐惧。

他觉得她很可怜，于是再三地向她声明自己对她的爱，并要求她相信他的话，因为他知道，现在只有这点还能安慰她。但是虽然他嘴上没有责备她，但在心里他还在责备她，还在生她的气。

渥伦斯基一遍遍地进行表白自己的爱情，连他自己都觉得俗不可耐，都觉得不好意思了，而安娜却贪婪地听着，这样她才慢慢地安静了下来。第二天，他们又和好如初，并启程下乡了。

第五部

第一章

达丽雅·亚力山德罗芙娜和孩子们一起到波克罗夫斯科耶她妹妹那儿避暑，她妹妹叫吉蒂·列文。达丽雅自己田庄上的房子已经全部倒塌了，在列文夫妇的劝说下，她才带了孩子来和他们一道过夏。斯捷潘·阿尔卡季伊奇对这个安排非常满意，可惜的是他公务繁忙，不能和他的妻子及孩子一起来农村避暑。否则的话，那对于他来说，将会是莫大的乐趣。这样他只有留在莫斯科，只能在空闲的时候偶尔到乡下小住两天。今年到列文家中做客的人非常多，除了奥勃浪斯基一家大小和家庭女教师外，还有老公爵夫人，她认为来照料处于这种状况下的女儿对她来说是一种责任。因为女儿在这方面毫无经验。此外，瓦莲卡——吉蒂在国外时交的一位好友，也实现了在吉蒂婚后来拜访她的诺言，到吉蒂家里来做客了。所有聚集在这儿的人都是吉蒂的亲戚和朋友，尽管列文对这些人都很喜欢，他仍不免有些感慨，他所谓的列文世界和生活秩序随这种“谢尔巴茨基分子”的涌入而被冲淡和淹没。他自己的亲戚朋友中夏天到他这儿避暑的只有谢尔盖·伊凡诺维奇，但就是这样的一个人，也不是列文型的人，而是科兹内舍夫型的人。如此一来，所谓的列文精神就完全失去了认同的地方。

列文家的房子已经空了很久没有住人，现在突然一下子住进这么多人——差不多所有的房间都住满了，另外，老公爵夫人几乎每天都要在坐下吃饭前数一下人数，如果正好是十三个，便会把一个小孙子或孙女赶到另外一个桌上吃去。细心的吉蒂总是尽心尽力地料理家务，为采购鸡、火鸡、鸭子费了不少心思——因为客人和小孩在夏天胃口特别好，能吃很多。

一家人都坐在餐桌上吃饭。朵丽的几个孩子正在跟家庭女教师和瓦莲卡商量着去哪儿采蘑菇。在这些客人当中，谢尔盖·伊凡诺维奇是非常聪明而又有学问的人，大家对他的尊敬简直到了崇拜的地步。今天他居然也和众人谈论起采蘑菇的事儿，大家都吃惊地望着他。

“我非常喜欢采蘑菇，带上我一块儿去吧，”他说话的时候眼睛紧紧地盯着瓦莲卡，“我对这样的事情非常感兴趣。”

“太好了，我们非常高兴。”瓦莲卡说话的时候，脸微微地涨红了。吉蒂意味深长地跟朵丽彼此交换了一下眼神。聪明而又知识渊博的谢尔盖·伊凡诺维奇要跟瓦莲卡一起去采蘑菇，这证实了曾一度缠绕吉蒂心头的某种猜测。她赶紧走到母亲跟前说了些什么话，借此来掩饰刚才的眼神。吃过饭，谢尔盖·伊凡诺维奇坐在客厅窗前，手上端着一杯咖啡，和弟弟继续谈论刚才的话题，眼睛不时地朝门口张望着：那是孩子们采蘑菇必经的地方。列文就在哥哥旁边的窗台上坐下。

吉蒂靠在丈夫旁边，并不感兴趣地听着他们兄弟之间的乏味的谈话，急切地等他们谈话完以后好对丈夫说些什么。

谢尔盖·伊凡诺维奇向吉蒂微笑着，然后朝列文说：“结婚以后你好多方面都变了，而且都是变好了，”他说话的时候，似乎对这场谈话也是心不在焉，“但是你的老脾气仍然没变，喜欢发些奇谈怪论。”

“吉蒂，你老这样站着不好。”丈夫边说边把椅子推给她，一双眼睛意味深长地望了望她。

“噢，瞧，没时间聊了。”谢尔盖·伊凡诺维奇急急地说着，孩子们已经开始向门外跑。

朵丽迈着大步冲在最前面，穿着绷得紧紧的长筒袜，手中挥舞着小篮子和谢尔盖·伊凡诺维奇的帽子，朝着他跑过来。

她大胆地跑到谢尔盖·伊凡诺维奇跟前，两只和她爸爸一样漂亮有神的眼睛忽闪忽闪的。她把帽子递给谢尔盖·伊凡诺维奇，做出要替他戴上的姿势，一边又怯怯地、优美地笑着，以此来冲淡自己的放纵行为。

“瓦莲卡还在等着呢。”她说着，就把帽子给谢尔盖·伊凡诺维奇戴在头上。因为她从他的和善的笑容中得到了默许。

瓦莲卡头上包着一块雪白的头巾，身上穿着黄色印花布连衣裙，正站在门口。“就来啦，就来啦，瓦尔瓦拉·安德列耶夫娜。”谢尔盖·伊凡诺维奇边说边喝完了咖啡，又把手绢和烟盒分别放进衣袋里。

“瞧，我的瓦莲卡有多么迷人！”吉蒂向丈夫夸道。谢尔盖·伊凡诺维奇恰好站起身来，她显然有意把这句话说得能让谢尔盖·伊凡诺维奇听见，她说的话他也的确听得见。“她是多么漂亮啊，漂亮得那么有气派！瓦莲卡！”吉蒂冲着他们喊道，“你们是去磨坊那边的小林子里吗，我们会来找你们的。”

“吉蒂呀，你完全忘了你的身子，”老公爵夫人赶忙走到门边，“你可不能这样大喊大叫的呀。”

听到吉蒂的声音和她母亲的责备，瓦莲卡迈着轻快而又敏捷的步子朝吉蒂走来。她那灵活的动作，泛起红晕的兴奋的面孔，都暗示出她心里正有着不寻常的波动。吉蒂留神地凝视着她，因为她心里清楚这不寻常的波动是什么。她现在叫着瓦莲卡，是因为猜想到了今天午饭后将要在树林子里发生的事情而在心里默默为瓦莲卡祝福。

“瓦莲卡，假如我期望的那件事情出现的话，我将会非常开心。”她说着，悄悄地吻了吻瓦莲卡。

“那您能不能和我们一块去？”瓦莲卡非常害羞，慌乱地向列文说，装着没有听见她说的那些话。

“我肯定会去的，不过我只到打谷场，我就在那儿。”

“你去那儿，有什么事吗？”吉蒂问。

“我想去看看新买来的几辆大车，顺便查查账。”列文说，“你呢，去哪儿？”

“阳台上。”

第二章

列文把农庄视察了一遍，就敲了敲瓦先卡·韦斯洛夫斯基住处的房门，这已是第二天早晨十点了。

“请进！”韦斯洛夫斯基大声说，“不好意思，我刚刚沐浴完。”他只穿一件衬衣站在列文面前，面带微笑地说。

列文在窗口前坐下：“请别客气，您睡得好吗？”

“睡得就跟死人一样。今天对打猎来说是多么合适啊！”

“您想要点什么，茶，还是咖啡？”

“两样都不要。我想吃些早点。实在不好意思，我想太太们都已经起床了吧？现在要是能出去走一走就太好了。让我去看看您的马吧。”

他们围着花园散步，然后又参观了马厩，甚至还一起在双杠上做了一会儿体操，最后列文和客人一道回到家中，带他进客厅休息。

韦斯洛夫斯基见吉蒂在茶炊旁边坐着，便走了过去，并说道：“打猎太有趣了，有那么多的新鲜事！可惜女士们无法享受到这种快乐！”

列文在心里自言自语：“嗯，这算得了什么呢，跟女主人寒暄几句是应该的。”但同时他又看出来这位客人和吉蒂谈话时面带的笑容和得意非凡的神情有些不太正常……

公爵夫人和玛里娅·弗拉西耶夫娜及斯捷潘·阿尔卡季伊奇坐

在桌子的另一头，她把列文叫到自己跟前，就吉蒂生育迁移到莫斯科去住和准备房子的事和他进行了讨论。对于列文来说，他以前觉得在他结婚时所做的形形色色的琐屑的准备工作破坏了正在进行的事情的神圣感，使他非常不愉快。现在又是这样，为了那即将来临的生产而做的准备使他更加反感了。他总是极力避免听她们谈论用襁褓包裹未来婴儿的最佳方法，并对朵丽非常欣赏的那种神秘的、没完没了的编织绷带和麻布三角巾的工作极其反感，尽量把头扭到一边不去看。他对之已经抱有希望，但还不能十分确信的儿子的降生，这件事是那么离谱，以至于他一方面把这看作是巨大的因而是不太可能得到的幸福，一方面又觉得非常难以理解，这样对待事情的态度是一种自以为是、自欺欺人的做法，把这种将要发生的事看成是人间一种平凡的、人为的事情来做种种准备，他认为是不可理喻的、使人丢脸的事。

但公爵夫人并不了解他的想法，把他的不闻不问看作是粗心大意和漠不关心的表现，因此不允许他安静一会儿。她委托斯捷潘·阿尔卡季伊奇去看一座房子，现在就把列文招呼过来。

他说："公爵夫人，我什么都不懂。你自己看着办吧。"

"你得考虑一下什么时候搬家。"

"我真的不知道。我知道许许多多的婴儿没去莫斯科生产，也没有请医生，但是也来到了世上……那么为什么……"

"哦，如果这样……"

"噢，不！还是按吉蒂说的去办吧！"

"但这事不能跟吉蒂说呀！你究竟想干什么，要我把她吓坏吗？今年春天，纳塔利·戈利岑娜就是因为请了个庸医死掉的。"

他只有愁眉紧锁地说："你看着办吧，我听你的。"

公爵夫人就开始絮絮叨叨地对他讲，但他根本没把她说的放到心上。听着公爵夫人的谈话，他心里却乱糟糟的一团，不过他这样痛苦并非因为这场谈话，而是因为看到茶炊那边进行着的那种情景。

"不，不可能这样的。"他暗想，时而望望瓦先卡，看到他正带着迷人的笑容倾斜着身子挨近吉蒂谈着什么，时而又望望吉蒂，她一副满面绯红、神情兴奋的样子。瓦先卡的某些姿态以及他的眼色和微笑中有些不太正经的地方，甚至在吉蒂的眼神中列文也看到一些不纯洁的东西。他的眼睛又开始迷茫起来。他又回到了从前的样子，突如其来地，没有一丝改变，他觉得自己从幸福、宁静和威严的顶峰被推到绝望、怨恨和羞辱的万丈深渊中。所有的人和所有的事在他眼中又都变得无比厌恶了。

他说：“那么，公爵夫人，就按你说的，怎么好就怎么做吧。”说完又扭过头去继续望着。

斯捷潘·阿尔卡季伊奇和列文打趣道：“莫诺玛赫冠是相当沉重的！”他说的显然不单单指公爵夫人的话，而且也针对他所观察到的列文激动的原因。“你今天怎么这么晚呀，朵丽？”

大家都站起身来迎接达丽雅·亚力山德罗芙娜。瓦先卡欠了欠身子，具备现代年轻人的那种不尊重妇女的陋习，只是点了点头，就又开始谈笑风生了。

朵丽说：“玛莎昨晚没睡好，今天早晨老是发脾气。简直把我折腾坏了。”

瓦先卡和吉蒂又在谈论安娜以及爱情是否超脱于自然之物而独立的问题，和昨晚的话题一样。吉蒂很不喜欢这些话题，这使她心乱如麻，一则是因为话题的本身，再则是因为说话的腔调，尤其是她已经知道这样的谈话会对自己的丈夫造成什么样的影响。但是她单纯而幼稚的性格使她想不出办法来结束这种谈论，甚至更不知道如何来掩饰自己由于这位年轻人过分献媚而表现出来的激动和欣喜。她想停止这场谈话，却又无计可施。她知道，无论她在做什么，丈夫都在密切地关注着她，都会朝可怕的地方胡思乱想。不出所料，当她问朵丽玛莎是怎么回事，而瓦先卡表情漠然地望着朵丽，期待着她们之间的这场他觉得兴趣索然的谈话快快结束时，列文觉得她的做法是很勉强的，做作得使人恶心。

朵丽问：“我们今天出去采蘑菇，好吗？”

吉蒂却红着脸回答说：“去吧，我也正想去呢。”出于礼貌的考虑，她想问瓦先卡去不去，但终于打住没有问。“科斯佳，你去

哪儿？”当列文迈着坚实有力的步伐走过她身边出去的时候，她带着羞愧的神情问。这种内疚的表情更加证实了他的全部猜测。

他看也不看她一眼，说：“机械师来的时候我不在，我还没跟他见面。”

他奔下楼去，但他还没有走出书房，就听到了妻子那熟悉的脚步声迈动着粗放的步伐快速地跟在他后面出来了。

“什么事情？”他面无表情地问她，“我们很忙。”

她却对那位德国机械师说：“不好意思，我有一些话要跟我丈夫说。”

德国人刚准备走开，列文却对他说：“没关系，放心好了。”

德国人问道：“火车是三点钟开吗？我千万不能误了火车。”

列文跟着妻子出去了，没有回答他的话。

他用法语问：“嗯，你想跟我说些什么？”

他的眼睛盯着别处，而她的脸整个地在抽搐着，满脸是惹人疼爱、手足无措的神情，他却丝毫不愿看她，尽管她此时正怀有身孕。

她哽咽着低声说：“我……我想说，不能再这样熬下去了……这简直是在遭罪！”

他怒气冲天地制止她：“别吵吵闹闹了，饭厅里有仆人。”

“那，就到这边来吧。”

他们站在过道里。但是英国女家庭教师正在那儿给达尼娅授课，吉蒂无法到隔壁的房间去。

“哦，我们去花园吧。”

他们在花园的小路上遇见一个正在扫地的花农。他们疾步向前走，来不及考虑那位花农会看见她满脸的泪痕和他激动的神情，也不管他们那副像逃荒人一样的模样。他们只想一定要把话解释清楚，把一切误解都消除掉，一定要找个安静的地方单独相处，把两人心里的苦闷借此都给化解去。

他们总算找到了一条清静的长凳，这是一个位于菩提树林阴路的角落的所在。她开口说：“再也不能这样过下去了！这是受罪！

你和我，我们都在忍受着痛苦。到底是为什么呢？”

他的两只手握得紧紧的，按在胸膛上，伫立在她面前，和那天晚上的姿势一模一样，说道：“可是我想听你说个明白：他的腔调里是不是带着一些不伦不类的甚至是下流可耻的东西？”

她声音战栗地说：“有的，可是，科斯佳，难道你没有看出来这不是我的错吗？一早上我就想采取一种……但是这些人……他怎么会来这儿呢？我们曾经多么幸福美满啊！？”她呜咽着说，因怀孕而显得臃肿的身体不停地颤抖着，并因此哽咽得连话都说不出来了。

但是，那位花农却惊奇地发现，当他们经过他身边回去的时候脸上是安详而又开朗的，尽管没有什么东西跟在他们后面，也没有必要逃避什么，甚至更不可能有什么大不了的值得开心的事会在那条长凳上发生。

第三章

达丽雅·亚力山德罗芙娜要去看望安娜的打算终于实现了。她将要去做的这件事会令她妹妹难过，惹列文不高兴，因此她心里很是歉疚。列文家不愿和渥伦斯基有任何交往，她认为是在情理之中的。不过她又认为现在自己的处境改变了，这次对安娜的拜访会让她明白自己对她初衷不改是她的责任。

于是达丽雅·亚力山德罗芙娜就派人到农村里租马，为的是不依靠列文家的帮助来完成这趟旅行。但列文听说这件事后，马上就来责备她："你怎么会认为我不高兴你去呢？即使我不愿意，如果你不用我的马，我只会更加不高兴。"他接着说："你从来没有把你一定要去的想法跟我谈起过。再说，如果在乡村里租马，我不高兴是一方面，更主要的是，他们会很乐意地揽下这个差事，却永远也不会把你送到地方的。我自己有马，如果你想让我高兴的话，你就把我的马拿去用吧。"

达丽雅·亚力山德罗芙娜盛情难却，只好接受。在她决定要走的日子，列文给这位姨姐准备好了四匹马，作为轮班替换的驿马，是由耕马和坐骑临时搭配起来的，场面一点儿也不气派，不过却能够在当天就把她送到目的地。眼前准备离开这儿的公爵夫人和接生婆都需要马，这对列文来说是一件伤脑筋的事，但作为一个体贴周到的主人，他总不能让住在他家中的达丽雅·亚力山德罗芙娜去外面花钱租马，况且他也知道，她这趟旅行将要花去二十个卢布，这对于她来说是一笔不小的数目。而列文关心达丽雅·亚力山德罗芙娜拮据的经济状况，就像关心自己的事情那样。

达丽雅·亚力山德罗芙娜在天亮之前就启程出发了，她到底还是听从了列文的劝告。道路很平坦，马车也很舒适，几匹马跑得都很卖力，在驾位上马车夫旁边坐着事务员，不是仆人，原来是列文为安全起见才这样安排的。达丽雅·亚力山德罗芙娜在车上打起了盹，一直到抵达一个小店换马时才醒过来。

达丽雅·亚力山德罗芙娜在十点钟就开始继续赶路了。在那家生活富裕的农家里——列文那次去斯维雅日斯基家中途曾在这儿逗留过，她喝过茶，同女人聊了一阵关于孩子的事儿，并和一位老人谈了他所钦佩的渥伦斯基公爵。在家里时，由于要照料孩子们，她没有时间来思索。但是在刚刚过去的这四个钟头的旅途中，她的心头魔幻般地涌现出那些以前被她克制的千万头绪，她开始从方方面面来回顾自己的这一生，这在以前还是没有的事情。连她自己都为她的这些想法感到吃惊。一开始她想到了孩子们，尽管公爵夫人，最主要的还是吉蒂（相比之下她更相信她）答应照管他们，但她还是放不下心。“但愿玛莎别再淘气顽皮了，格里沙不要让马给踢了，莉莉不要再拉肚子就好了。”但她马上又由眼前的问题转移到不久的将来新的问题上去。她开始沉思，今年冬天她得把莫斯科的旧房子换成一幢新房子，把客厅里的家具全部换成新的，给最大的女孩做一件冬大衣。但紧接着，怎样把孩子们抚养成人——这仿佛是非常遥远的事，也出现了。“女孩子们还好办，可男孩子们呢？”她陷入了沉思。

“虽然我现在可以亲自教格里沙，但这仅仅是因为我现在没什么烦心事，没有怀孕。当然，什么事都不能指望斯季瓦来帮忙。有善良的人出手相助，我会把他们抚养长大的，可是万一又生孩子呢……”她的脑子里突然冒出那句话——是说加在妇女身上的诅咒是生育的痛苦，该是多么的错误。“分娩其实没什么，而怀孕倒是一件令人痛苦的事。”她默默在想着，回忆起她最近一次的怀孕和最小的婴儿的夭折，她还想起来在刚才歇脚换马的地方和一位年轻女

人的谈话。那个年轻漂亮的农妇在被问及她有没有孩子时，快活地回答说："我有过一个女孩，但是上帝解救了我。我去年四旬斋把她埋了。"

达丽雅·亚力山德罗芙娜紧接着问道："那你为这伤心了吗？"

"有什么伤心的？老头的孙子孙女本来就已经不少了。儿女多反而带来不少麻烦，把你害得什么事也做不成，简直是个累赘。"

达丽雅·亚力山德罗芙娜听了这样的回话不禁有些反感，尽管当时这个年轻女人的脸上的神情是温柔和善的，但是现在她不由自主地又想到了这句话。在这句很粗放的话里倒也有一些道理。

"说到底，"回想起十五年来的婚姻生活，她在心里说道，"怀孕、呕吐、反应迟缓、对什么事都没劲，最主要的是像个丑八怪。吉蒂，就连如此年轻迷人的吉蒂，也因怀孕而变得这么难看。我知道我怀孕时变得很丑。生产、疼痛，痛苦得几乎受不了，最后的时刻……接着就是给孩子喂奶、彻夜不眠，那些可怕的痛苦……"

在差不多哺乳每个孩子时，达丽雅·亚力山德罗芙娜都害过一次奶疮，一想起那种受罪的滋味她就全身发抖。"接下来就是孩子们的疾病，让人整天处于接二连三的忧虑之中。随之而来的一系列问题：孩子们的教育，他们的坏习惯（她不禁想起小玛莎在覆盆子树林里做的傻事），学习，拉丁语……所有的这些是那样艰难和难以接受。最让人悲痛的，是孩子的夭折。"永远使母亲伤心的那种悲惨回忆又涌上她的心头：她最小的孩子、一个小男孩，因为喉炎离她而去；在为他举行的葬礼上，大家对那淡红色的小棺材持着一种淡漠的神情，而当装饰有金边十字架的淡红色棺材被盖上的一刹那，她觉得自己简直要肝肠欲裂了。因为她看到了他那长满卷发的苍白惨淡的小额头和露着惊异神情的微微张开的小嘴。

"这一切到底是怎么回事？到底能有什么结局呢？可能的结果只能是，我没有丝毫的安静，一会儿怀孕，一会儿又要给孩子喂奶，并且经常发脾气，唠叨个不休，折磨我自己，也侵扰着他人。使我丈夫对我产生反感，我就这样的混着时间，生育出一群不幸的、得不到良好教育的、像乞儿一样的孩子。即使是目前，如果我们没有来列文家过夏，我真想象不出我们现在会是什么样子。尽管科斯佳和吉蒂是那样的为别人着想，使我们感觉不到一点儿生疏，但老这样下去也不是办法。他们也会有自己的孩子，一旦这样就无法再这样照顾我们了；其实他们家现在也很窘迫；爸爸，他没有为自己留下一点儿积蓄，怎么能顾得上我们呢？这样说来，连把孩子们抚养长大的本事我都没有，除非四处哀求别人救济，嗯，多往好处想一想吧：以后孩子们都顺顺当当，我也可以勉强把他们抚养成人。最多也只不过是不要成为一个坏人而已。我所期望的也仅此而已。即使是这样，也还要尝尽多少苦，费尽多少血啊……我的一辈子都要耗费到这上面去了！”她情不自禁地又想起那个年轻女人说的那些话。这个回忆又让她产生了一种厌恶情绪，但是她又不能否认这些话里有一些粗浅的道理。

为了把这种让她心惊胆战的思绪从内心里驱赶出去，达丽雅·亚力山德罗芙娜试图找话题来分散自己的注意力，她问那个事务员：“米哈依尔，还有很长的路吗？”

“听说还有七里路才到村庄。”

马车顺着村里的大道驶上一座小桥。一群农妇肩上搭着盘好的捆庄稼的绳索，兴高采烈、说说笑笑地正在过桥，见到了马车，她们停住了脚步，用惊奇的目光打量着它。达丽雅·亚力山德罗芙娜觉得所有看向她的脸庞都是健康而活泼的，她们是在以自己开心的生活来向她炫耀。“人人都活着，人人都可以享受人生的快乐”，朵丽仍然在凝神沉思着，而马车此时已经驶过农妇们身边，来到斜坡顶上，马放开步子飞速前进，坐在旧马车弹性良好的软簧上，人也在舒适地晃动着身子。“可是我，就像从监牢里，从一个烦恼得欲把我置于死地而后快的世界里释放出来：现在才安下心想这些事情。人人都在活着：所有这些女人，我的妹妹纳达丽雅，瓦莲卡，还有我要去拜访的安娜——这么多人当中，唯独没有我！”

“为什么他们都要诋毁安娜？难道她比我还差吗？至少，我还有一个心爱的丈夫，尽管不是很令人满意，但我还是爱他的。而安娜并不爱她丈夫。她有什么可以指责的呢？她也要活下去。上帝把这种心灵上的欲求赋予我们。我说不定也会做出这样的事。在那样危险的关头，她来莫斯科找我，我听从了她的劝说，这一点我现在都不明白我到底是对还是错。当时我应当离开我丈夫，开始新的生活。我也许会真的爱上一个人，也真的会被人爱上。可是现在，事情会好些吗？我并不尊敬他。我离不开他，”她想起自己的丈夫，“我宽容了他。那样做又有什么好处呢？当时可能还有人对我感兴趣，我还有姿色。”达丽雅·亚力山德罗芙娜陷入了无限遐思，她很想用镜子照一照自己的容颜，一面专供旅行用的小镜子就装在她的口袋里，她很想取出来瞧一瞧，但偷眼一瞟车夫和坐在她旁边左右摇摆的事务员的背影，她怕他们当中万一有谁转过头来，她可就不好意思了，思忖再三，她终于没有掏出镜子。

但纵使现在没有照镜子，她觉得自己也还有机会，于是她回忆起那个谢尔盖·伊凡诺维奇，他对她非常殷勤；还有那个心地善良的图罗夫岑，斯季瓦的朋友，曾经在她的孩子们染上猩红热时和她护理过他们，而且对她也很痴情。除此之外的另一个非常年轻的人——她丈夫曾打趣似的跟她谈起过——说在姊妹当中她是最漂亮的。于是，达丽雅·亚力山德罗芙娜的脑海里就涌现出最刺激的和想入非非的风流韵事来。“安娜的做法太对了，我无论怎样也不会去指责她。她是幸福的，同时使另外一个人也享受了这种幸福，而且不像我这样疲惫不堪，她也许还是和从前一样，娇美、聪明和真诚。”达丽雅·亚力山德罗芙娜想着想着，一丝狡猾的微笑爬上了嘴唇，尤其是因为想到安娜的风流韵事，她也在想象着自己如何爱上了一个有修养有才华的男子，她和他之间又如何发生了一段类似的风流韵事。像安娜一样，她给丈夫讲明了一切事实真相。看到斯捷潘·阿尔卡季伊奇因听到自己的话而流露出的惊讶和狼狈的表情，她开心地笑了起来。

沉湎于这种有些离谱的想象中，车子驶到了大路上，她到了通往沃兹德维任斯科耶村拐弯的地方。

第四章

车夫把四匹马勒住了，回过头去朝右边黑麦田里瞥了一眼，那里有一辆大车，几个农民坐在旁边。事务员本来打算下车去询问，但马上又改变了主意，以命令式的口气向一个农民叫喊，并打着手势要他过来。车停下来时，坐在行驶的马车上而感受到的阵阵微风也随之停息了；马身上汗流如注，落满了马蝇。马暴躁地甩着尾巴想把蝇子赶走。大车边刚才还响着铿锵的敲击镰刀声，现在也悄无声息了。有个农民站起身，向马车这边走来。

事务员却异常不满地向那个光着脚越过被踩硬的干路的车辙慢步过来的农民训斥道："哎呀，你的动作太迟缓了！快一点！"

那个头上绕着树皮绳索的卷发老头，汗水把他佝偻的后背浸得黝黑发亮。他放快了步子，来到马车跟前，晒黑了的胳臂伸出来搭在挡泥板上。

"沃兹德维任斯科耶村，老爷的农庄吗？到伯爵家去吧？"他重复着同一个意思，"你瞧，顺路一直往前走，在尽头处向左拐，然后再一直走，就到了。可是你们要找谁呀？是伯爵自己吗？"

达丽雅·亚力山德罗芙娜含混不清地问："他们在家吗，朋友？"她甚至不知道怎样从农民那儿打听安娜。

"一定在家的。"农民说，把身子从一侧倾向另一侧，五个脚趾印清清晰晰地留在尘土里。"一定会在家。"他又说了一句，显然很想扯开话题。"昨天还有一群客人来哩。人多得不能再多了……你想干什么？”他转过去望着在大车旁喊叫的小伙子说。“啊，对了！不久以前他们还骑着马打这里经过，去看收割机。现在肯定到家了。你们是从哪儿来的？”

“我们远道而来，”车夫说完又回到驾位上，“这样说不远了？”

“我跟你说就在那儿。你们走到路口就……”他说，手却不停地摸着马车的挡泥板。

一个年纪不大的小伙子走了过来，身体很结实，个头有些矮小。

他问：“什么事，要雇人去收割麦子吗？”

“不清楚，小伙子。”

“喂，你瞧，向前走到朝左拐的时候，就到了。”农民说，一副舍不得让他们离开的样子，想继续和他们聊天。

车夫驾着车起步了，但是他们刚拐过弯儿，就听见农民们喊了起来：“等一下，喂，朋友们！停一停！”在呼喊的有两个声音。

车夫停住了马车。

农民喊着说：“他们过来了！那就是他们！”他边喊边指着顺大路走过来的一群人，其中四个骑着马，两个坐着游览马车。

渥伦斯基、赛马骑师、韦斯洛夫斯基和安娜四人骑马，瓦尔瓦拉公爵小姐和斯维雅日斯基坐在游览马车里。他们骑马出去游玩刚回来，并且查看了一架新运来的收割机运行的情况。

马车停下来不走了，骑手们都迈动着悠闲的步伐走了过来，走在前面的是安娜和韦斯洛夫斯基。安娜骑着一匹马鬃修剪得整整齐齐的短尾英国种矮脚马，显得很平稳。她乌黑的鬈发一绺绺地从高帽里散落下来，使她的头看上去美丽动人，她的肩膀也很丰腴，她穿着黑色骑手装的身材显得很苗条，她的气质整个看起来雍容而优雅，这一切，使朵丽不由得被她折服了。

而在刚才的一瞬间，她还认为安娜骑马是太出格了。在达丽雅·亚力山德罗芙娜心目中，女人骑马总是容易被人和幼稚而轻佻的卖弄风骚联系到一块儿，在她看来，这对于安娜这样身份的女人是很不得体的，可是当她走近细细观看了以后，她马上就改变了自己的看法，觉得安娜骑马并没有什么失态的地方。虽然她自己的风度优雅而迷人，但是安娜的一切——她的姿态、穿着打扮、举手投足——是那样的纯洁、文静、高贵，再也没有比这更自然的了。

瓦先卡·韦斯洛夫斯基仍旧戴着苏格兰帽，丝带飘舞，骑着一匹灰色的烈性骑兵战马，两条粗腿向前伸着，和安娜并肩而行，一副自我陶醉的模样。一见到他，达丽雅·亚力山德罗芙娜就忍俊不禁地笑了起来。渥伦斯基骑着一匹纯种的赤骝马走在他们后面。赤骝马显然奔驰得烈性发作，他使劲地拽着缰绳勒住它。

一个着赛马骑师服装、身材不高的人跟在他后面。一辆装饰一新的游览马车里则坐着斯维雅日斯基和瓦尔瓦拉公爵小姐，车上还套着一匹乌骓骏马，追赶着骑马的人们。

安娜的面孔突然变得光辉灿烂起来，她已经认出那个身材娇小的、在旧马车角落里蜷缩着的人就是朵丽。她喊了一声，在马上耸动一下身子，马就快步跑起来。来到马车跟前，她不用人帮助就从马上跳下来，撩起马袍，迎着朵丽跑过去。

她说："我想到会是你，可又不敢凭空瞎猜！真开心啊！你也许想不出我会是多么的高兴。"她一会儿把脸与朵丽紧贴一块儿并吻着她，一会又分开，脸带笑容地望着她。

渥伦斯基已经下了马正朝她们走来，她转向他说："多么令人开心啊，阿力克赛！"

渥伦斯基取下灰色大礼帽，向朵丽走了过去。

"您可能意料不到，您的到来让我们有多兴奋哪！"他有意识地加重了语气并微笑着，露出两排结实的洁白牙齿。

瓦先卡·韦斯洛夫斯基仍坐在马上，摘下帽子向客人表示欢迎，并在头顶上把他的缎带兴高采烈地挥舞着。

看到朵丽对驶拢过来的游览马车的询问的眼神，安娜向她介绍说："这位是瓦尔瓦拉公爵小姐。"

"哎哟！"达丽雅·亚力山德罗芙娜说，不满的神情明显地写在她的脸上。

瓦尔瓦拉公爵小姐是她丈夫的姑妈，她很早就认识她，但很鄙视她的为人。瓦尔瓦拉公爵小姐一生都在有钱的亲戚家过着寄人篱下的生活，这一点她很清楚；但是现在朵丽却为她们之间有一种亲戚关系而感到抬不起头，因为她居然到渥伦斯基家——一个完全陌生的家——作食客。朵丽脸上这种表情的变化被安娜觉察到了，于是有些尴尬起来，脸上红晕凸现，骑袍也从她手中掉了下来，差一点把她绊倒。

不情愿地来到停下的游览车前，达丽雅·亚力山德罗芙娜象征性地和瓦尔瓦拉公爵小姐见了面。她和斯维雅日斯基也认识。他向她打听着他那个脾气怪癖的朋友和他年轻的妻子近况如何，眼光不时地从那一群拼凑起来的马和马车上那千疮百孔的挡泥板上面掠过，于是就邀请夫人们都过来坐游览马车。

“我去坐那辆马车，”他说，“马听话得很，而且公爵小姐的驾驭之术也非常熟练。”

安娜这时也走上前说道：“不用了，请您坐在原处吧，我们坐那辆车去。”于是挽着朵丽的胳膊和她一块走了。

那辆雅致的马车，那一匹匹矫健的骏马，那一堆围着她的雍容高贵的人，从未见识到的这一切，使朵丽有些头晕目眩起来。然而使她最感惊诧的是在安娜身上发生的变化，尽管她对她异常熟悉而又钟爱有加。假如是另外一个女人，一个眼光迟缓、以前和安娜没有任何交往，尤其是没有过像达丽雅·亚力山德罗芙娜在路上起过的那种念头的女人，是辨不出在安娜身上有什么异样的地方的。但是现在朵丽被安娜脸上闪现出的那种一晃即逝的美丽打动了，这种动人的美丽只有在处于热恋期的女人身上才会看到，她的脸颊及下颚上清晰的酒靥，她嘴唇上的纹线，她面孔上淡淡的笑意，她眼里的光辉，她动作的优雅与敏捷，她声音的圆润，甚至在回答韦斯洛夫斯基时她那种喜怒参半的娇嗔姿态——他向她请求允许他骑她的马，好让它跑的时候用右脚起步——这一切的一切看起来是那么的让人陶醉，让人神魂颠倒。好像她自己也感受到了这一点，而且为这感到开心和快乐。

两个女人终于一块儿坐到了马车里，可两人突然莫名其妙地不安起来。朵丽那目不转睛而又充满好奇地打量让安娜有些窘迫起来；而朵丽也觉得脸上发烧，满面惭愧，就因为斯维雅日斯基刚才把这辆车贬低一顿，现在安娜又非要陪她一起坐上这辆又肮脏又破烂的车。这种感觉在马车夫菲利普和事务员身上也不例外。事务员为了掩饰自己的不安，手脚不停地殷勤地搀扶夫人们上车，但菲利普却是眉头紧锁，他在心里暗暗决定以后不要再被这种表面上的豪华气派所干扰。他冷笑了一声，不屑一顾地瞥了一眼游览车上的那匹乌骓骏马，心想这匹马顶多可以作散步之用，要是在热天，一口气绝对走不了四十里路。

大车旁的农民们都站了起来，一边用好奇而快乐的神情观看着这场热闹的见面，一边东一句西一句地闲聊着。

头上缠着草绳的鬈发老头说："他们那么兴奋，看来是好久没有见面了。"

"喂，格拉西姆叔叔，如果在拉麦捆时把黑骟马套上，干起活来就麻利多了。"

"你们看，那个穿马裤的是女人吗？"他们中间有一个人指着正跨上女用马鞍的瓦先卡·韦斯洛夫斯基喊道。

"不，是个男人。瞧，他的动作是多么利索啊！

"哎呀，小伙子们，看来我们今天中午不休息了？"

"哪还有什么时间歇晌！"老头说，抬起头拿眼睛瞟了一下太阳。"看吧，过了晌午了！拿起镰刀，快干吧！"

第五章

看着朵丽瘦削、憔悴、皱纹里落满灰尘的脸庞，安娜本想把自己的心里话对她说“你瘦了”，可是想到自己却容光焕发，艳丽动人，而且朵丽的眼神仿佛也在这么说，于是她吁了口气，跟她聊起自己的事情来。

“你看着我，”她说，“我心里一直在想，我现在所处的境况，能得到幸福吗？哎，你是怎么看的呢？说起来真是不好意思。可是我……我却幸福得令人难以置信！我曾经历了一些莫名其妙的怪事，就像一场大梦，正吓得胆战心寒的时候，突然从梦中醒了过来，才感觉到原来是一场梦，一切恐惧也随之消失。我总算醒过来了。我饱尝了恐惧和痛苦，但这一切都已经成为往事，特别是自从我们来到这里以后，我觉得幸福得很！……”她娓娓地说着，带着羞怯的微笑用征询的目光凝望着朵丽。

“我该多么开心啊！”朵丽的语气比先前有些淡漠，但仍然在微笑着说，“我为你感到高兴。可你为什么不给我写信呢？”

“为什么？因为我不敢……你忘记了我的处境……”

“给我？你不敢？要是你知道我有多么……我还以为……”

达丽雅·亚力山德罗芙娜本来想把自己今天早晨的想法倾诉出来，但她不知为什么又觉得在这个场合下是不适宜的。

“好了，这个话题我们以后再谈吧。这是什么？这些建筑都是什么？”她想换个话题，指着跟前的一道由相思树和紫丁香树构成的绿色天然篱笆后面的红绿相间的屋顶，询问着说，“好像一座小城市似的！”

但是安娜没有回答她的问题。

她追问：“不，不！对于我的遭遇你到底是怎么看的，你怎么想？”

“我认为……”达丽雅·亚力山德罗芙娜正要开口说出自己的想法，但不早不晚正在这时，穿着短皮外套的瓦先卡·韦斯洛夫斯基风一样地驶了过去——他已经把马调教得学会了先迈右腿奔跑——在女用皮马鞍上笨拙地上下晃动。

“行了，安娜·阿尔卡季耶夫娜！”他喊道。

安娜却连看都没看他一眼。可是达丽雅·亚力山德罗芙娜又改变了主意，她觉得这么重大的问题不便在马车里谈论，所以她很随意地回答说：“我没有别的意思，我一向爱你，如果爱一个人，那就爱他的全部，实事求是地按他本来的面目去爱他，而不是不切实际地幻想他这样那样……”

安娜把头扭了过去，不再盯着朋友的脸孔，眼睛也眯了起来（这是她养成的新习惯，朵丽以前没有见过），凝神沉思着，看样子是想要把这些话的内容给极力地领会出来。她瞟了一眼朵丽，看来是按自己的逻辑领悟出了这些话的含义。

“即使你有什么过错，”她说，“但因为你的到来且说了这些话，统统会得到宽恕的。”

朵丽看见她的双眸里泪光闪闪。她默默地，但却用力地把安娜的手握了起来。

就这样沉默了一会儿，她想打破这种沉闷，就又问起了她的问题：“这些到底是什么房子？怎么会有这么多啊！”

“那是仆人们住的下房、养马场和马棚，”安娜回答，“从这里起是花园。本来是一些荒地，但是阿力克赛又从头到尾修整一新。他对这座庄园的热爱简直在我的意料之外，而且他对经营农庄也非常醉心。当然他是很能干的，他干一行胜一行。不但没有觉得枯燥乏味，反而干得更卖力气了。在我所知道的人当中，他简直是个首屈一指的精明的庄园主，他在农事上甚至斤斤计较了。不过也只是在农事上是这样。而一旦遇到要花销几百万的地方，他又不去计较这些了，”她说着，脸上洋溢着那种开心而活泼的微笑，这种微笑是妇女们在谈起只有她们才觉察出的她们爱人的内在品质时所常常流露出的，“你看到那幢大建筑了吗？那是一所新建的医院，恐怕能值十万多卢布呢。这是他眼前最热衷的话题。你知道这是怎么开办起来的？照我想会是这样，农民们请求他便宜价钱出租一些牧场，他断言回绝了，我就指责他说他太小气了。当然，不仅仅是因为这一件事，还有其他很多事情掺杂在一块儿，使他决定开工修建这个医院，用这种做法来向你证明，他并不是个吝啬的人。其实，这是一件不经一谈的小事，可是我却因此更敬爱他了。一会儿你就可以看到那座房了。外观上没有什么变化，还是他爷爷留下来的。”

朵丽感叹地说：“多么漂亮啊！”她用一种不期而遇的目光惊奇地欣赏着这座宅邸——耸立在花园里的古树的或浅或浓的树荫中，有着一排排的圆柱，富丽堂皇。

“太美了，是吗？在屋子里或是在楼上远望，风景实在是太美丽了。”

她们的马车驶入了满地沙砾、百花争放的大院子，里面正有两个人在用奇形怪状的石头在松过土的花床边砌花坛，她们的车驶了进去，停在带有顶棚的门廊下。

“噢，他们已经到了！”看到几匹乘骑正由台阶旁被牵走，安娜说，“这匹马非常棒，是吗？这匹矮脚牝马我最喜爱。把马牵到我这儿来。顺便给我拿些糖。伯爵呢，他在哪里？”她朝着走出来的两个穿着整齐的号衣的仆人说。“哦，他来了！”看见渥伦斯基和韦斯洛夫斯基走出来迎接她，她欢快地叫道。

渥伦斯基用法语问安娜：“你把公爵夫人安排到哪个房间里？”他说完，没有等安娜回答，就又跟达丽雅·亚力山德罗芙娜打招呼，并抓起她的手吻了吻。“我想，有没有带有凉台的大房间？”

安娜说道："噢，不！太远了！你最好住在犄角上的房间里，那样的话我们可以多见面、多聊天了。哦，我们现在就走吧。"说着，她给她的马喂完了仆人拿来的糖。

韦斯洛夫斯基这时也出来站在台阶上，安娜对他说："您应该记住您的责任。"

他把手指伸进背心口袋里，微笑着说："对不起，我这儿有满满几袋哩。"

"可是您的动作太慢了，"她说，把喂糖给马吃时被马舐湿的手用手帕擦干净。然后，她转过身问朵丽："你能在这儿多住一段时间吗？只一天？那可不行！"

朵丽却回答道："我已经点头了的，还有孩子们……"朵丽此时有些狼狈的感觉，因为她得从马车里取出行李，而且也明白自己风尘仆仆，满面疲劳之色。

这是一间安娜请她屈尊将就住的房子，不是渥伦斯基所说的那个豪华气派的房间。就这样一间需要主人请求原谅的房子也非常豪华、考究，朵丽还从来没有住过这样的房子，她不禁把这和国外最好的旅馆联系起来。

"哦，亲爱的，你知道我有多开心啊！"安娜说，她陪朵丽坐了一会儿，还是穿着那身骑装，"把你自己的事给我讲一讲吧。我和斯季瓦的那次碰面很仓促。他也不可能把孩子们的情况说给我知道。达尼娅，我的小宝贝，她怎么样了？我猜，快长成大姑娘了吧？"

达丽雅·亚里山德罗芙娜却随随便便地回答说："是啊，已经不小了。"这样漠不关心的回话让她突然有些吃惊，她奇怪自己居然能对关于她的孩子们的事情如此冷漠。她紧接着又补充说："在列文家，我们过得可高兴了。"

"唉，如果我早就知道，"安娜说，"你并没有瞧不起我……我会邀请你们都来我们这儿。斯季瓦和阿力克赛是交情很深的老朋友，这你知道。"这个补充的内容突然使她的脸红了起来。

朵丽也心神不定地回答道："是的，不过我们过得也很不错

哩……”

“都是我，高兴得说起胡话来了！但有一点，亲爱的，你的到来让我有多么的高兴啊！”安娜说，又吻了吻她，“你对我的评价到底怎么样，你还没有说呢，我很想知道它们会是什么样的。我很乐意你照我本来面目来对待我。不过有一点最重要的，我不希望你会认为我要表白什么。我什么都不想表白，我并不想伤害任何人，只是想自己好好地生活。我有权利这样做，对吗？不过，这不是简简单单几句话能说得清的，以后有空我们再好好聊吧。我现在回去换换衣服，我会打发女佣来服侍你。”

第六章

屋子里就剩自己一个人了，达丽雅·亚力山德罗芙娜用主妇的眼光扫视着这个房间。它从头至尾都有着一种富丽堂皇和在现代欧洲流行一时的那种豪华气派的印象，无论是当她抵达这座宅邸和穿过庭院的时候，还是现在她独自一人亲临其境在这间屋子里所观察到的一切，这种气势她还从来没在俄国和乡村里见到过，仅仅是在英国小说中读到过。一切都是焕然一新，从新潮的法国贴墙壁纸到铺满整个房间的地毯。床上铺着弹簧床垫，摆着样式独特的靠垫和套着绸缎枕套的小巧别致的枕头。大理石的脸盆架、梳妆台、床榻、写字桌、壁炉上的青铜钟、罗纱窗帷和门帘，所有的这些都是贵重而簇新的。

那个供她使唤的漂亮女佣，和房里的摆设一样，是那样的高雅而新颖，她梳着流行的发式，穿的衣服比朵丽穿的还要新潮。跟她在一起，达丽雅·亚力山德罗芙娜感到浑身不舒服，尽管她很欣赏她那种文静、纯洁和殷勤的风度；她不小心把一件打补丁的短上衣错打在包裹里，她不好意思让她看到。在家里的时候，她曾以那些补丁和织补过的地方感到荣耀，而现在，却有一种深深的自卑。事情很清楚，在家里要用二十四俄尺棉布才能缝制六件短上衣，一俄尺六十五戈比，共计要花费十五个卢布以上，而且还不包括花边和手工在内，这样的话她就可以节省下来十五个卢布。不过，她在女佣面前感到的不一定是羞愧，而是不自在。

当安奴西卡来到房间的时候，达丽雅·亚力山德罗芙娜长出了一口气，她觉得轻松多了，因为她们早就熟悉。那个漂亮的女佣终于到女主人那里去了，安奴西卡就待在达丽雅·亚力山德罗芙娜的房间照顾她。

安奴西卡口若悬河地唠叨着，这位夫人的光临显然让她很兴奋。她好像很想对她女主人目前的境况，特别是伯爵对安娜的爱情和忠贞，谈一下自己的看法，朵丽觉察到了这一点。所以她一开口扯到这个话题，朵丽就连忙打断话头，阻拦她。

“我跟安娜·阿尔卡季耶夫娜从小一块儿长大，对我而言，我的女主人比什么都值得珍惜。哦，这是我们所无法分辨得清的。而且看起来她的爱情是那么……”

达丽雅·亚力山德罗芙娜不客气地拦住她的话头：“方便的话，麻烦你把这个拿去洗一洗吧。”

“好吧，夫人！我们有两个女工专门洗这些小物品，而衣服通常都用机器洗。什么事伯爵都要亲自过问。多么好的丈夫……”

安娜走进来了，安奴西卡的絮絮叨叨终于暂时打住了，朵丽有种说不出的兴奋。

安娜穿了一件很普通的麻纱连衣裙。朵丽认真地打量了那件朴素的衣服。她知道这种朴素要花多少卢布。

安娜指着安奴西卡，说：“一个老朋友。”

安娜现在已经不再是神色紧张的样子了，她是那么的悠闲、自在。朵丽能够看出来，因为自己的到来而在她身上产生的影响，现在已经完全消失了，她说话的口吻也变成了一种从表面上看非常冷静的方式，这种口吻似乎把通向她隐匿感情和内心活动的密室的门户给封锁住了，使外人无法再读懂她。

朵丽问道：“哦，安娜，你的小女儿怎么样？”

“是安妮吗？（她一向对自己的小女儿安娜这样称呼）很好。好多了。你想见到她吗？走，我带你去看看。保姆给我们带来了不少麻烦，”她开口说，“我们请的奶妈是意大利人。人还不错，就是非常笨！本来想把她辞退掉，但是小孩和她混得很熟了，所以我们仍然留用她。”

“你们是怎样安排的？……”她的本意是想问小女孩姓什么，但当她看到安娜的脸突然之间布满阴云，就赶忙改变了话题：“你们怎样处理的？有没有给她断奶？”

但是安娜已经完全懂了。

她反问道：“你要问的本来不是这个意思吧？你想问她的姓，对吗？这是一件让阿力克赛很苦恼的事。她没有姓。或者说，她姓卡列尼娜。”她说着，把双眼眯了起来，眯得只能看见合在一块儿的睫毛。“不过，这个话题我们以后再谈吧。”她说，脸上突然又光辉灿烂起来。“走，我带你去看她。她活泼得很哪。已经学会爬了。”

达丽雅·亚力山德罗芙娜对这座宅邸所显露的那种豪华气派的感受在育儿室里越发地得到了体现，她也越发地惊诧了。那里有在英国定做的儿童车，有教婴儿学步的器具，还有特意做来让婴儿学爬行的弹子台似的沙发，有摇篮和样式新颖的崭新澡盆。一切物品都是产自英国，结实耐用、质地优良，而且非常贵重，这是不言而喻的。房间宽敞、高大，而且光线也非常充足。

她们进去的时候，小女孩正坐在桌旁一把小扶椅上吃肉汤，身上只穿一件罩衫，洒得前胸到处都是。一个俄国女佣一边喂着小女孩，一边显然也在和她分吃东西，奶妈和保姆都没在这里，她们在隔壁的房子里用法语聊天，声音听起来极不顺耳，那也是她们能够用来交谈的唯一的语言。

听到安娜的说话声，一个漂亮而且身材高大的英国女人走进了屋子，脸上的神色明显的有些不高兴，神情中也略带几分放荡，她急呼呼地晃动着她的金黄色发卷，立刻为自己寻找借口，尽管安娜并没有要责备她们的意思。安娜每说一句话，那个英国女人就连忙说好几次：“是的，夫人”。

小姑娘长着乌黑的眉毛和头发，粉红色的身上起着鸡皮疙瘩，但面色红润。达丽雅·亚力山德罗芙娜被引逗得有些欣喜若狂，尽管她注视生人的眼光显出几分别扭的神情。对这个小孩的健康模样她甚至有些妒忌了。小女孩爬的姿势也居然使她很兴奋。而她的几个孩子当中却没有像这样爬的，一个也没有。当那个小孩穿一件背后打褶的小衣服，被人放在地毯上时，她可爱得简直无法用什么东西来形容。她圆睁漆黑有神的大眼睛，灼灼放光地盯着人们，就像一只惹人喜爱的小动物，对于别人的夸奖她显出一副很高兴的样子，她微笑了，她的腿向外弯曲，有力的胳膊牢牢撑住自己的身体，整个后身迅速向前一纵，然后又用小手抓地，向前爬动一步。

但是，达丽雅·亚力山德罗芙娜却一点儿也不喜欢育儿室中的整个气氛，尤其是对那个英国保姆，更是讨厌至极。根据人们一贯的看法，正派的女人是不会到像安娜这样不太正常的家庭中来，由此，达丽雅·亚力山德罗芙娜才能明白为什么安娜会聘用一个如此惹人反感、不令人尊敬的英国女人做女儿的保姆，而她一向是很善于了解人的。还有，达丽雅·亚力山德罗芙娜偶尔从她们的谈话中听到了几句，她马上明白了安娜、奶妈、保姆和婴儿基本上很少有接触，母亲几乎很少到这边来。安娜想要给她的小女儿找玩具，但没有找到。

然而，最出乎人意料的是，她竟然一点儿也不知道婴儿最近新添两颗牙齿，以至于在被问到婴儿长了几颗牙齿的时候，她给回答错了。

安娜有些忧伤地说："有时候我很难过，我在这儿完全是一个多余的人，"说着她走出了育儿室，撩起她的裙摆以免把放在门口的玩具绊倒，"同第一个孩子完全不是一个样了。"

达丽雅·亚力山德罗芙娜有些拘束不安地说："我想，正好是相反吧。"

"嘿，不！你应该知道，我见过他，谢辽莎，"安娜眯起眼睛说，好像在看着远处的什么东西，"不过，等以后有空我们再谈这个吧。你或许不会相信，我现在就像一个饥饿的人，面前突然有了一桌丰富的食物，不知道怎样下手才对。这丰盛的食物就是你，以及我打算同你谈的那场我不能跟任何人说的话。我现在茫然无措，不知从哪里说起！不过，我不会随便放你走的！我想把一切要说的话都向你吐露。是的，你在这里会遇到很多人，我应该把他们简单地向你介绍一下，”她开口说，“我先从女士谈起。瓦尔瓦拉公爵小姐。你认识她，我知道你和斯季瓦对她有一些看法。她这样生活着就是为了证明她比卡捷琳娜·帕夫洛夫娜姑妈高明，这是斯季瓦说过的，的确是这样。不过她心地非常善良，我对她感激不尽。在彼得堡的一段时间，我需要一个女伴，她就在那时来到了我身边，她确实是个好心人。她的到来使我的处境轻松不少，你可能并不太了解我在彼得堡时的处境，那是多么痛苦……”她接着说，“我在这里非常安静，也很幸福。哦，这个还是留在以后再谈吧，我还要继续跟你报一报这儿的人。接下来是斯维雅日斯基，他是我们的贵族长，是一个非常不错的人，不过他需要得到阿力克赛的帮助。你想，靠着他的财产，现在我们在乡村里定居了下来，阿力克赛在这儿很有威望呢。然后就是屠士凯维奇，你们见过面，他和贝特西就像影子一样不离左右。现在他被抛弃了，就只有来看望我们。就像阿力克赛说的那样，他这种人只要他们想做什么样的人，你就把他们当成什么，那他们的言谈举止就非常惹人喜欢了，而且，就像瓦尔瓦拉公爵小姐说的那样，他也很正派。还有韦斯洛夫斯基……你们也很熟悉。这是一个非常可爱的小伙子。”她的微笑有些顽皮，并因此使她的嘴唇翘了起来，“他和列文家究竟是怎么一回事？韦斯洛夫斯基和阿力克赛讲过，但是我们都无法相信他说的话。他非常幼稚可爱。”她仍然同样地微笑着说。“男人们对娱乐看得很重，阿力克赛就需要一帮人，所以对这些人我从不敢轻视他们。为了使阿力克赛不要喜新厌旧，我们必须把这里张罗得热热闹闹、很有意思。你还会看到我们的管家，他是个德国人，人还不错，他对这一行非常熟练。阿力克赛对他的看法很不错。还有医生，一个年轻人，他不一定是个虚无主义者，但是你得知道他是用刀子吃饭哩……不过他是个技艺高超的医生。还有建筑学家……这儿简直就是一座小宫廷了。”

第七章

“哦，朵丽来看你，公爵小姐，你曾是那么急切地想见到她。”安娜说，她带着达丽雅·亚力山德罗芙娜一起来到石砌的大凉台上，那里是一片阴影，瓦尔瓦拉公爵小姐已坐在一个绣花架前给渥伦斯基伯爵绣沙发椅套。“她说她午饭之前什么都不想吃，不过还是麻烦您派人给她准备早餐吧，我去找阿力克赛，把他们统统带到这儿来。”瓦尔瓦拉公爵小姐很和善地和朵丽见过了面，但用的是一种长辈对于晚辈的姿态，并且开门见山地就说明她之所以来安娜这里住，是因为她一向比她妹妹——卡捷琳娜·帕夫洛夫娜，是她把安娜抚养大——更喜爱她。现在，安娜被所有人遗弃了，她认为自己有必要过来帮助她度过这段正处于转折中的和痛苦的时期。这是她不可推卸的责任。

“她丈夫会和她离婚的，一旦那个时刻来临，我就回去隐居起来，不过我现在还有用处，我会尽到我的责任，不管是什么样的苦差事，而决不会像别人那样……你实在是太好了，你来得多么及时啊！他们现在的幸福日子过得没有比这更美满的了。见证他们的是上帝，而不是我们。在我知道的这些人当中——比留左夫斯基和阿文尼耶娃……甚至尼孔德罗夫，还有瓦西里耶夫和马莫诺娃，以及丽莎·涅普图诺娃……难道就没有人说他们的不是吗？结果呢，还不是又都招待了他们……而且，这个家庭是那么愉快、体面。生活方式完全依照英国而来。早晨吃早餐时聚在一起，之后就各行其是了。午饭以前，每个人可根据自己的爱好想干什么就干什么。七点钟时吃晚饭。斯季瓦让你来这儿，他做得很正确。他离不开他们的支持帮助。你也知道，在他母亲和哥哥的干预下，他没有办不到的事。而且他们做了许多善事。他有没有告诉过你关于修建医院的事？真让人佩服，一切都是从巴黎过来的。”

安娜终于在弹子房找到了那些男人，并把他们带回到凉台上来，她们的谈话也随之停止了。因为离吃午餐还有很长时间，而且天气也非常不错，所以为了消遣这剩下的两个钟头，他们想出了好几种不同的方案。在沃兹德维任斯科耶有许许多多可供消遣的地方，这和波克罗夫斯科耶截然不同。

“来一场网球赛吧，”韦斯洛夫斯基建议道，他的微笑是迷人的，“我们继续合作吧，安娜·阿尔卡季耶夫娜！”

渥伦斯基不太赞成他的意见，他提议说：“不，天气太热了，我们还是去花园里随便走一走，划船也可以，顺便让达丽雅·亚力山德罗芙娜看看河堤也行。”

斯维雅日斯基附和说：“不管怎样都可以。”

安娜最后补充说：“我想朵丽最喜欢的还是散步，对吗？以后有时间再去划船。”

事情就这样定了下来。韦斯洛夫斯基和屠士凯维奇去浴场，答应把船收拾好，在那里等着他们去。

四个人分成两对——安娜和斯维雅日斯基，朵丽和渥伦斯基——沿着花园的小路走去。因为置身于这个对她来说完全陌生而新奇的环境之中，朵丽有些心慌和别扭。从某种意义上来说，她不但谅解而且也很赞赏安娜的做法。就像通常的那种情形一样，一个女人对那种乏味单调的道德生活无比厌烦，但是具有无懈可击的美德，从旁观者的角度不仅对这种犯法的爱情表示理解，而且还有些憧憬。况且，在她内心里她深爱着安娜。但是当面对现实时，看到她跻身于这些与她极不协调的人中间，看到他们那种在她看来是非常新奇的时髦气质，她又觉得异常难过。瓦尔瓦拉公爵小姐的出现尤其让她感到心里不舒服，这个人对他们的一切作为竟然表示宽恕，而这仅仅是为了能在这里享受到舒适、安逸的生活。

总之，在理论上朵丽无论多么欣赏安娜的行为，但是一看见那个男人——为了他她才这样做——她就觉得不痛快。更不用说，她对渥伦斯基素来没有好感。在她眼中，他是个喜欢自我炫耀的人，而实际上连点滴值得自豪的地方也没有，除了金钱和物质。但是，让人毫无觉察地，他却令她比以前越来越有畏惧之心了，她和他在一起总有一种如坐针毡的感觉，无论是在这里，还是在他自己家里。就像因为那件补丁衣服，她在女佣面前感到的并不一定是惭愧，而是不自在一样，跟他在一起，她感到的也不一定是羞愧，而是浑身不舒服。

为了掩饰自己的窘迫，朵丽力图找些话说。尽管她觉得，以他的那种自命清高，如果别人对他的宅邸和花园大加赞赏，他肯定会不屑一顾。但因为没有别的话题可说，她还是说了一些赞赏他的宅邸的话。

他却说："是的，这座房子非常美观大方，样式仿照的是优美的古色古香的古典建筑。"

"我觉得门廊前面的院子非常招人喜欢。以前就是那样吗？"

"哦，不是！"他说，高兴得眉开眼笑，"如果今年春天你看到了这个院子那就太好了！"

随后他就向她介绍并请她留意宅邸和花园里各种各样装饰的细微之处。尽管开始时他还有些拘谨，但如接着他越来越随便，讲得眉飞色舞。很显然，渥伦斯基肯定是把大量的心血倾注到了美化和修饰自己的农庄上，因此觉得非得对新来的人炫耀一番不可，而且他对达丽雅·亚力山德罗芙娜的赞赏从内心里感到欣慰。

"如果你有足够的精力去看看医院的话，那么医院并不算很远。我们去吗？"为了确认她是否会厌烦，他扭过头去看她的表情。

他又问安娜："你去吗，安娜？"

"我们就来。"她转过来问斯维雅日斯基："我们去不去？可是可怜的韦斯洛夫斯基和屠士凯维奇还在船上等着，我们不应该让他们在那儿眼巴巴地望着我们，要给他们送个口信。是的，这个纪念碑是他设在这儿的。”安娜对朵丽说，脸上闪现的笑容和她以前谈起医院时所流露出的一样，聪慧而又顽皮。

斯维雅日斯基接过话头说：“哦，这真是一件了不起的事情！”但他立刻又补充了一句略带批评的话，好像是让别人明白他并非是刻意地奉承渥伦斯基：“不过我弄不懂，伯爵，你在医疗方面为农民造了不少福，可是对学校你怎么这样漠不关心？”

“学校里都是一些庸俗、平常的事，”渥伦斯基说，“当然，我是凑巧对医院太热心，而并不是因为这个才不关注学校。这条路就是通往医院的。”他指着一条从林荫道上分岔出去的小路对达丽雅·亚力山德罗芙娜说。

夫人们打着遮阳伞，拐到了旁边的小路上。绕过几道弯，穿过一扇门，前面高地上耸立着一幢就要完工的高大红色的样式别致的建筑，达丽雅·亚力山德罗芙娜一眼就看到了。在阳光的照射下，还未油漆的铁板屋顶耀眼地闪着光。这座建筑已经完工，而旁边的另一座建筑还围绕着脚手架，也开始动工了。工人们系着围裙站在脚手架上垒砖，把灰泥从木桶里倒出来，用瓦刀抹在墙上。

斯维雅日斯基说：“你们的工程进行得真快啊！上一次我来这里时，屋顶还没有竣工呢。”

安娜接着说：“全部工作到秋天就能完成了。里面差不多都收拾停当了。”

“这幢新建房是干什么用的？”

渥伦斯基回答说：“是医生的诊断室和药房。”看见一位穿短外套的建筑师向他走过来，他就向夫人们道了一声歉，迎着他走了过去。

他绕过一个土坑——工人们已在那里搅拌泥浆，就停了下来，神采飞扬地同建筑师谈着什么。

安娜问他是怎么回事，他说：“正面的山墙还太低。”

安娜说：“照我看，地基应筑得再高一些。”

“是的，那样肯定会好一些。安娜·阿尔卡季耶夫娜，”建筑师回答说，“只是当时没有考虑到。”

安娜对斯维雅日斯基说：“我对这很感兴趣哩！新建筑和医院应该协调搭配，但一开始没有预料到，就仓促地开工了，现在是事后聪明。”

渥伦斯基和建筑师聊完以后，就又回到夫人们中间，带着她们去医院参观。

楼上差不多完全竣工了，只有外面的屋檐还在继续修建，底层里面也正在给地板上漆。楼梯是用铁做的，顺着宽阔的铁楼梯向上走，他们来到第一间宽敞的房间里。墙壁仿大理石而建筑并涂了灰泥，大百叶窗镶着玻璃也已经安装完毕，只有镶花地板还没有完工。木匠们已在刨镶花木板，见到这群上层人物就停下工作，解下绑头发的带子向他们鞠躬行礼。

“这间是候诊室，”渥伦斯基说，“那边放一张写字桌、一张桌子和一个柜子，除此之外就没有什么了。”

安娜说：“请跟我来，我们从这儿过去。不要靠近窗户。”边说边摸了摸油漆看干了没有。然后又补充说：“阿力克赛，油漆已经干了。”

他们经过候诊室走进回廊。这儿已经安装好了新式通风设备，渥伦斯基指给他们看，然后又带他们看大理石做的澡盆，还有安有特别弹簧的床。接下来，储藏室、洗衣房、新式锅炉房、在走廊内运送急需物品的无声手推车，以及许许多多其他的东西，渥伦斯基都引他们一一欣赏。斯维雅日斯基是一个精通最新式改良设备的人，他对这一切也是不住地赞赏。对这些见所未见、闻所未闻的东西，朵丽唯一的感觉就是惊奇，她急于把一切都了解清楚，一切都打听明白，这显然是使渥伦斯基再得意不过的事。

斯维雅日斯基说道：“是的，照我看，这个医院在俄国是独一无二的，它的设备也是无可挑剔的。”

朵丽不失时机地问道：“你们这儿不设产科吗？乡村里非常需要的，我经常……”

渥伦斯基对待客人是非常礼貌周到的，但他还是不由自主地打断了她的话："这并不是产科医院，而是一所病院，是为治疗除了传染病以外的一切疾病而设的。"他说。"不过看看这个……"他把一把轮椅推到达丽雅·亚力山德罗芙娜面前，这是刚从国外运来、为尚未出院的病人在康复期间而设的。"您看看，"他坐进椅子里，用手开动它，"一个身体太虚弱，或者眼有什么毛病而不能走路的病人，如果他需要呼吸新鲜空气，他就可以坐上这个出去……"

这儿的一切都让达丽雅·亚力山德罗芙娜感到有意思，一切都使她感到兴奋，尤其是那个渥伦斯基本人，浑身上下流淌着自然而纯真的热情。"是的，他是个和蔼慈善而又平易近人的好人。"她陷入一次又一次的沉思，没有去聆听他的话，而是把目光凝聚在他身上，注视着他的一举一动，设身处地地在心里为安娜着想。现在她居然对那个焕发着勃勃生机的他崇拜到这种地步，她终于明白安娜怎么会如此执着地爱上他了。

第八章

安娜提议去养马场参观，斯维雅日斯基也想到那儿看一匹新的种马，渥伦斯基却对她说："不，我想公爵夫人有些困了，不会有心情再去看马。你们去吧，我陪公爵夫人回去，我们谈一谈。"他又转向朵丽说："如果您愿意的话。"

达丽雅·亚力山德罗芙娜有些惊讶，但还是礼貌地说："我非常荣幸，对于马我还一无所知呢。"

从渥伦斯基的神色她判断出他有事求她。她果然没有猜错。他们刚一穿过大门又回到了花园，他就顺着安娜走的方向望了一眼，直到确信她听不见也看不到他们，他才开了口。"我要和您谈话的内容您可能猜到了吧！"他说，望着她的眼神带着笑意，"我没有弄错，您和安娜是好朋友。"他取下帽子，把渐显秃顶的头用手帕揩了揩。

达丽雅·亚力山德罗芙娜只是吃惊地看着他，没有回答他的话。单独和他相处，她有一种从天而降的惊恐：她被他含着笑意的眼睛和冷峻的表情给吓唬住了。

她的大脑在飞速地转动，估摸着他会说什么，各种各样的想法在盘旋着："他也许要请我带着孩子到他们家做客，但我必须加以拒绝；也许是要我帮安娜在莫斯科搞一个社交集团……再不就是关于韦斯洛夫斯基和他同安娜的关系？也有可能是关于吉蒂的事，他觉得问心有愧？"她所设想的这一切都是令人压抑的，但他真正想要谈的她却没有预料到。

“你对安娜的影响那么大，她是那样的喜欢您，”他说，“帮我一把吧。”

达丽雅·亚力山德罗芙娜试探地凝视着他精神饱满的面孔。他的神情有些胆怯，而那个面孔有时被穿过菩提树照射进来的阳光全部笼罩着，有时部分照着，有时又被阴影完全遮住了。她等着听他的下文，但是他却在她身旁来回地走着，默不作声，并且边走边用手杖捣弄沙砾。

“现在您来看望我们，您，在安娜的故友中只有您（我没有把瓦尔瓦拉小姐包括在内），所以我就知道，您之所以这样是因为您明白我们目前的处境的所有难处，而并没有认为我们这种处境是正常的。您对她的爱还和从前一样，而且您也很希望能帮她一把。我说得对不对？”他问，回头看了她一眼。

“哦，是这样！”朵丽说，把遮阳伞合了起来，“不过……”

“不”，他打断她的话，没有意识到他这样做使对方感到很尴尬，他突然把脚步停了下来，她也不得不停下，“安娜处境的困难除了我没有谁能真正了解到。承蒙您厚爱，如果您认为我这个人还是有良心的，那么这一点您自然是明白的。之所以会是这样，都是我的过错，因此我能感受到这些。”

“我知道，”达丽雅·亚力山德罗芙娜说，对他这种说话时坦诚而坚定的口气不由得敬佩起来，“不过，正因为您把这个责任揽到自己身上，恐怕，您是言过其实了，”她说，“在社交界，她的地位是很困难的，这一点我很清楚。”

“在社交界简直像是在地狱！”他紧皱眉头，脱口而出，“简直想象不出，还有什么比她在彼得堡那个星期所遭受的精神上的痛苦更大的了……请您相信吧。”

“是的，可是在这里，不论您……还是安娜，只要对社交活动都不感到需要的话……”

“社交活动”，他不屑一顾地说，“我要它干什么？”

“截至目前——或许会永远如此——你们的生活平静而甜蜜。

从安娜身上我能看得出来，她幸福，非常幸福，她对我谈过这些。”达丽雅·亚力山德罗芙娜笑着说。但一边说着话，一边又不由自主地怀疑安娜是否真的幸福。

而在渥伦斯基，他看起来对此确信不疑。

“是的，是的，”他说，“我知道她饱经沧桑，她现在已经从磨难中走了出来，她是幸福的。她目前是幸福的。而我呢？……我担心，考虑到我们的以后……很抱歉，还想再向前走吗？”

“哦，无所谓，怎么都行。”

“那好吧，我们就在这儿坐一会儿吧。”

花园林荫路的拐角处有把椅子，达丽雅·亚力山德罗芙娜就坐了下来。他就站在她跟前。

“我觉得她是幸福的。”他又说了一遍，但达丽雅·亚力山德罗芙娜却越发地怀疑安娜是否真的幸福。他接着由俄语改用法语说：“可是这样的情形能永远维持下去吗？至于我们的做法是否正确，那是另外一个问题；事情已经到了这个地步，已经没有回头的余地。”

“我们是终身的伴侣。我们认为最神圣的爱情把我们结合在一块儿。我们已经有了一个孩子，我们可能还会有孩子。但是现在是这样一种情况，在法律和我们的处境之间存在着数不尽的矛盾和冲突，而当她历尽苦难而终于脱离苦海的时候，她目前没有注意而且也不情愿注意，这是可以理解的。但是我却不能忽略这些。从法律上说，我的女儿不是我的，却是卡列宁的。我对这种虚伪深恶痛绝！”他说着，用力地做了一个否定的手势，带着一脸的忧郁用探询的眼光注视着达丽雅·亚力山德罗芙娜。

她默不作声，仍然望着他。他就继续往下说：“假如有一天会生儿子，我的儿子，但在法律上他却是卡列宁的人，他既不能继承我的姓氏，又无法继承我的财产，不管我们的家庭生活多么美满，也不管我们有多少孩子，我和他们之间都不会有合法的关系。他们都属于卡列宁。这种处境，您说该有多么痛苦，多么可怕！我和安娜试着说过这些，但却惹她生气。她不明白我无法跟她说明这一切。话又说了回来，她的爱情固然使我感到幸福，但是我也需要有自己的事业。我总算找到了这种事业并为它感到光荣，同时我也认为它比我以前在宫廷和军队里的那些同僚们的事业要高尚得多。如果让我拿自己的事业和他们交换，我还不愿意呢。我在这里干着我的事业，在这个地方安顿下来，这是让我既幸福又满足的事情，只要我们生活得美满幸福，其他任何东西对我们来说都是无足轻重了。我热爱我的事业。这并不是权宜之计，相反的……”

在对这一点的解释上，他的话语有些含混不清，达丽雅·亚力山德罗芙娜注意到了，她尽管还没有完全弄清楚他为什么顾左右而言他，但是她觉得他一旦开口把他不能对安娜讲的心事说了出来，他现在就会把什么都完全倾诉出来，关于他在乡村里创业的问题，就如同他和安娜的关系一样，都是属于这一类心事。

“哦，我接着说下去吧，”他说，稳定了一下情绪，“最重要的是我在工作的时候要有一种信心，它能使我坚信我的事业不会随着我走入坟墓，我会有继承人——但是我却没有。您想想吧，这个人会是什么样的处境：他早就知道他和他热爱的女人生的孩子并不属于他，而是别人的，属于一个痛恨他们，对他们漠不关心的人！这是多么可怕啊！”

他说不下去了，激动得很厉害，就停了下来。

朵丽问：“是的，我当然清楚这些。但是安娜是怎么想的呢？”

“是的，这就是我要说的主题了，”他努力使自己平静下来，接着说了下去，“安娜是有办法的，这全都靠她……甚至为了要奏请沙皇同意把我的孩子立为嫡子，离婚也是万分需要的。而这完全靠安娜。她丈夫最初是答应离婚的——那时您丈夫就已经把这些全部安排妥当了。即使是现在，我想他也不会拒绝的。只要给他写封信就可以了。当时他回答得很爽快，说只要她提出这个要求，他就一切照办。当然啦，”他说得有些忧郁，“这种法利赛人的残酷行为，只有狠心肠的人才做得出来。他心里很清楚，想起他她会有多么大的痛苦，他明白这一点，因此就坚持让她写一封信。我知道这对于她是痛苦的，但既然这个借口有那么重要，那就必须要克服这种微妙的感情。这个问题与安娜和她的孩子们的命运密切相关。我不用提我自己，尽管我也是一肚子苦水，苦得厉害，”他脸上的那副表情仿佛向别人说明他正在忍受一个使他痛苦的威胁，“所以，公爵夫人，我抛弃一切颜面把您当作救命的铁锚抓住不放，帮我说服她给他写一封信，要求离婚吧！”

“好吧，当然可以。”达丽雅·亚力山德罗芙娜沉思着说，她同阿力克赛·亚历山德罗维奇最后一次会见的情形又清晰地在她的脑海里闪现。“好吧，当然可以。”她想起了安娜，坚决地重复着说。

“利用您在她心目中的地位，让她写一封信。我不想，我几乎无法再向她提这件事。”

“好吧，我和她聊一聊。不过她自己怎么没有注意到这些呢？”达丽雅·亚力山德罗芙娜说，莫名其妙地，她突然想到了安娜时不时眯起眼睛这个奇怪的新习惯。而且她也想起来了，安娜眯起眼睛的时候，往往正好是接触到生活当中深藏在心底的问题的时候。朵丽想：“她这样眯着眼睛好像是不愿正视生活，不愿看见现实的一切。”为了回应他所表示的感激，达丽雅·亚力山德罗芙娜又说：“一定的，为了我自己和她的缘故，我会和她好好谈谈。”

于是他们就站了起来，朝着宅邸的方向走去。

第九章

看见朵丽回来，安娜有意识地凝视着她的眼睛，似乎在询问她和渥伦斯基之间有过什么交谈，但是她却没有开口问她。

她说："差不多到开午饭的时间了。我们两个还没有好好地谈谈呢。我看就今天晚上吧。现在我去换衣服。我想你也重换吧。到那些建筑里去把衣服都给弄脏了。"

朵丽回到了自己的房里，她觉得很无奈，又很好笑。她已经把最好的衣服换上了，没有其他服装可换了，她让女佣替她把衣服刷了刷，然后又换上了干净的袖口和蝴蝶结，在头发上系了一根发带，这样可以让人看出来她为赴宴是做了一些准备的。

安娜走了进来，她又换上了第三套但是非常朴素的衣服，朵丽脸带微笑地对她说："我只能做到这个样子了。"

"是啊，我们这里太讲究形式了。"她说，好像因为自己穿一身盛装而感到不好意思，"你的到来让阿力克赛分外高兴，他难得有这样的心情，他确实喜爱上你了，"她补充说，"你感到疲倦了吗？"

午餐马上就要开始了，在这之前她们没有时间来谈论聊天了。她们来到客厅的时候，瓦尔瓦拉公爵小姐和男人们已经在那儿等着她们了。男人们一律穿大礼服，只有建筑师穿了一件燕尾服。渥伦斯基把医生和管理人向他的客人作了介绍。建筑师在医院时已经介绍过了。

身体肥胖的管家走了进来，圆圆的面孔上胡须剃得很干净，打着一条浆得笔挺而又光采夺目的白色领带，他通报午餐已经摆好了，于是夫人们都站了起来。渥伦斯基让斯维雅日斯基陪安娜·阿尔卡季耶夫娜先进去，他则走到朵丽跟前，韦斯洛夫斯基抢先一步赶在屠士凯维奇前面，把胳臂伸给瓦尔瓦拉公爵小姐，而屠士凯维奇和医生及管理人只好孤零零地走进去。

宅邸里固然是整个的豪华、气派，午餐、饭厅、餐具、听差、酒和佳肴也和这种气派协调一致，甚至更豪华，更有现代化气息。达丽雅·亚力山德罗芙娜欣赏着这种对她说来是异常新奇的奢华场面，凭着自己作为一个操持家务的主妇的直觉，她下意识地仔细打量这儿的一切微妙之处——尽管她并不敢奢望自己的家中也如她的所见所闻一样，与这种富丽堂皇的气势相比，她的生活简直让人羞于启齿——她心里暗自奇怪，这么一个场面是出自谁之手，是怎样安排的。对于这些事情，瓦先卡·韦斯洛夫斯基、她丈夫，还有斯维雅日斯基以及她所认识的很多人从来没有费神想过，所有礼节周全的主人都乐意让客人们觉察的事——就是他操持得尽善尽美的家庭都是得来全不费工夫，并没有费什么力气，是自然而然得来的，而他们这些人对此总是轻易地就相信了。但是达丽雅·亚力山德罗芙娜心中有数，即使是用作孩子早点的牛奶粥也不是随便得来的，因此这样复杂而庞大的机构一定有一个细心周到的人在照料。从渥伦斯基打量饭桌的姿态，对管家点头暗示，以及请达丽雅·亚力山德罗芙娜挑选冷汤或热汤这些地方，她得出的结论是这一切全由主人经管，都是他一手操持的。很明显，这一切并没有安娜插手帮忙，韦斯洛夫斯基也不例外。安娜、斯维雅日斯基、公爵小姐和韦斯洛夫斯基快活地享受着为他们准备好的一切，他们仿佛都是客人。

只有在照顾谈话时安娜才显出女主人的身份。而在这一个小小的宴会上，要照顾大家的谈话对女主人来说并不感到轻松，因为宴会上还有像管理人和建筑师这一类人，他们完全是另外一个阶层的人，他们努力不要被这种陌生的豪华气派弄得手足无措，大家的谈话他们根本参加不进来。正像达丽雅·亚力山德罗芙娜所看到的，安娜发挥出她那一向是随机应变的智慧，游刃有余地甚至是兴趣盎然地照顾着这场艰难的谈话。

现在正在进行屠士凯维奇和韦斯洛夫斯基独自去划船的话题，屠士凯维奇神采奕奕地讲述着彼得堡快艇俱乐部最近举行的划船比赛。但是趁着他刚一停顿的瞬间，安娜马上转向建筑师，把他的沉默状况打破了。

“尼古拉·伊万内奇非常吃惊，”她指的是斯维雅日斯基，“自打他上次到过这里，新建筑的工程进展速度非常之快；即使是我，每天都到那里去，而每一天我都奇怪怎么会进行那么快。”

“同阁下一起工作很顺利。”建筑师莞尔一笑说。这是一个有着极强自尊心、谦逊而又不善言辞的人。“这和地方当局打交道不一样。那些地方得缮写一令纸的公文才行，而在这儿我只需要跟伯爵打个招呼，我们合议一下，几句话就能解决事情。”

斯维雅日斯基微笑着说：“美国式的工作效率！”

“是的！他们那儿建造房子都很合理的……”

谈话转移到合众国政府滥用权力上，但是安娜又赶紧把谈话转到另外的话题上，以便让那位管理人也参加进来。

“你见过收割机吗？”她问达丽雅·亚力山德罗芙娜，“我们在那儿碰到你的时候，已经看过了。我还是头一次看到呢。”

朵丽接口问道：“怎么个收割法？”

安娜戴着戒指的双手纤美白皙，她用它们拿起一把刀和一把叉，开始演示给朵丽看。很显然，她知道自己的解说无法让别人明白，不过她知道她的解说很优美，而且她的手也很好看，因此她继续着自己的讲解。

韦斯洛夫斯基目不斜视地盯着她，开玩笑地说：“还不如说像铅笔刀哩！”

安娜没有理睬他的话，只是笑了一下，轻微得几乎觉察不出来。

她转向管理人问：“不对吗，卡尔·费奥多雷奇，是不是挺像剪刀的？”

“哦，是的，”那个德国人说，“这种东西的构造非常简单。”他接着开始叙述起机器的构造来。

“可惜不会打捆。我在维也纳展览会上见过一架机器可以用铁丝打捆。”斯维雅日斯基评论说，“那种用起来就省事多了。”

“那要看具体情况……铁丝的价钱也是要计算在内的。”那个德国人向渥伦斯基说，他终于在众人的努力下开口说话了。“可以统计出来的，阁下。”德国人的手已经伸进了装有他经常用来计算的笔记本和铅笔的衣服口袋里，但是他马上想起现在是在餐桌上，而且也看到渥伦斯基的眼神颇为冷淡，他的这种念头最终还是打消了。“太复杂了，太烦琐了。”他总结性地说。

瓦先卡·韦斯洛夫斯基想拿这个德国人开玩笑，就说：“想要有所收获就不要怕麻烦。”然后又带着那种怪怪的和以前一样的笑容朝安娜说：“我对德语很崇拜。”

她却半真半假、如娇似嗔地说：“闭嘴吧。”

她转向医生——这是一个面带病容的人，说：“我们一开始还想会在野地里碰上您哩，瓦西里·谢苗内奇。那么您去哪了？”

医生带着几分忧郁但却幽默地回答说：“我本来在那儿，但后来又开了小差。”

“那么您又锻炼了一番身体？”

“非常不错！”

“那个老太太怎么样了？不会是染了伤寒吧？”

“不，也许不是伤寒，不过病情加重了。”

“真不幸！”安娜感叹着说，在家里的食客们面前她总算尽到了应有的礼节，接下来就仍旧转向她的朋友们。

斯维雅日斯基开玩笑地说：“安娜·阿尔卡季耶夫娜，如果照您的说法，收割机是无法制造出来的。”

“哦，为什么不能？”安娜面带微笑地说，这也让别人看出来，她意识到斯维雅日斯基必定从她关于收割机的描绘中觉察到了某些动人的地方。这种故作姿态如少女一样的新潮做法使朵丽很不舒服。

屠士凯维奇开口说："不过，在建筑方面，安娜·阿尔卡季耶夫娜的知识却渊博得很哩。"

韦斯洛夫斯基也插嘴说："哦，是这样的！昨天我还听见安娜谈过关于柱脚和墙内防湿层的事，我没有说错吧？"

"其实一点儿也不值得奇怪，我整天受这些方面的知识的熏陶，"安娜说，"可是您，可能还不知道房子是怎么建成的吧？"

达丽雅·亚力山德罗芙娜能看出来，对于和韦斯洛夫斯基之间的那种调笑的口吻，安娜其实是很讨厌的，但是她自己却始终跳不出受这种腔调约束的圈子。

而渥伦斯基在这种事上同列文的做法迥然不同。他看起来并没有太在乎韦斯洛夫斯基的闲扯，甚至对这种玩笑还采取纵容的态度。

"喂，韦斯洛夫斯基，您来说一说，砖是怎样砌到一起的？"

"当然是用水泥啦！"

"哦……和糨糊有点相像……不，和灰泥差不多！"韦斯洛夫斯基的话把大家逗得禁不住都笑了起来。

在座的人们，除了医生、建筑师和管理人又重新陷入冷冷清清的沉默之中，其他人仍在口若悬河地谈论着，时而话题明朗，时而又为一个问题纠缠不清，不一定就伤害了某个人的自尊心。达丽雅·亚力山德罗芙娜就受到过一次这样的伤害。她情绪激动，脸颊绯红，待事情过后，她也记不起当时自己是否说过什么多余的、使人扫兴的话。事情的原因是因为斯维雅日斯基提到了列文，并向大家公布了他的奇谈怪论：他认为机器对于俄国农业有百害而无一利。

"我没有机会结识这位列文先生，"渥伦斯基微笑着说，"不过他所批评的机器他自己可能没有见过。倘若他见过，而且试着用过，那也一定不是从外面引进的东西，顶多是俄国产的什么玩意儿。这种言论能登大雅之堂吗？"

韦斯洛夫斯基也不失时机地微笑着对安娜说："说到底，是土耳其人的见解。"

达丽雅·亚力山德罗芙娜有些愤怒地说："我不能为他的言论

辩护，但我可以告诉你们他的知识很渊博，如果他在这儿他会亲自和你们进行辩论，可是我却没有能力替他辩解。”

“我对他非常感兴趣，我们是好朋友！”斯维雅日斯基微笑着说，样子很慈善。“不过请不要介意，他的一些主张是有点奇怪。比方说，他坚持认为根本没有必要设置地方议会和治安推事，他根本无心参与这些事。”

“这就是我们的俄国民众，一副漠不关心的样子，”渥伦斯基说，并动手把玻璃瓶里的冰水倒进一只精致的高脚杯里，“对于我们的权利所赋予我们的义务一无所知，因此排斥这种义务。”

听着渥伦斯基那自以为是而贬低他人的腔调，达丽雅·亚力山德罗芙娜被激怒了，她气愤地说：“就我所知道的，再也没有人比他更尽职责了。”

“而我，恰恰相反，”渥伦斯基顺着自己的意思往下说，显然不知为什么被这句话刺痛了，“我正相反，由于尼古拉·伊凡诺维奇（他指的是斯维雅日斯基）的推荐，选举我做了治安推事，所以像我这种人，对于他们给予我的这种光荣是深深感谢的，无论是出席大会还是审判农民之间的马匹纠纷案件，以及我有能力做的其他一切事情，我认为它们都同等重要。如果我被大家选举为地方自治会的议员，我会认为是一种光荣。只有这样我作为地主享受到的利益才能偿还给社会。不幸的是大地主在国家中应该起的作用始终没有得到人们的理解。”

看到他在自己的饭桌上那么狂妄、自以为是，达丽雅·亚力山德罗芙娜感到很奇怪。她情不自禁地回想起持有相反见解的列文，在自己的餐桌上也同样的极度自信。但她喜欢列文，因此她站在列文的立场上。

“那么我们就恭候着您来参加下一次代表大会啰，伯爵？”斯维雅日斯基问，“不过您要早点来，好在八点钟赶到那里。您要肯赏脸到我家歇宿就好了。”

“你妹夫的看法我倒有些赞同，”安娜说，“但是不至于像他那样过激。”她微笑着补充说：“我担心我们现在的社区义务是不是太多了。像以前一样，有那么多的官，什么事都要设置一个官位，如今一切事情都有社交家。阿力克赛来这儿还没有半年时间，我想，他已经当上了五六个不同社团的委员：慈善救助委员、治安推事、地方自治会议员、陪审员，另外还有什么马匹委员会委员，照这样下去，他几乎把所有的时间都耗费在这上面了。而且，事情这么名目繁多，终究要走上形式主义。你担任多少机关的委员，尼古拉·伊万内奇？”她转过来问斯维雅日斯基，“我猜有二十多个吧？”

尽管安娜是以玩笑的口吻说的，但是她的声调中却分明透露着恼怒的意思。达丽雅·亚力山德罗芙娜马上意识到了这一点，她一直在留神注视着她和渥伦斯基。她还发现，渥伦斯基听到这些话时，他的面孔立刻就呈现出严肃而固执的神情。看到这些，还有瓦尔瓦拉公爵小姐为了岔开话题赶忙谈起彼得堡的熟人，而且又想起在花园时渥伦斯基突然出人意料地谈起自己的生活，朵丽一下子明白过来了，这种社会交际同安娜和渥伦斯基私下的分歧有某种联系。

宴会、酒水、餐具都是上等的，但达丽雅·亚力山德罗芙娜对这些已经颇为陌生，尽管这和她以前在宴会和舞会上的经历完全一样，而且也像那些宴会一样，总让人有一种难以放松的陌生的感觉，因此在平时的社交场合中和朋友的交际圈里，这一切都让她感到非常不愉快。

吃完午饭，他们在凉台上休息了片刻，此后就去打草地网球。球员们分成两组，站在仔细碾平的槌球场上，球网系在两根镀金杆子上，他们分列两旁。达丽雅·亚力山德罗芙娜尝试着打了一会儿，但到底也没有掌握打球技巧，好不容易摸出一点窍门，又累得筋疲力尽了，于是她只好坐在瓦尔瓦拉公爵小姐身边观战。她的对手屠士凯维奇也停了下来，而其余的人则打了很长时间。斯维雅日斯基和渥伦斯基两个人打得非常熟练，而且很耐心。他们的注意力高度集中，盯着对方打过来的球，从容不迫，动作迅速，敏捷地迎上去，等球一弹起来，就用球拍准确地、不差分毫地从球网上击回去，韦斯洛夫斯基打得比别人都差，他操之过急，但是同伴们却被他欢乐的情绪鼓舞着。球场上一直回荡着他的笑声和闹声。像其他男人一样，在得到夫人们允许之后，他褪去上衣，露出穿着白衬衫的魁梧而优美的身材，红润的脸上浮着汗珠，一举一动显得急躁而冲动，让在场的人们历历在目，久久难忘。

那天晚上，达丽雅·亚力山德罗芙娜在躺下休息的时候，刚一合上眼睛，脑海里就闪现出瓦先卡·韦斯洛夫斯基在球场上东奔西跑的矫健的身姿。

达丽雅·亚力山德罗芙娜在整个球赛进行中间一直郁郁寡欢。安娜和韦斯洛夫斯基在打球时不断地调笑的做法让她很反感，而且对这种孩子不在场大人居然玩起孩子们的游戏的令人别扭的事也极其讨厌。仅仅是为了不扫大家的兴，而且消磨一下时间的缘故，她稍事休息之后，又参加了游戏，而且装作很开心的样子。她觉得，她好像一整天都在和一些比她高明的演员在舞台上演戏，而整场的好戏却被她极其不高明的演技给破坏掉了。

本来她想如果能适应的话就多在这里住上几天，但是傍晚打球的时候她决定第二天就离开这儿。那种母性的牵挂让她安不下心，而这一点是她在途中曾经怨恨过的，现在刚清闲了一天，她的看法就大大地改变了，使得她又挂念起来。

用过晚间茶点，并且又在夜里划了一会儿船，达丽雅·亚力山德罗芙娜就一个人回到房间，脱了衣服，坐下来梳理她稀少的头发，准备睡觉，她感到浑身上下有种说不出的轻松。

想起安娜一会儿要来，她甚至都有些不高兴。她只想一个人静静地思考。

第十章

安娜身穿睡衣进来的时候，朵丽已经熬不住想躺下睡觉了。

那一天安娜曾几次谈起自己的心事，但每次都是说了只言片语就打住话题，说："留到以后只有我们两个人的时候再聊吧。我有那么多的话还没有跟你说呢。"

现在终于只有她们俩了，但是安娜却不知道怎样说才好。她坐在百叶窗前，两眼望着朵丽，心里回想着那些要说出来的心里话，原先好像是无穷无尽永远也说不完，现在却什么也记不起来了。她觉得好像一切都谈过了。

"哦，吉蒂过得怎么样？"她叹了一口长气，用内疚的眼光看着朵丽，"说句心里话，朵丽，她没有生我的气吗？"

"生气？不！"达丽雅·亚力山德罗芙娜说，并微微地笑了。

"但是她对我抱有怨恨，她瞧不起我？"

"哦，不！但是你知道，对这种事，别人是很难谅解的！"

"是啊，是啊！"安娜边说边转身望着敞开着的窗户。"可这不是我的错。那又是谁的错呢？恩恩怨怨又有什么意思？有没有可能是另外一种样子？喂，你怎么看这种事？能使你不作斯季瓦的妻子吗？"

"我真的还无从知道。不过这就是我愿意从你那儿听到的……"

“是的，是的，不过吉蒂的事我们还没有谈清楚呢。她幸福吗？听说他这个人很不错。”

“说他很不错未免太不够了，他简直是我认识的人当中最优秀的一个。”

“噢，我太高兴了！我真的非常高兴！仅仅说他很不错还远远不够。”她跟着重复了一句。

朵丽流露着不易被人察觉的笑容。

“跟我讲一讲你自己的事吧。我还有许多话要跟你说，而且我也已经和……”朵丽不知道该怎样称呼他。她既不便称呼他伯爵，又不好意思称他阿力克赛·基里雷奇。

“和阿力克赛？”安娜问，“我知道你们谈过。但是我要坦白地问问你，对于我和我的生活你是怎么看的？”

“我突然之间怎么说得出来呢？我真的不知道。”

“不，无论如何你得跟我说说……我的情况你是知道的。但是千万别忘了，夏天你来这儿是来看望我们的。你来的时候我们并不寂寞……而我们在早春时就到了这儿，只有我们两个人一起过日子，我们很快又要两个人单独生活了，除此之外我再没有别的奢求。但是你可以想象，离开他我一个人过日子，形单影只，这种情形在将来是有可能发生的……我从一切迹象看出这会时常发生的，而他却总有一半的时间在外面度过。”她说着，站起身走到朵丽身边挨着她坐下。

朵丽想发表自己不同的看法，但是被她打断了，她接着往下说：“自然啰，我肯定不会强行阻拦他。我不会拖他的后腿。快要赛马了，他的马要参加比赛，他会去的。我很开心，但是替我想一想，想想我目前的处境吧……还谈这些做什么！”她轻轻地笑了，“好啦，他究竟和你说过什么？”

“他和我谈的正是我想问你的，所以我会不由自主地站在他的立场上替他说话。谈的是能不能够……能不能……”达丽雅·亚力山德罗芙娜遮遮掩掩地说，“补救，改善你们的处境……你知道我怎么想……还是那句老话，如果有可能你们应该结婚。”

“也就是说先得离婚吧？”安娜说，“你知道吗，培特西·特维斯卡娅，在彼得堡唯一来看我的女人，你应该认识她的？而事实上，这是天下最堕落的女人。她和屠士凯维奇的关系不太正当，用非常可耻的手段欺侮她丈夫，而她却说，如果我的做法不符合法律，她就不想交我这个朋友。千万别认为我在拿自己和别人对比……我了解你的，亲爱的。但是我禁不住就想了起来……好了，他究竟跟你谈了些什么？”她又重复着说。

“他说，他的痛苦完全是因为你和他自己的缘故。也许你会把这指责为利己主义，但这种利己主义是多么合理和崇高啊！首先，他想他的女儿有一个合法的身份，做你的丈夫，并且对你有合法的权利。”

安娜满面愁容地打断她的话，说：“什么妻子，简直是奴隶，有谁会跟我一样，像我现在所处的地位，做这样一个无条件的奴隶呢？”

“他主要是希望……希望你不再痛苦。”

“这是办不到的！还有呢？”

“哦，他最强烈的愿望是——希望你们的孩子们能够有名有姓。”

安娜眯着眼睛，不抬眼睛望朵丽，问：“什么孩子们？”

“安妮，还有将来的孩子们……”

“这一点他不必担心，我不可能再生孩子了。”

“你不会生了，你怎么能这样说呢？……”

“我不会了，因为我不愿意要了。”

安娜尽管异常激动，但是一看见朵丽脸上流露出的那种好奇、惊异和恐惧的天真神情，她还是微微笑了一笑。

“我害了那场病后，医生告诉我的……

“不可能的！”朵丽圆睁双眼说。这对于她是一个重大发现，从中可以推出那么严重的后果和结论，以致让人在一开始觉得简直

不可思议，必须要三思而后行。

这个发现使她突然明白了那些她以前总是无法理解的只有一两个孩子的家庭，她心头顿时涌现出万般思绪，感触无限，心情格外激动，以致她无法表达出自己的想法，只睁大了眼睛惊奇地望着安娜。这正是她方才一路上还在向往的，但一旦听说这是有可能的，她又有些后怕。她觉得问题远非那样简单，而解决的方法却是再简单不过了。

她憋了半天才冒出这样一句话："这是不是有些不道德？"

"为什么？您想想，我必须在二者中选择其一：要么怀孕，那样就会害病，要么就做我丈夫——他跟我丈夫没什么区别——的朋友和伴侣。"安娜故意用一种轻浮的腔调说。

"是的，是的。"达丽雅·亚力山德罗芙娜说，倾听着她自己恰好引用过的话，不过它已不再像从前那样让人可信了。

"对于你，还有别人，"安娜说，仿佛在揣摩她的心事，"或许还有值得怀疑的地方，但是对于我……你要知道，我不是他的妻子，更多的时候他还会对我动感情。可是我该怎样才能拴住他的心？就靠这种方式吗？"

她把白皙的胳臂弯曲成弧形放在肚子上。

短短一刹那，达丽雅·亚力山德罗芙娜的心里突然之间千头万绪，感慨良多，就和她激动时的情形一个样子。"我，"她沉思着，"留不住斯季瓦的心，他抛弃我去追求别人，但是头一个女人——为了她他才背叛了我，却也没有能够把他吸引住，尽管她一直都是漂亮妩媚的。他遗弃了她，又和另一个好上了。那么安娜，她能不能用这样的方式吸引和抓牢渥伦斯基呢？假如他一切努力都是为了追求这种事，那么他会去找那些服饰和举止更艳丽更动人的女人。就像我那个可恨、可悲而又可爱的丈夫一找就找到了一样，他也会去找一个更漂亮的女人，而不管她赤裸的臂膀有多么纤美白皙，也不管她的身姿有多么优美，她黑发笼罩下的泛着红晕的面孔有多么端庄秀丽。"

朵丽没有说什么，只是叹了一口气，安娜明白这种叹息意味着两个人没有共同的话语，她还是接着说了下去。她还有其他的论证，而且非常有说服力，让人没有反驳的余地。

“你是说这样做不好吗？可是你想过没有，”她继续说，“你忽视了我目前的处境。我怎么可以要孩子们呢？我不是指那种痛苦，我并不害怕。但是，你应想到，我的孩子们会有什么样的身份？只可能是一群顶着别人姓氏的可怜的孩子而已！他们会因为自己有这样的父母，和自己有这样的出身而感到羞愧，抬不起头。”

“可就是因为这个你才应该离婚啊！”

但是安娜没有听她的话。她想把她的那些论证说完，她曾经用这些话把自己说服了好多次。

“如果我不用我的理智来避免把不幸的人带到人世上，我还要它干什么呢？”

她瞥了朵丽一眼，但是没有等她开口她又接着说下去：“在这些可怜的孩子面前，我会一辈子难以心安的，”她说，“如果他们不存在，他们至少不会感到自己是不幸的；但是如果他们是不幸的，那就只有我来承担这个责任了。”

这些话正好是达丽雅·亚力山德罗芙娜自己曾经引用过的，可现在听了她却变得极其茫然起来。她暗暗地问自己：“在这些并不存在的生物面前，人怎么会感到内疚呢？”但突然之间一个想法飘过她的脑海：如果她的娇子格里沙根本就不存在，那么他无论如何是不是会好一些？她很快又摇了摇头，想把这种盘旋在她脑海中的杂乱无章的胡思乱想给驱逐出去，因为这样的问题对她来说是如此的荒诞不经。

她带着极其反感的腔调说道：“不，我不知道，不过这不合理。”

“是的，不过千万别忘了你是什么样的身份，我又是什么样的身份……而且，”安娜补充说，尽管朵丽的论证是那么苍白无力，而她的论证是那么丰富，但她似乎还是相信这是不对的，“不要忽略了主要问题：我现在的境遇无法和你相提并论。你的犹豫之处是你愿不愿意不再要孩子，而我的为难之处是我愿不愿意要孩子。这中间有很大的差别哩。你要知道，像我目前这种境况，我不能存有这种念头。”

达丽雅·亚力山德罗芙娜一声不吭。她突然觉得她和安娜之间的距离一下子被拉得很大很大，在某些问题上她们永远不会达成一致，因此还是不谈为好。

第十一章

“那么，如果条件允许，你就更应该使自己的处境合法化了。”朵丽说。

“是啊，如果可以的话。”安娜说，她的语气突然变得沉静而悲伤，和以前截然相反。

“难道不可以离婚吗？我听说你丈夫是同意的……”

“朵丽，我不想再提起这件事。”

“好，我们不谈，”达丽雅·亚力山德罗芙娜注意到了安娜脸上痛苦的神情，赶紧这样说，“不过我看你未免把事情看得太悲观了。”

“我？一点也不！我其实对自己挺满意的。你瞧，我对人还很有魅力。韦斯洛夫斯基……”

“是的，可说句心里话，我非常厌恶韦斯洛夫斯基的态度。”达丽雅·亚力山德罗芙娜想借此引开话题，就这样说。

“哦，我也和你一样，一点都不喜欢。不过这样做会使阿力克赛觉得有趣罢了。他不过是个小孩，完全掌握在我手中。你知道，我想怎么摆弄他，完全随我的意。在我看来他就和你的格里沙一样……朵丽！”她突然转移了话题，“你说我把事情看得有些太悲观了。你不懂的，这太可怕了！我也想完全不看哩！”

“但是我认为你应该过问。你应该尽自己的努力去做啊！”

“可是我能做什么呢？什么都不能。你说我应该和阿力克赛结婚，说我不去想这些问题。难道我不愿意考虑！”她满面绯红地重复着说。然后站起身来，挺起胸脯，吐了一口长气，迈着她那轻盈的步子开始在屋里踱来踱去，时不时地停一下。“我怎么会不想呢？没有一天，没有一小时我不想，不埋怨自己在想这些事呢……因为我会被这些想法给逼疯的。会被逼疯的！”她重复地说，“一想起这些事，我就必须借助吗啡才能睡着觉。不过，好吧，我们心平气和地谈一谈吧。人们都劝我离婚。首先，他不会答应。现在，利季娅·伊凡诺夫伯爵夫人对他有很大的影响力。”

达丽雅·亚力山德罗芙娜身子笔挺地端坐在椅子上，脸上的表情是痛苦不堪的，但却是满怀同情的。她晃动着头，观察着安娜的一言一行。

“应该尝试一下。”她轻轻地吐出几个字。

“就算我试试，可这能有什么用呢？”安娜说，她的用意无非是让朵丽弄懂她颠过来倒过去想过无数次而且记得滚瓜烂熟的心事，“那就可以说，我恨他，可是仍然承认我对不住他——我认为他对人非常宽容——非得低三下四地写信求他……好吧，就算我尽全力办了，我要么接到一封讽刺挖苦我的回信，要么得到他的允许。假如他答应了我……”安娜这时已不由自主地走到屋子的尽头，站在那儿，正在摆弄罗纱窗帷上的什么东西，“我得到了他的允许，可是我的儿……儿子呢？我是无法得到他的。他会在他那被我抛弃的父亲那里长大，他会瞧不起我。你知道，对他们两个——谢辽莎和阿力克赛——我的爱是不分彼此的，但是我对他们的爱远远超过对我自己。”

她踱到屋子中央，两只手紧紧地捂在胸上，站在朵丽面前。雪白的睡衣把她映衬得异常的端庄高大，她的头向下垂着，浑身因为激动而颤抖不止，泪光闪闪的、晶莹剔透的双眸一筹莫展地凝视着穿着补丁睡衣、戴着睡帽、憔悴而令人怜爱的朵丽。

“我爱的只有这两个人，但是无法两全其美！我不能兼而有之，但那却是我唯一的寄托。倘若我无法实现自己的心愿，我就对什么都不会在乎了。随便什么，随便什么我都不在乎了。不管如何这一切总会结束的，所以我不能——我不愿谈这事儿。你无论如何不要指责我，千万不要向我发难！你的心地是那么纯洁、善良，不可能体会我所遭受的这些痛苦。”

她走了过去，坐在朵丽身边，牵起她的手，紧盯着她的面孔的眼睛满含歉疚的神色。

“你在想些什么？你是怎么看待我的？别瞧不起我！我不该受人轻视，我真是可怜。如果有人是不幸的，那个人就是我！”她小声地说着，扭头哭了起来。

剩下朵丽一个人了，她做过祈祷之后，躺在了床上。在她们谈话的时候，她打心眼里同情安娜，可现在她怎么也不愿再想她了。她的心里被一种想象和思念孩子们的情愫塞满着，这种情愫有着某些新奇而特殊的魅力。她现在觉得自己的这个感情世界是那么宝贵和值得珍惜，以致她无论怎样也不愿再在外面多逗留，哪怕是一天，她下定决心明天一定要走。

这时，安娜也回到自己的房间，拿起一只酒杯，滴进几滴以吗啡为主要成分的药水，喝完后，她静静地坐了一会儿，然后回到卧室里。她此时的心情愉快而又轻松。

她走进卧室的时候，渥伦斯基仔细地观察着她。她在朵丽的房间待了那么长时间，他知道她们肯定谈过了，所以他想从她的脸上读出一些谈话的痕迹。但是她的表情却是不太张扬的，矜持而又兴奋，他从中只能看出她的美貌。虽然见惯了的，但仍让他心旷神怡，她知道自己对于这种美丽的自觉，而且也希望自己的美艳能打动他的心扉。对于她们谈话的内容他不情愿主动询问，但是却希望她能主动地告诉他。可是她说了一句：“我很高兴你喜欢朵丽。你喜欢她，对吗？”

“你知道，我早就认识她了。她很善良，只是过于现实了。不过她的到来还是让我很高兴的。”

他握住安娜的手，用询问的目光望着她的眼睛。

她对这种眼神误解了，于是对他报以微微一笑。

第二天早晨，达丽雅·亚力山德罗芙娜不顾主人们的盛情挽留，还是准备起程了。列文的马车夫穿着有些破旧的外衣，戴着一顶有点像邮差戴的帽子，驾驶着一群拼凑起来的马和那辆破烂不堪的马车，尽管神色有些忧郁，但还是果断地驶进了铺满沙砾的院子里。

达丽雅·亚力山德罗芙娜不太情愿同瓦尔瓦拉公爵小姐和男人们告别，这让她感到不舒服。经过一天的相处，她和主人们都明显地察觉到彼此之间并无共同语言，还不如不见面的好。只有安娜例外，她很伤心。她明白朵丽一走，在她的内心深处就再也不会有人能唤起那种在这次会晤中产生的感情了。这种感情的复苏固然会让人痛苦，但是这是她心灵中最美好的成分，她知道，这种成分很快就要消失在她所过的这种生活中了。

马车在田野中行进的时候，达丽雅·亚力山德罗芙娜的心情有一种说不出的轻松愉快，正要开口问他们喜不喜欢渥伦斯基家，车夫菲利普冷不防地自己说了起来："他们倒是挺有钱的，可他们只给我们三蒲式耳燕麦。马在天亮之前就把它们消灭干净了！三蒲式耳能有什么用？只是一点小意思罢了。如今住旅馆，一蒲式耳燕麦也就四十五个戈比。要是在我们那儿，用不着担心，想喂多少就给多少。"

办事员也在一边附和说："很小气的老爷哩。"

朵丽问："哦，你喜欢他们的那些马吗？"

"那些马？那还用说，很好！吃的也不错。但是我觉得非常没意思，达丽雅·亚力山德罗芙娜，不知道您是怎么看的？"他补充说，转过他那漂亮慈祥的面孔对着她。

"我也这样认为。喂，傍晚我们就可以到家了吧？"

"一定到的。"

回到家里，看到所有的人都安然无事而且都很可爱，达丽雅·亚力山德罗芙娜把她这次拜访绘声绘色地描述了一番，谈他们对她是多么欢迎，渥伦斯基家的生活是多么的气派、高雅，他们怎么消遣，而且不许别人指责他们一句。

“应该认识安娜和渥伦斯基——我对他的了解现在清晰多了——才能体会到他们有多么可爱，多么优雅动人。”她真心实意地说，对她在那里体验到的那种不满和不安的茫然若失的感觉已经忘记了。

第十二章

渥伦斯基和安娜的情况还是老样子，没有找到离婚的办法，就这样在乡下度过了整个夏天还有一部分秋天。他们决定哪儿也不去。但是他们两个人越是这样孤零零地过——尤其是秋天的时候没有客人——他们就越觉得忍受不了这种单调的生活，再不有所改变他们就真的忍受不住了。

富有的家产，健康的身体，可爱的孩子，两个人都很充实，——他们的生活看起来好像非常美满。没有客人来的时候，安娜像先前一样刻意地打扮自己，翻阅了不少书纸，都是一些流行的小说和主题很严肃的书籍。只要他们收到的外国报纸杂志上推荐过的书籍她统统订购了，而且往往是全神贯注地来拜读，这种读书态度只有在她因为寂寞而读书时才会有。同渥伦斯基所从事的事业有关的书籍和专业性书籍她也时常钻研，以至于他总是来向她请教一些农业、建筑方面的知识，有时甚至连养马、运动之类的问题也包括在内。他对她的知识面和记忆能力甚感惊奇，一开始他对她还持怀疑态度，希望得到证实。于是她就把他所需要的部分从书中找出来，拿给他看。

她对医院的建筑工程也非常感兴趣。她不但帮忙，而且亲自安排和设计了很多事情。可说到底，她最在意的还是她自己——在乎能够获得渥伦斯基的爱情并报答他因为自己而失去的一切。对她这一点渥伦斯基很是欣赏，这也成为她生活的唯一追求——那就是既要博取他的欢心，又要对他的那种自负心理曲意奉承；但是同时他对她为笼络住他而布下的情网非常厌烦。随着日子一天天过去，他愈发经常地注意到自己为情网所束缚，他那种并非要摆脱而是想试试这张情网是否成为自己自由行动的绊脚石的念头也就愈发强烈。倘若不是这种越来越强烈地渴求自由的愿望——忍受不了每次为了去城里开会或去赛马都要吵闹一场——渥伦斯基不会再挑剔他现在的生活。他所扮演的角色，一个富有的地主角色——俄罗斯贵族的核心应该由这个阶级构成——不但使他完全满意，而且到现在他已经过了半年的时光，享受到了无穷多的乐趣。他的事业正如日中天，而且也越来越占据了他全部的精力。虽然因为从瑞士购入了医院设备、机械、乳牛，还有其他很多项目，花去了他大量的金钱，但是他却坚信他没有浪费，相反，他的财富是增多了。无论什么问题，只要涉及收入——木材、粮食和羊毛的销售，或者是土地的租让——渥伦斯基分文不让，硬得如同燧石一样。在需要花费巨额资金的事情上，无论是哪一个田庄，他所使用的方法一直都是最简单、最保守的，即使是在鸡毛蒜皮的小事上他也一直是精打细算。尽管那个德国人为了引诱他破费金钱，不惜把一切诡秘狡猾的手段都用上，在起初时总把预算订得高于实际需要，然后又装模作样说经过一番考虑可以降低价钱搞过来，而且马上就会收益，但渥伦斯基从来没有采纳他的意见。仅仅在订购或者建筑的物品是最新式的，在俄国还没有普及开来，可以一炮打响的时候，他才会点头应允，而这也是他通过听管理人讲述，仔细询问之后才决定的。此外，即使他决定大笔开销，也往往是在他手头有多余款项的时候，而且在开支时，他必然要深入细致地加以研究，钱必须花得合算才行。所以从他经营事务的方法上就可以清楚明白地看出来，他不但没有浪费，反而增加了自己的财富。

十月间，贵族推选大会在卡申省举行。渥伦斯基、斯维雅日斯基、科兹内舍夫、奥勃浪斯基和列文的一小部分田产都在这个省份里。

由于种种原因，也由于参加这次选举的人们，这次选举在社会上引起了广泛的注意。人们纷纷议论着，为选举做好舆论准备。那些住在莫斯科、彼得堡，还有从国外来的，很多从来没有参加过选举的人，都汇集在了这里。

渥伦斯基很早就答应过斯维雅日斯基，他会到时出席的。

斯维雅日斯基经常到沃兹德维任斯科耶走动，所以在选举前他如约来邀请渥伦斯基了。

就在头一天，为了这趟计划中的旅行渥伦斯基和安娜两个人几乎吵了起来。这时正值秋天，也是乡下一年中最乏味无聊的时候，因此渥伦斯基做好了准备斗争的打算，用一种严厉而冷酷的口气跟安娜说他要走了，他还从来没有对安娜这样过。但是，安娜却异常平和地接受了这个消息，只是问了一声他什么时候回来，这让他大感意外。他仔细打量着她，对她这种泰然自若的神态百思不得其解。她迎着他的目光只报以淡然一笑。他了解她那套深藏于内心深处从不外露的本领，而且也清楚她除非在暗中打定了什么主意而不告诉他的时候才会这样。他开始担忧起来，但他又是那么不情愿争吵，所以就只好装出一副坚信不疑的神情而且真有几分信以为是，有点相信了他愿意相信的事，也就是说，相信她会明白此中的道理。

“我想你不会感到乏味吧？”

“我想不会的，”安娜说，“我昨天收到戈蒂叶书店寄来的一箱子书。我不会觉得无聊的。”

“她想采取这种方式，那更好！”他暗暗地想，“否则的话，搞来搞去总是那一套。”

因此，他很快就启程去参加选举了，并未向她提出让她作一番坦诚的解释。这在他们结合以来是破天荒第一次，没有把话说清楚就和她告别了。这件事固然扰乱了他的情绪，但同时又觉得没有比这再好的了。他在心里对自己说：“最初，就像现在一样，可能会有些说不清、道不明含含糊糊的地方，但是时间长了，她也就慢慢习以为常了。总之，我可以为她付出一切，但作为一个大男人应该具备的独立自主我绝不放弃。”

第十三章

九月里，列文搬到了莫斯科去住，此举是为了吉蒂的生产才这样做。当谢尔盖打算参加大会的时候——他拥有卡申省田产，而且对即将召开的选举大会非常感兴趣——列文已经百无聊赖地在那儿闲住了整一个月了。他邀请他弟弟——他在谢列兹涅夫斯克县拥有选举权——跟他一块儿去。此外，列文在国外侨居的姐姐在卡申省还有一桩重大事务等待着列文去处理，那是一桩关于土地代管和收土地押金的事务。

列文还迟迟没有做出决定，但吉蒂看出他在莫斯科也确实很沉闷，因此极力劝他去，而且自作主张地替他定购了一套贵族大礼服，这是在那种场面上必须穿的，一共花了八十卢布。列文之所以最终决定前去参加大会，也正是因为买这套礼服而花去的八十个卢布的缘故。于是他就去了卡申。

列文在卡申已经待了六天了，他没有一天不参加会议。而且为了他姐姐的事四处奔波，但是事情仍然没有进展。贵族长们都在忙着选举的事情，即使是和托管权有关的最简单的事也不愿帮忙。还有收押金一事，也同样遇到了麻烦。为了取消扣押令而奔走了很久之后，钱终于可以偿付了，但是那位书记官——一个非常热心帮助人的人——却无法颁发许可证，因为上面需要会长签名盖章，而会长正为开会的事忙碌着，又没有指定代理人。所有的这些麻烦，这些往返奔波，同那些十分了解这位申请人处境的艰难但却爱莫能助的心地善良的人的交谈，这种花费力气都是徒劳的努力，使列文产生了一种令人干着急却有力用不上的痛苦感觉，就像人在梦境中想使劲时所体会的那种感觉一样。当他和那位善良的律师谈判时，他总是会有这样的体会。这位律师为了使列文走出这种艰难的困境，似乎竭尽全力，绞尽了脑汁。“试试看，”他不止一次地说，“到某某那里去碰碰运气，再到某某那里去走走。”于是律师就制订出一个详尽的方案来避免影响事情的致命因素的出现。不过他也总是再附上一句：“估计还会推三阻四的，不过试试看吧！”于是列文就一趟又一趟地跑着去试。人人都是那么的平易可亲、乐于助人，但是结果他要克服的困难又在其他地方冒了出来，挡在面前。尤其让列文感到窝火的是，他简直不了解他这样到底是在和谁对阵打交道，这样一直拖下去会给谁带来益处，谁也无法知道，即使是他的律师也不例外。如果他了解这件事就像了解在火车票房前为什么要站队买票那样，他也就不会感到委屈和沮丧了，可是对他所遇到的这些麻烦，谁也无法解释为什么会出现这种情况。

不过自从列文结婚以来，他改变了不少，行事他变得能忍耐了，如果他不知道事情为什么会这样，他就告诫自己，在没有了解情况时就不要乱下结论，大概事情必须这样不可，于是拼命地忍住气。

现在，即使出席了会议而且也参加了选举，他也尽量不指责，不争论，对那些他所尊敬的善良正直的人所严肃而热情地从事着的事情尽可能地表示理解。自打他结婚以后，那么多新奇而庄重的生活面目展示在他眼前，而在以前，由于他对这些采取了马马虎虎的态度，所以看起来好像是无关痛痒的，在这次选举中他希望获取并找寻着重大的意义。

谢尔盖·伊凡诺维奇向他解释预料通过这次选举将产生的变革的意义和重要性。省贵族长——法律把那么多重要的公共权力赋予了他：如托管机关（就是现在正跟列文作对的部门）、贵族们巨额资产的管理、男女公立中学、军事学校、按照新章程设立的国民教育，最后一款是地方自治会——省贵族长斯涅特科夫，一个保守派贵族，把自己巨大的家产挥霍掉了，但却心地善良，从某种意义上说，他自有他忠实的地方，但是对于现代的需要却一无所知。他总是处处偏袒贵族，公开反对普及国民教育，使本来应该起到更大作用的地方自治会带上了阶级的色采。因此，必须在他的位置上安插一位具有新派思想的人物——一位新的、现代的、有实际本领的、完全新式的人物，而且精于业务，这样有利于从贵族（不把他们看作贵族，而要把他们看成地方自治会的成员）被授予的特权中汲取可以从中获得的对自治有利的一切优势。这个丰饶的卡申省，在任何时候都是走在别人前头，现在这样的优胜力量已经聚集一堂了。如果这里的事情一切都顺当的话，就可为其他省份和全俄国做出表率，所以这件事是颇有重大意义的。为了要改选一个贵族长来代替斯涅特科夫，已经提名了斯维雅日斯基，或是最好是选涅韦多夫斯基，他是一个退休的教授，聪明绝伦，同时和谢尔盖·伊凡诺维奇的交情也相当不错。

省长在大会上致开幕词，他在对贵族们发表的讲话中指出：官员的选举要抛开情面，要以功绩和造福祖国为立足点，他号召卡申省尊贵的贵族们，能够像历届选举大会一样，圆满地完成这项任务，不要辜负了沙皇对他们崇高的信任。

省长一讲完话就离开大厅走了，于是贵族们，声音嘈杂但却是热情地——有些人甚至欣喜若狂地——跟在他后边走出去，并把他密不透风在包在中央，他则穿上皮大衣与省贵族长在那儿亲切地交谈。列文想知道全部底细，一点儿也不愿放过，因此也挤在人群中间，听见省长说：“请转告玛丽亚·伊凡诺夫娜一声，我妻子非常抱歉，她要赶到孤儿院去。”随后贵族们兴高采烈，个个争先拿了外套，坐上车，都到大教堂去了。

在大教堂里，列文和别人一样，举着手重复着大祭司的话，宣誓的誓词严肃得怕人，表示一定要实现省长所寄予的厚望。宗教仪式一直撞击着列文的心灵，当他说到“我吻十字架”这句话，而且转动着头环顾着也说同样一句话的老老少少的人群时，他禁不住心潮澎湃起来。

第二天和第三天讨论的是有关贵族基金和女子中学的问题，就好像谢尔盖·伊凡诺维奇所说的那样，无足轻重，而正在四处奔波忙自己事的列文也就没有把心思放在这些事上。第四天，审核省内公款的工作在贵族长的桌旁进行。也就在那时，新旧两派之间发生了第一次冲突。奉命清查公款的委员会向大会报告说账目分毫不差。贵族长站起身来，连连向贵族们致意，感谢他们的信任，并感动得流下了眼泪。贵族们向他欢呼雀跃，和他紧紧地握手。但就在这个时候，一个贵族说——他是属于谢尔盖·伊凡诺维奇那一派的——他听说公款并没有经过委员会的审查，认为这样做会伤害贵族长的尊严和威信。委员会里一个粗心的家伙透露了这一点。随后一个绅士——个子不高，看起来非常年轻，但很恶毒——开口说，可能省贵族长很乐意就公款的使用问题向大家做个说明，但是由于委员会的委员们太客气了，因而使他这种道义上的满足无法实现。于是委员会的委员们只好收回了报告，而谢尔盖·伊凡诺维奇也开始条理清晰地证明说，委员会要么必须承认审核了账目，要么就得承认没有审核，并且把这两层意思辩驳得透透彻彻。反对派的一个人发言反驳了谢尔盖·伊凡诺维奇。紧接着斯维雅日斯基发表看法，以后又是那个狠毒的绅士发言。尽管争论了很长时间，也没有得出任何结果。让列文感到吃惊的是，在这样一个问题上他们居然会纠缠不休，尤其是，当他问谢尔盖·伊凡诺维奇是不是认为公款被贪污了时，谢尔盖·伊凡诺维奇说："哦，不！他这个人很诚实！但是这种旧式家长制的经管贵族事务的方法必须要打破才行。"

第五天，县贵族长开始进行选举了。在好几个县里，这都是一个争论相当激烈的日子。不过，斯维雅日斯基在谢列兹涅夫斯克县却被全体一致通过，那天晚上他当即就摆筵席庆贺。

第十四章

省选举会议在第六天的时候开幕了。无论大小会议室都被穿着各种各样制服的贵族们塞满了。其中有不少人是专门赶来参与这次选举。人们已多年未见了——有的从克里木来，有的从彼得堡来，还有的从国外赶来——如今终于汇拢在了一块儿。散布在贵族长的桌子旁，在沙皇的画像下，讨论得热火朝天。

贵族们三五成群地聚成一团分布在大小会议室里，他们的眼神中充满敌视和猜忌，或者一看见生人走过来就马上停下谈话，有的人甚至躲到远处走廊上交头接耳地谈。从这些情况来看，很明显每一派都有着不可告人的秘密。从外表上看，贵族们很鲜明地分成两派：老派和新派。绝大多数的老派要么穿着旧式的扣得紧紧的贵族礼服，佩着宝剑，戴着帽子，要么各人穿着自己有资格穿的海军、骑兵、步兵军装或官服。老派贵族们的服装戴着肩章，腰身明显又短又窄，好像衣服因为人渐渐肥胖而不太合身一样，这种服装是按照传统方式缝制的。新派贵族们则穿着腰身很长且肩膀也很宽的宽大洒脱的礼服，并衬着白色背心，再不然就是穿着黑领绣有桂叶的制服——这是司法部的标志。也还有一部分新派穿着宫廷制服，在人群里很是惹眼，带来了无限生机。

但是老少之分和党派的区分并不是很一致。列文也发现，有些人尽管很年轻，但却属于老派；正好相反，有些上了年纪的贵族则显然是新派中忠诚的党徒。他们正围着斯维雅日斯基交头接耳。

列文挨着自己的朋友们，站在烟雾缭绕和满是咀嚼声的小厅里，倾听他们在说什么，挖空心思想知道一切情况，但是毫无用处。其余的人也正包围着自己的核心人物谢尔盖·伊凡诺维奇。他这时已满怀崇敬地听斯维雅日斯基和赫柳斯托夫的谈话，后者是另外一个县的贵族长，和他们同属一派，赫柳斯托夫也不愿意自己那个县的人选举斯涅特科夫作贵族长，斯维雅日斯基在劝他把这个想法付诸实施，而谢尔盖·伊凡诺维奇对这个计划也大加赞赏。让列文感到迷惑不解的是，反对派为什么要邀请一个他们打算废除的人来做候选人。

斯捷潘·阿尔卡季伊奇刚刚吃喝过东西，身上穿着他那套御前侍从的制服，用洒有香水的镶边麻纱手帕擦着嘴，走了过来。

“我们已在摆兵布阵，谢尔盖·伊凡诺维奇。”他说，并用手捋平了他的络腮胡。

自从听了谈话，他就对斯维雅日斯基的话非常赞成，并支持他。

他说：“一个县就可以了，斯维雅日斯基明显站在反对派一边。”很显然，大家都知道他的意思，但列文除外。

“喂，科斯佳，你也来啦，你对这个似乎也挺感兴趣的？”他说着转过来，拉着列文的手臂。列文本来从内心里对它是感兴趣的，但他根本不了解其中的意义何在，于是拉着斯捷潘·阿尔卡季伊奇从人群中退出来，到一个僻静的地方，告诉他自己对这件事一无所知，为什么又邀请省贵族长作候选人。

斯捷潘·阿尔卡季伊奇说：“哦，其实道理浅显得很哩！”随后就简单明了地给列文解释了一通。

如果所有的县都提名省贵族长作候选人，就像以往历届选举一样，那么不用投票他就当选了。绝对不能这么做。现在有八个县同意邀请他作候选人，但如果有两个县反对的话，斯涅特科夫就有可能不愿再参加选举，而老派也许会另外推出一个人来，那么他们的精心策划就都泡了汤。但如果只有斯维雅日斯基那一县不提名他作候选人，斯涅特科夫还是会作为候选人参加大会的。至于还要提他的名，甚至故意使他获得相当多的票数，是因为这样做会打乱反对派的部署，当我们提出候选人时，他们会转而把票投给他的。

列文总算弄懂了，但还是没有彻底弄清楚。他正要作进一步了解的时候，所有的人都突然之间不约而同地连说带喊起来，朝着大厅走去。

“怎么回事？什么？谁？委托书？给谁的？什么？否决了！没有委托书！弗列罗夫无法进来！受过控告又怎么样？如果这样的话，任何人都没有这个资格了！这实在是太卑鄙了！要合法啊！”列文听见这种喊叫声在四面八方响了起来，他跟着那群争先恐后的人一起向大厅里涌了过去。夹在一群贵族当中，他走近省贵族长的桌子。省贵族长、斯维雅日斯基还有其他一些领导者们正在那里慷慨激昂地辩论什么。

第十五章

列文站到了位置偏远的一个地方。因为挨着他的一位贵族的粗重而沙哑的喘息声和另一位的大皮靴的响声影响了他的听力。他只能远远听到贵族长的声音，是柔和的，随后就是那个狠毒的贵族的尖腔尖调，接下来又是斯维雅日斯基的说话声。从他们互不相让的争执中，他好像听出争论的内容是有关一段法律的条文和在待审中这句话的含义。

人群向旁边退去，给谢尔盖·伊凡诺维奇让出一条道，使他得以走近主席台。等那位狠毒的贵族说完，谢尔盖·伊凡诺维奇就开口说他认为不如查阅一下法律有关条文，这会是最好的协调办法，于是就请秘书找到这段原文。法令的规定是，如果意见达不到最终一致，就必须通过投票表决。

谢尔盖·伊凡诺维奇把那段法令朗诵了一遍，接下来又开始讲解它的含义，但是一个身躯硕大、有些驼背、髭须染过色、被一件高领子的紧身礼服夹住后脖颈的地主打断了他的话。他走近主席台，用他手指上的戒指弹着桌子，放大了嗓门说："投票表决！付诸表决！不必再花费口舌了！投票表决！"

就在这时，好多声音异口同声地一下子叫喊起来，那位戴戒指的高大地主更是压不住怒火，叫嚷得越发厉害了。可是简直无法听清他到底在喊叫些什么。

他要求的事情已是谢尔盖·伊凡诺维奇所提议的，但不难看出他对谢尔盖·伊凡诺维奇及他所属的党派是无比痛恨的，而这种怨恨情绪感染了他那一派的人，反过来也引起了反对党派一种类似的、但表现得却很得体的愤怒情绪。每个角落里都回荡着叫嚷声，局势一下子混乱到无法控制的地步，贵族长不得不高呼让大家冷静下来。

“投票表决！投票表决！只要是贵族都会理解的！我们流血牺牲……沙皇的信任……不要清查贵族长，他不是店小二！……但问题不在这里！……请投票表决吧！……真可恶！”这种狂乱而暴怒的叫喊声四处都是，眼神和表情比话语有过之而无不及，更歹毒、更激烈。他们流露出的仇恨情绪仿佛是你死我活一样。列文稀里糊涂不知道这到底是怎么回事，他们如此热心地讨论弗列罗夫的事情是否该付诸表决，这不禁让列文感到吃惊。他忘了谢尔盖·伊凡诺维奇以后解释给他听的那种三段论法：要想实现公众的利益就必须撤换省贵族长，而推翻贵族长非得获得多数选票才行；要得到多数选票就必须保证弗列罗夫的参选资格；而最终，要使弗列罗夫获得选举资格就只有阐明法律条文才能实现。”

谢尔盖·伊凡诺维奇在最后总结说：“一票就可以定乾坤，因此如果想要为公众服务，就必须郑重其事，坚持到底。”

但列文似乎没有记住这些，看到他所尊敬的这些善良的人处在这种令人难堪的穷凶极恶的躁动之中，他心里非常不舒服。为了使自己免受这种痛苦的折磨，他走了出去，不愿再等下去听辩论的结果。来到大厅，那里只有餐厅里的服务员们，其他人一个没有。看到服务员们忙着擦洗瓷器，摆放盆碟和玻璃酒杯，看到他们安然而富有青春气息的面孔，他体验到一种突如其来的轻松，就像是从一间不透气的屋子里来到大自然一样。特别让他感到有趣的是一个须发斑白的老人，他正一边对取笑他的年轻人们流露出不屑一顾的神色，一边在指导他们怎样折叠餐巾。列文正想和那位老服务员聊一聊，贵族监护会的秘书长打断了他的思维，这是一个具有某种特长的人，他能熟知全省所有贵族姓氏和父名。

“请快来吧，康斯坦丁·德米特里奇，”他说，“令兄正在找您。开始投票了。”

列文来到大厅，接过一个白球，和他哥哥谢尔盖·伊凡诺维奇一起走近主席台。斯维雅日斯基正站在那里，一副深不可测和讥讽的表情，他用手拢起自己的胡子嗅着。谢尔盖·伊凡诺维奇把手塞进票箱里，把球投到一个什么地方去了，然后就闪到一边给列文腾出地方，站在那儿不动了。列文走了过去，但是完全记不起是怎么回事，显得有些不知所措。为了不让别人听到，趁着附近的人们谈话时他转过身去压低声音问谢尔盖·伊凡诺维奇：“我该怎么投？”但是谈话忽然一下子停了下来，他的不成体统的问题大家都听到了。谢尔盖·伊凡诺维奇生气地皱起了眉头。

他声色俱厉地说：“那就全靠你个人的意志了。”

有几个人轻轻地笑起来。列文的脸一下涨红了，赶紧伸手到盖着票箱的罩布下面，因为是右手握球，所以就顺便把球投到右边去了。投完之后他才突然想起左手也应该一块儿伸进去的，就连忙伸进去，但是已经没什么意义了，于是更加的心神不安了，赶忙退到房间的最后面去了。

“赞成的一百二十六票！反对的九十八票！”秘书长口齿不清地说，随后就传来了一阵哄堂大笑：票箱里发现了两个核桃和一个纽扣。弗列罗夫获得选举权，新派胜利了。

但是老派不肯认输。列文听到有人请斯涅特科夫作候选人，看见正在发表演讲的贵族长被一群贵族簇拥着。列文靠过去。斯涅特科夫在致答词中说，承蒙贵族们的信任和厚爱，实在让他受之不安，唯一值得告慰的是他对贵族无限忠诚，为他们效劳了十二年之久。他把这句话复述了好几遍：“我鞠躬尽瘁，不遗余力，你们的盛情我感激不尽……”突然泪水滴了出来，他哽咽着无法继续下去，于是就走了出去。这些眼泪是因为他察觉到他所遭受的不公正待遇流下的，还是因为对贵族无限忠诚，或是因为他所面临的不利形势，感觉到四面楚歌而洒下的呢？总之，他的激动情绪渲染了整个大会的气氛，绝大部分贵族都被他感动了，而列文也对斯涅特科夫产生了好感。

在门口贵族长和列文撞了个满怀。

“对不起！请原谅！”他说，好像是在对一个陌生人道歉，但是当他认出是列文的时候，他面露羞怯地微微笑了。列文觉得斯涅特科夫好像有什么话要说，但因为激动而无法开口。他面部的表情，他穿的挂着十字勋章的制服及镶有金边的雪白的裤子，这全副的姿态加上他匆匆走过的身影，使列文不由想到一头野兽意识到形势不妙的被追猎的情形。列文的心尤其被贵族长脸上的表情打动了，因为，他昨天还为了托管的事刚好去过他家，发现他是一个神气活现的、慈善的、有家室的人。那幢宽敞的房屋里摆放着古色古香的家具；那个虽然不能说衣着漂亮、不整洁、但是恭恭敬敬的老仆人——明显看得出是留在主人家里的以前的农奴；他那肥胖和善的妻子，戴着缀有飘带的帽子，披着土耳其坎肩，疼爱地抚摸着美丽可爱的小外孙女；还有那个读中学六年级的小儿子，刚刚从学校回来，吻着父亲的大手，向他致敬——所有的这一切曾经把列文身上那种与生俱来的尊敬与同情给激发了出来。现在，列文仿佛觉得这位老人又使人感动，又叫人可怜，所以他很想对他说一些安慰的话。

他说道：“可以预见到你又要做我们的贵族长了。”

“不一定吧！”贵族长说，举目四处张望着，脸上带着吃惊的表情，“我不行了，老了。有那么多比我年轻比我有才干的人，应该让他们来干这个差事。”

说完，贵族长就穿过一扇小门不见了踪影。

最庄严的时刻到了。选举马上开始。两派的领导者们都在掐着指头计算可能得到的黑球和白球。对于弗列罗夫事件进行的辩论即使新派获得了弗列罗夫那一张选票，又赢得了时间，因此他们又有机会得到三个由于老派的阴谋而不能参加选举的贵族。两个贵族被斯涅特科夫的同党灌得酩酊大醉，不省人事，他们有嗜酒如命的毛病，而第三个的制服莫名其妙地丢失了。

一听到这个消息，新派就趁弗列罗夫事件争论的空隙，赶忙派人坐马车给那个贵族送去一套制服，而且把一个醉得头重脚轻的人也带到了会议厅。

“我带来了一个。给他泼了一盆冷水，”那个把他带来的地主来到斯维雅日斯基面前说，“没关系，他还行。”

“醉得不是很厉害，他不会摔倒吗？”斯维雅日斯基问，无可奈何地摇了摇头。

“没事，他好得很哩。只要这里不再给他什么喝就行了……我已经对餐厅的人讲了，无论如何也不能让他再喝了！”

第十六章

他们饮酒吸烟的那间狭窄的小屋子被贵族挤满了。激动的情绪越来越高，人们的脸上都透露出坐卧不安的神色。特别是那些领导者们，全盘底细和选票数目他们再清楚不过了。他们仿佛是即将到来的战斗指挥员。其余的人，则像是战斗进行前的士兵，虽然做好了战斗准备，但同时也在寻欢作乐。有些人在用餐，有的站着，有的坐在桌旁，还有些人在抽烟，在长长的房间里来回走动着，同很久未曾谋面的亲友们热切地交谈着。

列文不想吃不想喝，也不想抽烟，他不想加入到他自己那群中去——谢尔盖·伊凡诺维奇、斯捷潘·阿尔卡季伊奇、斯维雅日斯基，还有其他人——因为他发现身穿侍从武官制服的渥伦斯基正站在他们中间眉飞色舞地说着什么。在昨天的选举大会上列文就已经看到他了，但是竭力躲着他，不愿意和他谋面。他走到百叶窗前坐下来，观察着一群群的人，注意听他们在说些什么。他觉得很难过，特别是当他发现人人都是春风满面、满腹心事地奔忙着，而只有他，跟一个嘴里嘟嘟囔囔、牙齿掉光的、穿着一身海军服坐在他身边的小老头是漠不关心和百无聊赖的。

“他是那样一个流氓！我跟他讲过不能这么干。可不是吗！他三年都无法收齐！”一个身体短小、驼着背、油亮的头发垂落在礼服的绣花衣领上的地主，铿锵有力地说，边说边用新皮靴（这分明是为了适应这个场合才穿的）的后跟使劲地踢踏着。那地主用不满的眼神瞥了列文一下，就猛地把身子扭了过去。

“是啊，不管怎么说，这样也太卑鄙了！”一个小矮个儿的尖细声调随之响了起来。

紧跟着这两个人，一大群地主簇拥着一个身材肥硕的将军，如同众星捧月一般，匆匆地走到列文身边。这些地主显然是在寻觅一个别人无法听得到的场所可以放心地交谈。

“他居然敢说是我教唆人偷了他的裤子！我想他是拿裤子卖了买酒喝了。他连同他的公爵爵位，我根本没放在眼里！他敢这么说，实在是下流至极！”

“不过请原谅！他们是以条文作为依据的，”另外一圈里的一个人说，“妻子应该登记为贵族的家属。”

“我管他妈的什么条文不条文？我讲的是良心话，我们都是高贵的贵族。要有信心。”

“来吧，阁下，喝一杯上好香槟。”

另外一群人紧紧跟在一个高声喊叫的贵族后面。他就是被人家灌醉的两个人中的一个。

“我总是在说服玛丽亚·谢苗诺夫把地租借出去，因为她从上面得不到任何好处。”一个留着花白胡须，穿着从前参谋陆军上校军服的地主用优美的声音说。这个地主列文曾在斯维雅日斯基家里见过。他马上就认出了他。那个地主也认出了列文，于是他们就握手致意。

“看到您我非常高兴！可不是吗！我对您的印象非常深。去年在贵族长斯维雅日斯基家里。”

“喂，您的农业怎么样了？”列文向他询问。

“噢，还是那么一回事，总是蚀本。”那个地主仍待在列文身边回答说，带着一种身不由己的自嘲的笑容和确信必定是这样的神情。“您怎么到我们省来了？”他问。“您来参加我们的造反？”他说，对这个法语词他说得很坚决，可惜发音不太准。“全俄国都聚集在这里了：御前侍从、大臣们差不多都来了。”他指着英姿飒爽、仪表堂堂的斯捷潘·阿尔卡季伊奇说，他正跟随在一位将军左右，身穿白色裤子和侍从制服。

列文说："我应该承认，我对贵族选举的意义不是很了解。"

那个地主拿眼睛奇怪地望着他。

"但是有什么值得了解的呢？没有一点儿意义。一种走下坡路的没落的机关，只是在惯性的作用下仍然继续运行而已。您就看看这些制服吧——那只能向人们说明：这是保安官、常设法庭推事等诸如此类的人的会议而已，但却没有贵族的份。"

列文问他："那么您为什么要来呢？"

"一来是养成的习惯难以再去掉，再则必须和这些人保持联系。这是一种道义上的责任。还有，跟您实话实说，关系到我个人的利益问题。我女婿想做常务委员候选人，但是他们的家境不太富裕，得提拔他一下才行。可是这些先生们来这儿是图什么呢？"他继续说下去，指着那个曾在主席台上发过言的狠毒绅士说。

"这是新贵族里的一员。"

"新倒是新，但却不能称为贵族，他们只不过拥有土地所有权，而我们才是地主。他们这些贵族，已在一天天走向没落。"

"不过您说这是一种没落的机关。"

"没落的倒确实是这么回事，不过还得尊重它一些。就拿斯涅特科夫来讲……我们好也罢，坏也罢，总算也发展了一千多年了。您要知道，倘若我们想在房前修一座花园，我们就可以设计一下；但万一有棵百年古树长在那里……尽管非常苍老且长满木瘤，但是你也不忍心把这棵古树砍掉来造花园，而是要把花坛的设计方案改变一下，以便凑合着利用这株古树！十年成木，百年成林啊。"他小心翼翼地说，马上换了一个话题，"哎，您的农业怎么样？"

"不是很好，收益也就是百分之五的样子。"

"是啊，不过您还没有把自己的劳动考虑进去，要知道您也是有价值的啊。就拿我说吧。即使我不去经营农业，一年仍然可以拿三千卢布的年俸。现在我干的比当官的卖力多了。可是就跟您一样，我也仅得到了百分之五的利益，这已经够不错的了，但是我付出的劳动却白搭了。"

“如果总是赔本的话，您为什么还要继续做呢？”

“唉，就只有这样做下去吧！您说还能干什么呢？时间长了，自然而然地成了一种习惯，而且每个人都明白必须这样才行。况且，实话跟您说吧，”他把臂肘架在百叶窗上，一扯开话题，就没完没了地说下去，“我儿子对农业一点都不感兴趣。他显然要做一个学者。这样一来就没有人来继承我的事业了。即使如此，我仍然要继续下去。目前我还培植了一个果园呢。”

“是啊，是啊，”列文说，“这简直是太正确了。虽然我总觉得我在农业上没有得到真正的收益，可我依然照样做下去……总觉得对土地有一种义不容辞的责任。”

“我告诉您一件事吧，”那地主接着往下讲，“我有个邻居，是个商人，他来拜访我。我陪他到农场和花园里转了一圈。他说：‘不，斯捷潘·瓦西里奇，您的一切都非常不错，只是您的花园有些荒芜。’其实我的花园很好哩。‘假如换了我，我会把这些菩提树都砍掉，但是要等到树液升上去的时候才砍。您这儿的菩提树至少有上千棵，每一棵树可以锯成两块好木板。现在木板很昂贵，最好还是大量采伐菩提树。’”

“是的，用这笔钱他就可以买牲口，就像白白捞来一样，然后再买地租给农民种。”列文微笑着补充道，这样的如意算盘他显然遇到过不止一次。“他会因此而发大财。但您和我，只要能把我们目前所拥有的财富保存下来，有东西留给后代子孙，那已是万分有幸了。”

那个地主突然问：“听说您已经结婚了？”

“是的，”列文说，此时的他已是别无他求了，“是的，真让人感到奇怪，”他继续说，“我们一无所获地过下去，就像是注定要守护火的灶神一样。”

那地主在花白胡子的遮掩下偷偷地乐了。

“我们中间也有这样的人，比如说尼古拉·伊凡诺维奇，我们的朋友，还有最近在这里落户的渥伦斯基伯爵，他们都准备像经营工业那样来经营农业。但是到目前为止，他们连连蚀本，而没有任何收益。”

“可是我们为什么不像商人那样做呢？我们为什么不把菩提树砍掉做木材卖呢？”列文的心仍然被那个问题吸引着，于是就又把话题扯了回去。

“为什么，就像您刚才说的，我们守卫着火啊！这种事不是贵族干的。我们贵族的工作不在这里，不在这个选举大会上，而是在那边，在各自的角落里。该做什么，不该做什么，这都是我们应该具备的阶级本能。有时候我也从农民身上看到这一点：一个好农民总想挖空心思地多弄一些土地。无论地有多么不好，他还是照样耕种，结果也是没有收益，净亏本罢了。”

“就像我们一样，”列文说，“见到您太让我高兴了。”他补充说，看见斯维雅日斯基走了过来。

“自打上次在您家里见过面之后，我们还是初次会面呢，”那个地主说，“而且尽情地谈了一阵。”

斯维雅日斯基面带笑容地说：“哦，你们诅咒了新制度吧？”

“我们承认。”

“畅所欲言地谈了一番。”

第十七章

斯维雅日斯基挽着列文的胳膊，把他带到自己那一群里去。

现在已经不可能回避渥伦斯基了。他正和斯捷潘·阿尔卡季伊奇与谢尔盖·伊凡诺维奇站在一起，列文走过去时他直直地望着他。

他把手伸向列文，说："很高兴又见到您！我以前好像有幸见过您……在谢尔巴茨基公爵夫人家。"

列文回答说："是的，我现在还记得那次会面。"说完脸涨得通红，赶紧转过身去和他哥哥谈起来。

渥伦斯基脸上浮起一抹笑容，继续和斯维雅日斯基聊起来，显然并没有打算和列文攀谈。但是列文边和哥哥谈话，边不住地回头看渥伦斯基，绞尽脑汁地想找一些话题跟他谈，以便冲淡一下自己刚才的不礼貌。

列文望着斯维雅日斯基和渥伦斯基，问："现在怎么还在拖延啊？"

斯维雅日斯基回答说："因为斯涅特科夫。他或者参加竞选，或者退出。"

"他到底是怎么回事，选还是不选？"

渥伦斯基说："问题就在于他没有一个明确的说法。"

"如果他不做候选人，谁还会做候选人呢？"列文望着渥伦斯基，仍然追问到底。

斯维雅日斯基回答说："谁愿意做候选人都可以。"

列文问："您愿意做候选人吗？"

"当然不。"斯维雅日斯基说，有些尴尬的样子，用吃惊的眼光朝站在谢尔盖·伊凡诺维奇旁边的一个狠毒的绅士瞥了一眼。

"那么会是谁呢？涅韦多夫斯基吗？"列文问，越发地糊涂了。

但如此一来更不妙了。涅韦多夫斯基和斯维雅日斯基是两个最有希望的候选人。

这时，那个样子凶狠的绅士说："无论如何我也不会干的！"

原来这家伙就是涅韦多夫斯基！斯维雅日斯基把他们两个相互介绍了一下。

"喂，你感兴趣吗？"斯捷潘·阿尔卡季伊奇说，对渥伦斯基诡秘地眨着眼睛，"就和赛马一样，很想赌个输赢。"

"是的，的确让人心动，"渥伦斯基说，"一旦动了手，就必定要斗到底。这是斗争！"他皱着眉头，把他那强有力的牙齿咬得紧紧的。

"斯维雅日斯基的本领可真不小啊！任何事他都讲得透透彻彻。"

"噢，是的。"渥伦斯基心不在焉地回答说。

接下来就是一阵缄默，在这中间，渥伦斯基因为总得望着什么，于是就望着列文，看他的脚、他的礼服，随后又是他的脸，看到他忧郁的目光盯着自己，于是就闲谈起来："你怎么经年累月地住在乡村呢，为什么不愿做治安推事？您没有穿治安推事的制服？"

列文郁郁寡欢地说："因为在我看来，治安裁决这项制度太愚蠢了。"他一直都在寻觅时机和渥伦斯基交谈，好弥补刚才会面时的唐突无礼。

渥伦斯基则带着恬静而有些惊诧的神情说："我恰恰跟您相反，不是那样认为。"

"那简直是儿戏，"列文截住他的话头，"我们并不需要治安推事。八年中我没有出过一件纠纷，而一旦事到临头，结果又判错了。治安法庭在一个距我家大约四十里的地方。为了解决两卢布的事我得花费十五个卢布请一位律师。”

随之他就谈起一件事：一个农民如何偷了磨坊主人的面粉，磨坊主人和他争辩，那个农民又如何递状子大肆诬告。这些话讲得有些愚蠢，不适合目前的场合和气氛，这一点连列文自己在说的同时也意识到了。

“噢，他是这样一个古怪的家伙！”斯捷潘·阿尔卡季伊奇带着他那种最能抚慰人的有如杏仁露一样的微笑说，“不过走吧，我想选举可能开始了……”

于是他们彼此分开了。

“我真的搞不懂，”谢尔盖·伊凡诺维奇说，他注意到他弟弟笨拙的举止，“我不明白一个人怎么会如此缺乏政治头脑！这就是我们俄国人欠缺的地方。省贵族长是我们的对立派，而你和他居然如此亲近，还邀请他当候选人。而渥伦斯基伯爵呢……我并没有和他深交的意思，他如果请我吃饭，我是不会去的，但他又是我们这一派的人，那么怎么能化友为敌呢？后来你又追问涅韦多夫斯基愿不愿意做候选人。这种事做得太不恰当了！”

列文愁眉紧锁地说：“噢，我什么都糊里糊涂！这不过是一桩小事罢了。”

“在你看来只是一桩小事，可什么事只要你参与，就会搞得一塌糊涂。”

列文闭口不再说话，他们一道走进大厅。

尽管隐隐约约地感觉到陷害的天罗地网已经布置好，尽管也不是所有贵族都会请他做候选人，但省贵族长却还要下这个赌注，决定参加竞选。大厅里鸦雀无声，秘书长声如洪钟地宣布近卫队上尉米哈依尔·斯捷潘诺维奇·斯涅特科夫被提名为省贵族长候选人，马上进行投票表决。

县贵族长们手捧盛着选举球的小盘子，从自己的座位上走近主席台，于是选举开始了。

当列文随着他哥哥跟县贵族长们一起走到主席台的时候，斯捷潘·阿尔卡季伊奇小声地对他说："投在右边。"但是列文忘记了人家曾向他解释过的那个计划，他担心斯捷潘·阿尔卡季伊奇说"右边"是说错了。斯涅特科夫无疑是他们的反对派！他走近票箱，球本来是握在右手的，但这时突然认为错了，因此在他走到票箱跟前时他把球换到了左手，而且毋庸置疑地投到了左边，一个内行人，站在票箱前，每个人手臂一动他就确切地判断出球投到哪里，不痛快地皱了皱眉头。这一次没有东西可以让他锻炼他那颇有洞察力的眼光了。

一切又沉寂下来，只有数球的声音在响。接着有人公布了赞成和反对的票数。

贵族长获得了多数票。到处都是喧嚣的人群，人们都想夺门而出。斯涅特科夫走了进来，贵族们像潮水一般拥到他跟前向他庆贺。

列文向谢尔盖·伊凡诺维奇问："好了，现在结束了吧？"

"还只是刚开始哩！"斯维雅日斯基笑着回答，"别的候选人可能会得到更多的选票。"

对于这一点列文又给忘了个一干二净。他现在只记得其中有什么奇妙的手法，但是他思绪混乱得记不起到底是什么了。他觉得压抑得不行，很想躲开这一帮人。

于是他就悄无声息地溜到了小茶点室，谁也不会注意到他，而且很明显地也没有人需要他做什么。现在他看到那些服务员，又觉得浑身有一种说不出的轻松。那个身材短小的老服务员请他吃些东西，他欣然同意了。吃了一盘青豆炸牛排，同那老服务员谈了他以前的主人们，他不愿意再回到那令他感到心情烦闷的大厅里去，就到一边的旁听席上去了。

一些打扮得雍容华丽的妇女们把旁听席都塞满了。她们趴在栏杆上，努力地竖起耳朵去倾听下面所谈论的只言片语。一群风度翩翩的律师、戴着眼镜的中学教师和军官或坐着或站着，待在妇女们身边。到处在议论的话题就是选举，大家都在谈论着贵族长是如何灰心丧气，争论是多么的有趣；列文听到有一群人在赞扬他哥哥。一位贵妇人对一个律师说："科兹内舍夫的演讲太让我激动了！挨饿也值得。妙不可言！那么透彻明了！你们法庭里谁也没能耐讲到这个地步！除了迈德尔，即使是他的口才，也远远比不过这。"

列文在栏杆旁边觅到一个空地方，俯在上面，开始观察、倾听。

所有的贵族都坐在按县份划分的栏杆里。一个身穿礼服的人站在厅堂中间，他正用铿锵有力的声调宣布说："现在表决陆军上尉叶夫根尼·伊凡诺维奇·阿普赫津做省贵族长！"

接下来是死一般的静寂，然后听到一个老年人有气无力地说："我反对！"

"现在投票表决枢密顾问官彼得·比德罗维奇·博力。"又有个穿礼服的人高声宣布。

"我反对！"这是一个尖嗓门的年轻人。

于是一切都重新开始，还是"我反对"。这样的情景持续了一个钟头的样子。列文斜靠在栏杆上，冷眼旁观地听着。一开始他感到非常奇怪，很想弄清楚这究竟是怎么回事，后来断定他无论如何也不会弄懂的，因此就感到索然无味了。待了一会儿，又回忆起他所观察到的全部人的脸上所显现出的那种情绪昂扬、满面怒气的情景，他顿时感到悲哀起来，所以就打定主意离开这儿去楼下。在穿过旁听席过道的时候，他遇到一个踱来踱去的垂头丧气的中学生。在楼梯里他遇到一对男女：一个穿着高跟鞋急急忙忙跑上来的女士和一个趾高气扬的副检察长。

当列文闪开身子给那位女士让路时，副检察官说："我对您说过不会晚的。"

列文已经来到楼下出口的地方。正要掏取衣服号牌，一个秘书把他拉住了："快来吧，康斯坦丁·德米克里奇，选举正在进行呢。"

正在投票表决的那一位就是一口拒绝参选的涅韦多夫斯基。

列文走进大厅的门口，门已经从里边锁上了。秘书敲了敲门，门又打开了，两个面色通红的地主从列文身边冲了出去。

“我受不了啦！”脸涨得通红的一个地主说。

省贵族长的脑袋紧跟在地主们后面露了出来。他的面孔由于疲惫和恐惧而呈现出可怕的样子。

他对门房训斥道：“我吩咐过你不要让任何人出去！”

“我是放人进来，大人！”

“天哪！”省贵族长悲哀地长叹一声，拖着他那穿着白裤子的僵硬的腿，垂着脑袋，向屋子中间的大桌子走去。

涅韦多夫斯基，在人意料之中地得到了绝大多数选票，他终于当选了省贵族长。许多人神采飞扬，许多人满意而高兴，许多人欣喜欲狂，可是，也有很多人感到不满和难过。前任贵族长一副彻底绝望的表情，丝毫掩饰不住落魄的样子。涅韦多夫斯基离开大厅，众人簇拥着他，兴高采烈地跟在他后面，就像第一天省长致开幕词时人们尾随着他那样，而且也像斯涅特夫科从前当选时人们尾随过他一样。

第十八章

当天晚上，在渥伦斯基家，新当选的省贵族长和大获全胜的新派中的很多人举行了宴会。

渥伦斯基之所以来参加选举，一是因为在乡下感到乏味，而且以此向安娜证明一下他自己的自由权利，同时也是为了要帮斯维雅日斯基竞选，企图报答他在地方自治会选举上为渥伦斯基所费的一番苦心，更主要的，是为了严格履行他作为贵族和地主所担负的责任和义务。而在事先，他根本没有料到自己会对选举这件事那么感兴趣，会如此对它动心，或者他居然能做得如此成功，在地主贵族的圈子当中，他完全是个后来者，但是他明显成功了；而且他预料自己在这群人中间已经获得一定的威信和知名度，这是确信不疑的。而这种威信是由于他的财富、爵位，由于他的老朋友希尔科夫——一个供职于财政部而且在卡申省创办了一家生意兴隆的银行的金融家——借给他的城里那座富丽堂皇的宅邸，由于渥伦斯基从乡下带来手艺高超的烹调师，由于他和省长的交情——他们以前是同窗好友，而且渥伦斯基甚至为他开脱过罪责，而最主要的是，由于他待人接物不卑不亢、有着不厚此薄彼的那种作风与气质，很快就改变了自己在大多数贵族心目中被认为是傲慢无礼的偏见。他自己认为，除了娶了吉蒂·谢尔巴茨卡娅的那个妄自菲薄的家伙，怀着偏激的恶意不讲道理地对他说那么一大堆莫名其妙的蠢话以外，他所结识的每个贵族都是拥护自己的。他看得清清楚楚，而且其他人也都公认，正是自己的巨大努力才使涅韦多夫斯基竞选成功。如今在自己家中举办宴会为涅韦多夫斯基当选庆祝，渥伦斯基为自己的候选人荣获成功而感到说不出的得意与兴奋。选举这件事让他感受到那么大的乐趣，以至于他开始想三年以后再次选举时，假若他已经结婚，就要亲自去参加竞选，就仿佛赛马师为他赚了一笔赌注，他渴望亲自去赛马一样。

现在他在为自己的赛马师庆祝胜利。渥伦斯基端坐在首席上，他的右首坐着年轻的省长——侍从将军。在其他人看来，将军是一省之主，严肃地致过开幕词，发过言。而且就如渥伦斯基所看出来的，使出席会议的好多人产生了一种肃然起敬的谦逊卑微的心理，但对于渥伦斯基来说，他只不过是小“马斯洛夫·卡特卡”——这是他在贵族军官学校里别人给他起的绰号——在他面前感到很别扭，而渥伦斯基则想方设法努力使他自在的人。而年轻气盛、性格倔强、相貌凶狠的涅韦多夫斯基坐在渥伦斯基的左首。渥伦斯基对他是坦诚相待，礼貌有加。

斯维雅日斯基对于自己的失败不是很在乎，很轻松地接受了这个现实。对于他而言，这简直说不上什么失败，正如他举起香槟酒杯亲口对涅韦多夫斯基说：再也找不到更好的能够担当起贵族应该遵循的新方针的代表人物了。因此所有正派的人，如他所说，都站在今天胜利的一方，为了这场胜利而感到庆幸。

斯捷潘·阿尔卡季伊奇也非常高兴，他终于很快活地消遣了一番。而且人人都心满意足。在摆满佳肴的筵席上，人们又提起了选举大会上的小插曲。斯维雅日斯基模仿前任贵族长涕泪俱下的讲话样子令人忍俊不禁，他还转身对涅韦多夫斯基建议说：阁下应该采取一种截然相反的，比眼泪复杂的审核基金的方法！另外一个善于调笑的贵族描绘着前任贵族长如何为了准备举行的舞会，专门找了一批穿长筒袜子的仆役，倘若新贵族长不举行由穿长袜的仆人侍奉的跳舞会的话，现在只好把他们打发回去了。

在宴会进行期间，他们不断地对涅韦多夫斯基说“我们的省贵族长”而且以“阁下”称呼他。

这些话说得让人很高兴，就像新娘被人称为“夫人”并在前面冠上她丈夫的姓一样。涅韦多夫斯基故意装作一副对此官衔不仅毫不在乎而且很瞧不起的神情，但是他明显地高兴得有些忘乎所以了，而且在努力克制着自己，以免流露出和他们所处的这种新的自由主义氛围不太一致的喜悦神情。

在用餐的过程中，斯捷潘拍了好几封电报给那些关注这次选举的人。兴高采烈的斯捷潘·阿尔卡季伊奇又给达丽雅·亚力山德罗芙娜拍了一个电报，内容为：“涅韦多夫斯基以超出二十票当选。恭贺。望转告别人。”他高声口授了一遍，说：“也该让他们高兴一下！”但是当达丽雅·亚力山德罗芙娜接到这封急电时，只叹息一声又搭进去一个卢布，而且明白这是酒席行将结束时所干的事。她知道斯季瓦有个坏习惯，每逢酒席快结束的时候就“乱拍电报”。

这场宴会的一切，包括上好的筵席和佳酿——都不是从俄国商人那儿买的，而是直接由外国运来的进口货——都是名贵、纯粹而又可口的东西。那一小撮人，大约有二十来个，是斯维雅日斯基从思想统一、崇尚自由的新活动分子中挑拣出来的，也都是聪明而雅致的人物。他们半真半假地，为了新贵族长，为了省长，为了银行家，而且也为了“我们和蔼可亲的主人”干杯。

渥伦斯基心满意足，他从未想到省里会这样有意思。

宴会将要结束的时候，大家越发兴奋了。省长邀请渥伦斯基去参加为了弟兄们而举行的义演音乐会，这是由他的夫人一手安排的，她很想和渥伦斯基结识。

“那里将有一场舞会，你可以欣赏欣赏我们省里的美人！说实话，真的妙极了！”

“我不擅长这个。”渥伦斯基回答，他很欣赏这个提法，但微微一笑，答应说去。

大家就都离了餐桌，抽着香烟。这时，渥伦斯基的随从把一个摆着信函的托盘端到他面前。

他带着意味深长的神色说：“是从沃兹德维任斯科耶专程送

来的。”

“真奇怪，他多么像副检察官斯文季茨基啊！”有个客人用法语在评价那个随从，而渥伦斯基则紧皱眉头在看信。

信是安娜写的。在看信之前他已预料到了信的内容。原来以为选会将在五天之内结束，因此他答应说星期五回去。现在已经是星期六了，他知道信中肯定是责备他没有按时回去。他昨天晚上寄出的信大概还没有到。

果不出所料，信的内容果真如此。但是方式却让人感到意外，使他分外不痛快。“安妮病得很厉害。医生诊断说可能是肺炎。我一个人思绪混乱。瓦尔瓦拉公爵小姐非但帮不上忙，反而碍手碍脚。我前天和昨天都在盼望你回来，现在我差人去看看你在哪儿，你是怎么回事。我本打算亲自来的，但是想到你会不乐意，因此又改变主意。给我回信出个主意，好让我知道该怎么办。”

孩子病了，她反倒想亲自来！女儿病了，她居然还用这样不客气的口吻！

选举所带来的纯粹的快乐和他必须回到那种郁闷的、让人感到重负的爱情，两者强烈的对比使渥伦斯基感到惊奇，但是他必须回去才行。于是搭上头班火车，当天晚上就回家了。

第十九章

在渥伦斯基动身去参加选举大会之前，考虑到每次他离家时他们都要大闹一场，这只会疏远两个人的感情，维系不住他，因此安娜痛下决心要尽最大努力克制自己，平静地面对这次离别。但是他来向她辞别时，那种凝视她的冷峻而严肃的目光刺痛了她的心。他还没有出发，她安静的心绪就已经被破坏了。

后来，想起他那宣示自己有权利自由行动的眼神，她又独自一人沉思了好久。像往常一样，她最后总是认为自己受到了侮辱。“想什么时候走就什么时候走，想去哪儿就去哪儿，他有这个权利。他不但可以离开，而且有权利遗弃我。他有这么多权利，而我却什么都没有。但是，既然他意识到这一点，他就不应该这么做！不过他到底干了什么呢？……他望着我的表情是那么冷酷无情。当然这是不明确、捉摸不透的，只是跟以往大不相同了，而那种眼光却是多么的意味深长，”她暗想，“这样的眼神表示他已经对我冷淡了。”

尽管她确信他已开始不喜欢她了，但她仍是一筹莫展，怎么也无法改变自己和他的关系，就像以往一样，她只能用爱情和魅力去吸引他，而且也像以往一样，她只有白天用事务、晚上用吗啡才能使那种万一他不爱她了，她会落到什么地步的恐惧心理受到压制。不错，还有一个办法：不把他看得太紧——除了他的爱情她别无他求——但是更加向他靠近，把自己放到他不能遗弃她的境地中。这就是先离婚，然后再和他结婚。她开始渴望办这件事，而且下定决心，只要他和斯季瓦一提，他就一口答应。

怀着这个念头，她独自过了五天，就是他去参加选举大会的那五天。

这些天她用尽办法来消磨时间：散步，同瓦尔瓦拉公爵小姐聊天，参观医院，主要是读书，看了一本又一本。但是第六天，马车夫空车回来而没有接到他的时候，她心里明白她再也压制不住想念他和想知道他在做什么的念头了。碰巧此时，她的小女儿生病了。即使安娜照料着她，这事也无法分散她的心思。特别是病情并不怎么严重。不管怎样费心，她对这个小女孩也喜欢不起来，而且连爱她的样子也不能装。临近黄昏的时候，孤孤单单一个人，因为想他，安娜感到心惊胆战，因此拿定主意要到城里去，但是经过一番细想，就又写了渥伦斯基已经收到的那封自相矛盾的信，没来得及再看一遍就派专差送走了。第二天她收到他的来信，便因为自己写了那封信而后悔不迭。她极度担心临别时他看向她的那种冷酷的眼神又会重现，尤其是当他得知小女孩的病情并不是很严重的时候。但她还是庆幸给他写了那封信。安娜现在已经不能不承认他对她厌烦了，而且抱着遗憾的念头抛弃自由回到家。但即使如此，他的归来还是让她很开心。随他厌烦好了，但无论如何要让他跟她在一起，好让她看着他，知道他的一举一动。

她坐在客厅里，在灯光下翻阅泰纳的一部新作，注意力集中地听着外面的风声，时时刻刻都在期盼着马车的来临。好几次她都以为听到了车轮声，但是每次都错了。终于她不但听到车轮声，而且还伴随着车夫的吆喝声和门廊里沉闷的轰隆声。就连独自玩牌的瓦尔瓦拉公爵小姐也听到了这一切。于是脸泛红晕的安娜站起身来，但她并没有立即下楼，像她前面两次那样，她却站住不动了。她突然感到内疚，因为她欺骗了他，但是更担心的是他会怎样对待她。她那受了伤害的心情已经没有了，她现在就担心他不高兴的脸色。她想起小女孩昨天就完全康复了。她刚把信发出去，她就病愈了，为此她很生孩子的气。随后她又想到他来了。整个的他、他的手、他的眼睛就要来了。她听到了他的声音。她快活地跑出去迎接他，忘记了一切。

“哦，安妮怎么样？”他仰望着已在跑下来的安娜，语气冷冰冰地问。

他坐在一把椅子上，一个随从正把他暖和的长筒靴往下脱。

“哦，没有什么！她好多了。”

“你呢？”他问，身子震颤了一下。

她把他的手握在自己手中，拉到自己的腰间，目不斜视地望着他。

“嗯，我非常开心哩！”他说，冷冷地看着她，看着她的发式、她的服饰，他知道这都是为了他而打扮起来的。

这一切都让他感到陶醉，但是已经让他陶醉了那么多次了！她怕得要死的那种冷酷无情的神色又出现在他的脸上。

“哦，我很开心哩！你身体好吗？”他说，把他潮湿的髭须用手帕揩干，吻了吻她的手。

“不要紧，”她想，“只要他在这儿就好办了，他在这里，就不能，也不敢不爱我了。”

当着瓦尔瓦拉公爵小姐的面，傍晚就这样畅快而愉悦地度过了，公爵小姐抱怨说他不在的时候安娜吃过吗啡。

“那我该怎么办呢？我无法入睡……千思万虑害得我难以入眠。而他在家时我从来不吃，几乎没有吃过哩。”

他就把选举的事情讲给她听。安娜也善于使用各种各样的方法把他的话题引到最令他欢乐开怀的事——就是他的成功——上面去。她也把他感兴趣的一些家务事告诉他，而她的全部讲述都是令人愉快的。

但夜深人静的时候，只剩下两个人了，安娜又发觉她完全把他控制住了，于是她企图把他那种看了那封信而投给她的眼色中令人难过的印象消除掉，就开口说：“说实话，收到我的信后你是不是很生气，而且也不相信我呢？”

说完这些话，她就知道，不管他在心里有多么的爱她，但在这件事上，他并没有原谅他。

“是的，”他诚恳地回答，“那封信让人摸不着头脑。一会儿说安妮病了，一会儿又说你想亲自来。”

“这都是实际情况。”

“我也很相信，并没有怀疑。”

“不。你的确怀疑过！我能够看出你的不满情绪。”

“一会儿也没有。我不满意的只是，这是心里话，你好像不愿意承认人总有一些责任不得不去承担……”

“去音乐会欣赏音乐的责任……”

“我们不要谈这个吧。”他说。

“为什么不谈这个呢？”她说。

“我只不过想告诉你，人可能会有一些不容推辞的义务。比如说现在，我必须为了房产的事去一趟莫斯科……唉，安娜，你为什么总这样小心眼呢？难道你还不了解没有你我就无法再活下去吗？”

“假如是这样，”安娜的腔调突然变了，说，“那就说明你对这种生活很厌烦……是的，你回来只停留一天就又走了，就像男人们那样……”

“安娜，这太残忍了。我愿意为你牺牲自己……”

但是她不愿再听他讲话。

“如果你去莫斯科，我也去！我不愿待在这里。我们要么各走各的路，要么永远在一起。”

“你要明白，这也是我唯一的愿望啊！若非……”

“要我离婚吗？我给他写信！我看我无法再这样过下去了，……但无论如何我要和你一起去莫斯科。”

渥伦斯基微笑着说：“你好像是在要挟我。事实上，我最大的愿望就是永不分离了，没有比这更大的了。”

但是他说这些甜言蜜语的时候，眼睛不仅闪烁着一种怕人的冷光，而且有一种被逼上梁山和孤注一掷的凶狠的神色。

她捕捉到了这种眼色，而且猜中了它的意思。

这种眼色是说："假如是这样，那就太悲哀了！"这虽然是一瞬间的感觉，但足以值得她记一辈子。

安娜于是给她丈夫写信请求离婚。十一月末，瓦尔瓦拉公爵小姐必须去彼得堡，于是他们分别了，她和渥伦斯基一起搬到了莫斯科。他们就像已婚夫妻一样定居下来，随后就是天天盼望阿力克赛·亚历山德罗维奇的回信，以及随之而到的离婚。

第二十章

列文一家在莫斯科大约住了三个月。按照在这方面有经验的人的精确推算，吉蒂的预产期早已过了，可是她依旧没有生产，也没有任何迹象表明目前是比两个月前更临近产期。医生、产婆、朵丽、她的母亲，以及只要想到产期即将来临就要恐慌的列文，都变得焦灼不安起来，只有吉蒂自己感觉依旧平静和幸福。

现在，她毫无疑问地意识到，这个即将降临，而实际上对她来说早已存在的婴孩，已勾起了自己心中一种不可割舍的爱，她总是满怀喜悦地感受这种新鲜的情感。眼下，婴孩已不完全是她身体中的一部分了，倒是常常过着独立于她之外的属于自己的生活，这使她经常难过，可同时又因为这种新奇的体验产生的快乐而不禁开怀大笑。

所有她爱的人都陪伴在她身边，对她都那么体贴关怀，照顾得无微不至，每一件事对她来说都很称心，假如她不知道也没感到这一切很快就会结束的话. 她真会不再希望更舒适、更快乐的生活了。

三个月后，吉蒂终于从孕育儿子的苦痛中挣扎出来，她依然灿烂地活着……

跟以前一样，斯捷潘·阿尔卡季伊奇并没有浪费在彼得堡的每一寸光阴。他在那里除了谋职还替妹妹办理离婚。

斯捷潘·阿尔卡季伊奇现在心情十分苦闷，因为他努力的结果是阿力克赛·亚历山大洛维奇拒绝与安娜离婚。

奥勃浪斯基公爵的马车进了庭院，斯捷潘·阿尔卡季伊奇用力地按门铃，门前停着一辆雪橇。

斯捷潘·阿尔卡季伊奇甚至问都不问仆人安娜是否在家，就大步迈进了大厅，列文随着他，但暗自却越发怀疑他做得是否恰当。

列文从镜子里看到自己满脸通红，但他确信，自己并没有因过多饮酒而酒醉，他跟在斯捷潘·阿尔卡季伊奇的身后，踏着铺着地毯的楼梯向楼上走去。在楼梯口，一个仆人像对老熟人一样对斯捷潘·阿尔卡季伊奇鞠躬致敬，斯捷潘·阿尔卡季伊奇向他问起安娜的客人是谁，他告诉说是沃尔库耶夫先生。

“他们在什么地方”

“在书房。”

斯捷潘·阿尔卡季伊奇和列文两人穿过板壁上镶着花板的小餐厅，顺着柔软舒适的地毯，来到了灯光幽幽的书房，房里点着一盏罩着暗色大灯罩的灯。墙壁上的一幅女人的全身大画像被墙上另外一盏反光灯照得通明而格外引人注意，列文自然也被吸引了。这幅画是安娜在意大利时米哈伊罗夫给她画的画像。斯捷潘·阿尔卡季伊奇来到了方格的屏风后面，那说话的男人也静了下来，列文还在目不转睛地望着那幅画像，他舍不得离开这栩栩如生光辉笼罩下的画像。甚至他也忘记身在何处，别人的谈论也只是充耳不闻，他所做的只是忘我地凝视这幅惊人美妙的画像。这几乎不是画像，而是一个活生生的美妙绝伦的女人。她鬈发乌黑，袒露肩臂，嘴角上有着一层柔软细致的汗毛，含着沉思的、不可捉摸的、似笑非笑的笑意，眼睛温柔，得意地注视着他，眼神令他心旷神怡，她虽然不是活的，但她比活的女人更美更迷人。

“我很高兴”，这声音冲他而来冷不防地落到了列文身边，这正是他所叹赏的那幅画像上女人本人的声音。安娜从屏风后走出来迎接他，列文透过幽幽的朦胧光线看到了画中人本身。她身着闪光的深蓝服装，与画中人相比，虽是姿态不同，表情有异，但还是有如画家表现出的一样是个美妙绝伦的女人。事实上她也并非那样光彩耀人，但是她本人身上却带着画里边没有的新鲜的迷人的风度。

第二十一章

她起身迎接列文，因为看到他而有的快乐心情毫不掩饰地流露出来。她用有力的又纤巧的手为他介绍沃尔库耶夫，和那坐在屋子里的正在做针线的红发的美丽小姑娘，并告诉他那是她的养女。她那种雍容华贵的风度，安详、自然的态度正是列文最熟悉、最喜欢的上流社会妇女的举止。

她重复地说了一遍："我非常，非常高兴。"这句简单的话由她说来对于列文就好似隐藏着不寻常的意义。"我很早就知道您，而且也很欣赏您，因为您和斯季瓦的交情还有您妻子的缘故……虽然我们只是认识不太长时间，但她给我的印象就像那美丽的鲜花，简直就是一枝鲜花，况且她即将要做妈妈了！"

她和缓地流利地说着话，时而看看列文时而看看她哥哥。列文察觉到在安娜的感觉中他还是蛮好的，因此也就变得随便、自然愉悦了，就好像他们是从小就认识的老朋友。

当斯捷潘·阿尔卡季伊奇问她能否吸烟时，她说："伊凡·彼得洛维奇，咱们到阿力克赛的书房来。""就是为了吸吸烟。"没有向他问要不要吸烟，只是瞥了列文一眼，就把一只玳瑁的烟盒拉过来，从中取出一支烟卷。

她哥哥问："你今天身体好吗？"

"还可以，精神还跟平时差不多。"

"好得出奇，是吗？"斯捷潘·阿尔卡季伊奇说，发现列文还在凝视那幅画像。

“我真的还没见到过这么好的画像。”

“而且极其惟妙惟肖，是不是？”沃尔库耶夫问。

列文的眼睛从画像移到了安娜本人。当安娜感到了列文正注视着她的时候，她的脸上泛起一层别样的光辉。列文不由得涨红了脸，他刚想开口问她是不是很久没有见到达丽雅·亚力山德罗芙娜了，以此来掩饰自己慌乱的内心。但正在这时，安娜自己先说话了。

“我跟伊凡·彼得洛维奇刚才还说起了瓦西科夫近期的一些绘画作品。您见了吗？”

“对，我看过了。”列文回答。

“很抱歉，请您原谅，我打断了您的话了，你刚才要说……”

所以列文就向她问道最近可否见了朵丽。

“昨天，她因为格里沙的原因来了一次，她对那个中学很是生气，好像拉丁文教师待她并不很公平。”

“噢，我看了她的那些绘画，但是我并不是很喜欢。”列文把话题又转到最初上来。

列文此时说到的话一点都不像今天早晨时说的那样无味枯燥了。他们之间的一词一句都好像带有特别的意义，与她交谈是一件快事，而倾听她说话就更是一桩快事了。

安娜不仅说得流畅、机智，而且是聪明又自然随意，她非常尊重对方的见解，不认为自己的想法有多高深与了不起。

他们谈起了艺术的新流派，谈起了一个法国画家为《圣经》所绘的插图。沃尔库耶夫说那位画家简直就是把现实主义发展到了粗俗鄙陋的极点了。列文则说法国人是最墨守成规的，他们把追求现实主义作为最有意义的事，只要不是说，就能称之为诗。

这样的睿智言辞使列文不仅认为是令人极其满意的，而且是前所未有的。而当安娜赞赏这种想法时，她容光焕发地笑了。

她说：“我笑就好似人们看到了一幅惟妙惟肖可以乱真的画像时而笑起来一样！这简直就是勾勒出法国艺术、绘画，甚至文学——左拉、都德的特色。也许就是这样，他们先用想象的虚拟的人物来构思，把一切布局都安排好的时候，他们又厌烦了这些虚假的人物，试图想出一些更自然、真实的人物。”

“是的，真的就是这个样子。”沃尔库耶夫说。

“那么，你去过俱乐部了？”她对她哥哥说。

“是的，这究竟是个怎样的女人啊！”列文出神地想着，他凝视着她的脸，这张面孔瞬间变了神情，是那样美丽却又那样富于变化。列文虽然没有听清她探过身与哥哥说了什么，但她的表情变化得使他惊讶。就在转眼之前，这张面孔还是那么恬淡、悠然、美丽与端庄，可现在却浮上一种气愤、傲慢的神情。但这一切只是瞬间的事。她眯起眼睛，似在记忆中找寻着什么。

“唉，但是，谁都对这不感兴趣。”她说着，又转过身对那英国小姑娘说道，“请去吩咐在客厅里摆茶。”

那女孩起身走了出去。

“喂，她考试考得怎么样？”斯捷潘·阿尔卡季伊奇追问道。

“非常棒，她是一个很能干的小姑娘，而且温柔又可爱。”

“小心你爱她胜过爱你自己的孩子哟。”

“只有男人才会这样说。在‘爱’上是不可能做出数量之分；我这样来爱我自己的孩子，而那样去爱她。”

“我刚才还跟安娜说，假如她用对这个英国小姑娘百分之一的力量去为俄国的儿童普及教育事业做贡献的话，那就可称之为是做了一桩伟大而贡献非常的大事业了。”

“是的，但任你随便怎么说，我也不会那样做。阿力克赛·基里雷奇伯爵也鼓励我（她说到阿力克赛·基里雷奇伯爵时，看列文的眼神闪出一丝祈求与胆怯，而他也不自觉地回报了敬重及认同的眼神）。他鼓励我投身于乡村学校的教育事业。我也曾去过几次，他们这些孩子可爱又聪明，但无论如何我不喜欢这个事业。您说起了精力，但您要知道，精力的前提是爱。爱无法强求，也强求不来，我对这个女孩的爱是出于一种我都茫然不知的原因与感情。”

她望着列文的眼神及她所流露出的笑容，都表示出这些话是完全对列文而讲，她尊重他的意见，她也早就知道他们彼此是了解与理解的。

“我完全知晓这一点，慈善机构之所以收效总是不尽如人意，就是人是不可能把心完全地投入这一类学校或者机关里。”列文说。

她沉思了一会儿，然后微微一笑。

她证实说：“是的，我永远也不可能做到。我的心胸没有那么开阔，我没有办法来强迫自己去爱整个孤儿院里所有讨厌的小姑娘。这我永远也办不到。有那么多妇女用这种方法来取得社会地位，尤其是现在。”她依然是用那种忧伤的语气说着，好像是对她哥哥说的，但其实很明显是说给列文听的：“现在，我的确需要做一些什么，但我却做不到！”她顿时满脸愁云（列文知道她是谈到了自己的事而皱眉的）改变了话题。她转而对列文说：“有人对我谈起您，说您并不是个好公民，我可还为您辩护过呢！”

“噢，那您是怎样替我辩护的呢？”

“依情况而定，好了，过来喝点茶吧？”她站起来，手里正拿着一本用鞣皮做封面的书。

沃尔库耶夫指着那本书对安娜说：“把这本书交给我吧，那是本很有价值的书。”

“不，这不能算什么，仅是一部草稿而已……”

“我已跟他说过。”斯捷潘·阿尔卡季伊奇指着列文说。

“这真是没有任何理由。我写的那些与丽莎·梅尔察洛娃总是让我买的监狱里做的小花篮有些相同之处，这些可怜的人还真做出了耐心的奇迹。”

此时列文对这个女人身上的另一种品质已是非常喜爱了。因为，在智慧、温雅、端丽以外，她还有一种诚实的品质。她并没有对他掩饰她目前的糟糕处境。说完这些，她长叹了一声，脸上的表情就如石化了一般那么严肃。她的面孔比以前更加妩媚动人了，但是这种神色是新奇的，是超出画家所描绘的那种闪烁着幸福的光辉和散发着幸福的神情范畴之外的。当她挽着她哥哥的手臂穿过高高的门口的时候，列文又望望那幅画像和她的身影，心底升起一种对她一往情深的怜惜心情，这让他自己都觉得颇为惊讶。

她请列文和沃尔库耶夫到客厅里，自己则与哥哥留在那儿谈了一会儿。列文暗自纳闷："他们在谈离婚，谈渥伦斯基，谈他在俱乐部里做什么，还是谈我呢？"他对安娜和斯捷潘·阿尔卡季伊奇在谈论什么太在意了，甚至在沃尔库耶夫向他讲述安娜的那部儿童著作的优点时，他几乎是一句话也没听清。

愉快轻松的谈话一直贯穿着整个饮茶过程，根本就没有一刻要为寻找话题而烦恼。而正好相反，他觉得时间太短，他心里的话没有办法说完，因此他宁愿控制住自己，好听听别人都在说什么。列文觉得所有说过的言语，不仅她说的，还是沃尔库耶夫和斯捷潘·阿尔卡季伊奇说的，由于她的注意和评论都获得了特别的意义。

在这场谈话过程中，列文一直在欣赏她：她的美丽、慧质、良好的教养，还有纯洁与真诚。他边说边听，内心中也在不断地想她，她的内心生活，她的心情。在以前他对她的批评是那样刻薄，可此刻，他正在极力地为她辩护，为她难过，而且还十分担心渥伦斯基对她不了解。到了十点钟，斯捷潘·阿尔卡季伊奇要走了，可列文却觉得他们刚刚才到。列文只得很不情愿地起身走了。

"再见！"她握着他的手说，凝视他的眼神有一种迷人心魄的感觉，"我很高兴，坚冰打破了。"

她放下他的手，眯缝起眼睛。

"请转告您的妻子，我还是像以前那样爱她，如果她对我的境遇还不能饶恕，那么就希望她永远也不要饶恕我。若要饶恕，就得经历我所经历的一切才行，但愿上帝保佑她！"

"一定的，我会转告她……"列文的脸涨得绯红。

第二十二章

列文和斯捷潘·阿尔卡季伊奇走出来被寒冷的空气包围着，不禁想到："这个女人是那么出众、迷人，又是如此让人怜惜！"

"喂，感觉如何？我早就跟你说过了吧！"斯捷潘·阿尔卡季伊奇知道列文已被彻底迷住了。

列文深深地说："是啊，一个不平凡的女人，那样聪慧又那样真诚……我真有点为她伤心。"

"感谢上帝，不过一切都将过去了！对任何事情我们都不能过早地下结论，这事我们还是以后再聊吧。"斯捷潘·阿尔卡季伊奇把马车车门拉开说，"再见吧！我们不得不分手了。"

列文耳畔仍回响着他与安娜交谈的字字句句，哪怕是最简单最平常的一句话，脑海中仍萦绕着安娜的一颦一笑，哪怕是她脸上最细微最不易被察觉的表情。他发觉自己渐渐地开始设身处地地为她着想，体谅她，甚至为她悲伤与难过，就这样列文回到了家里。

列文到家后库茨马向他说了家里这一天的情况：卡捷琳娜·亚历山德洛芙娜身体无恙，她的两个姐姐刚刚才走，并递给他两封刚到的信。为了不使他始终惦念着，他当时就在大厅里读了信。管家索科洛夫的来信中说由于别人把每蒲式耳小麦的价钱压到五个半卢布，他们的小麦至今还没有卖掉，又在信末隐约地说了一句他们现在无论在哪儿都弄不到钱了。列文姐姐的来信只是抱怨他现在还没有把她托付的事情办妥。

“这样，既然价钱不能再高了，那我们就按每蒲式耳五个半卢布的价钱脱手吧。”尽管要是在以前他会觉得这实在太难以定断了，但此时他却坚决果断，毫不迟疑地解决了这件事情。至于想到这第二件事情，他心说：“真是麻烦，我在这儿竟会忙成这个样子。”但他还是觉得之所以到现在还没有把姐姐托他的事情弄出个眉目来，这完全得归咎于自己。“我今天又没有到法庭里去，不过今天实在是太忙而无暇顾此了。”但他已打定主意无论如何明天一定去法庭。想到这他就径直去看他的妻子了。在路上时，他快速地回想了这一天中所发生的一切事情。今天全部内容都是与人交谈，这其中有他留神倾听的，也有他参与其中的。所有谈话内容都集中在那类在乡下他无论如何都绝不会单独谈起，而如今却可以挥洒自如、兴趣盎然地谈起的那一类话题。虽然今天一切都进行得顺利，但有两件事还是不能让他安心：一是关于鱼的谈论，二是他对安娜的那种关爱的同情心已经露出不安的端倪。

列文的妻子看起来怏怏不快，因为原本她们三姊妹晚餐吃得很愉快，但结果千等万等仍不见列文的踪影，这把大家都弄得心烦意乱，她的两个姐姐就丢下她孤零零地一个人回去了。

“喂！今天都做了什么？”她直视着列文直截了当地问，列文的眼睛流露出一种闪烁的、令人生疑的眼神。但她马上收敛了疑惑的、探察的眼神以免影响列文把事情真相全盘托出，并故意地用一副可爱的微笑，很感兴趣似的听他说了这一晚上的经历。

“我遇到了渥伦斯基，而且相处得十分融洽，跟他在一起，我觉得十分随便、惬意。不过你放心，我以后会尽量不与他再接触，但是现在我对他已没有了那种别扭的感觉了，”他说这些时却马上想到尽管他一再表白不会再去与渥伦斯基见面，但他却转身就拜访了安娜，这使他顿时紧张得涨红了脸，“我们还说别人爱喝酒呢，可现在我不知道真的比较起来农民与我们这个阶层的人究竟哪一种人更能喝酒，农民可是只在节庆时期才饮酒，可我们……”

但是这些关于人们纵酒的议论根本就不是吉蒂所关注的。列文脸上浮起的红晕没能逃过她的眼睛，她要弄清楚这里的奥秘。

“嗯，接下来又到什么地方了呢？”

“我被斯捷潘·阿尔卡季伊奇硬是拖到了安娜·阿尔卡季耶夫娜那里去了。”

这句话一脱口，列文的脸就不由自主地涨得更红了，他的顾虑现在也明白地显露出来，拜访安娜本来就是不应该的。

安娜的名字立刻刺醒了吉蒂，她顿时眼睛睁得大大的闪闪发光，并且神色异常。但这仅仅是片刻，她控制着自己的激动与愤怒，这种表面的平静让列文信以为真。

“噢！”她轻描淡写地答了一句。

“你应该不会因为我去那里而生气吧！斯季瓦死命拖我去，朵丽也几次三番地要我去。”列文继续辩解着。

“啊，当然不会！”她说，但是她的眼睛告诉列文她在克制着自己的感情，他知道这并不预示着会有什么好结果。

“她这个人不仅可爱还十分惹人同情与怜惜，而且她心地是那样善良美好。”他这样讲起了安娜的为人、工作与她对吉蒂的关切问候。

“那是肯定的了，她自然很会惹人怜爱了，”吉蒂听了列文的话后淡淡地说，“那两封信是谁写来的？”

列文听到这平静得一如往常的声调便真的以为一切已经风平浪静了，他向她讲完了信的内容便去换衣服了。

直到列文换完衣服吉蒂仍然坐在原来的安乐椅上待待不动。她瞥了一眼走到她旁边的列文，突然就轻声哭了起来。

“你怎么了？你怎么了？”他着急地问，但此时他已经知道这究竟是为什么了。

“你喜欢上了那个讨厌的女人！你被她迷住了，你的眼睛已经告诉我了。是啊，是啊，除了这还会有什么结果呢？你先去俱乐部，喝酒，赌博，随后又跑到那个人家里去，天啊，我们马上就走吧，明天，明天我们就走！”

无论列文怎样好言相劝，但吉蒂都不肯原谅，直到后来他向她认罪说他在喝了那些酒以后，酒蒙蔽住了他的灵魂，竟对安娜起了同情怜悯之心，以致没有抵抗住她的阴险诱惑，并且坚决地保证以后肯定不会再见她，这才平息了吉蒂的怒火。但他对在莫斯科这段日子里，一事无成而只有吃喝玩乐、东游西荡，整日里头脑糊涂、心智不明这件事还是从心底里承认的。谈话一直进行到早上三点，两人才算是言归于好，踏入梦乡。

第二十三章

客人走了之后，安娜无法平静地坐下来，只是不停地在房间里徘徊。这个晚上她就像对其他年轻人一样对待列文，她下意识地不自觉地去展示自己的魅力与美妙，她用这一切吸引列文的爱。她知道自己能让一个上流社会的有妇之夫一见倾心，她也知道自己很喜欢他（尽管，作为男人渥伦斯基和列文是完全不同的两种人，而她，作为女人，却看到了两人身上吸引了吉蒂的共同的东西），但无论她怎样地想，一旦离开了这个房间这一切便不再缠绕着她了。

但在冥冥中却总有一个思想，仅此一个缠绊着安娜，这思想不停地变换形式，紧紧追随。“既然我能够让一个爱家的丈夫倾心迷恋，可为什么他对我会这样淡漠呢？也许这不是淡漠，我知道他是爱我的，但是我们中间却明明白白地产生了一层新的隔膜。他让斯季瓦告诉我他要看着亚瑟温赌钱，不得不留下。但亚瑟温并不是小孩子，他为什么一晚上都不在家呢？他这人从不说谎，这解释就算是真实的。但这解释之外还有什么含义呢？他是要向我表示他的其他义务。这些我明白也承认。但他要向我证明什么呢？他要我明白我们的爱情并不能破坏他的自由。我不要这种证明，我要的是爱情！他应该知道莫斯科的生活对我来说是那么苦，几乎就不是生活！这哪里是活着，我只是等待一种早晚要来的必然。现在还没有信！斯季瓦没有办法再去见阿力克赛·亚历山德罗维奇。我也无法再写信，我做不了任何事，改变不了任何事！我只能让自己忍耐着，接受着，自己找一些欺骗别人也欺骗自己的事情来麻痹自己，英国人的家庭、写作、阅读这些骗人的娱乐，与吗啡无异。他应该明白同情我啊。”她的双眼蒙上了顾影自怜的眼泪。

渥伦斯基按门铃的响声惊醒了她，她忙擦干眼泪，不仅如此还装出一种悠然的神情坐在灯下读书。她要让他明白她对他的不按时回家很是不痛快，但是只要让他知道仅是不满意而不是伤心，更不会让他看出她在自怜自艾。自己的可怜可以接受，但他的可怜她却绝不想要。她不想发生争吵，甚至还埋怨过他想吵嘴，但此时她却已不自觉地就露出了争斗的姿态。

他轻松愉悦地走到她身边：“啊，你没太寂寞吧！赌博这种嗜好真是可怕！”

“不，哪里会寂寞，对于寂寞我早就可以视而不见了。斯季瓦和列文来过这里。”

“这我知道，他们是要来看你。列文这人如何？”他说着就在她身边坐下了。

“我很喜欢他。他们才走了一会儿。亚瑟温的情况怎么样？”

“他赢了一万七千。我让他离开，他也准备要走了，可转身却又回去了，现在他已经在输钱了。”

“那么你留在那里又起了什么作用？”她说。她仰起表情冰冷又有敌意的脸凝望着他。“你让斯季瓦告诉我，你为了要看住亚瑟温提醒他离开才留下来，可现在你还是留下他不管了。”

他的脸色也马上变成了冰冷的、吵架前的样子。

“首先，我没有让他告诉你什么口信；其次，我根本就没撒谎。是因为我喜欢待在那儿，我就留下了，”他眉头皱了皱，“安娜，为什么？为什么？……”他探身靠近她，张开他的手，试图让她把手放到他手里。

这种温柔的以示求和的表示让安娜微微高兴了一下，但是心底却升起一种奇妙的力量阻止她的冲动，就好像在战争中不可以投降一样。

“你喜欢留下当然就能留下了。从来你都是想做什么就做什么。但是为什么，为什么你要跟我说这些？”她说出以后越发地激动了，“有什么人否认你的权利，阻止你做什么事吗？你总是有理由，因此你就有理好了。”

他转过身去，手渐渐捏紧，脸上的表情也变得比以前更为倔强与不屈。

她久久地凝望着他，突然知道了他脸上那种让她尤感气愤的神情究竟是什么。“这就是你的固执，对，这就是固执！对于你来说这仅仅是战胜我，而对我来说……”她难过得就要忍不住流泪了，“但愿你能知道这对我意味着什么！现在，我清楚地感觉到你对于我的敌视，一种明明白白、真真切切的敌视，真希望你能想想对我会意味着什么！我此时的绝望无助与害怕，如果你能切身地感受一下就好了！”为了不让他看到她的哭泣，她扭过身去。

“可是这究竟怎么了啊？”他为她脸上的绝望而心慌起来。急忙探身握住她的手，轻轻一吻，焦急地问，“怎么啦？难道我做了什么寻欢作乐、花天酒地的事了吗？我这样做就是避免和女士们来往啊！”

“希望是这样！”她说。

“那我现在做什么能让你放心呢？告诉我，为了使你快乐些，你让我做任何事都可以。”他的心被她的绝望神情紧紧地抓住了，他不停地说，“只要不使你像现在这样，我情愿做一切事情啊！安娜！”

“真的没有什么，真的！”她回答，“也许是这种孤寂的生活，也许是我的神经，弄成这样子。我自己都不知道是为了什么。……天啊，我们还是不要再说这些了，跟我说说赛马的事吧，我还不知道呢。”她此时不动声色地压制着自己的小小胜利后的喜悦，毕竟这场较量终于还是她胜了。

他叫人布置好晚饭，跟她讲了一些有关赛马的事。但是他的语气及神色却越来越冷淡，这表明他心里仍没有释怀这刚刚发生的一切，他的身上再一次露出了那股固执与骄傲的神情，这正是安娜最为反感的。他似乎对自己的妥协颇为后悔，对安娜比刚才更加爱

理不理了。而此时安娜心中一想起刚才的话“我的绝望，我的害怕”，这些话虽是令他最终屈服了，但却是一种极危险的攻击，无法使用第二次。她知道在他们中间不仅有融合他们的爱情，同时还有一种渐进形成的敌视，这无法从他心里更无法从她自己心里驱散。

第二十四章

只有在夫妻之间已经完全破裂或者是完全合拍的情况下，这个家庭才会准备采取一切行动。可如果是夫妻二人之间的关系并不那么牢靠，既不是这样，又不是那样的情况，任何行动都不会被排上日程。

有那么多的家庭生活一直是那种久久不变的样子，夫妻二人都有厌倦的感觉，就是因为二人的关系既不是完全地反目成仇，也没有融洽得如胶似漆。

在那个燥热的满天尘土的城市莫斯科，春天和煦的阳光已被夏天的阳光所取代，林荫路两旁的树林已经绿荫一片，树叶上也已经是灰尘堆积。这样环境下的渥伦斯基和安娜早已对此无法忍受。但是他们并没有如原计划一样到沃兹德维任斯科耶村去居住，而继续住在了他们都已厌烦了的莫斯科，因为最近一段以来两人的关系已不再是那么融洽、那么合拍了。

他们之间的种种矛盾和恼怒其实并没有什么外在的原因使然。为了要化解这种矛盾的一切努力却并没有遂人意地消解两人之间的不和谐，却令这种矛盾激化了。这完全是一种内在的原因。她觉得这原因应归咎为他逐渐淡漠了他对她的爱恋，而他却又觉得把自己弄到这狼狈苦恼的田地全是因为她，并且她非但不想减轻这种苦恼、烦闷的程度，却让这种痛苦的感觉愈发强烈，以至无法忍受。虽然两个人都在尽量回避着去探求原因，但却同样地认为应归咎给对方，所以每每发生一点小事，便要借题发挥地向对方证明。

她认为渥伦斯基整个人的特征归结为一句话就是爱女人，无论是从他这个人的整体，还是他的习惯、愿望、思想、心理、生理上来说。而她又认为现在他对女人的爱应完全地一分不差地给她。因此面对这种爱情的日益淡漠，她只能断定为，他已把一部分爱情给了别的什么女人或者是集中于某一个女人身上了。自然地她已是妒水中烧了。但是这种嫉妒并不是指向某一个具体的女人，而是指向他日渐消减的爱情。她现在仍然没有一个具体嫉妒的目标，还是在天天寻找。一旦有些蛛丝马迹，她就会转而去嫉妒这个目标。有时她竟会对那些下流女人心生忌恨，因为他能轻而易举地就与这些从前他独自一人时就已交情弥笃的女人藕断丝连，有时她又没来由地嫉妒社交界中与他有瓜葛的女人，甚至她对她想象中的在他们决裂之后他所娶的女人也嫉恨起来。并且这种嫉恨所引起的心痛是最为强烈的。尤其是他们曾在坦诚的一次谈话中偶尔听他说到他的母亲对他那么不了解，竟然准备让他娶索罗金公爵小姐。

由于她的猜疑，必然就会生他的气。安娜总是借着一件小事来大发脾气。她现在所遭受的种种不幸也都推到了他的身上。所有的一切都是他一手弄成这样的：她没着落地待在莫斯科，无法忍受的期待带来的苦痛，还有阿力克赛·亚历山大洛维奇残忍地不给她任何答复，还有那无法形容的寂寞。他若真的爱她的话，他就能设身处地地替她着想，帮她解脱。但他们还没有到乡下去定居，仍留在了令人厌烦的莫斯科，这难道不是他的过错吗？他不愿意过田园式的生活，但这正是安娜所梦想拥有的；他永远需要交际，因此她才置身于这样的生活中；他甚至对她在这种生活中所遭受的痛苦也不管不问；还有他的错误也导致了她与自己儿子的永远分离。

现在两人之间的温存越来越少了，而这少之又少的柔情也没有让她感到安慰，并且还从他的温柔中感到了他那理所当然的意味，这可是以前所没有体会到的。她更加恼怒了。

天色渐渐暗了下来，安娜在他的书房里（因为书房最远离街上吵闹的声音）孤孤单单一个人等待着他能早点从单身宴会中回来。

她不停地来回踱步，昨天吵嘴的情形又一次浮了上来，回想起吵架时所说出的那些令人心痛的语言，回想起吵架的原因，回想起那场谈话的最初。现在想来真是有点莫名其妙的是，引起口角的竟是场丝毫没有什么利害的，与谁都没有什么切身瓜葛的谈话，但确实就是这样的一场谈话而引发的。起因就是他说到女子中学时充满了不屑，认为根本就没有必要，她则持相反态度并且坚持维护这个观点。他还用一种嘲笑轻蔑的口吻说起普通的女性教育，并说现在她正在照顾的那个英国女孩没有必要去学习物理学。

这当然让安娜怒火中烧，因为这句话在安娜听来分明是有着对她所从事工作的一种蔑视。于是她也说了一句话去回击他，偿还他让她感到的痛苦。

“我从没有奢望你能够理解和明白我的感受，就像我从不奢求你能成为一个多情的人一样。但是无论怎样，你说话还是注意一点为好。”她说。

他被这句话惹恼了，用了一些更苛刻的话来攻击她。至于她又是怎样回击的，她已想不起来，但却记住了他那些恶毒的刺伤人心的话：

“我从未对你如何如何爱那女孩有过兴趣，这也确实是事实，不过我看得出来那有多不自然。”

她的生活已是痛苦得无以复加，可她为忍受痛苦而精心筑起的一片天空竟也被他残忍地毫不留情地撕裂了，对她不自然与虚情假意的指责是那样的不公平，那样的让人心痛，她出离愤怒了。

“很可惜，你所能了解的理解和赞赏的一切，只能是那些鄙陋的和具体的物质的东西。”说完她就转身走出了房间。

当到了晚上，他来到她的房间，两人都对刚才的争吵闭口不谈，但他们都清楚地知道只是两人共同地遮住了这个问题，而不是解决了这个问题。

他这一天都没有待在家里，她备感孤寂与悲凉。两人的不和是那样令人感到伤心绝望。想到这她就宁愿忘记过去发生的一切不快，宁愿去原谅他的过错，只求能重新恩爱。甚至她宁愿把一切错误推到自己身上，而说他没有丝毫错误。

她暗地对自己说："全都是我的错，我太能发脾气而且经常没来由地心生嫉恨。我必须与他言归于好，然后我们马上搬到乡下去，那里会让我心平气和些。"

"不自然！"她又想起了这句话，这句话是最让她感到痛心的一句话。确切地说，是这句话的含义让她伤得痛彻肺腑。

"我知道他想说的那些话，无非是说，对自己的亲生女儿放在一边却去爱别人的孩子，这是不自然的。可是对于孩子的爱他又懂多少呢？他能体会到我对谢辽莎的爱吗，这可是完全为了他而失去的爱呀。他怎能那样有意地刺痛我呢？他一定是爱上别的女人了，对，一定是。"

可是她突然感到自己原本是要劝慰自己的，可想来想去竟然再一次钻进自己缠起的围圈之中。她在这个反复进入的圈子中又回到她原先的愤怒当中了，为此她被自己吓得战栗不止。"我真的就不能够做到吗？真的就无法控制自己的胡思乱想吗？"她自问着，试图再一次重新开始。"他对我是诚实的，是值得依靠的，他爱我，我也爱他，再没有几天我就可以离婚了。除了这些我还再要什么呢？我所要做的就是心平气和坦诚相信，至于错误我会承担下来，当他一回来我就向他承认那些不快都是我的错误造成的，尽管事实并非如此，我们马上就要离开这里了！"

她要避免自己去胡思乱想。要避免心中再次堆积愤怒，为此她按下铃叫人把箱子搬进来，她要准备去乡下的行李用品。

渥伦斯基在十点钟时回到家里。

第二十五章

“哦，你过得很快乐，是吗？”她出来接他时脸上的表情混杂着一丝愧疚与缕缕柔情。

“与平常差不多。”他说，看得出来她现在情绪很好，对于她的时晴时雨他已是见怪不怪了，但是今天这次还是令他很高兴，因为他自己今天也是兴致颇高。

“什么东西，很不错啊！”他指着大厅中摆放的皮箱。

“噢，现在是我们该走的时候了。我们乘车游玩，外面的空气那么新鲜美丽，让我十分梦想能现在就住到乡下。有什么事情妨碍你与我到乡下去吗？”

“我的愿望就是这样，你等等我，我去换好衣服马上就回来，咱们好好地谈一次，你先叫人摆好茶吧。”

他到了他的房间里。

安娜感到他那句“很不错啊”很像是仁慈的长者对待一个淘气的孩子暂时安静乖巧时所说的话，话中流露出侮辱人的感觉。让人最感气愤与受侮的是她那种忏悔般充满歉意的语气对比起他那种理应如此的声调。斗争的冲动在刹那间又一次涌上心头，但她马上克制住了自己，恢复了刚才的笑脸去面对渥伦斯基。

他一进来，她就不停地对他说她是怎样度过这一天，又说了她计划马上就搬到乡下去居住。当然这其中有一半的话都是早已打好腹稿的了。

“知道吗？这个念头是我偶然间冒出来的，我们何必苦苦地待着这里等着离婚呢？其实在乡下还不是一样吗？我不要再这样等待了，也不要再让心里没着没落的，也不要再听到与离婚有关的任何消息。我已下定决心不让它再来干扰我的生活，你觉得怎么样？”她十分激动地说。

“嗯，很好！”他说，望着她那张兴奋的脸他稍感不安。

稍微停了一会儿，她问道：“在那儿都做了些什么，有什么人在呢？”

渥伦斯基一一列举了在场的人之后又说：“今天的宴会特别棒，所有的节目，什么划船比赛呀都特别出色。但是莫斯科的所有事情永远少不了闹些笑话。中途来了一个据说是瑞典女王的游泳教师的女人，当场献艺。”

“什么？她游泳了。”安娜皱起了眉头问道。

“对，她穿了一件红色的游泳衣，那是一个丑陋的老女人。说说我们什么时候走吧？”

“这兴致有多无聊多愚蠢！那她游泳时有什么特殊的地方吗？”安娜仍然追着前一个话题问。

“没有什么特殊的地方，我刚才说过了，那是无聊透了的。喂，你究竟想什么时候动身呢？”

安娜就像是要抛开什么不快一样摇了摇她的头。

“什么时候动身，我自然希望是马上就走，但是明天我们还不能完全准备好，后天可以吗？”

“可以……不过，还得等等，后天是星期天，我必须到妈妈那里一趟。”渥伦斯基说完这话就心情紧张了起来。因为他刚说完他的母亲，她的眼睛就紧紧盯住了他，那眼神充满猜疑与不满。而他不由自主地就表现出来的那种不自然与窘迫更加坚定了她的猜疑。于是她涨红了脸，躲开了他。安娜此时所设想的女人已经不是刚才提到的那个瑞典女王的游泳教师，而是索罗金公爵小姐，她与渥伦斯基伯爵夫人一同住在莫斯科的郊区中。

“那你完全可以明天就去的呀！”她说。

“哦，不可以，到明天我还不能收到我打算取的那件代理委托书与那笔钱。”他说。

“这样的话，干脆我们就别走了！”

“那又是为了什么呢？”

“我不想那么晚才走，要么就是星期一就走，要么就是再也不走了。”

“究竟为了什么呢？这毫无道理嘛！”渥伦斯基惊讶地问她。

“你对我丝毫不在意、不关心，所以你才认为这毫无道理可言。你根本就不想去了解我的生活。在这里我仅仅爱护汉娜这一个人，但这在你看来却是虚情假意地矫饰。昨天你还说，我对我自己的亲生女儿都不去关爱，却虚假地爱着这个英国的女孩子，这是不自然的，那我倒是想让你告诉我，究竟什么样的生活，在这里才是自然的。”

但她在话音落地的片刻就清醒过来，并为自己再一次背离了原来的愿望而感到惊惧。但即使她清醒地意识到了她再一次摧毁着自我，也还是对自己的感情无法控制，她数落出种种过错，怎样也不肯再让一步。

“我一向没有说过这种话，我所说的只是对这种突然的感情，我不能够发出同情。”

“你向来标榜自己是如何坦白率直，可你现在为什么又不肯说出实话？”

“我没有这样标榜过自己，更没有说过半句谎话，”他尽可能地压制自己心中渐渐升起的愤怒，放低声音说，“真是无比的遗憾，如果你不能够尊重……”

“尊重？那只不过是一种欺骗而已，只不过是为本该由爱情来充溢的空虚的地位找一个借口而已！如果你已对我毫无爱意了，那还是明明白白地说出来算了！”

“不，我真的是再也无法忍受这些了！”渥伦斯基暴喝起来，从椅子上站起来，站到她的面前，缓缓地说出：“为什么，你非要试一试我的忍耐力吗？”他似乎有许许多多的话要说出来，但最终还是忍住了，只说了句："无论什么，总是有个限度的！"

"你说这些又是什么意思？"她尖叫着，眼神中充满惊恐地望着他的脸庞，他那双眼睛中闪现着冷冷的光芒，流露出明显的厌恶。

"我是说……"他没有说完这句话就停了下来，"我倒是想知道究竟你要我做什么？"

"我又能够让你做什么呢？我只能求你千万不要像你现在所想的那样抛弃我！"她说，知道了他藏在心底没有说出的话语，"但是你要明白，这个我并不需要也没有把它看得那么重要，我只要爱情，我却不再拥有。现在什么都结束了！"

"等一等，等一等！"渥伦斯基说，蹙紧的眉头仍没展开，但却伸手一把拉住了她，"到底怎么了？我只是说了一句我们要三天后才能动身，可这却让你说我在撒谎，是个不诚实的人。"

"是的，我再说一次，一个人他为了我而放弃了所有，为此他来责骂我，这个人只能是一个比不诚实的人还要卑鄙的人，只能是一个无情无义的人。"她说着，更早以前的那场吵架又浮上记忆。

"不！再能忍耐的人也有一个极限的。"他猛地放开她的手怒吼着。

"很明显了，他已恨我了。"她想着，一边无语地坚定地但脚步却似乎摇晃地走出了房间。

"显而易见了，他爱上了别人。"她低低地自己说着话走进了她的房间。"我要爱情，但却不再拥有，这所有的一切都结束了，"她木然地再一次重复了刚才的话，"一定该结束了！"

"可是又能怎么做呢？"她自问道，独自坐在摆在梳妆镜前的安乐椅上。

她在思考现在究竟该向何处去，是去一手带大她的姑母家里呢，还是到朵丽家里去，或是一个人客居他国；转而却又想现在他孤单一个人在书房里做什么呢；这场争吵会不会成为决裂的最后一次争吵，或者是他们之间不久又握手言和了；又想象着彼得堡的那些以往的熟悉的人对她的看法，还有阿力克赛·亚历山大洛维奇的看法；甚至想到了他们决裂以后他的境地，一时之间千百种感触涌上心头，但还没有全然地沉溺到这些纷繁的想法中。她的心灵深处有一种模糊的、她不能具体地描绘出的但却又让她在冥冥之中有些依托、很有兴趣的念头。她再一次想到了阿力克赛·亚历山大洛维奇，也想起了产褥病，还有在那时的痛苦中浮上心头的思绪。她的话又在耳边响起——“我为什么不死掉呢？”，她当时的情感也再一次体味出来。于是她顿然如茅塞大开般知道了心灵深处的冥冥召唤究竟是什么了，唯一的解脱之路她终于探索到了：“是的，那就是……死！”

“我死了，那么阿力克赛·亚历山大洛维奇的羞惭与谢辽莎所遭到的耻辱，还有我自己的种种耻辱，就都彻底地解决了。而且我真的死了，他一定会痛苦，会懊悔，会可怜我，还会爱我！”她坐在椅子上，带着自顾怜爱的，久久不消失的微笑取下左手的指环戴上又摘下，沉浸在她幻想中的她死后的他的样子、应该他的心情等等各个方面。

他的脚步声渐行渐近，终于这脚步声打断了她的遐思。她摆出一副好似在收戒指的样子，头也不回地自顾做着。

来到她的近前，他拉起了她的手轻轻地说：

“安娜，你若是希望那样，那我们就后天走吧，无论什么我都答应的。”

她仍是一言不发。

“怎么了？”他问了一句。

“你对此一清二楚！”她说着终于抑制不住地突然痛哭起来。

她呜咽着痛苦地说：“你把我抛弃吧，抛弃吧，明天，我就会走，去做出更多的事情来。反正我已是如此，又算得了什么呢，无非就是一个堕落的女人而已，而且还会处处拖累你。我不要我去折磨你，我不想这样！我定会还给你自由。我知道。你对我已不再爱恋，你爱上别的女人了！”

渥伦期基一再地安慰她，让她平静一些，并坚定地请她相信，她现在的嫉恨只是空穴来风没有半点理由，并保证他对她的爱情不仅没有半点消减而且还更加强烈，不仅没有半路中断，而且还会永远继续。

“安娜，干吗非要这样伤害自己还有我呢？”他久久地吻着她的一双手，无限的浓情厚谊浮现在他的脸上。她甚至感到了话语中的哽咽与颤抖，感到了手背上点点潮湿的泪水。此时安娜的悲痛在顷刻之间化为一腔无所顾忌的柔情与冲动。她紧紧地拥着他，忘情地亲吻着他的面庞，他的脖颈，他的双手。

第二十六章

安娜由于认为他们已经尽释前嫌了，因此在第二天的一清早就忙忙碌碌地紧张地安排着准备动身的各项事宜。至于出发的确切日期到底是星期一还是星期二还没有最后敲定，因为一番吵闹后昨晚两人却又都相互退让了，但这并不妨碍安娜忙碌地准备。此时她对哪天走或早一天或晚一天已不再记挂了。当她站在寝室里正忙着往一只大皮箱中收拾衣物时，他走了进来。这比平时可要早了一些，而且也已经穿戴好了。

“我马上要到妈妈那里，钱她会让托叶戈罗夫带给我，准备好我们明天就走。”他说。

此时她的情绪一直都很高，可在听说他要到他母亲的别墅之后仍然感到阵阵心痛。

“不用那么急，我还来不及那么快就收拾好。”可说完之后马上就想道：“这就好像我要做什么就必须做什么了一样，”所以马上改口说，“还是按你说的做吧，你到饭厅去吧，我随后就到，我现在只是把用不着的衣服挑出来。”又在安奴西卡那堆满了大堆衣服的胳膊上又添上几件。

她进了餐厅，渥伦斯基正吃着一份牛排。

“说来，你都不能理解我有多么讨厌这些房间，”她边说边坐到了他的旁边，喝着咖啡，“真是没有比这样摆设的房间更令人感到恐惧的了，这布局就像个没有喜怒哀乐、没有灵魂的木偶，墙壁上的挂钟，还有那罗纱的窗帘，尤其是壁纸，就是噩梦一般的！我现在对沃兹德维任斯科耶的爱恋就如同对天国的爱恋。那些马你现在处理掉了吗？”

“不，在我们走之后再把它们弄走。今天你要用车吗？”

“嗯，我得去一趟威尔逊家，把一些衣服给他。这么说咱们明天是肯定会走的了？”她的声音中洋溢着一种快乐，可转眼之间这种快乐就消失了，脸沉了下来。

因为这时渥伦斯基的一个仆人向他要彼得堡电报的回电。其实收到一个电报本来是没有什么大不了的，关键在于他对她似乎有意地遮掩着，急忙说了一声“回电放到书房”，就马上接过她的话题说：

“明天一切就都能准备好了，肯定的。”

“是谁的电报？”她没有理会他的话仍然追问着。

“斯季瓦的。”他有点不大愿意谈这个。

“那干吗要避着我呢？斯季瓦还能在我背后保留什么秘密吗？”

渥伦斯基把那个仆人叫来过，让他拿电报过来。

“我觉得没有什么必要非给你看，斯季瓦总是有事没事地就打电报，既然事情没有什么进展，干什么要打来电报呢？”

“是关于离婚的？”

“嗯，他的电报说现在还没有定论，但他答应当日会给他答复。你还是自己看吧。”

安娜接过电报来，手几乎有些颤抖，电报上的内容就是像渥伦斯基说的那样，但是他没有说最后的一句：“不容乐观，但我会倾尽所能办下去。”

“昨天我就已经跟你说了，现在我一点也不在意是不是能离成婚，究竟能什么时候离婚，这些你根本就没有必要背着我。”她说这些的时候，脸涨得通红。“这样说来，他也可以背着我与别的女人通信或者现在正在进行着呢？”她自己胡乱想着。

“啊，对了，上午亚瑟温和沃伊托夫要过来。据说他们把佩夫措夫赢得分毫不剩，现在佩夫措夫都没有办法筹来这笔大约六万卢布的欠债了。”

她不禁气愤了，因为他这样突然就转变了话题，无非就是表明他知道了她的恼怒。她穷追不舍地说：“不，你为什么就认定我对这个消息十分在意而非要对我隐瞒下来不可呢？我一再地说现在我根本就不理会这件事，而且最好你也能做到这一点，别太在乎了。”

“不，我在乎，因为我要把关系弄得清楚明白点。”他说道。

“关系是否清楚明白不在于形式而在于爱情，”她越来越控制不住自己的激动，他所说的话倒没有那么令人激愤，而是他那种淡漠的平静的说话语气让人无法忍受，“你为什么非要这样呢？”

“噢，上帝！竟然还是爱情！”他眉头紧蹙，暗地自语。

他回答了一句：“你应该明白我为什么这样，我是为你，也为了咱们将来的孩子着想。”

“我们再也不会有孩子了。”

“那真是遗憾。”他说。

“你也想替孩子考虑，可有没有替我想想呢？”她不去理会他所说的“为你，也为了咱们的孩子”，或许是因为忘记或许是因为没有听见，总之自顾自地说了下去。

他们争吵的一个老话题就是能否再有孩子的事，每次争吵都令她十分恼火，因为她认为他之所以希望有孩子是由于他对她的美丽已不再重视。

“唉，我不是说了吗！是为你，而且主要就是为你着想啊，”他痛苦地拧起眉毛，再一次重申着，“我知道，咱们这种不清不楚的关系是让你时常恼火的主要原因。”

“看啊，他终于不再伪装了，他明显地流露出了对我的这种冷漠的憎恨了。”她想着这些，却不去听他的解释，眼睛直直地望着他的那双不屈的有些挑衅又有些冷漠的眼睛，充满了惊恐。

“这不是理由，我倒不明白了，为什么你认为我的恼火是因为关系的不清不楚？现在我是生活在你的生活之下的，又哪里有什么不清不楚的关系，那正好是相反的呀！”

"你那样不想了解我，这让我很伤心，"他打断了她的话，试图用自己的坚持来让她清楚自己的想法，"因为你认为我是自由的，所以才觉得咱们的关系、你的境地都不清楚明确。"

"至于这，你大可不必担心！"她顶了一句，转过身子喝起了咖啡。

她端杯子的手，小指跷着，当送到唇边之后连饮了几口。她一眼瞥过去就已从他的表情上看出，他的脸上分明写着他讨厌她的手，她的姿势以及她喝咖啡时发出的声音。

"我更是对于你母亲的想法丝毫不感兴趣，至于她打算让你娶谁，我也是毫不在乎。"她说着，但放下杯子的手却是颤抖的。

"我们要说的并不是这件事。"

"不，要说的就是这件事！你听清楚，无论是年长或是年少，是你母亲抑或是一个不曾相识的人，但只要她是一个冷酷的、没有感情的人，那她就与我没有丝毫关系，我不企求能与她有什么接触。"

"求求你了，安娜，别再这样粗鲁地指责我的母亲。"

"作为一个女人，若是对她儿子的幸福和声望都不清楚是什么，那她就是一个冷酷的没有感情的女人。"

"再次向你恳求，别再对我所热爱尊敬的母亲无礼指责了。"他高声说道，望着她的眼睛严厉而气愤。

她只是凝神望着他的这张脸，这双手，而没有说一句话。脑海里渐渐浮上他们昨日和好后的温存，他那细致的爱抚。她不由得想："他对别的女人也曾有过这样的温存，而且他还会继续这样。"

"你根本就不爱你的母亲！你说的都是假的，空的。"她一脸恨意地对他说。

"真要是这个样子的话，那我就要……"

"就要考虑一下了是吗？现在我已经做出决定了。"说完这些她正打算离开时，亚瑟温就进来了。安娜简单地与他问候了几句，就不再说话了。

安娜自己也不清楚为什么要在一个恰巧来访的外人面前掩藏住心中狂风暴雨般的愤怒，为什么在面临着生与死的选择关节点上还要在这个终会知道一切的人面前装出一副风平浪静的样子。她压制着自己，让她平静地一如往常地与客人谈天说地。

“最近还好吗？要回别人输给你的钱了吗？”她问亚瑟温。

“噢，还可以，但是那笔钱我想是要不回全部的。我已决定星期三就走了，你们准备什么时候呢？”亚瑟温问，他眯着眼看着渥伦斯基，很明显地他知道刚刚发生了什么。

“我想，差不多是后天吧。”渥伦斯基说。

“但是你们早就准备走了。”

“现在已经决定下来了。”安娜直视着渥伦斯基的脸孔上是一副没有和解余地的坚决神情。

“那你就对可怜的佩夫措夫没有丝毫的同情吗？”她继续着她与亚瑟温原来的话题。

“这我可是从没有自问过究竟是不是同情他，安娜·阿尔卡季耶夫娜。”他摸了摸身上的口袋又说道：“瞧，这里就是我的全部家财，我现在极其富有，但是今天晚上我仍然会到俱乐部去，没准当我从那出来时就已经一文不名，成了一个彻头彻尾的穷光蛋了。在赌钱的过程中，我的对手要赢得我，他希望我能把最后一件衬衫都输给他，同样的，我也是这样地想象他的。这样最终胜负结果来了，兴奋点儿也就出来了。”

“但是，如果你是有妻室的人，你的妻子又会有什么样的感受呢？”

亚瑟温突然狂笑了起来：

“也许我直到现在也没有结婚，甚至想永不结婚正是由于这一点吧！”

“那葛尔辛格福尔斯怎么样呢？”渥伦斯基也加入到其中来，他向安娜看了一眼，她的脸上浮着动人的微笑。

但是一旦她的眼光碰触到了他的眼光，漠然与冷峻的表情马上就出现在脸上，分明在向他表示，“那件事我还没有忘记，还跟原

来的情形一样。”

“你真的有过恋爱吗？”她问亚瑟温。

“老天啊，数不胜数啊！知道吗？有两种人，一种是能够一直赌下去，但是一提到约会就马上站起来跑掉了，而我属于另一种，就是风花雪月地谈恋爱可以，但是却决不能耽误晚上的赌局，一直以来我就是这样做的。”

“不，不是你所说的这个，我问的是那种真正意义上的恋爱。”她本来是要脱口说出葛尔辛格福尔斯的，但由于这是渥伦斯基刚刚用过的话，所以她没有重复它。

沃伊托夫在这个时候来了，他刚买了渥伦斯基的一匹马。这样安娜就起身回她自己的房间了。

渥伦斯基在外出之前到了她的房间来。她本想装出一副在桌子上找东西的样子，可又认为假装总是卑鄙的，所以她就仍然冷漠地直直面对他的到来。

“要拿什么？”她用法语问他。

“有关甘比达的证件，我已经卖掉它了，”他的语言中透着一种比话语更透彻的一层含意，“我现在没有时间用在解释上，再说，就是解释也仍然不会有什么结果的。”

他自己想着：“我对于她没有半点的愧疚，如果她非要这样自己折磨自己，那只能是她更加倒霉了！”但是，就在他走之前，他隐约地听到她低语了一句，他的心突然间因升起一种对她的怜爱而颤抖了一下。

“什么事，安娜？”

“什么事也没有。”她仍然用冷冷的、沉静的声调回答着。

“既然什么也没有，那就随她倒霉吧！”他觉得自己的心又一次凉了下来。他转身走了出去，在出门时他看见穿衣镜里边那张苍白的脸，还有发抖的唇。他几乎要返回来安慰她几句，但是最终还是什么也没有说，就迈步走出了房间。整整一天他都在外面，直到深夜才回来。回来后使女告诉他，安娜·阿尔卡季耶夫娜说她头很疼，今夜不用到她房间里去了。

第二十七章

整整一天都在别扭之中，这在他们来说还是从未有过的事。这次可是开天辟地头一遭了。这一次已不是普通的平常的吵闹了，而是完全明了地承认他们的感情已经冷下去了。他竟然能在到她房里取证件时用那样的神情看着她，居然能在看到她那颗悲痛欲裂的绝望的心时，仍能摆出一副淡漠的沉静的表情，并且可以头也不回、话也不说地就决然走掉。这分明是一种厌恶、憎恨而不仅仅只是冷漠，显而易见，他爱上了别的女人。

他所说的每一句冷酷无情的话都在安娜的耳边一遍遍回荡，安娜想象着他本来要说可最终却没有那么绝情地说出的话，在这种没来由的设想中，她越发愤怒了。

他或许是想说："我不会死死留住你不放的，你想到哪里就可以去哪里。如果你现在不想与你丈夫离婚的话，那你就再回去好了。走吧，假如你想要钱，我可以给，那你究竟要多少呢？"

在她的幻想中，他说出了一切最下流的男人可以说出的一切无情无义、残酷绝情的话。她就像是认为他真的说出了这些话一样怨恨着他，下定决心不再饶恕他。

"他这个最诚实、最正直的男人，就在昨天还信誓旦旦地对我说他是那么爱我的。而且在以前我不也是经常就没有道理地悲痛绝望吗？"她马上又对自己说着这些。

这一天中她花了两个钟头的时间在威尔逊那里，除了这两个钟头，她没有一刻不在想他们之间的关系，究竟是一切都彻底完了呢，还是仍会像以前一样重归于好；没有一刻不在想她该怎么办，是马上就离他而去，还是再次看一次他，再次体会他那漂泊的心。她在这漫长的一天等待后，傍晚时分回到了自己的房间，她告诉了使女她头疼的话。暗下决定，若是他没有理会使女的话依然到她房里，那么就证明他依然爱她，否则，就证明一切都完结了，她也就该做出怎么办的决定了。

夜深了，耳边响起了马车停下来的声音、按门铃的声音、他走路的脚步声，以及与使女讲话的声音。她知道了他完全相信了使女的话，没有多问一句就径直回他自己的房间了。所有的一切都完结了。

死这个念头清晰地、生动地跃了上来。死是引燃他已熄灭的爱情之火的唯一方法，死是让他得到惩罚的唯一途径，死是她灵魂中的精灵与他对抗时最后的唯一的胜利法宝。

她对能否去沃兹德维任斯科耶，以及能否离婚都已不在乎了。她知道这些对她已没有丝毫用处了，她所要的只是让他得到惩罚。

她倒出了平时她服用的一剂鸦片，不禁想到只需把一小瓶药水吞下肚里就可以走上死路，那么轻而易举、简便易行。想到这她又开始想象着当他看到她死去的容颜会怎样痛苦、懊悔与怜爱，可一切都已悔之晚矣。她静静地躺在床上，一支即将燃尽的蜡烛闪动着微弱的光芒，将一切朦胧地包围在其中，她凝望着天花板下的雕花檐板，帏幔在烛光的投射下晃动着片片阴影。她身临其境一般幻想着当他知道她永远地消失了，在他今后的日子里她成为旧日的一场梦时他的感觉与心态。他也许会忏悔道："为什么我竟对她说了那么多残酷无情的话呢？""我怎么可以不说一句地就径直走掉呢？她死了，她永远不再与我在一起了，她在什么地方……"突然檐板上的帏幔的阴影开始飘荡，一会之间就盖住了整个檐板与天花板。片片阴影风一样地涌了进来，忽而聚到一起，忽而又飘荡着散去，飞走飞来，时聚时散。周围暗了下来，"死神"的念头霎时凸现出来。心笼罩在厚厚一层恐怖之中。很长一段时间里，她不知道自己身在何处，她用颤抖的手很久才摸索到火柴。她燃起了又一支蜡烛，仍然摆放在那个刚刚消逝了光芒的地方，心中呐喊着：“不，无论怎样只要我还有生命。真真切切地，我爱他！他也爱我！一切不愉快都会过去的，会过去的。”脸颊上流下两行泪水，这眼泪是为生命仍没消逝而感动快乐的泪。她极力要将恐怖抛在脑后，就快步跑到了他的书房。

他沉沉地睡在书房中，酣畅而甜美。她走了进去，举起的灯的光辉拂在他的面庞上，她久久地凝视着这张脸。在此时他酣然入睡中，她那样强烈地感到对他的爱，以致充满柔情的眼泪夺眶而出；可她也知道，当他睁开双眼之后，流溢出的仍是如同以往的那样冷漠、倔强的眼神，她更知道在还没有向他表白爱情就定要证明过错全在他。她悄悄地，没有留下一丝痕迹地回到了自己的房间，再一次服用了一剂鸦片。直到天将破晓她才朦胧地睡去，睡梦中始终缠绕着一种窒息与惊惧，梦魇中也没有摆脱自己这一天的感受。

早晨她被一场噩梦惊醒，这噩梦曾多次出现，甚至在她与渥伦斯基结合以前就多次纷扰过她。梦中总是有一个蓬头垢面的老头，低身俯在铁器上做着什么，嘴里发出含混不清的法语。梦中多次出现的最令人感到恐惧的就是这种情形：老头对她毫不在意，但却手执铁器向她的身体做着很可怕的事。她猛地从噩梦中挣脱出来，身上流了一层冷汗。

起床之后，再去追忆昨天发生的一切，她觉得就好像是隔着厚厚的一层云雾一般。

“我们就像以前多次吵架一样，又发生了一次争吵。后来我告诉使女我的头疼，他相信了没有过来问问我。明天我们就要离开这里，现在我得去看看他，以便做好准备出发。”她自己想着。听到他的书房中有声音，她就走到那儿找他了。当她走到客厅时，马车在大门前骤然停止的声音传了过来。透过窗子她看到一个少女头戴淡紫色的帽子，把头从车窗探出来，对那个正按门铃的仆人说着什么。接着她听到了前厅里谈话的声音，什么人上楼来的声音，渥伦斯基走过客厅时的脚步声，和他快步下楼的声音。安娜站在百叶窗的前面，正看到他走到台阶下，帽子也没有戴，当走到马车跟前的时候，那个戴着淡紫色帽子的少女把一包东西给了他，他则笑容可掬地与她说了几句话。随后，马车走了，他又快步跑了回来。

片刻之间她心头上的种种枷锁化为乌有，昨天的种种思绪也已散去，取而代之的是刚刚袭来的新的痛楚。她甚至奇怪自己竟然这般不可思议地与他共居一处，与他整整过了一天，对他低声下气。她决定马上就去跟他说个清楚。

“刚才是索罗金公爵夫人和她的女儿恰巧经过这里，妈妈就让她把我昨天没有拿到的钱和证件顺路带了过来。头痛好些了吗？现在怎么样？”他的语气还是那样平缓、镇定。对她脸上的那种忧郁、阴沉的脸色既不想看，也不想去探求为了什么。

她没回答，只是一声不发地站在房间的中央，久久地直视着他。而他只是不经意地看了她一眼，皱了皱眉头，就自顾读起了信。她慢慢地转过身，木然地走出了房间。本来他能够给她一声呼唤，叫她回来，可是直到她到了门口，他仍在看信，只有信纸翻动的声音没有他的呼唤。

当她几乎迈出门外时他说了一句：“噢，再问一下，明天我们就会走，肯定是吗？”

“你走，我不走。”她掉转过身子，面对他说。

“安娜，总是这个样子，我们是不可以的……”

“你走，我不走。”她又重复了一遍。

“我真是受不了这样！”

“你……你早晚是要后悔的！”说完，她就走开了。

在说话时安娜的那种绝望的不顾一切的神情让他的心陡然一惊，他猛地站起来准备追上去叫住她，可是他站在那儿想了想就又重新坐下，紧紧地咬住嘴唇，眉头也拧在了一起。对他而言这是一种含混的、没有意义的恐吓，是一种令人大为恼火的威胁。他只想着：“我已用过一切能用的方法了，现在只剩下最后的唯一的办法了，那就是放到一旁不去理睬。”所以就做着去她妈妈那儿的准备，他打算让他母亲在委托书上签个字。

她听到他在书房和饭厅里走动时的声音。在客厅的门口他似乎稍微停顿了一下，但最终没有转到她那儿。他只对仆人交代了一句如果他还没有回来，那沃伊托夫就可以直接领走那匹马，就没有再说什么。后来马车驶过来的声音传了进来，大门就打开了，他也走了出去。可随后他又回到了大厅，他的仆人跑上楼来，主人忘了拿手套，他回来取。她再一次透过百叶窗，看着他毫不在意地接过手套，拍着马车夫的后背说着什么话。直到最后他也没有抬起头看看窗子，他坐在马车上，仍然是一腿架在另一条腿上的惯常姿势，戴上手套，就消失在清冷的角落里。

第二十八章

窗前的安娜呢喃低语："走了，全都结束了。"头脑中一片混乱，这是她苦苦追问、苦苦找寻的答案，这是她在烛光消失后对黑暗的领悟，这是她在梦魇之中对噩梦的参透。在这种纷乱的交织中，凉彻骨髓、寒彻心肺的恐惧紧紧缠住了她。

"不，不可能是这样！"她尖叫着，跑到房间里，用力地按着铃。她害怕这种独自一人的样子，她跑下去去接那个正往上赶的仆人。

"问一问伯爵要去哪里？"她说。

那人就告诉她，伯爵去了马厩。

"伯爵让我告诉您，如果您要用车的话，马车很快就会回来的。"

"好，等一等。我马上就写一张纸条，你让米哈依尔立刻就把它送到马厩，马上就走！"

她坐下来急急地写道：

> 一切错误都在于我，快回家来吧，听我的解释，看在上帝的份儿上，你就回来吧，我很害怕！

封好之后，她交给了这个仆人。

她不敢孤零零地一个人待在这里，随着那个仆人走出房间，来到了育婴室。

“这是怎么了，这不是他，不是他！为什么看不到那双蓝蓝的眼睛，和那含着羞涩的好看的笑脸呢？他在哪儿？”她在见到她那个有一头乌黑的卷曲的头发和有着圆润的红红的脸蛋的女儿时突然冒出了这样的想法，她要见的是谢辽莎，她以为在育婴室里能够找到谢辽莎。坐在桌旁的小女孩不停地用一个软木塞猛烈地敲打着东西，一双乌黑的眼睛紧紧盯着母亲，目光中一片茫然与无知。安娜与英国保姆寒暄了几句，告诉她，她现在很好，明天就会搬到乡下去住了。她紧紧地靠着小女孩，在她身边坐下，一双手无意识地旋转着那个软木塞。但是她一听到小姑娘的天真的、脆声脆气的笑声，一看到她那好看的眉眼，就情不自禁地让渥伦斯基又一次浮上心头，她强忍住几乎流出的眼泪，急忙站起身来，快步走出房间。她问自己：“真的就都已经结束了吗？”“不，这不是真的，他不久就回来了。可是他又怎样去解释他看到她，与她交谈之后的激动及他挂在脸上的笑容呢？不，就算他对此不辩解一句，我还是要相信他。因为如果我对此不再相信，那我就只有一条我最不愿意最不喜欢的路可走了，我不要那样。”

她看着表，知道已是十二分钟以后了。“现在他已经拿到那字条了，正在往回赶路呢，没有多久，也许是再有十分钟他就……可是如果他并不理会而不回来呢？不，不会这样！噢，不能让他看出我刚刚流过眼泪，我要去洗洗脸。嗯，我的头发梳好了吗？”她问着自己，但是无论怎样，她对此都没有半点记忆，只能去摸摸自己的头发。“的确，我已经梳过头发了，但我怎么却完全不记得是什么时候梳的呢？”她开始怀疑自己是不是摸错了，就来到穿衣镜的前面，看看她究竟梳过头发没有。的的确确是梳过的，但她还是没有回忆起是在什么时候梳的。镜子里映出瞪着的一双大大的亮得有些吓人的眼睛和一张发着烧的面孔。她望着这个人不禁问道：“这人是谁？”“是的，这人是我！”她猛然间惊醒，看着镜子中的影子，她惊觉到他的亲吻与爱抚，不由得浑身颤抖了起来，肩膀也抽搐了一下。她马上把手贴到自己的唇上吻了吻。

“我究竟怎么了，是疯了吗？”她又来到寝室里，安奴西卡正在整理房间。

“安奴西卡！”她喊了一声，却不知再要说些什么，只是站在那里呆呆地看着使女。

“你原本计划去看达丽雅·亚历山德洛芙娜的。”使女似乎参透了她的心思，对她说。

“要去看达丽雅·亚历山德洛芙娜，是吗？对，我要去。”

她又拿出表来看了看，计算着时间：“去时要一刻钟，回来时还要一刻钟，那他现在已经是在回来的路途中了，马上就会到的。”“可是他竟然忍心把我一个人扔在这里，孤零零地忍受着这种折磨，全然不管就扬长而去。不与我言归于好，他打算怎么过下去呢？”她又站到了窗前，望着窗外的大街，思索着他这时候就要回来了，可是又担心她没有把时间计算准，就又回头去想他什么时候离开的，什么时候该回来，就这样来回计算着。

就在她打算对照大钟再去调调表时，她看见有人坐车到这儿了，窗外是他的马车。但是并没有人上楼来，只是传来阵阵人声。是她打发送信的人坐车回来了，她马上下楼迎了上去。

“我没有找到伯爵。他已经去下城火车站了。”他报告着。

“你在说什么，这又是什么东西？”她问满面红光、神采飞扬的米哈依尔。他把字条又还给了她。

“这么说，他没有收到。”她想明白了。

“到渥伦斯基伯爵夫人的别墅去，把这信交给他，你认得路吧？马上再把回信带给我。”她向那个送信的人吩咐着。

“可我现在应该做什么呢？”她心里说，“噢，我可以去朵丽家，是的，要不然我怕我真的要疯掉了。我可以再发个电报给他？”她马上就打出了一份电报的底稿：

我必须与你谈一谈，切记立刻返回。

发完电报，她就去穿外套。当穿好了外套，戴好了帽子之后，她向安奴西卡望了望。这个胖胖的安奴西卡有着可亲的灰色的眼睛，她的眼神中充满了对安娜的同情。

“安奴西卡，亲爱的安奴西卡，我得怎么办啊？”

“安娜·阿尔卡季耶夫娜，为什么这么伤心呢？这是很平常的事，出去散散心吧。”使女劝慰着她。

“好的，我这就去。”安娜强打起精神从椅子上站了起来，又说：“要是我还没有回来就来了回电，那你就把它送到达丽雅·亚历山德洛芙娜家里。我，我自己能够回来。”

“我绝不能让自己再去胡思乱想了，我得找些事情去做，我要坐车出去，最关键的我要让自己远离这幢房子。”她自己劝慰着自己。她的心脏剧烈地跳动声在她听来竟然感到恐怖，她逃一般地走了出去，坐到马车上。

“要去哪里，夫人？”彼得没等坐到驾马的座位上就连忙问。

“兹纳缅卡街上的奥勃浪斯基家。”

第二十九章

天空明净、清亮。在一上午的丝丝细雨过后天刚刚晴朗起来。在五月的阳光温和地照耀中，屋顶上的铁板，马路上的石板，路上的鹅卵石，还有马车的车轮、皮带、铜带、铜器和白铁皮都折射出绚丽的夺目的光芒。现在正是街道上一天中最繁华的时刻——三点钟。

两匹灰色马拉起安娜的马车飞驰着，时曲时伸的弹簧让这马车随之摇摆。安娜在这辆舒服漂亮的马车中的一个角落里坐着，耳边奏响着没有歇止的车轮辚辚声，眼前飘过车窗外变化无穷的街景，几天以来所发生的一幕幕又浮现上来，但此时却完全不同于在家里所想得那般悲惨。也不再深刻而鲜明地萦绕着死的思索，并且似乎死也并非就是唯一选择了。她为自己那样屈服那样低三下四而自责。“我向他请求宽恕，我屈服在他的脚下，我承认了错误，我为什么要这样？没有他的日子，我就真的过不了吗？”她不再去理会这个没有他我该怎样活的问题，开始漫无目的地去看街头上的招牌。“公司、百货商店、牙科诊所……对，我要把这一切都对朵丽说出来。她一向讨厌渥伦斯基，虽然这样让人感到既羞愧又苦痛，但还是要对她说出一切。她是爱我的，我对她的话也肯接受。我决不向他妥协，绝不会让他来训斥我……菲利波夫，面包店。听说他们把面团送到了彼得堡。莫斯科的水那么纯净，噢，米辛基的泉水，还有薄脆烤饼！”她追忆着许久以前的往事。在她还是个十七岁的妙龄少女时，她的姑母带她去参拜过三一修道院。“当时还没有铁路，我们是乘着马车去的。许许多多的东西在我的眼中都是不能企及、高不可攀的，但随着时间的推移这些又都变得不足挂齿了。而我也永远地失去了那时曾经拥有的东西。那个时候我怎么想到如今的我竟会落魄至此呀！当他手握我的信时又会有怎样的自得与骄傲，但是我是会让他尝到苦果的……多么难闻的油漆味啊！怎么他们永远都在油漆着、筑盖着？时装店、帽庄。”她仍在无意识地念着这些。这时突然有人向她行礼，他是安奴西卡的丈夫。突然间渥伦斯基在以前说的话“我们的寄生虫”又出现在她的印象里。“我们的，为什么要说我们的，不能让往事灰飞烟灭这的确有点可怕。但是虽然做不到灰飞烟灭，却可以遮盖住这些往事，我要让这些记忆都被遮盖下去！”她又想到了阿力克赛·亚历山大洛维奇，追忆着她是怎样剔除掉她与阿力克赛·亚历山大洛维奇的过去。“朵丽一定认为我对第二个丈夫也要抛弃了，她一定认为这都是我的错。我还能奢求有什么理由呢，对此我是无能为力的啊！”她想着这些几乎又要流出眼泪，可马上就感到了惊奇，因为有两个少女在微笑。“她们为什么微笑，是否因为爱情，唉！她们还不能够理解爱情是一件怎样难受、鄙陋的事……林荫路和孩子们。三个奔跑着的小男孩正在玩着赛马的游戏。噢！谢辽莎，一切都离我而去了，我找不回他了。若是他真的不回来，那么我就失去一切了。或许是他没有赶得上火车，现在已经回来了。又得让你自己低声下气的了！”她自语着，“不，我这就到朵丽家，毫无保留地跟她说：我很不幸，虽然我是自作自受、自讨苦吃，但我仍然是那么不幸。救救我吧……这些马匹，还有这辆让我感到如此不舒服如此难受的马车，这些都是他的东西，不过我就将永远不见这些东西了。”

安娜把她要对朵丽所说的那些话一遍遍地回味着，有意地让这些去刺痛自己的心灵。她走上楼梯。

“有客人在吗！”她在前厅里问仆人。

“是卡捷琳娜·亚历山大洛芙娜·列文。”仆人对她说。

“吉蒂，同渥伦斯基曾有过恋爱的那个吉蒂，那个让他久久不能忘怀的人。他对没能与她结婚而感到懊悔，却对与我的结合而感到厌恶，感到后悔。”

当安娜到这儿的时候，她们姐妹两个人正说着如何哺育孩子的话题。她的到来打断了两人正进行的谈话，朵丽一个人出来接待了她的突然来访。

“喂，现在还没有走吗？我正打算着要去看你呢，噢，今天我还收到了斯季瓦的一封信。”她对安娜说。

“我们也接到了他打来的一个电报。”安娜答着话，眼睛却四下张望，她在找吉蒂。

“他的来信就是说，他弄不清阿力克赛·亚历山大洛维奇究竟打算做什么，但他只有在接到答复以后才肯走。”

“我还以为有客人在这呢，那封信我能看一看吗？”

“是的，吉蒂在这儿，她在育婴室，刚刚大病一场。”

“我听说这些了，那封信我能看看吗？”

“我这就去拿。他并没有一口否决，相反的，斯季瓦还觉得很有可能办成呢？”朵丽在门口站着说。

“但我自己现在却已是彻底失望了，我已几乎不再奢求任何希望了。”安娜说。

“吉蒂这样做是表明什么意思，她觉得见了我就有碍她的体面了吗？”安娜在独自一人时心里暗暗地想，“就算她是正确的，但是她这个渥伦斯基曾经的恋人也不该这个样子对待我，就算所有的事情都是真的。我知道任何一个上流的体面的正派女人都会对我这种处境的女人避而远之。自从我只为他一人把一切都牺牲掉的时候我就知道了这一点。我付出的一切所换来的就是这样的一个结果。我恨他，我为什么要到这里来呢？这目前的一切让我更加伤心，更加悲痛了！”隔壁的房间里传来姐妹两人的说话声。“现在，我还能再向朵丽说什么吗？把我的不幸在吉蒂面前摆出来让她来劝慰我，保护我，让她感到自我的安慰与满足吗？不，朵丽也不能理解这些的，对她说了也一样于事无补。但是也许见见吉蒂，让她明白我鄙视一切的人与事，让她明白我对一切都毫不在意，这会是一件有趣的事。”

朵丽走过来递给安娜信，她一言不发读完了信，随手递还过去。

“这些我都已经知道了，对此我没有半点兴趣。”她说。

“这又为了什么，正好与你不同，我对此充满希望。”朵丽说，她看着安娜，对她现在这样从未出现过的烦躁和从未见过的怪异状态感到惊奇。她询问着：“你们准备什么时候离开呢？”

安娜并没有回答这句询问，只是半眯着眼睛，一动不动地望着前方。

“吉蒂干吗要躲着我？”她问，紧紧地盯着门口，脸涨得通红。

“哦，别瞎说，她正在给婴儿喂奶呢，她就是做不好这些，刚刚我还在教她呢……她挺高兴的，马上就能过来。”朵丽不会说假话，只好结结巴巴地说完这些。“哦，她来了！”

一听说安娜到了，吉蒂本来是不想去见她的，在朵丽左劝右劝之下，才硬着头皮出来见她。

她脸上眨着一层红晕，到安娜面前后，伸出手来。

“很高兴见到您！”她的声音几乎有些颤抖。

吉蒂的心理处于一种矛盾之中，她一方面对这样一个下流的女人心怀敌意，但另一方面又努力地要自己宽容她。在这种矛盾中，她竟有些手足无措。但是安娜那美丽得让人心动的面庞一出现在她的眼前，心中所有的不满与敌视就都轰然瓦解了。

“即使是你真的不愿意出来见我，我都不会为之惊异，我已习以为常了。听说你大病一场，噢，真的，你都变了样子了！”安娜说。

安娜那种充满敌意的眼神，吉蒂已有所察觉，但她认为之所以有敌意是因为安娜的处境太过艰难。以前，她曾经帮助、保护过她，可如今却要别人来给予同情。吉蒂在心底为她伤心。

她们说起了吉蒂的那场病、孩子，还有斯季瓦，很明显，安娜对这些一点都打不起精神。

“今天，我是特地来向你们告别的。”她说着就站了起来。

“打算什么时候走呢？”

安娜没有回答，却转身对吉蒂说：

“是的，见到您我也很高兴，”嘴角挂着一丝微笑，“有关于您的事情，我听过很多，有大家说的也有您丈夫说的。他曾经到过我那里，我也非常喜欢他，现在他在哪儿呢？”她带着明显的恶意说着这些。

“他到乡下去了。”吉蒂脸涨得通红地回答。

“代我向他问个好，拜托啊！”

“我一定会的！”吉蒂毫无城府地回答，她望着她的眼睛，充满了同情。

“那，我们就再见吧，朵丽！”安娜吻了吻朵丽，握了握吉蒂的手，就匆匆地走了出去。

当吉蒂与她姐姐再次单独相处时，她说：“与以前一样，她没有一点变化，还是那样美丽迷人，但是她却有些让人感到可怜，真的很可怜。”

“对，今天她是有点与以往不同，在我送她到前厅的时候，我发觉她几乎要哭了。”

第三十章

安娜坐回马车上，心情竟比出门时更糟了。现在她不仅感到以前的那种痛苦的噬咬，而且她感到了新出现的被侮辱、被鄙视、被唾弃的痛苦，那就是在与吉蒂的接触中所清晰地感觉到的。

“夫人，你要去哪儿？是回家吗？”彼得问她。

“对，回家去。”她毫不思索地回答，她根本就不知道要去哪里。

“他们怎么能这样看我，就好像我是一个面目狰狞、不可思议的，稀奇古怪的东西！这人那么神采飞扬地对那人讲着什么呢？”她看到两个从她旁边走过的人时想，“人可以把自己切身的感受对另一个人倾诉吗？我原本打算向朵丽诉说一切，多亏没有跟她说起，否则她定会对我幸灾乐祸，虽然她会把这些都掩饰起来，但内心中还是会暗自高兴，因为我为我的所作所为受到了惩罚，可这些所作所为的快乐是她所羡慕而又不曾拥有的。至于吉蒂，她肯定会更加幸灾乐祸了。我算是看清楚这个人了。她嫉妒我，憎恨我，甚至鄙视我，因为她知道，她的丈夫认为我非常可爱而迷人。在她看来，我只是一个道德沦丧、没有廉耻的女人，可她还不知道，如果我真的是那样的话，她的丈夫已拜倒在我的脚下了，只要是我愿意，而事实上我也确实很愿意。啊，这个人很是自以为是呀！”一个浑身臃肿、满面红光的绅士乘着车从她对面驶过来，她知道，他以为她是他熟识的一个朋友，所以就摘下他那顶光亮的礼帽露出他那同样光亮的秃头，但随即就发现他认错了人。“他还觉得他认识我，他与我毫无瓜葛，就像这世上所有的人一样。我自己都弄不清楚我是谁，我只清楚我的胃口，如同那句法国谚语一般：‘他们要吃那些肮脏的冰淇淋；他们肯定知道这些。’”这时她的眼前又出现了两个小男孩，他们叫住了头上顶着桶的冰淇淋商贩，他放下了桶，用毛巾擦着满脸的汗水。“我们大家都想得到香甜的美味，如果得不到糖果，就宁愿去要那些不干净的冰淇淋！吉蒂就是这样，得不到渥伦斯基，就去要列文。所以她对我充满嫉恨与敌视，我们彼此互相敌视。她恨我，我也恨她！事实就是这样。秋季金，理发师，我让他帮我梳梳头发……他回来之后，我就把这些告诉他。”想到这儿她突然笑了起来。但随即她就想到了她现在与谁都无法谈笑了。“况且，也没有什么有趣的事可供谈笑，所有的事情都是面目可憎的。晚祷的钟声响起来了，一个商人虔诚地画着十字，唯恐会损失掉什么东西。这教堂、这钟声，都是欺骗，而又能真正起到什么作用呢？无非就像那些随口就骂的车夫一样，只是为我们彼此间相互的憎恨做些遮掩罢了。亚瑟温说‘他要让我输得衬衣都要当掉，我也一样对他’，是的，事实就是这样！”

她在这种幻想中沉浮着，完全忘掉了自己的处境，不知不觉中回到了家中。直到门房走出来接她，她才记起她曾发出过信和电报。

“回信到了吗？”她问。

他答道：“我找一找看。”然后就翻了翻书桌上，找到一个套着小封套的方形电报递给了她。电报上写着：“十点钟之前我回不来。渥伦斯基。”

“那个送信的人现在还没回来吗？”她问。

“还没有呢，夫人。”

“好，既然是这样，那我就知道该做些什么了。”她自己低语了一句。一时间一股被压抑的怒火冲了上来，一种报复的欲望也随之高涨，她快步跑到了楼上。她自己暗自想着：“我得去找他，无论如何，在诀别之前，我要亲自把这些话讲出来，让他清楚这一切。我恨他超过我恨所有的人。”现在就连他的帽子安安静静地挂在架子上都让她心生厌恶，甚至讨厌得有些战栗。她没有镇定地想一想他现在还没有收到她的那封信，这封电报仅仅是对她的电报的答复。她只是一味地认为此刻他正像一个什么事情也没有发生过的人一样愉快地与她母亲还有那个索罗金公爵小姐谈笑风生，甚至他正一丝丝地品味着看到她那痛苦的模样而有的快乐呢。她不停地对自己说“快点，我要快点去！”但她并不知道究竟该往何处去，她只是想马上逃离这幢令她感到窒息与恐怖的房子。在这里她对所有的东西都有一种强烈的厌恶与憎恨，无论是仆人们，还是房屋的墙壁，还是周遭的布置，她只觉得这一切都毫不留情地重重地压在了她的心上。

安娜看着报纸上列出的列车时刻表，知道八点零两分将有夜车出发，她对自己说：“是的，我要到火车站，在那儿找他，如果没有找到，那我就去那里把一切都说穿。现在，我还赶得上车。”她叫人备好另外两匹马，自己则在一边收拾她在这一两天之内所需要带的东西，把这些整理到旅行袋中。她明白这一走便永远不会再到这里了。安娜的头脑中闪过种种计划，最后在一种朦胧昏沉的状态里她决定在火车站或者是伯爵夫人家里大闹一场，然后她就坐上火车，在下面的第一个城市下车。

午饭都已准备好了，可她在桌子旁边闻到面包和干酪的气味就觉得恶心，因为所有的食物都是讨厌的。叫人套上车以后，她就走了出去。马路上映出了房子的阴影，五月的傍晚依然是明净而温暖的。安奴西卡正替安娜拿着东西，彼得正把行李放到车子上，马车夫明显地一脸不快，这些都让安娜觉得厌烦，他们的一举一动在她眼里都是那样惹人气愤。

“彼得，我不需要你！”

“可是车票又怎么弄呢？”

“反正我不在乎，你随便吧！”她有些不耐烦。

彼得跳上了座位，双手叉腰。他让车夫把车驶到车站去。

第三十一章

“看吧，准是她，这些我全部都清清楚楚！”安娜自言自语着。马车刚刚走了一会，车身还在不停地来回摇晃，走在沙砾马路上发出震耳的轰隆声。安娜的脑海中混乱地交替着各种各样的印象，纷繁地呈现在眼前。

她努力地去追忆：“我最后想到的那件很美妙的事情是什么呢……是秋季金，理发师吗？不，好像不是。噢！是亚瑟温说的那句话，让人们彼此相连的唯一纽带就是生存的竞争与仇恨。”看到一群坐在四驾马车上的好像去郊外游玩的人，她心里又暗暗地说：“去了，也是一场空欢喜，即便带着条狗也还是一样于事无补，你们无法摆脱你们自己。”安娜直盯盯地瞧着那边，她望了过去，是一个醉得一塌糊涂，走路左摇右晃的工人，一个警察正把他带走。“他可是找到了一个解决问题的办法，”她想，“尽管我与渥伦斯基那么渴望、那么努力地去寻找幸福，但到头来我们还是一无所获。”此时安娜真真切切、清清楚楚地看到了自己与渥伦斯基的关系，她以往总是那样地害怕想这些，总去回避着这些，可今天她第一次看清了。“他从我这里寻找着什么呢？若说是在寻找爱情，那更确切地说是在寻找着他的虚荣心在获得满足后的骄傲。”想一想在他们初识的日子里，他那字字句句，他脸上流露出的表情就如同温顺驯服的猎狗，现在的一切更加证实了她的猜测。“是的，就是这样，他的虚荣心获得了极大的满足，他为此而骄傲、自豪。虽然这其中也曾有过点爱情，但更多的还是那种胜利感与自豪感。在过去，他以我而倍感自豪与骄傲；而现在，他不再有任何的自豪了，不仅仅是没有，甚至是为我感到羞愧。在他从我这里获取了他可以拿走的一切之后，他不再要我了。他对我厌烦，却不想让他看起来那样残忍无情。他昨天的话里终于露出了马脚，他准备让我离婚，然后再来娶我，仅仅就是破釜沉舟的一击而已。他爱我，可又是如何爱的呢？已经没有热情了！这个人还要一鸣惊人呢，很是自负啊！”她想，迎面过来一辆出租马车，上面端坐着一个面色红润的店员，“不，在他的眼里，我已经是毫无魅力可言了，要是我离他而去，他肯定要乐得跳起来。”

她并没有无端地臆测，只是面对着此情此景，她把一切已经看穿，在这种透彻清楚的视觉中，她参透了何为人生的意义，何为人与人的关系。

她还在继续想着：“我对他的爱日益强烈，甚至是越发自私，但他对我的爱却与日俱减。这些就是让我们分离的原因。也没有什么办法来补救这一切。我的世界里他就是唯一，我希望我能够真真正正、彻底完全地拥有他，但是他却越来越远离我。在我们没有在一起以前的那段日子，他是真正地与我靠近，可是如今我们却不可更改地渐渐疏远，这一切我无法扭转。他埋怨我毫无道理的嫉妒，可是事实又哪里是这样，我又哪里是在嫉妒，我是不满足。但是……”一个念头突然涌了上来，令她激动不已，身子不由得晃动了一下，“不管做个什么人，只要我不仅仅是一个爱他的温存的情妇就可以。可我又不能够，也不希望是别的其他什么人。事情又是不可避免地发展成这样，他厌恶我的这种愿望，而我又为此而愤怒。其实我又怎么会不知道，他不会对我进行欺骗，他对索罗金小姐没有丝毫爱意，他也没有对吉蒂不能释怀，而且他也不会对我不忠。我明明白白地知道这些，可是这些并不能让我少了半点忧伤。我不能释怀的是他对我全无爱意了却碍于责任而对我假意怜爱，他无法给我我所企盼的那种感情。真是这样的话，那可是比怨恨还要令人伤痛百倍，与地狱所差无几！可是事实就是这样，很早以前他就不再爱我了。但消失了爱情，仇恨也就出现了。这些街道我怎么从未见过？这里一座座山似的房子，啊房子……那里面全都是人，多得数不清的人，数不清啊……他们都是相互之间充满了仇视。哦，我看看，为了能够得到幸福，我希望着什么呢？假如我与阿力克赛·亚历山大洛维奇离了婚，谢辽莎也给了我，我又与渥伦斯基结了婚！”他一想到阿力克赛·亚历山大洛维奇，就感到他此时就在她的身旁。马上他整个的人，还有那双有些待板的、柔和的眼睛，还有他那条长在白皙的手背上的青筋，他说话时的声音，扳弄手指的响声，甚至是他们的感情，那种共度时也被称作是爱情的感情，都一下子涌上了心头，她从心底升出一种厌恶。“如果我真的离了婚，嫁给了渥伦斯基，那又能怎么样呢？吉蒂就会转变今天对我的那种看法吗？不。谢辽莎就真的会不再去疑惑我为什么有两个丈夫了吗？就是我与渥伦斯基就能真的出现新的爱情吗？就是摆脱痛苦都是不可企及的，就更不要说幸福了。”她不再回避了，毫不犹豫地给了自己答案，“不，不，这是不可能的了！在生活之中我们破裂了，我使他尝到了痛苦，他也同样让我尝到了痛苦，我们谁也无法改变这一点。所有能试的办法我们都试过了，但是螺丝已被拧坏了。一个妇人乞丐怀抱着婴孩，她以为这样别人就能够给她同情吗？我们一旦来到这世上，就是在彼此仇恨，就是在折磨着自己，也折磨着别人。”迎面来了一群正在欢笑的学生。谢辽莎呢？她想起了谢辽莎。“我还自以为是地认为我很爱他，甚至为自己对他的这份爱而感动不已。可事实上，失去了他我依然活着，宁可抛弃他也要去换取别人的爱，而且如果换回的爱情能够让我快乐，我是不会去后悔这种变化的。”一想起那种意义上的爱情她就心怀厌恶。她现在唯一高兴的是她有了一种清晰、明了地看待世上所有人包括自己的眼光。“这世上我们所有的人在任何地方都是相同的，无论是我、彼得车夫、费尔多、那个商人，还是那些在广告的引诱之下住到伏尔加河畔的人，都是一样的。”这时她已来到了下城车站那低矮的房屋前，从那里边跑出了一些接她的脚夫。

“要买一张到奥比拉罗夫卡的车票吗？”彼得问她。

可她似乎忘却了她究竟要去往何处，又为何而来，一番绞尽脑汁之后她才清楚这些。

“是的。”她边说边把钱包递给了他，自己则提着红色手提包下了马车。

随后她慢慢地走过人群，走向头等候车室，她现在的艰难处境还有那个并不坚决的计划浮上了记忆。心灵中交织着希望与绝望，她那旧日的创伤一次次地被这种希望与绝望所刺痛，她只觉得那颗受了伤的不忍触摸的心在猛烈地让人心悸地跳动。她在候车室里坐在星形的沙发中，厌烦地盯着那些在她眼前来来往往的行人，在她看来，他们都是那样地令人感到讨厌、恶心。她头脑中杂乱无章地想着她该怎样到达车站，该给他写一封怎样的信，他又是怎样地不理解她的痛楚，他又会怎样在他的母亲面前诉说他的处境，以及她该怎样走进屋子，怎样对他说话。之后她又去想象着生活仍然会很幸福，她如此痛彻肺腑地爱着他，恨着他，她现在心跳得有多猛烈啊！

第三十二章

响起了一阵铃声，几个丑陋的毫无教养的年轻人急匆匆地走了过去，他们显然很是在意人们对他们的印象。身着一身号衣、脚蹬长筒靴的彼得也穿过候车室，带着待板、愚蠢的表情，来送她上车。当她在月台上从两个旁若无人大声讲话的男人身边经过的时候，他们停止了喧哗，一个人对另一个人悄悄耳语了几句。自然都是些议论她的难听的话。她登上了火车的高踏板，独自一人坐在一节空车厢中，那个弹簧椅座位的椅套已经失去了原来的洁白，现在是一片肮脏。彼得傻笑着在车窗前挥动镶着金边的帽子与她告别。一个乘务员莽莽撞撞地关上门又闩上锁。一个带着裙箍的畸形的女人和一群矫揉造作地笑着的女孩子跑了下去，安娜想象着当那女人剥掉了衣服，露出让人感到害怕的残疾的身体，就感到阵阵发抖。

“卡杰丽娜·安德列耶夫娜全都有了，姑姑！”一个小女孩喊着。

安娜心里厌烦地想：“年纪这么小，说话就拿腔作调、矫揉造作的了。”她不想看到任何人，所以就站起来走到空车厢对面的窗口前的位置上坐下来。这时一个十分丑陋的农民从车窗旁走过，浑身脏兮兮的，一顶又脏又破的帽子下面露出一堆乱蓬蓬的头发，他正曲着身子俯在车轮上做着什么。她心里想：“好像在哪里曾见过这个丑陋的人。”突然间梦中的景象闪现在眼前，她不由得恐惧起来，浑身颤抖着走到了对面的门口。乘务员正把门打开让一对夫妇上来。

“夫人是要出去吗？”

安娜沉默着没有应答。她那遮挡在面纱下的惊慌失措的神色并没有被乘务员和进进出出的人们所察觉。她又坐到了原来的角落里。刚进来的那对夫妇就坐在她的对面，他们不住地偷偷瞥看她的衣服。这让安娜更加觉得他们面目可憎了。那个丈夫为了找个机会与她交谈，就在明明不想吸烟的时候，向她询问是否介意他吸一支烟。在得到了安娜的许可以后，他就开始与他妻子夸夸其谈起来，他用法语说着一些他自称为宁愿抽烟也不愿意去谈论的没有意义的无聊事情。他们愚蠢地卖弄地说着仅仅是为让安娜听听的话。安娜也更加透彻地看出他们两人相互间有多么的厌恶，有多么的仇视。安娜没有办法不让自己去厌恶、仇恨这一对丑陋的可怜的人。

第二遍铃声响起来了，人们忙乱地搬动着行李，纷乱地吵嚷着，无聊地笑着。安娜对这种笑声尤感厌恶与痛苦，因为她认为所有的人都没有什么事情可以值得高兴，她几乎就要举起手堵住耳朵不要这声音传来。第三遍铃声终于拉响了，火车的汽笛尖叫着，伴随着车轮哐哐啷啷的响声。猛然间挂钩的链子牵动起来，那个丈夫连忙画了个十字。安娜轻蔑地看着他，心里想：“要是能问问他这是什么意思，倒是挺有趣的。”安娜穿过妇人的头顶，透过车窗向外远眺，那些月台上送行的人好似向后滑走一样。火车有节奏地在铁轨接合处震动着，轰鸣着驶过月台，把一堵砖墙，一座信号房和一些车辆抛在了后边。车轮在铁轨上的滑行渐渐地平稳与流畅了，发出轻轻的叮当声，车窗被落日的余晖笼罩着，窗帘也随风轻摆。安娜在车厢轻微有节奏的晃动中，呼吸着扑面而来的清新空气，她不再去理会那些同行的人们，又陷入了新的沉思。

“刚刚我想了什么呢？生活中的每一种环境对我来说都是痛苦不堪的。我们都清清楚楚地知道人的一生就是在受苦受难，可却总要极力地去掩饰着，不让自己知道。可即使是明白了这一切，又能有什么办法呢？”

“人之所以被给予理智就在于让他走出痛苦。”那个太太显然

是对这句话甚感满意，她咬文嚼字地挤着眉眼说。

这句话好像回答了安娜的疑惑。

安娜默默地暗念着“摆脱苦难”。她看了看这对夫妇，丈夫红光满面而妻子骨瘦如柴。安娜察觉出这个体弱的妻子认为丈夫欺骗了她，自己受到了误解，因此她才有这种想法。她盯着他们就好像是目光有着穿透力一般，把他们的来历以及他们的所想所思一一洞察出来，但她并不认为这有半点新鲜的地方，所以就沿着原来的思路继续思考。

“确实如此，我生活中充满了苦恼。但既然被给予了理智就在于让我走出痛苦，所以我必须要走出这些痛苦。既然是所有的一切都已不堪入目，所有的一切都让人心生厌恶，那么干吗不干脆熄掉蜡烛呢？可是又该怎么办呢？这个乘务员为什么要顺着栏杆跑过去呢？下一节车厢中的年轻人为什么要毫无顾忌地大声喧哗呢？他们为什么笑呢？这里的一切都是假的，都是谎言与欺骗，都是罪恶！……”

火车进站了，夹在一群纷乱的乘客之中安娜下了车，她极力避开这些人的冲挤就好像是在躲避着麻风病人一样。她木然地站在月台上努力地回想着她来这的原因与她要做的事情。可是在这样的吵嚷环境下，在这样没有片刻安宁的人群中间她觉得那些在以前顺理成章的事情，如今都变得难以置信了。在她的旁边不时地就会跑过来一个脚夫，请求为她帮忙，有时又走过一些鞋跟在地上发出响亮声音的年轻人，他们在夸夸其谈时还不停地向她窥视，有时又有一些人给她让错路。她决定如果没有回信的话就继续向下走。她向一个走过来的脚夫询问是否见过渥伦斯基的车夫带着一封信来。

“渥伦斯基伯爵？好像就在刚才有一个从那儿过来的人来接索罗金公爵夫人和她女儿。那个车夫什么样子啊。”

正当她与脚夫说话的时候，车夫米哈依尔走了过来递给她一封信，米哈依尔看起来兴致很高，面色红润，身着一件当时很流行的带表链的蓝色外套，对他自己这样毫无麻烦地就办好了事情显得那么满意。安娜手里拿着信，仅仅刚撕开，里面的内容还没看时，就已是心如刀绞了。

“对不起，我没有接到那封信，我十点钟就回来。”渥伦斯基的字显得那样潦草与急躁。

“是的，到底没有出乎我的意料！”她的嘴角挂着一丝冷冷的微笑自言自语着。

“好了，你可以回去了。”她对米哈依尔轻声吩咐了一句。她那急促激烈跳动的心脏让她无法平心静气，她只能是轻轻地说话。她心里暗念着：“不，我决不让你再折磨伤害我了。”她这既不是威胁他，也不是威胁她自己，而是威胁着那些让她被迫遭受痛苦的人，她沿着月台走过了车站。

月台上有两个来回走动的使女，扭过头来看着她，对她的衣服毫无顾忌地大声评论，她们说着她衣服上的那些花边：“质地是真的啊！”那些年轻人也同样让她没有片刻安宁，他们紧紧地盯着她的脸，故意地在她身旁走过，要引起人注意一般大声说笑。火车站的站长也走过来问她要到哪里去。卖克瓦斯的一个小孩子久久地凝视她。她心底默默地呼喊：“噢，天啊，我该往哪走呢？”随着月台的延伸她已走到了月台的尽头。在那里有几个接一位戴着眼镜的绅士的妇女与孩子，她们在她走过来的时候停止了高声地谈笑，安静沉默地盯着她看。她急忙快走了几步走过这些人来到月台的边上。这时一辆货车开进来，把月台震得似乎晃动起来，她突然又觉得自己又坐到了火车上了。

她与渥伦斯基初识的那一天的情景又在瞬间跃上了脑海。她忆起了火车辗过人身的一幕，她猛然间觉得自己已悟出了出路。她轻快地走下去，沿着连接水塔与铁轨的台阶，直走到急速驶过的火车前才停下脚步。她紧紧盯着车厢的下面和螺旋推进器、锁链，还有那缓慢驶来的第一节车厢的铁轮。她在心里计算着前轮与后轮的中心点，还有那个中心点对准她的时间。

“到那里去！”她自言自语着，望着在沙尘与煤灰覆盖下的枕木上火车的阴影。“到那里去，扑到那个中心，我将给他惩罚，永远抛开所有人还有我自己！”

她本想在第一节车厢的车轮中间与她对齐时倒在那下边，可是在她从胳膊上取下小红皮包的时候错过了中心点，时间已经晚了。没有别的办法她只有等下一辆。这时候的心中盈满了人浴前的那种感受，她不自觉地画了个十字。这个自己熟悉的动作让她忆起了青春年少时和幼稚孩提时的往事。突然间生命中的全部黑暗被它过去的欢乐与荣耀遮盖了下去，面前只剩下旧时的辉煌。但她并没有对紧接着驶过来的第二节车厢视而不见，在车轮与车轮之间的中心点与她正好对准的那一刻，她便甩掉红皮包，缩着脖子，两手扶地扑到了车厢底下，她动了一动，好像要马上就站起来，可是却“呼”地跪了下去，就在那一瞬，她想到了她正在做什么，不禁浑身战栗。“我在哪里？我在做什么呢？为了什么呀？”她想要站起来把身子仰到后面去，可是一个沉重的冰冷的巨大东西轰然撞了过来，撞了她的头又从她的背上碾了过去。“上帝，饶恕我吧！”她说着，无力去挣扎……一个在铁轨上干活的矮小农民咕噜着说了句什么。那支曾给予她光亮去洞察充满了人生的苦难、矫饰、悲哀与罪恶的书的蜡烛，更加明亮地闪烁起来，照亮了生命中从前的黑暗，随着火光的跳动蜡烛哔哔剥剥发出声响，渐渐地黯淡了，永远地熄灭了。